郑鲁南 ◎ 主编

书里
书外

华中科技大学出版社
http://www.hustp.com
中国·武汉

图书在版编目（CIP）数据

书里书外/郑鲁南主编. -- 武汉：华中科技大学出版社，2020.9（2023.11 重印）

ISBN 978-7-5680-5775-2

Ⅰ.①书… Ⅱ.①郑… Ⅲ.①人物形象－小说研究－世界 Ⅳ.①I106.4

中国版本图书馆 CIP 数据核字 (2020) 第 145275 号

书里书外
Shu li Shu wai

郑鲁南　主编

策划编辑：吴素莲
责任编辑：吴素莲
封面设计：璞茜设计
版式设计：鲁　南　珊　佳
责任校对：张会军
责任监印：朱　玢

出版发行：华中科技大学出版社（中国•武汉）　　　电话：(027) 81321913
　　　　　武汉市东湖新技术开发区华工科技园　　　邮编：430223

印　　刷：湖北新华印务有限公司
开　　本：710mm×1000mm　　1/16
印　　张：21.75
字　　数：464 千字
版　　次：2023 年 11 月第 1 版第 3 次印刷
定　　价：49.80 元

本书若有印装质量问题，请向出版社营销中心调换
全国免费服务热线：400-6679-118 竭诚为您服务
版权所有　侵权必究

目录 Contents

《静静的顿河》
　　——葛利高里原型参照了第一骑兵军中的叶尔马科夫 / 李毓榛 [1]

《叶甫盖尼·奥涅金》
　　——人物是作家虚构的 / 冯　春 [7]

《上尉的女儿》
　　——取材于农民起义领袖叶米里扬·普加乔夫 / 冯　春 [11]

《当代英雄》
　　——取材于作家流放高加索的经历 / 吕绍宗 [14]

《死魂灵》
　　——普希金提供的素材 / 乔振绪 [17]

《父与子》
　　——主人公巴扎罗夫的原型是一位医生 / 王圣思 [21]

《卡拉马佐夫兄弟》
　　——一桩父母虐待孩子案件的启发 / 王志耕 [26]

《罪与罚》
　　——主人公原型是被开除的大学生 / 王志耕 [31]

《战争与和平》
　　——老公爵鲍尔康斯基的原型是托尔斯泰的外祖父沃尔康斯基 / 乔振绪 [36]

《安娜·卡列尼娜》
　　——一起意外事故的启发 / 钟　情 [41]

《复活》
　　——创作动机来自一个案例 / 乔振绪 [45]

《套中人》
　　——来自作家童年的痛苦记忆 / 童道明 [49]

《铁流》
　　——郭如鹤的原型是塔曼红军的总指挥郭甫鹤 / 苏　玲 [52]

《日瓦戈医生》
　　——作者和原型人物的自白 / 张秉衡 [57]

《大师和玛格丽特》
——"大师"的原型就是作者本人 / 钱　诚 [61]

《普通一兵——马特洛索夫》
——人物原型是马特洛索夫 / 程　文 [64]

《青年近卫军》
——取材于苏联卫国战争中"青年近卫军"的真实历史 / 程　文 [68]

《钢铁是怎样炼成的》
——保尔·柯察金的原型是作者本人 / 梅　京 [72]

《古拉格群岛》
——取材于作者的亲身经历和227名囚犯的资料 / 田大畏 [77]

《好兵帅克》
——帅克的原型是作者的战友斯普拉什利普卡 / 文洁若 [81]

《玩笑》
——一个姑娘从公墓里偷花献给情人的灵感 / 高　兴 [84]

《浮士德》
——取材于16世纪德国民间浮士德博士的传说 / 胡其鼎 [89]

《少年维特的烦恼》
——维特的原型是歌德和歌德的朋友耶路撒冷 / 杨武能 [91]

《威廉·退尔》
——取材于14世纪瑞士英雄猎人威廉·退尔的传说 / 钱春绮 [94]

《布登勃洛克一家》
——取材于作者少年时代的经历和家族历史 / 张　苑 [96]

《铁皮鼓》
——一个3岁男孩的启发 / 胡其鼎 [99]

《批评家之死》
——主人公的原型与批评家马塞尔·赖希–拉尼茨基 / 黄燎宇 [102]

《象棋的故事》
——一本棋谱的启示 / 张玉书 [104]

《一个陌生女人的来信》
——茨威格的生活中，真有一个"陌生女人" / 张玉书 [106]

《钢琴教师》
——作品和作者的亲身经历密切相关 / 宁　瑛 [110]

《鲁滨孙历险记》
——鲁滨孙的原型是苏格兰水手亚历山大·塞尔扣克 / 黄杲炘 [113]

《傲慢与偏见》
——人物原型来自家人平素交往的亲朋邻里 / 张　玲 [116]

《弗兰肯斯坦》
　　——拜伦提议创作的一个恐怖故事 / 钟　钲 [120]
《伊利亚随笔》
　　——"伊利亚"是南海公司一位意大利职员的名字 / 刘炳善 [123]
《圣诞颂歌》
　　——灵感来自一份采矿业和制造业中雇用儿童的报告 / 吴钧陶 [126]
《双城记》
　　——狄更斯客串演剧时萌生的创作念头 / 张　玲 [129]
《大卫·考坡菲》
　　——大卫的生活经历和狄更斯本人的生活经历相似 / 张　玲 [132]
《呼啸山庄》
　　——希思克利夫原型取材于爱米丽·勃朗特的祖父和他的收养人 / 张　玲 [136]
《爱丽丝奇境历险记》
　　——小说源于卡罗尔为立德尔院长的三姐妹讲的一个故事 / 吴钧陶 [139]
《德伯家的苔丝》
　　——苔丝的部分遭遇取自哈代祖母的经历 / 张　玲 [143]
《齐儿汤姆·琼斯的历史》
　　——汤姆·琼斯的义父奥尔华绥是以菲尔丁的两个恩人为原型 / 文洁若 [147]
《彼得·潘》
　　——以男孩彼得的名字创作的一部童话 / 杨静远 [150]
《努恩先生》
　　——主人公原型就是作者劳伦斯 / 邹海仑 [153]
《儿子与情人》
　　——取材于作者早年的生活 / 陈良廷 [156]
《查泰莱夫人的情人》
　　——灵感源于劳伦斯的婚姻生活 / 郑　婷 [158]
《金银岛》
　　——一幅水彩画的启示 / 钟　铧 [161]
《福尔摩斯探案集》
　　——福尔摩斯的原型是爱丁堡医科大学的老师约瑟夫·贝尔 / 王　卉 [164]
《火与剑》
　　——人物原型是波兰历史上的人物 / 袁汉镕 [168]
《十字军骑士》
　　——取材于波兰中世纪十字军骑士团史料 / 易丽君 [171]
《神曲》
　　——主人公是作者本人 / 蔡　蓉 [174]

《斯巴达克思》
——取材于公元前 1 世纪斯巴达克思领导的古罗马奴隶起义 / 蔡 蓉 [178]

《约婚夫妇》
——主人公来自历史上地位卑微的小人物 / 吕同六 [181]

《培尔·金特》
——培尔·金特的原型是一个农民 / 文洁若 [183]

《堂吉诃德》
——作者一次收租后的突发奇想 / 胡真才 [186]

《纯真的埃伦蒂拉与残忍的祖母》
——祖母的原型是一位拉皮条的女人 / 朱景冬 [190]

《迷宫中的将军》
——主人公原型是拉美独立解放运动领袖西蒙·玻利瓦尔 / 朱景冬 [192]

《没有人给他写信的上校》
——与众不同的上校来源于现实生活 / 朱景冬 [194]

《百年孤独》
——男主人公原型是作者的外祖父 / 吴健恒 [197]

《霍乱流行时期的爱情》
——取材于父母的爱情故事 / 朱景冬 [200]

《胡利娅姨妈与作家》
——取材于作者的亲身经历 / 朱景冬 [203]

《红字》
——创作灵感来自海关长官皮尤先生的私人资料 / 胡允桓 [206]

《白鲸》
——取材于麦尔维尔的捕鲸经历 / 王 卉 [209]

《汤姆·索亚历险记》
——汤姆的原型来自作者儿时的三个小伙伴 / 徐成时 [212]

《黛西·米勒》
——女主人公原型是作者的表妹米尼·坦普尔 / 代显梅 [215]

《了不起的盖茨比》
——盖茨比的原型是古罗马帝国一位名叫佩特隆纳斯的高官 / 姚乃强 [218]

《丧钟为谁而鸣》
——罗伯特·乔丹的原型是林肯纵队的副官罗伯特·梅里曼 / 吴素莲 [221]

《永别了，武器》
——细节来自海明威在第一次世界大战的切身经历 / 董衡巽 [223]

《老人与海》
——取材于古巴渔民富恩特斯的真实经历 / 王 冬 [227]

《土生子》
　　——取材于美国轰动一时的谋杀案 / 施　亮 [231]
《乱世佳人》
　　——书中细节曝光作者隐私 / 陈良廷 [234]
《教父》
　　——取材于黑手党家族的真实史料 / 陈良廷 [236]
《兄弟连》
　　——人物原型来自美军 101 空降师 506 团 E 连 / 祁阿红 [238]
《第二十二条军规》
　　——取材于作者空军生活的经历 / 王正文　程爱民 [241]
《数字城堡》
　　——取材于作者教书时的一次偶然事件 / 朱振武 [244]
《侏罗纪公园》
　　——灵感来自遗传工程学方面的发现 / 祁阿红 [246]
《平家物语》
　　——以 11 世纪日本当朝武将平忠盛、平清盛为原型 / 申　非 [249]
《源氏物语》
　　——源氏的原型使人联想到藤原道长、伊周、赖通等宫廷人物 / 叶渭渠 [252]
《细雪》
　　——女主人公原型是作者的妻子和她的姐妹 / 文洁若 [255]
《蟹工船》
　　——主人公的原型是当时受残酷剥削的渔工群体 / 叶渭渠 [258]
《黯潮》
　　——取材于日本轰动一时的"下山事件" / 唐月梅 [260]
《浮华世家》
　　——取材于日本银行资本家和官僚的内幕交易 / 唐月梅 [262]
《伊豆的舞女》
　　——薰子的原型是舞女千代 / 叶渭渠 [264]
《雪国》
　　——驹子原型是艺妓松荣 / 叶渭渠 [266]
《春雪》
　　——女主人公原型是作者访问过的一位尼姑 / 唐月梅 [269]
《尤利西斯》
　　——布卢姆的原型是阿尔弗雷德·亨特，斯蒂芬的原型是乔伊斯本人 / 文洁若 [272]
《圣女贞德》
　　——法国民族英雄贞德的故事 / 刘炳善 [275]

《巨人传》
　　——取材于法国民间故事《巨人卡冈都亚传奇》/ 吴岳添 [279]

《红与黑》
　　——取材于1828年的贝尔德杀人案和1829年的拉法格谋杀案 / 郭宏安 [282]

《钮沁根银行》
　　——钮沁根的原型是巴黎罗特席尔德银行行长罗特席尔德 / 胡其鼎 [286]

《包法利夫人》
　　——取材于福楼拜身边的人和事 / 程　薇 [289]

《苔依丝》
　　——故事来源于古代埃及传说 / 吴岳添 [293]

《悲惨世界》
　　——冉阿让的原型是苦役犯彼埃尔·莫 / 李玉民 [296]

《巴黎圣母院》
　　——卡西莫多是法国流传已久的传奇人物 / 管震湖 [299]

《基督山伯爵》
　　——取材于《巴黎警察局档案回忆录》/ 李玉民 [302]

《高龙芭》
　　——来自科西嘉族间仇杀惊闻录 / 李玉民 [305]

《卡门》
　　——卡门的原型是一个茨冈女郎 / 李玉民 [308]

《三个火枪手》
　　——取材于《达达尼安先生回忆录》/ 李玉民 [310]

《茶花女》
　　——取材于作者和玛丽·杜普莱西的真实故事 / 李玉民 [313]

《面对旗帜》
　　——托马斯·罗克的原型是化学家欧仁·图尔班 / 吴岳添 [316]

《格兰特船长的儿女》
　　——源于作者当见习水手的经历 / 王晓峰 [320]

《约翰·克利斯朵夫》
　　——以音乐家贝多芬为蓝本 / 胡其鼎 [323]

《鼠疫》
　　——借欧洲历史上的鼠疫，影射法西斯暴行 / 吴岳添 [326]

《广岛之恋》
　　——电影导演的应约之作 / 谭立德 [330]

《小王子》
　　——小王子来自作家心中理想的人物 / 马振骋 [333]

后　　记 / 郑鲁南 [338]

《静静的顿河》
——葛利高里原型参照了第一骑兵军中的叶尔马科夫

■ 李毓榛 / 文

肖洛霍夫的《静静的顿河》发表后,小说的中心人物葛利高里·麦列霍夫引起了广大读者和评论家们的极大兴趣。葛利高里是那样栩栩如生,血肉丰满。他的命运、他和阿克西妮亚的爱情,都那样令人关注。许多读者写信问肖洛霍夫,葛利高里这个人物是否有生活中的原型?肖洛霍夫的回答总是含糊其词,模棱两可:"有也没有。"

葛利高里到底有没有原型,成了一个让读者感兴趣而又好奇的谜。

在肖洛霍夫《静静的顿河》这部作品中,葛利高里·麦列霍夫这个人物起到了非同一般的作用,从其内容看他应该是有原型的。但是在20世纪30年代苏联的社会背景下,肖洛霍夫却不置可否,显然有他的难言之隐。一直到50年代斯大林去世,苏联社会生活经历了一番"解冻"之后,有关葛利高里的生活原型才逐渐透露出来。

1958年苏联作家出版社出版了《真理报》编辑列日涅夫的专著《肖洛霍夫的道路》。在这本书中,列日涅夫道出了20世纪30年代末期,《静静的顿河》第八卷即将在《真理报》发表时,肖洛霍夫来给《真理报》送稿,在同他谈话时,肖洛霍夫第一次透露出葛利高里·麦列霍夫这一艺术形象在生活中的原型,他就是顿河地区巴兹基村的哥萨克·叶尔马科夫。肖洛霍夫对列日涅夫说:"叶尔马科夫在第一次世界大战时是哥萨克部队中一个普通的骑兵战士,因为战功得到了全套的乔治勋章和奖章。后因对虐杀俘虏不满,离开了部队。1919年春,顿河地区哥萨克发生暴动,叶尔马科夫成为暴动部队的一名指挥员,后又改变态度,离开了白军,加入了红军第一骑兵军,当了指挥员,并表现突出。"肖洛霍夫还告诉列日涅夫,他在叶尔马科夫的亲属家里看见过一张以布琼尼为首的一伙骑兵的照片,上面就有叶尔马科夫。叶尔马科夫的亲属还非常郑重地给肖洛霍夫看了布琼尼奖赏给叶尔马科夫的一把镶银的马刀。后来，叶尔马科夫因暴动期间的罪行被发现，遭免职离开了部队。从肖洛霍夫的话中可以看出，肖洛霍夫当时谈话时的态度比较谨慎，特别强调了叶尔马科夫在布琼尼第一骑兵军中的经历和布琼尼对他的赏识。然而即使如此，列日涅夫在当时也没敢向外界透露这一信息，直到20世纪50年代后期他才在书中发表。在斯大林时代，或者说在苏共二十大之前，肖洛霍夫一直不太愿意谈及叶尔马科夫的事情，因为叶尔马科夫复员之后尽管为苏维埃政府做了许多工作，尽管在被捕之后乡亲们曾极力保他，他还是未经审判就被苏联内务人民委员部秘密枪杀了。

在《静静的顿河》一书中，肖洛霍夫第一次披露了十月革命后至国内战争期间，顿河维约申斯克地区曾暴发过一次哥萨克暴动，暴动的原因是当地的苏维埃领导人推行错误的"消灭哥萨克"的政策，在顿河地区滥杀无辜的哥萨克劳动群众，从而激起了哥萨克的反抗，把本来拥护十月革命和苏维埃政权的哥萨克劳动群众推到了同革命对立的一面。在很长的一段时间里，有关当局都把这次哥萨克的反抗看作是外国武装干涉者和沙俄残余势力策动的反革命暴乱。肖洛霍夫当时虽然只是一个十四五岁的少年，但是他当时就生活在暴动发生的地区，目睹了无辜的哥萨克劳动群众被屠杀的惨状。在《静静的顿河》一书中，作者并未在作品中直接表达自己的"倾向性"，但是却向人们展示了革命和内战时期顿河流域哥萨克人的生活，叙述了他们的爱与恨、欢乐与悲伤，从而使不朽的"顿河史诗"获得了更多、更深的真实。但也正是由于真实再现了哥萨克人民的苦难和心声，《静静的顿河》发表时曾遇到极大的阻挠。在极端困难的情况下，高尔基把《静静的顿河》的手稿寄给斯大林，斯大林看了手稿之后，在高尔基的别墅中召见肖洛霍夫，听取肖洛霍夫的申诉，认为肖洛霍夫的立场是正确的，最后得出结论：《静静的顿河》"对事件进程的描写是对我们、对革命有利的"，并同意出版《静静的顿河》。一部文学作品的出版要由国家最高领导人拍板决定，可见这部作品的意义非同寻常了。《静静的顿河》在斯大林的支持下得以出版，但是那些曾在顿河地区参与镇压哥萨克劳动群众的干部，仍旧认为肖洛霍夫是在为"反革命"说话。在这种情况下，肖洛霍夫哪里还敢公开谈论同叶尔马科夫的关系？所以，肖洛霍夫对葛利高里的原型问题总是讳莫如深。直到1974年，肖洛霍夫创作研究专家普里玛向肖洛霍夫询问，他是如何找到葛利高里这个形象的时候，肖洛霍夫才比较详细地谈到了叶尔马科夫以及他同叶尔马科夫的关系。

肖洛霍夫说："葛利高里并不是一下子就成功的。但是现在我可以承认，麦列霍夫一家，葛利高里、彼得罗和达里娅的形象，最初我是照哥萨克的德罗兹多夫一家的情况描写的。我的父母住在普列沙科夫村时，曾租用过德罗兹多夫家一半的农舍……在构建情节的过程中，我明显地感到阿列克塞·德罗兹多夫的性格作为葛利高里形象的基础，很不合适。这时我才看到，叶尔马科夫更为接近我构思的葛利高里应有的样子。他的曾祖母是土耳其人，他因作战勇敢曾荣获四枚乔治十字奖章。他当过红军，参加过暴动，后来又向红军投诚,参加了向波兰前线的进军。叶尔马科夫命运中的这一切都使我非常感兴趣。他对生活道路的选择是困难的,并且是非常困难的。叶尔马科夫向我讲的同德国人交战中的许多事情,是我从文件资料中看不到的……比如葛利高里杀死了第一个奥地利人之后的感受,这就是听叶尔马科夫讲的。"肖洛霍夫告诉普里玛,叶尔马科夫是他父亲的朋友,他很早就认识叶尔马科夫了。肖洛霍夫说:"他同我父母关系很好,我们住在卡尔金镇时,那里每月中的18日有一个很大的集市。1923年春,叶尔马科夫复员以后常到我父母这里来做客,后来也到维约申斯克镇来找我。年轻时他有乘骑的马,他进院子从来不走大门,而是骑马从大门上一跃而过。他就是这样的性情……"对于肖洛霍夫来说,叶尔马科夫不仅仅是葛利高里这个人物的生活原型,肖洛霍夫创作《静静的顿河》的许多素材都是他提供的。比如《静静的顿河》中写到葛利高里在第一次世界大战战场上的种种情节乃至细节,大都是从叶尔马科夫那里听来的,比如哥萨克士兵强奸波兰姑娘的情节,比如哥萨克骑兵冲锋的那种排山倒海的气势,葛利高里在冲锋中的感受,他第一次用马刀砍死一个奥地利少年士兵后的心情等,都是根据生活中真实的事情写出来的。尤其是关于小说最关键的情节——维约申斯克暴动的情况,基本上是叶尔马科夫向他提供的,因为在当时有关维约申斯克暴动的情况是属于保密资料的,维约申斯克地区之外的人根本不知道曾发生过这样一次官逼民反的暴动,实际上是因《静静的顿河》的发表才将这次暴动的情况公之于众的。

普里玛曾到叶尔马科夫的故乡巴兹基

《静静的顿河》插图:
葛利高里与阿克西尼娅相会
〔苏联〕维列斯基/画

《静静的顿河》插图〔苏联〕维列斯基/画

村访问了当年曾给叶尔马科夫当过勤务兵的老哥萨克。他告诉普里玛，肖洛霍夫经常来找叶尔马科夫，两人一谈就是很长时间，有时还从外地给叶尔马科夫写信。在叶尔马科夫被捕和被秘密处死之后，这封信一直作为"物证"保存在叶尔马科夫案件的档案中。直到1989年罗斯托夫州法院主席团才做出决定，为叶尔马科夫平反昭雪，苏联解体后，叶尔马科夫案件的档案解密，肖洛霍夫的这封信才被公之于众。现在这封信收在《肖洛霍夫书信集》中。

尊敬的叶尔马科夫同志：

关于1919年那个时代我需要您给我提供某些补充材料。

我希望，我从莫斯科回去之后，您不会不告诉我这些材料。我估计，到您那里的时间大约在今年5~6月间。这些材料涉及顿河上游暴动的一些细节。您可以给卡尔金镇的地址写信，告诉我什么时间到您那里去比较方便。这几个月您没有长期离开的打算吧？

此致

敬礼

肖洛霍夫

1926年4月6日于莫斯科

诚如肖洛霍夫所说，葛利高里是个虚构的艺术形象，尽管他在塑造这个形象时，曾参照了叶尔马科夫的某些经历，但葛利高里不是叶尔马科夫的写真素描，他是艺术上的"这一个"。肖洛霍夫的亲朋好友早就指出，在葛利高里的性格中有作家本人的影子。比如葛利高里向娜塔莉亚求婚的情节简直就是肖洛霍夫自己向妻子求婚时的缩影；阿克西妮亚提出和葛利高里私奔，远走他乡，也是源自肖洛霍夫少年时期的一段浪漫故事。肖洛霍夫说葛利高里形象的塑造是综合许多人的特征才得以成功的，这是作家的由衷之言，也是现实主义文学的艺术规律。

早在《静静的顿河》问世之初，我国就有了小说的汉语译本。

1931年上海出版了中文版《静静的顿河》第一、第二部的单行本，译者贺非，原名赵广湘，他所依据的德文译本是旅居德国的徐诗荃寄来的，而俄文原本是当时正在苏联的曹靖华寄来的。当《静静的顿河》单行本出版的时候，鲁迅先生为译本写了《〈静静的顿河〉后记》。鲁迅先生引用德国评论家魏斯柯普夫的话，高度评价这部小说，将它同托尔斯泰的《战争与和平》相媲美，他称赞小说中"……风物既殊，人情复异，写法又明朗简洁，绝无旧文人描头画角，婉转抑扬的恶习"，他说："将来尚有全部译本，则其启发这里的新作家之处，一定更为不少。"1936年上海光明书店又出版了赵洵、黄一然译的《静静的顿河》第二卷，实际上是续译了贺非的译文。1940年，当肖洛霍夫写完《静静的顿河》第四部后，整部小说历时14年，终于全部完成了。不久，著名的翻译家金人完成了《静静的顿河》的汉语全译本，并于1941年在上海光明书店出版。这个译本在新中国成立前曾印过8版。20世纪50年代，肖洛霍夫曾对《静静的顿河》做了一次重大的修改，于1964年出版。现在人民文学出版社印行的文本就是根据这个版本译出的。由于原译者金人已去世，由翻译家贾刚以金人的译本为依据，对照新的原本，进行了全面的校订和补译。现在我们在人民文学出版社出版的《肖洛霍夫文集》中看到的就是这个版本。1986年，广西漓江出版社又出版了著名翻译家力冈先生的新译本。尤其值得注意的是新疆人民出版社还出版了《静静的顿河》的维吾尔语译本。从上述《静静的顿河》在我国流传的历程可以看出，这部小说深受中国读者的喜爱了。

《静静的顿河》封面

《静静的顿河》是一部史诗性小说。全书四部八卷，140余万字，以第一次世界大战、1917年二月革命和十月革命、国内战争这一动荡历史时期为背景，通过顿河地区哥萨克在战争和革命过程中的遭遇，反映出人们在风尚、生活和心理状态上所发生的巨大变动。据统计，小说共写了434人，主人公葛利高里的命运贯穿了小说的始终。肖洛霍夫通过葛利高里的思想变化和人生经历，揭示出时代的内涵。

《静静的顿河》历经14年完成

（1926~1940年间），然而，此书第一卷出版时，肖洛霍夫年仅23岁，于是有人怀疑《静静的顿河》的著作权问题，直到1991年肖洛霍夫的亲笔手稿被发现，这段文坛公案才得以了结。该书1941年获斯大林奖。1965年肖洛霍夫荣获诺贝尔文学奖。

肖洛霍夫75岁时，他的家乡为他树立了半身铜像，他的荣誉和地位，在苏联除高尔基外，无人可比。

米哈依尔·亚历山大维奇·肖洛霍夫（1905~1984年）苏联作家
主要作品：《顿河的故事》《静静的顿河》《被开垦的处女地》《他们为祖国而战》（未完成）《一个人的遭遇》等。

链接：

● 肖洛霍夫出生于顿河军屯州维约申斯克镇，仅受过4年教育，靠自学成才。顿河哥萨克地区多姿多彩的生活给予了肖洛霍夫取之不尽的创作素材。国内革命战争时期，顿河地区的斗争十分激烈和残酷。少年时代的肖洛霍夫不仅是这场斗争的目击者，而且直接参与了红色政权组建时的一些工作。1920年顿河地区建立苏维埃政权后，他热情投身新政权的建设，先后当过镇革命委员会办事员、扫盲教师、业余剧团的编剧兼演员、武装征粮队员等。《静静的顿河》对顿河草原壮丽景色的描绘，对哥萨克人幽默风趣的描写，显示了作家深厚的生活积累和坚实的艺术功力。

● 肖洛霍夫一贯坚持艺术真实要遵循生活真实的原则，他曾告诫年轻的作家："作家在小事情上违背真实，便会引起读者的怀疑，读者会想，在大的问题上可能他也会撒谎。"在后来试图撰写反法西斯战争题材作品时，肖洛霍夫曾说过一句意味深长的话："对于作家来说——他本身首先需要的是把人的心灵的运动表达出来。我在葛利高里·麦列霍夫的身上就想表现出人的这种魅力，但是没有完全成功，或许，我在描写为祖国而战的人们的长篇小说中，能够做到这一点。"敢于面对现实，敢于秉笔直书生活中的矛盾与冲突，这是肖洛霍夫艺术的良知。

《叶甫盖尼·奥涅金》
——人物是作家虚构的

■ 冯春/文

在叶甫盖尼·奥涅金的身上可以看到普希金的若干影子，但绝不能说《叶甫盖尼·奥涅金》是普希金的自传体小说。

《叶甫盖尼·奥涅金》是普希金的代表作。主人公叶甫盖尼·奥涅金是19世纪20年代俄国贵族青年的典型，没有资料说明他是根据哪个原型加以艺术表现而创作的。应该说，这是普希金根据那个时代贵族青年的特点加以典型概括而虚构的一个人物。

19世纪20年代，是俄国打退拿破仑的进攻之后，在欧洲拼凑"神圣同盟"、镇压欧洲革命运动，在国内加强反动统治、残酷镇压国内反对沙皇专制统治和农奴制的革命力量的黑暗年代。当时许多贵族青年因远征欧洲，受到资产阶级民主革命的启发，回国后不满沙皇的封建统治，但由于沙皇的黑暗统治而无法改变现实，在这种形势下，许多贵族青年彷徨于十字路口，找不到出路，便自暴自弃，玩世不恭，成了一批无所作为的"多余人"。正如莱蒙托夫在《当代英雄》的序言中所说的，这种多余人"不是某一个人的肖像。这幅肖像是由我们整整一代人身上充分发展了的缺点构成的"。

对于叶甫盖尼·奥涅金这种人物的产生，俄国作家陀思妥耶夫斯基有十分深刻而精辟的解释。他说："当时我们困惑地站在我们的欧洲道路面前，感觉到不能从这条路上走开，就像不能从我们毫不动摇地认作真理的真理那里离开一样。同时我们却第一次认识到自己是俄国人，并且感觉到在自己身上那么难以扯断同祖国土地的联系，难以呼吸异域的空气……"因此，"我们不知道该怎么办。我们逐渐明白，我们没有什么事可做"。也就是说，奥涅金是资本主义同封建主义在俄国进行激烈斗争时期的产物。

库兹敏善于抓住普希金作品中的人物特点，竭力以艺术的手法表现人物的情绪特征。他的画技巧纯熟、精巧轻快，给读者留下了充分的想象余地。图为库兹敏画的《叶甫盖尼·奥涅金》插图

奥涅金的性格总的来说是属于这一类有教养而又找不到出路的贵族青年的。

奥涅金是个受过贵族教育的青年。他出生于彼得堡，自幼由法国教师教养长大。他读过古希腊罗马以来的许多著作，从文学到经济，谈起来无不口若悬河；对法语也很精通，无论是书写还是表达，简直无懈可击。他的知识是广博的，才能是出众的，如果用在有益于人类的事业上，他定能做出非凡的业绩。

奥涅金和当时的先进青年一样思考着许多社会问题，寻找社会的出路。我们从奥涅金和连斯基的交往中看到：

《叶甫盖尼·奥涅金》不但叙说了一个动人的故事，而且可以帮助我们认识19世纪初期的俄国社会。这一时期正是属于列宁所说的俄国解放运动的贵族革命阶段。要靠少数贵族进行革命，改造俄国封建社会是不可能的，因为他们离人民太远，而且由于他们和封建农奴主有着千丝万缕的联系，他们的革命注定是不彻底的。1825年的十二月党人起义的失败足可证明贵族革命的脆弱性。而叶甫盖尼·奥涅金这样的人物即是革命失败后找不到出路的贵族青年的写照。他们找不到人生的方向，无所事事，于是玩世不恭，玩弄异性的感情，动辄找人决斗，成为一个既伤害别人也伤害自己，因而什么人也不需要的"多余人"。

普希金1799年生于莫斯科一个贵族家庭，从小受到良好教育，熟读俄国和西欧文学作品，特别是法国的文学作品。他少年时代在沙俄为培养高级官员的皇村学校读书。由于1812年卫国战争的胜利，西欧的革命思想大量传入俄国，普希金接受了革命思想，激烈地反对农奴制和专制制度，这在他所写的《自由颂》《致恰达耶夫》等诗中鲜明地表达出来。这些诗歌以手抄形式在俄国广为传播。为此沙皇1820年将他流放至南俄，接着又将他幽禁于他父亲的领地米海洛夫村。在流放中，长年生活在城市的普希金真正亲密接触了俄罗斯的乡村，萌生了《叶甫盖尼·奥涅金》的最初灵感。俄罗斯的乡村和城市、美好与罪恶，无不激荡着诗人的心灵，丰富着《叶甫盖尼·奥涅金》的内涵。1830年，

《叶甫盖尼·奥涅金》插图：奥涅金与连斯基的决斗（列宾/画 1899）

普希金经历了 8 年时间，完成了代表作诗体长篇小说《叶甫盖尼·奥涅金》，这是俄国第一部现实主义长篇小说，对后来的俄国现实主义文学产生了极大影响。俄国 19 世纪伟大批评家别林斯基称它为"俄罗斯生活的百科全书"。

1878 年，俄国作曲家柴可夫斯基将《叶甫盖尼·奥涅金》和《上尉的女儿》改编成同名歌剧，至今长盛不衰。

普希金还写了不少优美的寓意深刻的童话诗。普希金小时候就熟知俄罗斯童话，他的保姆林娜·罗季昂诺夫娜便给他讲过许多民间故事。在流放期间，他广泛接触农民，听流浪艺人的歌谣，从民间吸取了许多营养，但他不是纯客观地记录民间传说和故事，而是将民间故事中的有趣成分加以改造、提炼和重新创作，写出了他自己独有的童话故事。除了《鲁斯兰和柳德米粒》，普希金所有的童话都是在他后期写作的，主要有《神父和长工巴尔达的故事》《渔夫和金鱼的故事》等。

《叶甫盖尼·奥涅金》最初由甦夫于 1942 年译出，由世界语译本转译，由桂林丝文出版社出版，书名为《奥尼金》。1944 年，重庆希望社出版了吕荧的第二个译本《欧根·奥涅金》。1954 年，上海平民出版社出版了查良铮翻译的《欧根·奥涅金》。20 世纪 80 年代先后有王士燮译的《叶夫根尼·奥涅金》、冯春译的《叶甫盖尼·奥涅金》和智量译的同名译本问世。20 世纪 90 年代，出现了未余、俊邦合译的译本，顾蕴璞的译本和台湾出版的书名为《永恒的恋人》的译本等等。此外还有王志耕、郑铮、何茂正等译的片段见诸报刊。

在我翻译《叶甫盖尼·奥涅金》之前，国内已有了吕荧和查良铮的两个较为出色的译本。这两个译本各有其优点，但我觉得自己对这个作品有些地方有自己的理解，有自己想表达的方式，而且为了圆自己系统翻译一套普希金文集的梦，便不自量力，着手翻译这个作品。译本于 1982 年出版，随后曾重印多次，后又收入译文版《世界文学名著珍藏本·普希金作品选》，多次再版，最后又两次印了文集本。各种版本加起来，已印行了 30 余万册。

亚历山大·谢尔盖耶维奇·普希金（1799~1837 年）俄罗斯作家
主要作品：《高加索的俘虏》《茨冈》《青铜骑士》《叶甫盖尼·奥涅金》《上尉的女儿》《驿站长》《黑桃皇后》《渔夫和金鱼的故事》等。

链接：
● 据不完全统计，170 多年来苏联有 500 多位画家为普希金作品画过插图，其中有著名画家勃留洛夫、列宾、苏里柯夫、别努阿、比里宾、珐沃尔斯基等等。他们的作品分别发表于普希金作品的近 2000 个版本和一些文集、画册中，因此普希金作品究竟有多少插图，几乎是无法计算的。

《上尉的女儿》
——取材于农民起义领袖叶米里扬·普加乔夫

■ 冯春 / 文

《上尉的女儿》是普希金小说的代表作,虽然书名是《上尉的女儿》,但实际上是反映俄国18世纪的一次大规模农民起义——普加乔夫暴动。其中心人物是农民起义领袖叶米里扬·普加乔夫。普加乔夫是一个真实的人物。他生于1740年(另一说为1742年),是顿河哥萨克人,参加过以奥地利、法国和俄国等国家为一方,普鲁士、英国等国为另一方,为争夺殖民地而进行的七年战争(1756~1763年),又参加过1768年至1770年的俄土战争。为反抗沙皇政府对哥萨克农民的压迫,他领导了1773年至1775年的农民起义。1775年起义失败,他被沙皇政府于莫斯科沼泽广场绞死。在前后三年的反政府战争中,普加乔夫表现出非凡的军事才能和组织才能,曾使前来镇压的政府军闻风丧胆、溃不成军,最后由于沙皇政府加大镇压力度和阴谋分子的出卖,终于被捕,并被处死,起义也归于失败。

《上尉的女儿》真实地反映了这次农民起义。

小说中的普加乔夫是一个在真实人物的基础上经过加工的艺术形象,并不完全等同于历史上的普加乔夫。但即使是一个艺术形象,他仍然是真实的。小说中的普加乔夫仍然是一个运筹帷幄、善于作战、驰骋沙场、指挥若定的英雄人物。他疾恶如仇、知恩必报、富有同情心,并不是一个被妖魔化的匪徒。在他身上表现出俄罗斯民族性格的某些特征,他和民间传统中的这位农民起义领袖的形象是一致的。

为了反映这次农民起义,普希金做了许多工作,看了许多有关普加乔夫起义的档案材料,还亲自到奥伦堡、喀山、别尔达等普加乔夫征战过的地方去考察,访问了参加或目睹普加乔夫起义的老人,收集有关的民谣。正因为这些深入的调查研究,普希金对这次农民起义了解了许多真情实况,拥有了丰富的史料,对这次起义有了深刻的认识和感受，再加上普希金对沙皇黑暗统治和农奴制的不满，便促使他写出了这部真实反映农民起义的小说。这对于一个出身于贵族家庭，而且身处于19世纪初期沙皇封建统治仍相当稳固、严酷的环境的作家来说，是十分难能可贵的。

普希金的难能可贵在于他对造成农民起义的原因有一个相当清醒的认识。1872年俄国卫国战争以后，许多俄国贵族青年远征欧洲，受到当时风起云涌的欧洲资产阶级民主革命和殖民地民族解放运动的影响，开始有了反封建的思想觉悟。普希金在很年轻的时候便结交了这些朋友，思想上深受影响。1819年20岁的普希金便写出了揭露农奴制罪恶的《乡村》一诗。他在1830年写的小说《戈笛欣诺村的历史》中以更加明白无误的语言揭示了"官逼民反"的真理。在1833年所写的历史著作《普加乔夫史》中，普希金明确地指出政府官员对哥萨克农民"任意征收苛捐杂税，破坏古老的法规和习俗，不准他们在河里捕鱼"，逮捕向女皇告御状的使者，将他们"以反叛罪处以监禁"，"大肆报复哥萨克民众，变本加厉地压迫和欺侮他们"……因此"引起民众不满"，终于爆发了大规模叛乱。在那个残酷的年代，普希金无异于以这些作品充当了农民起义的辩护人。

普希金《秋》插图（戈利亚耶夫/画）

《上尉的女儿》创作于1836年，在普希金生前，这部作品就已经流传于欧美国家。1903年，在日本留学的中国学生戢翼翚将这部作品翻译成中文，以《俄国情史》的书名介绍到中国来。这不仅是普希金作品的第一个中译本，也是整个俄罗斯文学作品的第一个中译本。

1921年，上海商务印书馆出版了安寿颐翻译的《甲必丹之女》，"甲必丹"是俄文"上尉"的音译。

1944年福建东南出版社出版了孙用译的《甲必丹之女》。20世纪40年代，上海文化生活出版社将此译本收入《译文丛书》，并将书名改为《上尉的女儿》。1956年以后人民文学出版社多次重印了这个译本，在很长一段时期里，它成为国内唯一的中译本。

20世纪80年代，我决心译一套普希金文学全集，恰逢安徽人民出版社邀约我翻译一本普希金小说全集，因此便着手译《上尉的女儿》。《上尉的女儿》是我继《鲁斯兰和柳德米拉》之后新译的第二部普希金作品。之前已有老翻译家孙用的译本面世。之后我接着翻译了普希金的其他小说，包括新中国成立后未有译本流传的六部短篇小说，于是有了1982年安徽人民出版社的《普希金小说集》问世。这也是20世纪第一本普希金小说全集，其中便收入了新译的《上尉的女儿》。

1983年湖南人民出版社出版了戴启篁翻译的《普希金小说集》，也是一本普希金小说全集，收入了新中国成立后《上尉的女儿》的又一个译本。此后又不断有磊然（人民文学版，1989）、智量（译林版，1993）、力冈（远方版，1998）等十几个译本出现。

20世纪中国出现过三次接受、传播普希金的高潮：第一次在30年代后期，第二次在50年代初、中期，第三次在90年代。1937年普希金逝世100周年时，上海树立了青铜塑像的普希金纪念碑，这是当时中国土地上唯一的外国作家纪念碑。普希金对中国文学影响巨大，他的作品影响了几代人，并对我国现当代文学产生了深刻的影响。

亚历山大·谢尔盖耶维奇·普希金（1799~1837年）俄罗斯作家
主要作品：《高加索的俘虏》《茨冈》《青铜骑士》《叶甫盖尼·奥涅金》《上尉的女儿》《驿站长》《黑桃皇后》《渔夫和金鱼的故事》等。

链接：
● 只要翻阅普希金的手稿，就能发现稿纸上画有许多草图和速写，有肖像、风景、奔马和花卉等，令人眼花缭乱。这些图画线条轻盈、急速、飞舞，完全符合诗人的气质和性格。普希金"用语言把人们的心灵燃亮"的崇高使命感，表现了对自由、对生活的热爱，深深感动着一代又一代的人，激发了多少俄罗斯音乐家的创作激情和灵感。以普希金诗篇为脚本的歌剧《叶甫盖尼·奥涅金》《鲍里斯·戈都诺夫》《黑桃皇后》《鲁斯兰与柳德米拉》《茨冈》等等，成为舞台上不朽的经典。

● 1959年，根据普希金同名小说改编的影片《上尉的女儿》，由莫斯科电影制片厂出品，在苏联上映。2000年，法国和俄罗斯联合拍摄的《上尉的女儿》，再次引起了世人瞩目。

《当代英雄》
——取材于作家流放高加索的经历

■ 吕绍宗/文

　　1837年普希金在决斗中受伤不治逝世，莱蒙托夫闻讯后发表著名诗篇《诗人之死》，谴责是沙皇政权杀害了诗人。《诗人之死》轰动文坛，震动社会，莱蒙托夫也因此被流放到高加索充军。后因外祖母和诗人茹科夫斯基的奔走，他才返回彼得堡禁卫军骑兵团。

　　1840年2月，莱蒙托夫因与法国公使的儿子决斗再次被流放高加索。在流放高加索期间，莱蒙托夫以诗人独有的目光，对高加索的山山水水、市井军旅、达官贵人、走卒贩夫等方方面面精心体察，于1839年3月在《祖国纪事》上发表了中篇小说《贝拉——取自一个军官的高加索札记》，即后来的《贝拉》，同年11月发表短篇小说《宿命论者》，1840年2月刊出短篇小说《塔曼》。1840年5月，莱蒙托夫将这几篇小说同未曾发表的《马克西姆·马克西梅奇》《梅丽郡主》合在一起发表，这便是著名的长篇小说《当代英雄》。

　　《当代英雄》由5部中短篇小说组成。《最著名的俄罗斯诗人》一书提到莱蒙托夫写《当代英雄》时说："1840年5月长篇小说《当代英雄》单行本出版，诗人的高加索印象为它提供了素材。"莱蒙托夫和自己作品的主人公都有高加索充军的经历，都有决斗的经历，当时与莱蒙托夫有过交往的一位上流社会美女维拉·布哈林纳甚至说，她看到的《当代英雄》初稿中，代替毕巧林的是作家自己。但此话不可看重。

　　《当代英雄》描写的不是我国读者一般概念中的英雄人物，它在书中是一代人的"代表人物"，或者说是当时社会的一种典型。作家在小说第二版序言中说，这个形象是由"我们这整整一代人身上充分发展了的缺点构成的"。作家是以批判的目光，同时又满怀同情，来塑造这个艺术形象的，他是自己主人公的灵魂设计者。至于"我们这一代人"中是否也包括作家自己，读者可以有自己的遐想空间。

《当代英雄》的主人公毕巧林是一位富家子弟,因生活无聊从军到高加索。他锲而不舍地追求纯洁美丽的山间少女贝拉,而当贝拉把自己的整个身心都托付给他时,他却弃如敝屣,他要的只是苦苦追求的过程。他仿佛是一个个芳龄女子深恶痛绝的"灾星",是人间悲剧的"成全"者;却又是一个时刻准备为她们牺牲自己安宁、功名甚至生命的人。他既是一个"心灵残废者",又是社会的受害者。正如批评家C·伊凡诺夫所说:"毕巧林也许是19世纪前半期俄罗斯文学中最聪明、最有学问的主人公。"他是俄罗斯文学中的"一代天骄",是"当代英雄"!他是继普希金的奥涅金之后的又一个"多余的人",但他对自己心灵的精辟分析,对社会铿锵有力的批判,使他远远超越了自己的先驱。

小说的后半部分《塔曼》《梅丽郡主》《宿命论者》几个故事讲述的内容似乎不是作家创作的,而是他从马克西姆那里捡了个便宜,得到了毕巧林的三个"记事簿",里面写的都是现成的,仿佛故事的讲述人是毕巧林,作家只是把它们出版罢了。

这么一部诗化小说的典范,莱蒙托夫仅仅用了区区10多万字,便将其写得如诗如画,就像批评家别林斯基所说的那样,"是对富有诗意的地方的最富有诗意,同时又是最正确的描写",甚至一字都不能更改。

不同的读者对毕巧林的接受可谓见仁见智,不同时代不同的评论家的观点也大相径庭。

莱蒙托夫对毕巧林究竟是怎么看的呢?是揭露,是讽刺,是歌颂,是辩护?莱蒙托夫说:"也许,某些读者想打听我对毕巧林的品性是怎么一个看法。——本书的书名便是我的回答。"

早在20世纪30年代,戈宝权先生就翻译了《当代英雄》中的《塔曼》一篇。后来又有了两个《当代英雄》的译本。我对诸先贤把这部优秀作品介绍给中国读者深怀敬意,但读后对作品理解与表达还有点自己的想法,所以接受了译林出版社盛情约稿重新翻译了这部作品。蒙先驱、学

毕巧林和公爵小姐
(莱蒙托夫/铅笔素描)

《当代英雄》插图

长不嫌，戈宝权先生年过八旬，健康欠佳，仍"宁试体力，难辞数语"，为拙译写下热情鼓励的卷首语。柳鸣九先生把拙译《当代英雄》中的短篇小说的《塔曼》选入《名家评点·外国小说中学生读本》，王立业先生把其中的《贝拉》选入我国高等学校俄语专业教材《俄罗斯文学名著赏析》，整个译本则被选入《外国文学名家精选书系》（柳鸣九先生主编）的《莱蒙托夫精选集》（刘文飞先生编选）。拙译之后，《当代英雄》还另有新译，几个译本各有所长。2006 年，"译文论坛"就几个《当代英雄》译本进行讨论时，一位教大学英语翻译课的老师说："推荐译林吕的译本，

流畅和表达的自然清晰不说，单就忠实而言，吕译也值得一读……是参考纳博科夫（Nabokov）的英译看的吕译，决定拿吕译和纳译做英语翻译教材了。"纳博科夫是一位享有世界声誉的作家，其在创作生涯的前 20 年（1889~1919 年）是著名俄罗斯诗人，后 20 年（1840~1960 年）是著名的美国作家、翻译家。能与纳译一起作为大学英语翻译课教材，作为一名中文译者，我愧领荣幸。

近年，俄罗斯出版一本书，叫《最著名的俄罗斯诗人》，封面人物是米哈伊尔·莱蒙托夫。而这位"最著名的俄罗斯诗人"的长篇小说《当代英雄》，却成为一座高耸于俄罗斯文学史的丰碑，用别林斯基的话说，成了"高耸在当代文学荒漠上"的"茕独的金字塔"。

文学泰斗托尔斯泰曾说："假若莱蒙托夫尚在，那我和陀思妥耶夫斯基就显得多余了。"语言大师契诃夫说，他恨不得"像中学生那样分析——分析每一个句子，分析每一个句子成分……恨不得那样学习写作"。

米哈伊尔·尤里耶维奇·莱蒙托夫（1814~1841 年） 俄罗斯作家
主要作品：《当代英雄》《祖国》《假面舞会》《诗人之死》《恶魔》等。

链接：

● 莱蒙托夫从小痴迷绘画，他的画主要是水彩画、油画和素描，其中又以高加索题材的画为最佳。他曾画过一幅肖像，画的是他在梦境里见到的一位数学家，这幅肖像至今收藏在俄罗斯科学院的普希金馆里。

● 1841 年普希金死后 4 年，莱蒙托夫离开彼得堡，经莫斯科去高加索，7 月 15 日与马尔蒂诺夫决斗，不到 27 岁的莱蒙托夫在决斗中身亡。他留给世人的作品包括约 400 首诗歌和 30 首长诗，绝大多数是在诗人死后发表的。作为诗人，他在普希金和涅克拉索夫之间起了承前启后的作用。

● 2014 年，莫斯科隆重纪念诗人莱蒙托夫 200 周年诞辰。

《死魂灵》
——普希金提供的素材

■ 乔振绪/文

《死魂灵》的素材是普希金提供的。有一次，普希金向果戈理讲了这样一件事：一个当官的是个骗子，他花了极少的钱从地主那里买了一批死农奴，可是他们在花名册上仍然是活农奴，然后这位官员又把这批农奴抵押出去，得了一大笔钱，成了暴发户。

果戈理对这个素材产生了极大的兴趣，他把这个素材创造性地运用到自己的小说中，便有了《死魂灵》这一划时代的伟大作品。在《死魂灵》前面几章写好后，他首先想到读给普希金听，征求普希金的意见。

1836年夏天，果戈理带着没有写完的《死魂灵》来到意大利，《死魂灵》的后部分内容就是在意大利完成的。

1836年，果戈理写信给茹科夫斯基说："我正在写《死魂灵》，我在彼得堡时就开始动笔了……我的这本书规模庞大，内容庞杂，不会很快写完。"他在信中又说："一些新的阶层和许多形形色色的老爷们将会起来反对我，但是我有什么办法呢！……我知道，我死后，我的名字将比我现在幸运，我的乡民们的后代也许会眼中噙着泪水同我的灵魂和解。"果戈理的这些话表明，他已经意识到了他写的这部作品将会产生多么大的社会效应，他在《死魂灵》中所嘲笑的那个阶级的人不可避免地会对他采取敌对态度。

从1835~1841年，在这7年的时间里，果戈理把全部心血倾注到了他的创作中。

1841年9月，果戈理带着《死魂灵》回到国内。但是这部书要想出版，必先通过书报检察机关的审查。负责审查的官员一看到《死魂灵》这个书名，就勃然大怒，他嚷嚷道："灵魂是永生的，怎么会死呢！"当他弄清楚了"死魂灵"指的是死去的农奴时，他有点慌了神，他说："这就更不行了，这是反对农奴制。"

《死魂灵》插图（拉普捷夫/画）

《死魂灵》在莫斯科的出版受阻，让果戈理心急如焚。这时，正巧别林斯基从彼得堡到莫斯科来办事，果戈理便把《死魂灵》送审受阻的事告诉了别林斯基，别林斯基当即表示，他把稿子带到彼得堡去，争取在那里出版。后来，经过别林斯基和其他友人的努力，彼得堡书报检察机关迫于进步人士的压力，勉强批准了《死魂灵》出版，但提出的条件是，作者必须对书中有关科佩金上尉的故事做重大的修改。果戈理只好对故事做了一些删节。修改后的《死魂灵》第一卷终于在1842年5月出版。

1848年果戈理前往耶路撒冷朝圣，回来后神父马修斯·康斯坦丁诺夫斯基认为他的作品在上帝的眼中是一种罪恶，要求他烧掉第二部《死魂灵》书稿。1852年2月24日他烧掉已经将近完成的书稿，随后病倒，拒绝进食，度过痛苦的9天后，于3月4日辞世。

《死魂灵》的故事情节很简单，它说的是一个善于投机钻营的六品文官乞乞科夫，在一次代书抵押农奴的事项中得到启发，决定做一次贩卖已死农奴的投机生意。为了买到实惠而又廉价的"农奴"以获取利益，他走访了一个又一个地主，极尽所能进行讨价还价，买到了一大批死魂灵，当他高高兴兴回去办好手续准备大捞一笔的时候，其罪恶阴谋被揭穿，检察官竟被吓死，乞乞科夫匆忙逃跑。

乞乞科夫是果戈理创造的一个双重身份的典型人物，他既是一个贪官，又是一个投机商人，果戈理在《死魂灵》中对他进行了无情的讥讽、揭露和鞭挞。

早在20世纪初，果戈理的作品便相继

被翻译介绍到中国。

　　1935年，鲁迅翻译了《死魂灵》，由上海文化生活出版社出版。1936年，鲁迅出资翻印了1000册《死魂灵百图》，以"三闲书屋"的名义出版，这是俄国著名画家阿庚于1847年绘画，由培尔那尔特斯基雕刻的插图。

　　1953年，人民文学出版社重印了文化生活出版社出版的鲁迅翻译的《死魂灵》，保留了原有版画插图11幅。

　　鲁迅的译本在我国的传播，使国人开始认识了果戈理，但鲁迅翻译的《死魂灵》是通过日文转译的。1995年，人民文学出版社又推出直接从俄语翻译过来的，满涛、许庆道的译本《死魂灵》。这个译本有很大的可读性，受到读者的欢迎。20世纪90年代，出现了一个出版《死魂灵》的高潮，很多出版社都推出各自的《死魂灵》译本：1996年浙江文艺出版社推出郑海凌译的《死魂灵》，1997年海南国际新闻出版中心推出樊锦鑫译的《死魂灵》，1999年安徽文艺出版社推出田大畏译的《死魂灵》，并附有插图16幅。应该特别提到的是1991年湖南文艺出版社推出的陈殿兴、刘广琦合译的《死农奴》，译者没有沿用鲁迅的译名《死魂灵》。2013年漓江出版社出版了由我翻译的《死魂灵》，这个版本的特点是有74幅插图，这些插图是画家根据书中的情节绘制而成，人物的衣冠和人物的活动环境完全符合19世纪上半叶俄罗斯社会的实际，插图的作者是画家拉普捷夫（1905~1965），他是苏联美术研究院的通讯院士。

　　我翻译《死魂灵》时感到，《死魂灵》弥漫的幽默、嘲讽，精致的描写，展示了果戈理的艺术天赋。《死魂灵》是一部超

《死魂灵》插图：主人公泼留希金

越国界、超越时代的杰作。从它问世到现在已经过去了170多年,但是乞乞科夫们、索巴克维奇们、诺兹德廖夫们的身影还没有从我们的生活中消失,他们依然存在着、活跃着,和他们进行殊死的斗争依然是我们今天社会的一大任务。

尼古拉·瓦西里耶维奇·果戈理（1809~1852年）俄国作家
主要作品：《钦差大臣》《死魂灵》《五月的傍晚》《阿拉伯风格》《狂人日记》等。

链接：

●果戈理与普希金的友情与交往被传为文坛的佳话。1831年果戈理与普希金相识,普希金很快成了果戈理写作上的朋友。从1834年到1835年,果戈理在圣彼得堡大学教授历史,在此期间,他写作了一系列的短篇小说,第一篇作品是《狄康卡近乡夜话》,描写迂回曲折,充满幻想,具有民间风格。1835年,他根据普希金提供的一则荒诞见闻,在两个月内创作出了五幕喜剧《钦差大臣》,引起轰动。不久,果戈理辞去了圣彼得堡大学教授一职,专心写作。

●果戈理称自己的《死魂灵》为长诗。以我们的理解,所谓长诗,就是史诗的意思。屠格涅夫称:"这个人（果戈理）以自己的名字标志了我国文学史上的一个时代；我们把这个人视为我国的一种光荣并引以为自豪！"

果戈理正在焚烧《死魂灵》的第二卷

《父与子》
——主人公巴扎罗夫的原型是一位医生

■ 王圣思 / 文

  1862年，屠格涅夫的小说《父与子》问世后掀起了轩然大波，人们对它众说纷纭，赞誉与贬斥同存。分歧主要集中在对主人公巴扎罗夫的评价上，进而对作家或指责或褒扬。

  当时俄国批评界存在不同的思想文化阵营，奇特的是，即使同一阵营的读者对《父与子》的主人公评价也各不相同。在自由主义阵营中，有的人认为作家过于尊崇和赞美巴扎罗夫，因此愤愤不平地谴责作家曲意奉承年轻一代；但也有人认为作家大大贬低了巴扎罗夫这样的平民知识分子，因而兴高采烈地向作家表示祝贺。在民主主义阵营中也有两种截然不同的看法，相当多的人认为，作家利用巴扎罗夫这个形象来诽谤、讽刺年轻一代，指责作家落后、偏颇，青年人更是勃然大怒，因而否定了这部作品；但也有像皮沙烈夫这样的评论家则肯定巴扎罗夫是年轻一代的代表，指出在他身上集中了那个时代进步人士的不少特征。

  还有批评者认为小说是在攻击革命民主主义批评家杜勃罗留波夫。这里隐含了一段往事，那就是屠格涅夫与《现代人》杂志的决裂。

  屠格涅夫在写《父与子》之前发表了长篇小说《前夜》，杜勃罗留波夫高度赞扬了这部作品，写下了著名的论文《真正的白天何时到来》，对《前夜》的书名内涵做出了自己的理解，认为俄国正处在革命的前夜，还在文章末尾蕴含了号召式的暗示。这是持有改良社会、反对暴力等渐进主义观点的屠格涅夫所不能接受的，他的本意是："中篇小说《前夜》的命名，是因为它出现的时间（1860年，即农奴解放的前一年），而不是它的内容。新的生活那时开始在俄国出现，像叶莲娜和英沙罗夫那样的人物便是这种新生活的先驱者。"在俄国，1861年废除农奴制是自上而下地推行的。屠格涅夫看到杜勃罗留波夫的文章手稿，尽管认为在那么多评论中"杜勃罗留波夫的文章是其中最好的一篇"，但他还是向《现代人》杂志的主编涅克拉索夫要求，不要刊登杜勃罗留波夫的评论，否则他将退出《现代人》杂志的撰稿人队伍，并发出最后的通牒：在他或杜勃罗留波夫二者之间，只能择其一。但涅克拉索夫还是发表了杜勃罗留波夫的论文，其结果是屠格涅夫脱离了《现代人》杂志，不再为其提供稿源。

小说《父与子》的主人公巴扎罗夫不仅有些观点与杜勃罗留波夫相近，包括他的早逝与1861年病逝的杜勃罗留波夫似乎也有某种暗合，所以，有些同时代人认为，巴扎罗夫的原型就是杜勃罗留波夫；更有人断定屠格涅夫是在借巴扎罗夫这一形象来诽谤杜勃罗留波夫。

批评的声音之强烈使屠格涅夫沮丧地感到"俄国的年轻一代对我再也没有——而且好像是永远地——好感了"。为了辩解和澄清事实，1868～1869年间，屠格涅夫在远离俄罗斯的德国巴登写下了《关于〈父与子〉》一文。屠格涅夫在该文中说明了自己创作的特点，不是如别人所指责的那样是"从观念出发"，同样他也无法完全凭虚构去"创造形象"，而是要有一个逐渐融合与积聚了各种适当的要素的活人做依据，因而巴扎罗夫这一文学形象是有生活原型的，其原型是俄国外省的一位县医德米特里耶夫。屠格涅夫在一次旅行途中的火车上与他相识，他的见解犀利而独特，他的性格让屠格涅夫大为惊叹，并且印象深刻。

在屠格涅夫看来，这位青年医生身上体现了一种刚刚产生、还在酝酿之中、后来被他称为"虚无主义"的因素。屠格涅夫善于敏锐发现生活中还处于萌芽状态的新事物，为了验证自己的感觉和发现，他聚精会神地倾听和观察周围的一切，却注意到实际上生活中到处都存在的东西，在俄罗斯全部文学作品中却连一点迹象也看不见。因此，他反而怀疑起自己是否在寻求幻影。

1860年8月，屠格涅夫去英国南海岸外的外特岛小镇洗海水浴，第一次想到要写这部小说。在那里他正好碰到一个俄罗斯人，他们同住在一起，屠格涅夫便向他谈起自己构思中的人物，对方却认为作家早在罗亭身上已经描写过这类典型。这一看法对屠格涅夫有所打击，让他无话可说又惊讶不已：这两个人怎么会是同样的典型！他甚至一度停止了去构思这部作品。但后来情节还是在屠格涅夫脑子里逐渐形成，于是他在这一年的冬天写好了开头的

《父与子》插图

几章。次年的7月,他在俄国乡间完成了这部小说,到这年秋天,他把小说读给几位朋友听后,又做了一些修改和补充。

1862年3月,《父与子》在《俄国导报》上发表。不久,屠格涅夫回到彼得堡,正好那天普拉克辛商场发生火灾,沙皇政府到处散布革命青年纵火的流言,在涅瓦大街上作家碰到的第一个熟人就对他说:"请看您的虚无主义者干的好事!放火烧彼得堡!"这大大出乎屠格涅夫的意料。读者的批评意见使屠格涅夫在回忆文章及书信中多次做出说明和解释。

之所以会有这样的不同评价,涉及的巴扎罗夫究竟是怎样的人,与当时俄国的社会思想文化有什么关联以及作家对自己笔下人物的态度如何。

应该说,巴扎罗夫确实是俄国文学中第一个"新人"形象。《父与子》比车尔尼雪夫斯基的《怎么办》早一年问世,作为俄国文学史上首先出现的平民知识分子形象,在艺术上也高于车尔尼雪夫斯基所塑造的"新人"群像。巴扎罗夫与以往俄罗斯文学史上的文学人物不同,与屠格涅夫在他第一部长篇小说中所刻画的"多余人"中的佼佼者——罗亭也不同。他是精神上的强者,充满自信,生气勃勃,具有锐利的批评眼光,他不屈从权威,有独立思考的能力,面对贵族奉若神明的原则、政治、法律、制度等,他却毅然决然地否定这一切,从他与巴威尔·吉尔沙诺夫的论战就可见一斑;他也是行动的巨人,具有实践能力,注重自然科学,他解剖青蛙,为农人看病,从小事做起。当然,他也带着青年人某些偏激的弱点,在他的否定一切中,也包括对艺术、爱情的否定,

屠格涅夫小说插图

而作家精彩地描写了被他否定的爱情却在他内心不可抑制地萌发起来,这是真实可信的。巴扎罗夫与"多余人"的不同之处还表现在他对此也决无回避躲闪之态,不像罗亭那样在生活中不经努力就立刻屈从现实,他是敢于表露和行动,只不过遭到了少妇奥金佐娃的拒绝。正是在爱情受挫后,巴扎罗夫失去了以前强有力的精神力量,生活在他眼里变成了灰色,他对前途感到渺茫和悲观,对现实丧失热情和信心。失恋前后人物性格的矛盾变化,是由作家对人物的态度暧昧所造成的。

一方面,屠格涅夫对巴扎罗夫所代表的民主主义平民知识分子有一种情不自禁地向往,他肯定他们个人品质的高尚,钦佩他们富于牺牲的忘我精神和行动能力。他认为:"如果这样的人没有了,那么历

史这本书就要永远合起来了!"但另一方面,屠格涅夫并不赞成他们的政治、社会、美学、哲学主张。这位温和的人道主义者、崇尚自由主义的贵族作家,害怕俄国大地上出现暴力革命。他觉得他们的观点必将导致他们成为悲剧人物,因此他安排了巴扎罗夫的失恋、悲观和最后的死亡,小说的抒情结尾也就充满了宿命的悲哀。

《父与子》是屠格涅夫的代表作。它反映了代表不同社会阶级力量的"父与子"的关系,塑造了一代新人代表——平民知识分子巴扎罗夫的形象。屠格涅夫将巴扎罗夫称为自己"心爱的孩子",但又确定不了自己对巴扎罗夫的感情,他承认"我在我的日记里提到的那种'情不自禁地向往'并不是爱"。这种模棱两可的态度正好折射出作家对民主主义者和笔下人物的矛盾心态,因此巴扎罗夫引起人们不同的好恶、不同的评价也就在情理之中了。

从19世纪60年代起,屠格涅夫大部分时间在西欧度过,结交了许多著名作家、艺术家,如左拉、莫泊桑、都德、龚古尔等,参加了在巴黎举行的"国际文学大会",被选为副主席(主席为维克多·雨果)。屠格涅夫对俄罗斯文学与欧洲文学的沟通交流起到了桥梁作用。

在屠格涅夫生命的最后几年里,远离祖国的屠格涅夫在病榻上写了83篇散文随笔,表达了他暮年时对祖国、对人生、对艺术的情怀。《散文诗》是他整个生命和艺术的总结,融汇了他一生创作的特点。

在中国,耿济之先生最早将《父与子》由俄语译成中文,在20世纪20年代出版,1930年还有陈西滢先生的译本问世,20世纪40年代有巴金先生的译本,近年又有新的译本出现。但流传最广、印数最多、再版时间延续最长的当推巴金译本。

20世纪80年代初期,我随父亲辛笛经常去探望巴金伯伯,当他得知我喜欢俄罗斯文学尤其是屠格涅夫的作品时,他立刻从书橱里拿出一大本俄文原著《屠格涅夫选集》,是苏联1946年版的,当场题词送我,我真是欣喜若狂,小心地捧回了家。我还有幸得到巴金伯伯赠送的1979年和1991年出版的《父与子》译本。他馈赠的书成为我对照学习翻译的范本,他的译本吃透并融化原著的精神和美学特征,没有佶屈聱牙的翻译腔,真切地传达了屠格涅夫简洁、优美、诗意的文体风格。

巴金晚年曾回忆起1937年4月,他与几个从事编辑工作的朋友一起游西湖,其中有丽尼和陆蠡,当时巴金主持的文化生活出版社正在编印《译文丛书》,已出版了《果戈理选集》,其中有鲁迅翻译的《死魂灵》,反响甚好,这使他们萌生了再出版《屠格涅夫选集》的想法,尽管屠格涅夫的六部长篇小说当时都已有了中文译本,但销路不大,而且他们还想在出版选集之后,再出版全集。于是他们几人当即做了翻译的分工:丽尼选了《贵族之家》《前夜》,陆蠡挑了《罗亭》和《烟》,而《父与子》和《处女地》就由巴金负责。巴金于1942年在桂林开始翻译《父与子》,由于抗战期间条件很艰苦,他每晚只能点着一盏小小的煤油灯工作到深夜。由于手头只有英国加尔奈特夫人的《父与子》英译本,还有一本1936年列宁格勒(今彼得格勒)版的《屠格涅夫选集》,翻译时主要依靠英译本,同时参照俄语原版翻译,解决一些疑难。一年后，即在1943年7月，巴金的译作由上海文化生活出版社初版，用土纸本印刷，译本分为上下两册，在那个时代便于邮寄和销售；11月又由桂林文化生活出版社再版；抗战胜利后，从1945年12月~1952年9月上海文化生活出版社共印了9版，平均每年都印刷出版；1953年巴金又将《父与子》译稿校改了一遍，交平明出版社，1953年5月~1954年9月两年时间里共印5版；50年代中期人民文学出版社拟出版之前，巴金又修改了一遍，从1955年5月~1962年7月人民文学出版社印了7版；"文革"后，1979年9月~1989年6月人民文学出版社将巴金译本《父与子》与丽尼译本《前夜》合为1册出版，初版印数为10万册，这样的印数是相当可观的。1991年人民文学出版社又将该译本收在《屠格涅夫选集》中，初版为22360册。巴金对译事精益求精，他说："我每改一次译文感受就深一些，最大的感受就是两代人中间的隔膜，就是我们所谓的'代沟'。"但巴金先生无论他的创作还是他的译作始终得到青年读者们的喜爱和理解，可以说从20世纪40年代至今，巴金翻译的《父与子》陪伴着一代又一代的青年人成长。

屠格涅夫（1818~1883年）俄罗斯作家
主要作品：《猎人笔记》《罗亭》《贵族之家》《前夜》《父与子》《烟》《普宁和巴布林》《处女地》等。

链接：
● 美国小说家和评论家亨利·詹姆斯称屠格涅夫为"小说家中的小说家"。在俄国，屠格涅夫创作的六部长篇小说被誉为19世纪俄罗斯社会生活的艺术编年史。屠格涅夫本人认为，最能体现他艺术风格的是《贵族之家》，但文学史却认定《父与子》是他的代表作，他在这部长篇小说中塑造了俄国文学史上第一个"新人"的形象——巴扎罗夫。屠格涅夫的创作技巧和心理分析艺术对后来的欧美作家颇有影响。

● 在中国，对屠格涅夫的作品介绍较早，《新青年》从1915年第1期开始连载《春潮》，次年又节译了《初恋》。1949年之前屠格涅夫的主要作品几乎全部翻译成中文，不少译本出自中国名作家之手：如巴金译的《父与子》和《处女地》；丽尼译的《贵族之家》和《前夜》；丰子恺译的《猎人笔记》等。

《卡拉马佐夫兄弟》
——一桩父母虐待孩子案件的启发

■ 王志耕 / 文

陀思妥耶夫斯基在他写作《卡拉马佐夫兄弟》之前出版的一期《作家日记》中谈到了发生在外省的一桩父母虐待孩子的案件：一个退役的少校、地主，与夫人一起常常鞭打三个孩子，被家庭教师告上法庭。地主夫妇却在法庭上反诉孩子顽劣，应当受打，最后法庭因俄国没有父母虐待孩子的罪名而判其无罪。陀思妥耶夫斯基有感于此，称要建立一个"良心法庭"，来追究做父母的责任。他认为孩子顽劣的根本的原因还在于为人父母者丧失了传统观念中的"普遍的道德行为原则"，在这种情况下，"孩子就被彻底置于偶然性的支配之下"，养成仇恨和否定的习惯，"他们只是在否定的方面联合一致，而在肯定的方面则分崩离析"。陀思妥耶夫斯基一生都在谴责"父亲们"的失德行为，这与他青少年时代的精神创伤密切相关。这个退役的少校大概使他又想起了自己的父亲。老陀思妥耶夫斯基是家里的"暴君"，对作家的母亲蛮横、嫉妒、挑剔、冷漠，对孩子同样缺少温情。这给作家的心灵留下了深深的阴影。陀思妥耶夫斯基笔下的孩子往往郁郁寡欢、卑怯、敏感，其实这正是作家对自己个性的再现。老陀思妥耶夫斯基后来在乡下自己的田庄上被人杀死了，因为找不到目击者，人们推测凶手是当地的农民，因为他对田庄上的农民态度粗暴。父亲的这种个性，最终被作家演绎成了老卡拉马佐夫的形象。这也就是为什么著名的精神分析学创始人弗洛伊德说陀思妥耶夫斯基有"弑父"情结的原因。

《卡拉马佐夫兄弟》这部弑父小说的主角是德米特里，这个人物的原型是陀思妥耶夫斯基在服苦役期间的一个难友——退伍少尉伊林斯基，他的名字就是德米特里。作家从这位少尉的同乡那里获知了他的案情：伊林斯基生活放荡，因而负债累累，为了获得父亲的财产而

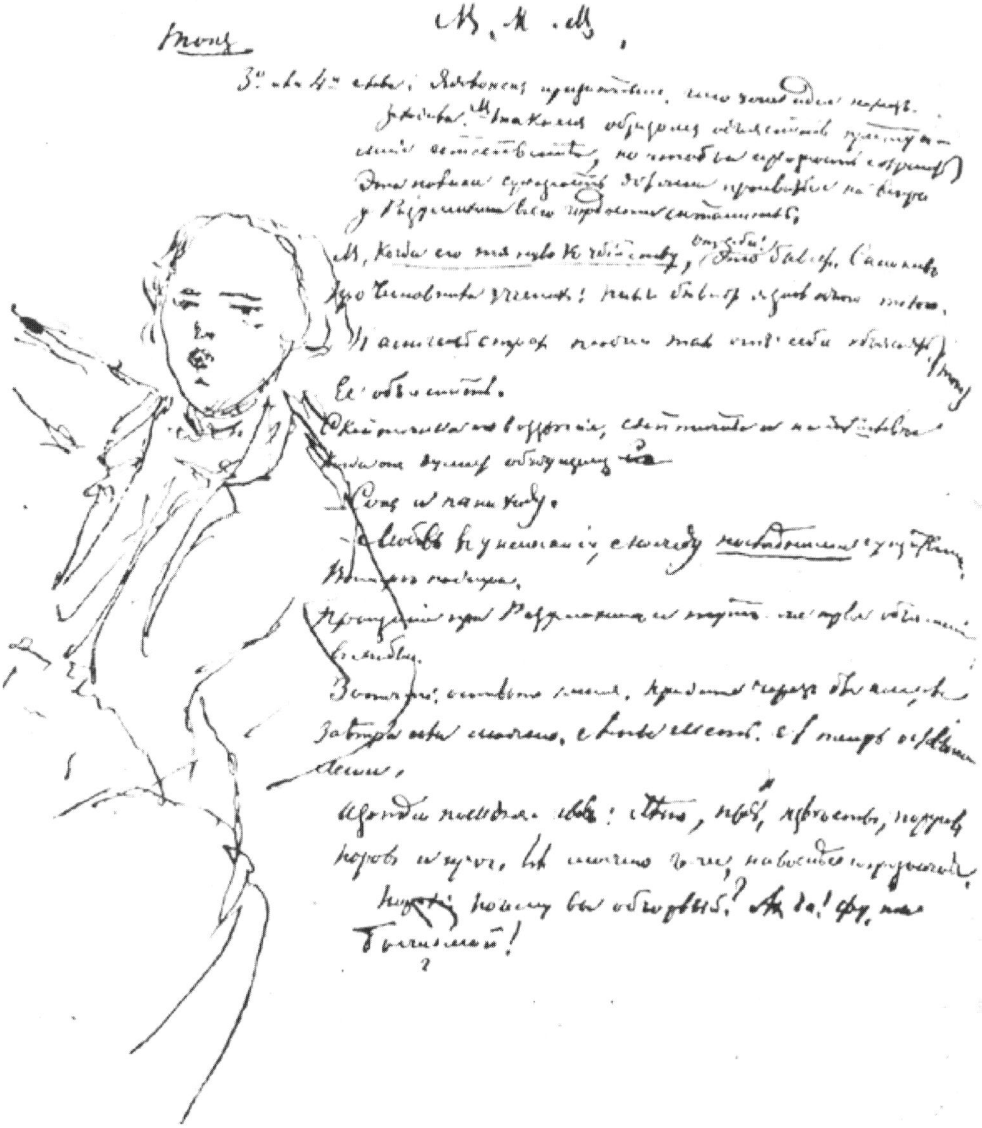

陀思妥耶夫斯基手稿与亲笔画

阿辽沙·卡拉马佐夫（伊·格拉祖诺夫／画）

将其杀死，被判 20 年苦役。陀思妥耶夫斯基在刚刚从流放地回到彼得堡后发表了《死屋手记》的第一章，其中就提到了这个人，说他是"出身贵族的弑父者"。这一章发表后，有人给他寄来一封信，说那个伊林斯基被冤枉了，法庭已经为他平反了。所以，陀思妥耶夫斯基在《死屋手记》第二部第七章发表时，特意做了说明，说那个"出身贵族的弑父者"并非真凶，但他却白白受了 10 年的苦役。对此，作家表示感到"骇人听闻"。此后，当陀思妥耶夫斯基准备《卡拉马佐夫兄弟》的材料时，首先提到他的故事就是"类似伊林斯基那样的经历"。当然，在卡拉马佐夫家的这个德米特里身上，既有放荡自私的一面，也有真诚坦荡的一面，作家借助于这一形象同样表达了他对复杂的人性的思考。

陀思妥耶夫斯基一生都在思考这个世界上为什么会存在恶的问题，既然万能的上帝存在，为什么人间却充满苦难，尤其是为什么会有那么多无辜的儿童在受难？

1878 年 5 月，正当作家在草拟《卡拉马佐夫兄弟》写作计划的时候，他 3 岁的儿子阿列克谢（爱称"阿辽沙"）突发癫痫夭折。这件事给陀思妥耶夫斯基带来了巨大的精神打击，他整夜跪在床前，痛悔自己把这种病遗传给了儿子——这个他生命中美好的未来。当小说发表时，前面有一段作者的话，称他的小说的主人公叫作"阿列克谢·费奥多罗维奇·卡拉马佐夫"。这个名字除了姓不一样，其中名和父名均与自己夭折的儿子相同，我想这不是偶然的。在小说主人公阿辽沙身上，作者寄予了所有他肯定的善的生命品性，这与他对儿子美好形象的想象不无关系。但也有人回忆说作家曾跟他说，阿辽沙将来会走出修道院，成为革命者。而在 19 世纪 60 年代，有一个大学生因谋刺沙皇被处死，他叫"卡拉科佐夫"，与"卡拉马佐夫"一音之差，据此推断，作家可能是受这个事件启发而给自己的主人公们命名的。这一点也许有道理，但阿辽沙却不会是根据这个行刺沙皇的人物塑造的，因为陀思妥耶夫斯基是始终反对暴力革命行为的，这也是他在苏联时期为什么一直受到贬抑的原因。

陀思妥耶夫斯基是要通过小说《卡拉马佐夫兄弟》的描写，来探讨人性的善恶问题，其中的人物虽说有些具体的原型，但总体上仍是作家对人性体察的一种形象反映。小说描写的主人老卡拉马佐夫，是一个外省地主，属于一种"奇特的典型"，聪明狡猾，身上有某种"独特的民族性"——这大概就是陀思妥耶夫斯基说的那种有背弃上帝倾向的人。他娶过两任妻子，前任妻子后来跟别人私奔了，不久死去，给他留下了一个3岁的儿子德米特里，他对此子不闻不问，由家里的仆人格列高里来照料，后来被母亲娘家的亲戚收养长大；老卡拉马佐夫的后任妻子得了疯病，不到8年，也撒手人寰，给他留下了两个儿子——伊万和阿辽沙，孩子照样由仆人格利高里照料，后来也是被母亲的养母一方的亲戚带大。此外，老卡拉马佐夫还有一个私生子斯麦尔佳科夫，因为是非婚生，在家里只能做仆役。老大德米特里后来读了军校，在军中做副官，和长官的女儿订了婚，回到家来向父亲讨要母亲的遗产，却遭到父亲拒绝。已经订婚的德米特里在家乡却爱上了风尘女子格鲁申卡，而后者恰好是老卡拉马佐夫的追求对象，于是父子二人再次发生激烈的冲突。在这一过程中，老二伊万、老三阿辽沙、私生子斯麦尔佳科夫都不同程度地介入到冲突之中。阿辽沙是一个见习修士，主张精神完善与人类和解，千方百计挽救这个破碎的家庭。伊万是个小作家，代表着平民知识分子的无神论立场，主张为了某种理想"一切都是允许的"，对于父亲的所作所为持否定态度，他爱上了哥哥的未婚妻卡捷琳娜，并觊觎其可观的陪嫁，因此，希望哥哥能战胜父亲，夺走格鲁申卡。因此，当哥哥声称像老卡拉马佐夫这样的人"为什么还会活着"的话时，伊万发现这正符合他的哲学理念。然而，他却没有能力亲自动手去做"被允许的一切"。但他的这种思想却深深地影响了斯麦尔佳科夫。因此，在一个夜晚，斯麦尔佳科夫趁德米特里从父亲那里离开后的时机，杀死了老卡拉马佐夫，拿走了他的钱。德米特里则被控弑父而受到审讯。在最后判决的前夜，斯麦尔佳科夫向伊万承认了自己才是弑父凶手，并于当夜自杀；而伊万在庭审的作证也因没有直接证据而未被采纳。最终德米特里被判20年苦役与流放。

伊万·卡拉马佐夫这个人物没有具体的原型，但陀思妥耶夫斯基说他是"高度现实的人物"，因为在这个人身上集中了那个时代无神论者、无政府主义者、虚无主义者、怀疑主义者、自由主义革命者的复杂观念。他一方面承认上帝的存在；一方面又不接受上帝创造的这个世界，因为它充满了恶。而为了解除这些恶，"一切都是允许的"，这个思想让我们想起了以别林斯基为代表的革命主张，即为了达到伟大的社会理想，需要人们付出鲜血的代价。

《卡拉马佐夫兄弟》的中文翻译从20世纪30年代开始，在1931年有一个片断（《大宗教裁判官》，即《宗教大法官》）

发表在《青年界》杂志上，译者是周起应。1940年上海良友复兴图书印刷公司印行了这个作品的"上卷"，当时书的译名为《兄弟们》，译者就是著名的俄国文学翻译家耿济之。直到1947年，耿济之的完整译本才由上海晨光出版公司出版，书名为《卡拉马佐夫兄弟》。

1950年，耿济之的《卡拉马佐夫兄弟》译本由晨光出版公司又印刷过几次，直到1981年由人民文学出版社出版，此后多次再版，成为影响最大的译本。此外，还有韦丛芜的译本（译名为：陀思妥夫斯基《卡拉玛助夫兄弟》，文光书店，1953年），徐振亚、冯增义译本（浙江文艺出版社，1996年），荣如德译本（上海译文出版社，1998年），臧仲伦译本（译林出版社，2001年），何茂正、冯华英译本（南方出版社，2002年）等。个人仍推荐耿济之译本，因为这部小说充满哲学论辩，很多地方不能意译，而耿济之的译本多为直译，较少损失原文的含义，可供读者自己去揣摩其中的哲理内蕴。

陀思妥耶夫斯基（1821~1881年）俄国作家
主要作品：《穷人》《被侮辱与被损害的》《死屋手记》《地下室手记》《白痴》《群魔》《罪与罚》《卡拉马佐夫兄弟》。

链接：

● 雅克·科波（1879~1949年）1913年创办了老鸽舍剧团，剧院位于巴黎市第六区老鸽舍街21号，曾上演同名小说改编的《卡拉马佐夫兄弟》舞台剧，盛况空前。在纪念陀思妥耶夫斯基100周年诞辰时，法国作家纪德说："几年前赞赏陀思妥耶夫斯基的人还不大多，但一如既往，每当首批仰慕者从精英中吸收时，他们的人数就会越来越多。今天老鸽舍剧场就显得太小，接待不下他们了。我想首先探讨一下怎么会有一些人仍对陀思妥耶夫斯基了不起的著作无动于衷：为了战胜不理解，最好的办法是把它当作真诚的，并且设法理解它。……"

● 中国人因对宗教文化的陌生，而多望文生义，泛泛而论。比如，一些人根据陀思妥耶夫斯基1870年4月6日给阿·迈科夫的信中谈到《大罪人传》时的一句话——"贯穿在小说各部的一个主要问题，就是那个我有意无意之间为此苦恼了一辈子的问题——上帝的存在"——断定陀思妥耶夫斯基自己也承认怀疑上帝的存在。而实际上，首先，在这里"为此苦恼"（мучился）并不是"怀疑"；其次，"上帝的存在"（существование божие）不是"上帝是否存在"；再者，主人公"大罪人"并不是陀思妥耶夫斯基本人。所以，森科夫斯基的话是对的："陀思妥耶夫斯基从不怀疑上帝的存在（бытие Бога），但自始至终他都面临着（在不同的时期以不同的方式解决着）一个问题，即上帝的存在给世界，给人及其历史作用带来了什么。"

《罪与罚》
——主人公原型是被开除的大学生

■ 王志耕 / 文

《罪与罚》这部小说中的主人公拉斯柯尔尼科夫并没有一个固定的人物原型，应当说是作家综合思考的结果，尽管当时有一个案件引发了他对小说情节的构思。

陀思妥耶夫斯基1849年因参加地下小组研讨西方社会理论而获罪，被流放到西伯利亚，在那里结识了许多罪囚，这些原因都促使他开始思考"犯罪"的问题。19世纪60年代，他已回到彼得堡，虽然不断有作品发表，却因办杂志而欠下大批债务。1865年，为了躲避烦恼，专心写作，他来到德国的威斯巴登。这位作家有一个致命的嗜好——赌博，在威斯巴登，他曾经在赌场一次赢过1.2万法郎，但到最后还是输得精光，以至于饭钱都付不出。他当时在给朋友的信中写道："从昨天开始我吃不上饭，只能以茶充饥。"也正是在这种境况之下，他构思了《罪与罚》的情节：一个大学生身无分文，杀死了一个靠"吞噬他人生命"的放高利贷的老太婆。他自称，这个情节是有现实基础的："去年在莫斯科有一个大学生，在那次莫斯科大学生事件之后被学校开除，后来他决定抢劫邮局并杀死邮务人员。我们的报纸还披露了由于思想异常动荡而引起的可怕案件的许多消息。（还有那个教会学校的毕业生，跟一个姑娘在一个板棚中约会时杀死了她，早餐后一小时被抓到，等等。）总之，我相信，我的情节与时代在一定程度上是一致的。"

陀思妥耶夫斯基的这些话是给《俄国导报》的编者卡特科夫的信中说的，当时这份杂志有较明显的保守倾向，陀思妥耶夫斯基是要说服对方接受自己的小说，并相信他的作品并不会因为描写凶杀案件而引起社会不安，相反，他的小说会表明"上帝的真理和世俗的法律占了上风"。实际上，这部小说在写成之后，其含义要复杂、深刻得多。我之所以说小说是一种综合思考的结果，是因为，在拉斯柯尔尼科夫身上，体现的显然不仅仅是一个大学生的困境问题，而是那个时代产

《罪与罚》插图：索尼娅

《罪与罚》插图：放高利贷的老太婆

《罪与罚》插图：拉斯科尔尼科夫

生的一种社会倾向，这种倾向就是"革命"。

在俄国，拉斯柯尔尼科夫有一种理论，就是"犯罪有理"，其理由是：世间罪恶泛滥，而世俗法律却无能为力，实际情况并不像作家上面那封信中说的"世俗法律占了上风"，而是在某种意义上法律却纵容了对弱者的犯罪；此外，东正教文化也并没有让人们严守"上帝的真理"，而弱者的忍耐同样是对暴力的姑息。因此，要解决这个难题，就只有靠拉斯柯尔尼科夫这样正直的强者来收拾局面了。这也就是为什么后来有许多人说，这个人物奉行的是尼采的"超人哲学"，其实，比尼采大20多岁的陀思妥耶夫斯基根本就不知道这个人，起码在他去世的时候，尼采在俄国还是寂寂无闻，倒是尼采后来读到了《罪与罚》，他宣扬超人哲学的《查拉图斯特拉如是说》是否受到陀思妥耶夫斯基的影响也未可知。在读了这部小说后，尼采写道："陀思妥耶夫斯基是唯一能使我学到东西的心理学家，我把能结识到他看作是我一生最好的成就。"

1861年，俄国从上到下废除了农奴制，但这并没有满足那些激进的改革家们的意愿，再加上那时的沙皇亚历山大二世相对开明，这就给"革命"——通过暴力方式改造社会——提供了可能性。而"革命"的改革思路，就是为了达到人类社会的美好目标，必须要牺牲一部分人的利益。这也就是拉斯柯尔尼科夫的观点，他把人分成"平凡的"和"不平凡"的两类，后者是人类的引导者，"如果这种人，为了实现他的思想，需要跨过一具尸体，或者涉过血泊，那么，我想，他会在内心中，在良心上,允许自己涉过血泊……"从这句话表达的思想看,这个人物的原型可以说是已经去世 10 多年的伟大批评家别林斯基,因为后者在世时就是这样激进的革命理论家,他曾经说过,一种伟大的社会理想无法"随着时间的推移自然而然实现",而必须通过"暴力改革",通过"流血"来实现,因为"人们是如此愚昧,必须强行将他们引向幸福。几千人的血与千百万人的屈辱与苦难相比又算得什么。更何况'为了实现法的正义,哪怕这世界毁灭'"。只不过,别林斯基没有像拉斯柯尔尼科夫那样亲手去杀人而已。

也有一种说法认为,陀思妥耶夫斯基写拉斯柯尔尼科夫这个形象受了拿破仑的侄子——拿破仑三世一本书的影响,这本书叫《恺撒的历史》,其中夸大了黑格尔的历史观,即英雄人物主宰历史,称他们是上天的选择,带领人们完成伟大的事业,而他们所使用的手段,则不外乎流放、死刑、政变等暴力形式。当然,拉斯柯尔尼科夫的思想显得更为"高尚",因为在他看来,只有当那个"不平凡的人"具有能够"拯救人类"的伟大思想时,才能够以牺牲别人为代价。

还有人推测,拉斯柯尔尼科夫这个形象是从巴尔扎克笔下的拉斯蒂涅受到启发的。因为,陀思妥耶夫斯基在他临去世的半年前,应邀在普希金铜像揭幕仪式上作演讲,在最初准备的演讲稿中,他提到了《高老头》中那个"贫苦大学生"。拉斯蒂涅的境遇与后来的拉斯柯尔尼科夫一模一样,当他由乡下来到城市而一文不名时,提出了一个命题:如果有一个中国的满大人年老体衰,却有百万家财,而你一贫如洗,你想不想杀掉这个满大人。(顺便说,

《罪与罚》作者亲笔画

这个命题本是卢梭提出的,可见在18世纪中国清朝的腐败已经闻名欧洲。)——这个说法虽然比说陀思妥耶夫斯基受了拿破仑三世的影响更可靠一些,但仍只是推测。因为拉斯蒂涅要杀掉"满大人"的动机还是为了自己家人的幸福,而拉斯柯尔尼科夫却是为了解救被放高利贷者盘剥的穷人。

总之,作家通过这个形象要讲述的是那个时代的内容,而不仅仅是一个谋杀案的离奇故事。甚至有人认为,既然司汤达的《红与黑》可以叫作"1830年纪事",那么《罪与罚》也可以叫作"1865年纪事"。

如上所述,陀思妥耶夫斯基给卡特科夫写信谈了小说的设想后,后者被作家充满悲剧色彩的情节描述所打动,接受了稿子,并预支了300卢布稿酬,解了陀思妥耶夫斯基的燃眉之急。小说于1866年1月号的《俄国导报》上开始连载,并最终定名为《罪与罚》。

《罪与罚》的主人公拉斯柯尔尼科夫是一个法律专业的大学生,因贫穷而辍学,他同情弱者,憎恨"吸吮穷人鲜血的"社会"害虫",在人心沦丧和法律失效的情况下,他杀死了放高利贷的老太婆,并在慌乱中又杀死其无辜的妹妹。他成功脱逃,但却寝食难安,内心经受着巨大的煎熬。他因为帮助穷苦的马尔美拉陀夫一家而结识了其长女索尼娅,后者靠出卖肉体而养活全家,但在内心深处索尼娅却是个虔诚的基督徒。拉斯柯尔尼科夫被她身上那种苦难与谦卑的力量所感召,向警局自首,最终走上流放之路。

从形式上看,《罪与罚》是一部描写刑事案件的小说,并有着极为出色的犯罪心理铺叙;但在哲理内涵方面,它表现的却是效法基督(神人化)还是背弃上帝(人神化)的永恒矛盾。 就其书名来看,《罪与罚》则概括了全书的主旨。所谓"罪",表面上看是主人公杀人的世俗之罪,而实质上是指主人公背弃上帝、自我成神之罪;所谓"罚",看上去是指法律对世俗之罪的惩罚,而实质上是指人在背弃上帝之后的灵魂折磨。尽管著名思想家巴赫金认为小说是一种"复调"式的对话,即作者不表达其绝对立场,只让主人公在小说中表达自己的观点,但实际上,陀思妥耶夫斯基通过小说结尾拉斯柯尔尼科夫捧起福音书这一情节来表明,人的内在本质是善的,最终一定都会走向上帝,尽管这可能是未来的一个故事了。

像大多数俄国作家一样,陀思妥耶夫斯基的作品也是在1920年开始翻译进中国的,而在他最早被译进来的作品中,就包括了《罪与罚》,不过那还只是一个片断,译者署名"太一",1922年发表在《民铎》杂志上。这部小说的第一个完整译本是"未名社"的韦丛芜翻译的,分上下两册,于1930年6月和1931年8月由未名社出版部出版。虽然这个译本是由英文转译的,但却影响深远,在1949年之后的大陆(这期间中国台湾有多个译本出版),它一直是唯一的一个完整译本(1936年启明书局出过汪炳琨的一个也是从英文译过来的译本,但1949年后没有发行过),直到1979年岳麟从俄文直接译过来的译本由上海译文出版社出版。

可以说,尽管韦丛芜本人不懂俄文,但在陀思妥耶夫斯基的翻译事业上,却是贡献最大的一位翻译家。在韦丛芜之前,陀思妥耶夫斯基的小说译成中文的只有寥寥几个小品。而 1926 年,他开始了一项严肃的工程,根据英国人 Constance Garnett 的权威译本,要将陀氏全部重要作品译为中文,他的第一个陀思妥耶夫斯基小说译本是《穷人》,鲁迅那时是"未名社"的"大股东",为这个译本专门写了"小引",其中写道:"中国人知道陀思妥夫斯基将近十年了,他的姓已经听得耳熟,但作品的译本却未见。这也无怪,虽是他的短篇,也没有很简短,便于急就的。这回丛芜才将他的最初的作品,最初介绍到中国来,我觉得似乎很弥补了些缺憾。"鲁迅的肯定,给了当时刚满 20 岁的韦丛芜以极大的鼓舞,也正是鲁迅那时鼓励他:"以后要专译陀思妥耶夫斯基,最好能把全集译完。"他没有辜负鲁迅的期望,一辈子都在努力完成这项工作,直到去世前,译完了陀思妥耶夫斯基最主要的 24 部小说。

《罪与罚》的中文译本有 20 余种,我个人推荐朱海观、王汶译本(人民文学出版社)、岳麟译本(上海译文出版社)、张铁夫译本(海南国际新闻出版中心)。朱海观、王汶译本较"信", 岳麟译本较"达", 张铁夫译本较"雅"。

陀思妥耶夫斯基(1821~1881 年)俄国作家
主要作品:《穷人》《被侮辱与被损害的》《死屋手记》《地下室手记》《白痴》《群魔》《卡拉马佐夫兄弟》《罪与罚》。

链接:

● 1821 年,陀思妥耶夫斯基出生在俄罗斯的一个医生家庭,其父靠积蓄购买了田产、农奴,成为庄园主,但在自己的田庄上却被人杀死。陀思妥耶夫斯基幼年即患有癫痫症,该病症伴其一生。1843 年,陀思妥耶夫斯基毕业于彼得堡军事工程学校,后在彼得堡工程分队的军事工程绘图处工作。一年后,他辞去该职,专门从事文学创作。1846 年,发表第一部作品《穷人》一举成名。1849 年因参加地下政治活动被流放到西伯利亚,直到 1859 年返回彼得堡。1881 年去世。

● 纪德在《从〈书信集〉看陀思妥耶夫斯基》一文中说:陀思妥耶夫斯基"逝世的消息一传开,思想界这个既一致又紊乱的状态便明显地表现了出来。"如果说,一开始有"一些颠覆分子计划抢夺他的尸体",但人们很快就看到,"俄罗斯其实掌握着那样一种意外融合的钥匙,当一种民族的思想点燃了它的热情时,一切的派别、一切的敌对势力、帝国中一切零星分散的碎片,都被这位死者团结在了共同的热情之中"。这句话正是出自德·伏居耶先生之口,我很高兴,在对他的论著表示了那么多的保留态度之后,能够在此援引他这些高贵的话。他还写道:"人们谈论老沙皇们时说过,是他们'聚集'了俄罗斯的土地,而这位精神国王则聚集了俄罗斯的心。"而现在,在欧洲进行着的,正是这样的一种精神集结,缓慢的、几乎神秘莫测的集结,尤其是在德国,陀思妥耶夫斯基的作品在那里一版再版,在法国也一样,那里,新的一代人比德·伏居耶先生那一代人更能承认并欣赏他作品的价值。让他的成功姗姗来迟的那些神秘的原因,也将让他的成功变得更为持久。

《战争与和平》
——老公爵鲍尔康斯基的原型是托尔斯泰的外祖父沃尔康斯基

■ 乔振绪 / 文

《战争与和平》中的老公爵鲍尔康斯基的原型是托尔斯泰的外祖父沃尔康斯基。托尔斯泰似乎并不想掩饰这个形象的来源，只改动了他姓氏中的头一个字母。托尔斯泰的母亲是外祖父的独生女，托尔斯泰1岁半时，母亲去世，托尔斯泰就与外祖父住在一起了。在《战争与和平》这部历史小说里，托尔斯泰刻画了许多人物，其中真实的人物有卫国战争中的总司令库图佐夫、副司令巴克莱以及步兵司令巴格拉季翁等，此外，还有率领法国60万兵马攻打莫斯科的拿破仑；虚构人物也很多，如安德烈、皮埃尔、娜塔莎，等等。无论是真实的人物，还是虚构的人物，都是作家创造的文学典型。我们不能把生活中的人物和文学中的典型人物等同起来。托尔斯泰就反对把小说中的某某说成是生活中的某某，这种"对号入座"的看法往往会把文学的典型人物平庸化。

托尔斯泰为写《战争与和平》，读了大量的历史文献和历史著作，他自己开列他用过的书有74种之多，他说："我小说中的历史人物的一言一行，都不是我杜撰出来的，我利用了历史著作中的材料，我写《战争与和平》时，我手头有许多书籍可供参考。"托尔斯泰为描写鲍罗金诺战役，亲赴当年的鲍罗金诺战场考察，他考察了六个村庄和两个炮兵阵地。他在给妻子的信中说："我对这次鲍罗金诺之行非常满意，我要把这次战役写进我的书里。"当年托尔斯泰鲍罗金诺之行住过的旅馆已经开辟为陈列馆，陈列馆的名称就叫"托尔斯泰和鲍罗金诺战役"。

陈列馆里展出了许多和托尔斯泰创作《战争与和平》有关的资料。还陈列着几张托尔斯泰亲属的相片，他们都是1812年卫国战争的参加者。其中有托尔斯泰父亲的相片，他17岁参军，参加过1813~1814年的许多战役，曾当过鲍罗金诺战役中的英雄戈尔恰科夫中将的副官。托尔斯泰从小就听家人讲过许多关于1812年卫国战争的故事。1852~1856年，托尔斯泰在军队服役，参加过保卫塞瓦斯托波尔的战斗，担任过炮兵军官，这无疑对他创作战争体裁的小说起了决定性作用。

托尔斯泰把自己的思想、意念、行为融进了小说的人物中，融进了小说的事件中。他的小女儿在回忆父亲的书中，有一段话最能说明这个问题，她说："如果托尔斯泰没有参加过作战，谁知他是否能够描写战争呢？如果他本人不曾在牌桌上输掉大笔钱，他能否描写赌徒的心情呢？如果他本人不属于上流社会，他是否能了解这个阶层人士的心理呢？如果他本人不热衷于打猎，他又怎么能了解猎人的狂热和激情呢？如果托尔斯泰没有机会天天观察他的妻妹热恋时的种种表现，他能深入发掘出热恋中的娜塔莎的心理状态吗？"对于书中的人物，托尔斯泰不喜欢别人问他，他的主人公的原型是谁，娜塔莎是按照谁的形象塑造的这一类问题。不过，有一次，托尔斯泰坦言说："我抓住塔妮娅（妻妹），将她同索妮娅（妻子）杂糅在一起，就塑造出娜塔莎。"

关于人物的原型问题，这里应该特别提到古谢夫。古谢夫是托尔斯泰的秘书，在托尔斯泰身边工作了两年（1907~1909年），他对托尔斯泰的创作研究颇深。关于《战争与和平》中人物的原型问题，他说：托尔斯泰在塑造《战争与和平》的人物时，广泛和充分地运用了本家族中相关的传说。比如书中善良的好挥霍的罗斯托夫伯爵很像托尔斯泰的祖父，托尔斯泰的祖父是一个目光短浅，性格温和、乐观，

《战争与和平》插图（什马里诺夫／画）

在英国作家毛姆的眼里：托尔斯泰像一般小说家那样，照他认识或听过的人物来塑造书中人物；不过他当然只是把他们当作模特儿，等他的想象力发挥在他们身上，他们就变成他自己创造的人物了。图为1903年8月28日托尔斯泰75岁生日照。

不仅慷慨，还好挥霍，而且是一个容易轻信别人的人。罗斯托夫的夫人很像托尔斯泰的夫人，她浅薄，受教育不多，但很受宠爱。罗斯托夫的儿子尼古拉直爽、真诚，很像托尔斯泰的父亲。书中安德烈的父亲鲍儿康斯基和托尔斯泰那位聪明、高傲、能干的外祖父相似，他的女儿公爵小姐玛丽娅和托尔斯泰的母亲相似。古谢夫指出，书中的这些人物和他们的生活与托尔斯泰的亲属是很接近的，但他们已经熔化在作家再创作的熔炉中了。

古谢夫还指出，书中的娜塔莎是以托尔斯泰的妻妹为原型的。娜塔莎不仅在外貌和内在性格上像托尔斯泰的妻妹，就围绕她发生的许多生活事件而言也是从作者妻妹的生活中汲取来的。

托尔斯泰创作《战争与和平》时，正当英年，是他精力最旺盛的时期，也是他的创作达到成熟的时期。1863年1月3日，他在日记中写道："一部史诗性的东西对我来说已经是水到渠成的事了。"托尔斯泰动笔以前，这部"史诗性的东西"已经在他脑子里酝酿成熟。他用了6年的时间写完这部巨著。

这个时期，托尔斯泰的思想发生了重大变化，他开始接受了革命民主主义者的观点，首先表现在他承认人民在历史进程中起着决定性作用。这个转变很重要，使他能够基本上站在唯物史观的立场上评价人物和事件。所以他笔下的1812年卫国战争是一场人民战争，人民是这场战争的主力。

托尔斯泰的这部小说由两个中心构成，一个中心是1812年反拿破仑侵略的卫国战争，另一个中心是博尔孔斯基、罗斯托夫、别祖霍夫、瓦西里这四大家族之间的纠葛和他们的兴衰变化。这两个中心是互相交错在一起的。作者通过对这两个中心的描写，一方面创造了一个个俄罗斯人民浴血奋战、英勇杀敌的战争场面，另一方面又创造了一幕幕逼真的19世纪俄国社会的生活画面。

《战争与和平》在表现俄国贵族的命运和前途时，把贵族分成两大类：一类是以库拉金为代表的上层贵族，远离人民，自私贪婪，虚伪堕落，国难当头时还在争权夺利、寻欢作乐；另一类是安德烈和皮埃尔，这些庄园贵族接近人民，厌恶上流社会，是献身国家的社会精英。托尔斯泰为什么要把贵族知识青年作为作品中的典型呢？这是因为当时的俄国革命运动尚处在贵族革命时期。这个时期，首先觉醒的是一些贵族知识青年。他们从小就受到法国启蒙思想的影响，他们当中很多人都到过法国，亲眼看到和亲身体会到资产阶级的民主、自由、平等、博爱所造成的社会氛围。1812年的卫国战争推动了俄国革命思想的发展，唤起了这些贵族青年同沙皇暴政进行斗争的激情。小说中的安德烈和皮埃尔走过的生活道路很符合十二月党人走过的生活道路。

《战争与和平》的创作开始于1863年。1864年，托尔斯泰写完了其第一卷《1805年》，这时主要表现的内容是1805~1820年这15年的俄国历史面貌。而到1869年秋天，小说已演变为再现人民在战争中所表现的英雄气概和爱国主义精神。托尔斯泰给最后的定稿以新的名称：《战争与和平》。1869年，《战争与和平》正式出版单行本。它以新颖宏大的艺术结构、广泛深入的生活概括、生动丰满的人物形象，给读者留下了深刻的印象，在国内外引起了强烈的反响。

《战争与和平》在中国的翻译和传播应该追溯到20世纪的30年代，当时在日本留学的郭沫若动手翻译托尔斯泰的这部巨著，先后由上海文艺书局、上海光明书局、昆明中华书局出版。40年代、50年代分别又有董秋斯、高植的译本问世。

新中国成立后，郭沫若、高植的译本流行了一段时间。到1989年，人民文学出版社推出刘辽逸的译本，这个译本是直接从俄语翻译过来的，这个译本在我国流传很广，对普及托尔斯泰的作品，发挥了

很大作用。1992年上海译文出版社又推出了草婴的译本,以后又有多种译本问世,包括2013年漓江出版社又推出的最新译本。随着时代的进步,随着文学艺术的大发展,《战争与和平》的中文译本越来越精良。

1992年我曾去俄罗斯考察访问了半年,多次参观了所有的托尔斯泰博物馆、故居,并与一些博物馆的馆长进行了座谈,有的馆长还允许我给讲解员录音,有的馆长送给了我托尔斯泰的原始录音唱片,同时,我还有幸见了托尔斯泰的曾孙,他是莫斯科大学教授,我们就托尔斯泰的生平和创作中的一些问题进行了座谈。此外,我还去了鲍罗金诺古战场。所以我在翻译《战争与和平》时,最深的感受就是我有身临其境的感觉,特别是翻译到鲍罗金诺战役时,我就像站在战士们中间一样,和他们同呼吸、共命运。

19世纪后半期,托尔斯泰创作了三部长篇巨著,它们是:《战争与和平》(创作于1863~1869年)、《安娜·卡列尼娜》(创作于1873~1877年)、《复活》(创作于1889~1899年)。这3部作品合在一起,构成了19世纪这100年来俄国社会生活的全景画面。也可以说,这3部作品是我们了解俄国19世纪社会生活的百科全书。

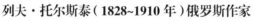

列夫·托尔斯泰(1828~1910年)俄罗斯作家
主要作品:《战争与和平》《安娜·卡列尼娜》《复活》《两个骠骑兵》《哥萨克》等。

链接:

● 1851年4月底,托尔斯泰和他的长兄尼古拉一起前往高加索当兵,参加了袭击山民的战役,后作为"四等炮兵下士"在高加索部队中服役两年半,晋升为准尉。1854年3月,他被调往多瑙河战线,并参与了克里米亚战争中的塞瓦斯托波尔围城战,曾在最危险的第四号棱堡担任炮兵连连长一职,并参加这个城市的最后防御战。托尔斯泰根据自己战争中的经历写成了《塞瓦斯托波尔故事集》,发表之后很受欢迎,开始在文学界小有名声。

● 苏联影片《战争与和平》根据同名小说改编,故事描述了发生在拿破仑挥军攻俄的大动荡年代中的一段经典爱情。在这部源于不朽名著的史诗巨片中,复杂的人物关系和宏伟的战争场面交替出现,托尔斯泰的原著灵魂完美地融于其中。影片不仅再现了俄法战争时期俄国广阔的历史画卷,同时也表现了人性经过战争和命运的洗礼之后,必将走向善良与博爱的主题。影片先后获莫斯科电影节金奖、第26届金球奖最佳外国片奖和第41届奥斯卡最佳外语片奖。

《安娜·卡列尼娜》
——一起意外事故的启发

■ 钟情/文

安娜·卡列尼娜（M.Sokolov，1946）

  1872年1月，托尔斯泰夫妇在亚斯那亚波里亚纳车站目睹了一名年轻女子纵身从站台跃下，被飞驰的火车碾压的惨剧。托尔斯泰很震惊，自杀的女子叫安娜·斯捷潘诺娃，是托尔斯泰一个朋友的情人。这起悲剧，激发了托尔斯泰酝酿创作《安娜·卡列尼娜》小说的灵感。

  1873年，托尔斯泰开始动笔，仅用了短短50天的时间便完成了《安娜·卡列尼娜》的初稿，然而托尔斯泰并不满意，他又化费了数十倍的时间来不断修正，前后经过12次大的改动，迟至4年后才完稿并出版。

  托尔斯泰最初是想写一个上流社会已婚妇女失足的故事，所设定的主题是"家庭的主题"。但随着写作的深入，人物不断被丰富，安娜由最初构思中的轻浮浅薄、卖弄风情、品行不端，有一个窄小鼻子的女人，变成了一个品格高雅、敢于追求真正的爱情与幸福的美丽形象。安娜既无力对抗上流社会的虚伪和冷酷的道德压力，又不能完全脱离贵族社会，战胜自己身上贵族的传统观念，在极其矛盾的心境下卧轨自杀。正是作者对作品近乎苛刻的追求，托尔斯泰把主人公的名字定为小说最终的书名《安娜·卡列尼娜》。

  1875年1月，《安娜·卡列尼娜》开始连载于《俄罗斯公报》上。一发表就轰动了整个社会，引起了无休止的议论、推崇、非难和争吵，仿佛事情关涉每个人的切身问题。小说通过贵族妇女安娜的婚姻与爱情的悲剧和贵族地主列文在农村进行改革与探索这两条线索，反映了个人情感和社会道德之间价值观念的动摇，探讨了俄国社会的出路。全书塑造了安娜、渥伦斯基、吉娣、列文、卡列宁、奥布浪斯基公爵等150多个人物，像一部社会百科全书。许多人正是通过这部作品，了解到了俄国19世纪70年代的社会现实。《安娜·卡列尼娜》以它提出的尖锐的社会问题，令人深省的悲剧意识、完美的艺术表现和出色的心理分析

《安娜·卡列尼娜》插图（维列斯基/画）

安娜、卡列宁和渥伦斯基
（K.Rudakov，1940~1945）

《安娜·卡列尼娜》插图：
列文和吉娣举行婚礼

《安娜·卡列尼娜》插图：
吉娣同列文一起溜冰

技巧赢得了世界文坛的赞誉和推崇。

《安娜·卡列尼娜》曾五度被改编成电影。葛丽泰·嘉宝和费雯丽都曾经出演过这位悲剧女主角的形象。1997年4月，美国华纳兄弟影片公司拍摄了最新版本的《安娜·卡列尼娜》，请来法国首席美人苏菲·玛索扮演安娜。荧屏上，当安娜身着一袭黑天鹅绒长裙，在火车站的铁轨前，让呼啸而过的火车结束了自己无望的爱情和生命的时候，人们总会为这段为道德和世间所不容的婚外情，其最后的结果由安娜独自承担，而留下无限感伤和思索。

"幸福的家庭都是相似的，不幸的家庭各有各的不幸。"正如小说开篇那句著名的开场白所显示的一样，作者对现实的思考是以家庭婚姻来展开的：卡列宁夫妇、安娜和渥伦斯基、奥布浪斯基夫妇、列文与吉娣。这四种婚姻或爱情答案，让人们思索人生、婚姻、信仰这样一些抽象的问题，而这些也正是整部小说的主题。

托尔斯泰出身于古老而有名望的大贵族家庭，1岁半丧母，10岁丧父，由家里的亲戚抚养成人。16岁考上喀山大学，在读书期间，他受到法国启蒙运动思想的影响，对俄国封建制度的黑暗有了一定的了解。1847年他做了一个大胆的决定：退学回家，在自家380公顷的领地上尝试改革，改善农民的处境。为了减轻农民笨重的体力劳动，他自费购买了一些农业机械送给农民，把属于他的土地无条件地送给那些农民，可是那些受奴役的农民却无法理解为什么主人会把自己的土地无偿地给他们，他的改良也并没有收到什么效果。这件事对他有很大的触动。他想帮助贫苦的人，但却没有效果，于是他把自己在庄园改革失败的过程，都记录在了他的小说《一个地主的早晨》里。

托尔斯泰的第一部自传体小说《童年》完成后，他将其寄给了《现代人》杂志，在稿末和信中只署了自己姓名的缩写"列尼"。不料《现代人》杂志主编涅克拉索夫看了《童年》后，很感兴趣，立即写信给这位当时还无名的年轻作者，告诉他：完全没有必要隐瞒自己的真实姓名，年轻人应该按自己选择的路走下去。

托尔斯泰的人生与他的作品一样富有独特的色彩。屠格涅夫称其为"思想的艺术家"，可谓一语中的。托尔斯泰晚年力求过简朴的平民生活，于1882年和1884年曾一再想离家出走。在他生前的最后几年，他意识到农民的觉醒，因为自己和他们的思想情绪有距离而不免悲观失望；为自己的生活方式不符合信念而又深感不安。

1901年托尔斯泰73岁时，东正教教会开除了他的教籍，而这只是更加扩大了他的影响。1908年，全俄国对托尔斯泰诞辰的庆祝活动成为俄国各派政治势力的一场斗争。而声名显赫的托尔斯泰仍在自己内心进行着激烈的斗争和不断的探索。1901年10月28日，在经历长期剧烈的思想矛盾和家庭冲突后，82岁高龄的托尔斯泰冒着漫天风雪走出家门，途中患肺炎，11月在阿斯塔波沃车站逝世。遵照他的遗言，遗体安葬在亚斯纳亚波利亚纳的森林中，坟上没有竖立墓碑和十字架。

在中国现代文学中，托尔斯泰的影响随处可见。早在1902年，梁启超在他创办

他生就一副多毛的脸庞，植被多于空地，浓密的胡髭使人难以看清他的内心世界。长髯覆盖了两颊，遮住了嘴唇，遮住了皱似树皮的黝黑脸膛，一根根迎风飘动，颇有长者风度。宽约一指的眉毛像纠缠不清的树根，朝上倒竖。一绺绺灰白的鬈发像泡沫一样堆在额头上。不管从哪个角度看，你都能见到热带森林般茂密的须发。像米开朗基罗画的摩西一样，托尔斯泰给人留下的难忘形象，来源于他那天父般的犹如卷起的滔滔白浪的大胡子。

——茨威格《列夫·托尔斯泰》

的《新小说》创刊号上就刊登了托尔斯泰的照片。1917年，林纾翻译出版了《安娜·卡列尼娜》的中译本，译名为《安娜小史》。林纾虽然精通古汉语却不懂外文，完全靠别人的口译，再由他用中文写出，为清末中国人打开了一扇了解世界文化的窗口。

新中国成立后，介绍托尔斯泰的作品开始多了起来，1956年，人民文学出版社出版了周扬、谢素台翻译的《安娜·卡列宁娜》（《安娜·卡列尼娜》）。改革开放后，《安娜·卡列尼娜》已有几十种不同的版本。

翻译家草婴最推崇托尔斯泰的小说，最喜欢的是《安娜·卡列尼娜》。1985年，草婴到托尔斯泰的庄园参观，该庄园是托尔斯泰外祖父留给他的遗产，有380公顷之大，里面有树林、池塘、草地、花园。托尔斯泰在这么一个优美的环境里成长，他发现农奴生活都非常困苦，相反他们自己过得却非常奢华和富裕。他觉得不合理，他为农民的无知、赤贫、生活环境污浊而难过，想要改变他们的命运。于是就把属于他的土地，无条件地送给那些农奴，为他们的儿女办学校。草婴认为，托尔斯泰是一个了不起的人，是当之无愧的"19世纪世界的良心"。

列夫·托尔斯泰（1828~1910年）俄罗斯作家
主要作品：《战争与和平》《安娜·卡列尼娜》《复活》《两个骠骑兵》《哥萨克》等。

链接：

● 托尔斯泰5岁时，大哥尼古拉告诉他一个秘密。只要把这个秘密解开，世界上就不再有贫穷、疾病和仇恨。他又说这个秘密已经写在一根小绿棒上，绿棒就埋在小山涧旁的路边。这个小绿棒的故事，令5岁的托尔斯泰神往不已，找寻绿棒是托尔斯泰年幼时最热衷的冒险游戏。托尔斯泰终其一生都在寻找传说中的绿棒，死后也是被安葬在那片树林里。

● 1862年，34岁的托尔斯泰与年仅17岁的索菲亚·安德列耶芙娜·托尔斯塔娅结婚，索菲亚是沙皇御医的女儿，两人的教育、观念、文化水平差距甚大，他们前后育有13个孩子（其中5个孩子年幼时夭折）。他和妻子的关系至今仍有争论，但是托尔斯泰的每一部作品都是由他的妻子负责誊清，她非常善于辨认他的字迹，甚至猜得出他仓促写下的笔记和没写完的句子。据说《战争与和平》她整整抄了7遍。

《复活》
——创作动机来自一个案例

■ 乔振绪/文

1887年6月的一天，法院检察官科尼拜访托尔斯泰，他给托尔斯泰讲了一个他经手的案子：科尼担任地方法院检察官时，有个青年找他，说自己准备同一个女犯人结婚，这个女犯人是个妓女，因为偷了喝醉酒的嫖客100卢布被判了刑。科尼听后很吃惊，他想阻拦青年人这样做，可青年人坚持要结婚。没多久，女犯人得斑疹伤寒死去，婚礼未能举行。据女监看守说，这名女犯人的父亲是贵族的佃户，父亲死后，女主人收留她当佣人，她在16岁时，被女主人的侄子，也就是那个说要和女犯人结婚的青年诱奸，她因此有了身孕被女主人赶出家门，流落社会后累遭欺骗和伤害，最后被迫沦为娼妓。后来她在法庭上和诱奸过她的青年不期而遇，当时她坐在被告席上，而诱奸过她的青年人却坐在陪审席上。

这个故事让托尔斯泰在思想上产生了很大的震动，他决定以这个故事为基础，写一部小说。他对故事的情节做了重大的修改：首先，小说中的妓女并没有偷嫖客的钱，她完全是被人栽赃，她的案子是个冤案；其次，小说中的妓女并没有得斑疹伤寒死去，托尔斯泰让小说中的她一直活了下去，最后走向了新生。

这个修改非常重要，他使这个案子不仅仅是一个刑事案件，而升华成了对沙皇的黑暗统治的控诉书。

托尔斯泰用了10年时间（1889~1899年）写完了这部小说，即他的第三部长篇小说《复活》，这部小说也是他晚年创作的高峰。他创作这部小说时，正是俄国1905年革命前社会急剧转变的时期。这一时期，俄国的资本主义经济得到迅猛发展；这一时期，俄国的产业工人已开始登上历史舞台；这一时期，农民已陷入极端贫困的状态，他们再不能按老样子生活下去了；这一时期，各种政治力量已在社会上出现，他们在探索和寻求消除沙皇的黑暗统治，消除贫困，消除社会不平等、不公正的途径。《复活》就是在这样的时代背景下写成的，这部小说是为旧社会的灭亡和新社会的诞生呐喊而产生的，集中体现了托尔斯泰晚年的思想。

小说所描写的故事很简单，讲的是一个叫聂赫留道夫的贵族地主作为陪审员，参与了玛斯洛娃案件的审理。玛斯洛娃年轻时的名字叫卡秋莎，在一个地主家当侍女，聂赫留道夫年轻时诱奸了这个姑娘，后来把她抛弃了，以致她后来被生活和社会逼迫为娼。玛斯洛娃现在坐在被告席上，她被诬陷用砒霜毒死富商斯梅利科夫。而诱奸过卡秋莎的聂赫留道夫却坐在陪审席上。《复活》中讲述的故事一开始就告诉我们，这个社会是颠倒的，无罪的变成有罪，有罪的变成无罪，也就是有罪的人审判无罪的人。

后来，玛斯洛娃被法庭判处流放到西伯利亚服苦役。这时，聂赫留道夫良心发现，他认为玛斯洛娃的沉沦和自己有关，他为了赎罪，决定追随玛斯洛娃到西伯利亚去，并与玛斯洛娃结婚。

为了为玛斯洛娃申冤，聂赫留道夫利用自己的身份和社会地位，利用他和很多上层人士的关系，接触了不少司法部门的官吏，了解了很多监狱的内幕。托尔斯泰通过聂赫留道夫的经历和见闻，展示了农奴制改革后俄罗斯从城市到农村的社会阴暗面，对政府、法庭、监狱、教会、土地私有制进行了深刻的批判。

《复活》一出版就受到高尔基、契诃夫、科罗连科、斯塔索夫、列宾等人的热烈欢迎。高尔基认为："托尔斯泰生活中

《复活》插图：玛丝洛娃从法庭被押解回监狱

一向主张忍让,可是在《复活》中他却用事实证明,必须进行斗争,必须主动出击。"斯塔索夫给托尔斯泰的信中则惊呼道:"你的《复活》是划时代的杰作,俄罗斯从你的《复活》中获得力量,只有现在,俄罗斯才有了希望。"

可是《复活》却引起了沙皇当局的仇恨。沙皇书报检察机关对《复活》的内容进行了大刀阔斧的删减,当时只有国外才能看到完整的版本。警察局还加强了对托尔斯泰的监视。沙皇的高官们面对《复活》怕得要命。他们有的说,把托尔斯泰关进彼得堡罗要塞吧;有的说,把他流放到西伯利亚吧;有的说,就说他疯了,把他关进疯人院算了。但是他们谁也不敢动托尔斯泰一根毫毛,因为他们害怕人民。人民,包括全世界人民,都支持托尔斯泰。

《复活》插图:喀秋莎在监狱的牢房里

一份官方刊物在谈到当局为什么不敢伤害托尔斯泰时写道:"我们有两个沙皇,一个是尼古拉二世,一个是托尔斯泰。他们两个谁厉害?尼古拉二世对托尔斯泰无可奈何,不可能动摇他的'宝座',可是托尔斯泰却毫无疑问地动摇着尼古拉二世的宝座。"

从当局的这些反映中可看出,《复活》在沙皇统治的一潭死水中掀起的可不是涟漪,而是怒涛。

《复活》插图:探监(帕斯特纳克/画)

中国在 20 世纪初,就开始介绍托尔斯泰的作品。1913 年出现了著名翻译家林纾翻译的《复活》,译名为《心狱》。这个译本实际上是个编写本。五四运动以后,我国陆续出版了托尔斯泰的多部作品,但大多数还是借助第三国语言翻译的,新中国成立后,才出现了直接从俄语翻译的《复活》。最先出现的是汝龙根据俄语并参照英语翻译的《复活》，这个译本对传播《复活》起了很大的作用。之后又有草婴、力冈等直接从俄语翻译的译本。由于国家教育部把《复活》列入中学生课外必读书目，所以多家出版社都纷纷推出其的《复活》译本。现在我国翻译托尔斯泰的作品，形成了百花齐放、百家争鸣的局面。

托尔斯泰不仅关心和密切注视着俄国劳苦大众的处境和斗争，也关心和密切注视着中国劳苦大众的处境和斗争。当1900年，八国联军的铁蹄践踏中国的土地，妄图瓜分中国时，托尔斯泰就在《致中国人》的一封信中写道："在你们那里，那些自称为基督徒的全副武装的人目前正在犯下滔天大罪。不要相信他们，这些人不是基督徒，而是一伙最可恶的、丧尽天良的强盗……"

托尔斯泰是中国人民伟大的朋友，他对英国殖民主义者借助炮舰强行向中国输入鸦片，感到无比愤怒。他在日记中曾经写道："我读到英国人对中国的丑行。"

托尔斯泰悉心研读孔子和老子的著作，他对孔子和老子的思想十分推崇。他在《论孔子的著作》一文中满怀激情地写道："中国人民是世界上最爱好和平的民族，他们不想占有别人的东西，他们也不好战……"

列夫·托尔斯泰（1828~1910年）俄罗斯作家
主要作品：《战争与和平》《安娜·卡列尼娜》《复活》《两个骠骑兵》《哥萨克》等。

链接：

● 1881年托尔斯泰因子女求学全家迁居莫斯科，参加了1882年莫斯科人口调查，他访问贫民窟，深入了解城市下层生活；1881年他上书亚历山大三世，请求赦免行刺亚历山大二世的革命者；1884年其信徒和友人弗·契尔特科夫等创办媒介出版社，以印刷发行接近托尔斯泰学说的书籍；1891年他给《俄国新闻》和《新时代》编辑部写信，声明放弃1881年后自己创作的作品的版权；1891至1893年及1898年，他先后组织赈济梁赞省和图拉省受灾农民的活动；他还努力维护受官方教会迫害的莫洛康教徒和杜霍包尔教徒，并在1898年决定将《复活》的全部稿费用于资助杜霍包尔教徒移居加拿大。

● 从19世纪90年代中期开始，托尔斯泰增强了对社会现实的批判态度，对自己宣传的博爱和不抗恶思想也常常感到怀疑。这在《哈泽·穆拉特》等作品中有所反映。沙皇政府早就因他的《论饥荒》一文而企图将他监禁或流放，但慑于他的声望和社会舆论而终止；后来又因《复活》的发表，指责他反对上帝，不信来世，于1901年以俄国东正教至圣宗教院的名义革除他的教籍。这个决定引起了举世的抗议，托尔斯泰却处之泰然。同年托尔斯泰因沙皇政府镇压学生运动而发表了《致沙皇及其助手们》一文；次年致函尼古拉二世要求给人民自由并废除土地私有制；1904年撰文反对日俄战争。他同情革命者，也曾对革命的到来表示欢迎，但却不了解并回避1905年革命。而在革命失败后，他又反对沙皇政府残酷杀害革命者，发表了《我不能沉默》一文。

《套中人》
——来自作家童年的痛苦记忆

■ 童道明 / 文

《套中人》创作于1898年，是契诃夫影响最广泛的一部小说。小说中的希腊文教师别里科夫的原型是少年契诃夫在家乡上学时遇到的让他极为反感的几位老师。

契诃夫的故乡塔甘罗格，是俄罗斯南部靠近亚速海的一个城市，是19世纪一个相当繁荣的商埠，当时住着个少在那里经商的希腊人。希腊人在塔甘罗格有自己的教堂，还办了自己的学校。契诃夫的父亲很佩服希腊人的理财能力，到了契诃夫该上学的时候，便执意把他送进了希腊语学校。希腊语学校的主课教师是个名叫伍奇纳的希腊人，他还有个助手叫斯皮鲁。这两个希腊教师没有什么学问，却是体罚学生的能手。一学年下来，契诃夫的头脑里只有对这两个希腊教师的愤怒，希腊文的知识却几乎等于零。契诃夫后来回忆说："我尽管在希腊学校学过，但完全不懂希腊文。我不想回忆这所希腊学校，它夺去了我童年的快乐。"

契诃夫在希腊学校学了一年，第二年转学到塔甘罗格的一所俄语学校。这所学校的教师，也给契诃夫留下了难忘的印象，比如语文教师波克罗夫斯基，在课堂上给学生们讲莎士比亚、歌德等大作家的故事。比如希腊文教师齐柯，只要哪位学生家长给他贿赂，他就给那个学生考试打高分。还有一个叫乌尔班的拉丁文教师，是个告密的小人。学校的训育主任季雅科诺夫则思想顽固，老气横秋，他有句常被学生们取笑的"名言"："既然存在规矩，大家就得规规矩矩。"这些教师的不同性格特征，潜移默化地影响契诃夫。有研究者认为训育主任季雅科诺夫是"套中人"别里科夫的原型。但毫无疑问，契诃夫在塑造"套中人"别里科夫这个形象时，已经做了更大规模的艺术概括。

契诃夫对"套中人"形象的塑造是从对他的外部特征的描写开始的，

《契诃夫短篇小说集》1957年原版封面

《套中人》插图（库克雷尼克塞/画）

而且突出了这三样物件——一双套鞋、一把伞和一些套子来点明别里科夫的"套中人"特征——"他即便在阳光灿烂的日子出门，也穿上套鞋，带上雨伞……他的雨伞装在套子里，他的怀表也装在皮套子里，而当他掏出小刀削铅笔的时候，那小刀也放在一个小套子里，他的脸似乎也装在套子里，因为它总是藏在拉起的衣领里。他戴墨镜，穿绒衣，耳朵塞上棉花，要是坐马车出行，一定吩咐把车篷支起。总而言之，这个人有一种恒久的、不可抗拒的心愿，力图用外壳把自己包围起来，就好比给自己制造一个套子，好让他与世隔绝不受外界影响。"

别里科夫也极力把自己的思想藏在套子里。对于他来说，有发布什么禁令的政府告示和报纸社论，才是一目了然的……他认为在一切的开禁和允许里，都包含着某种可疑的，说不清道不明的因素。而当有关部门批准在城里成立剧社，或者开设阅览室和茶座，他就摇摇头轻声说道："这，当然，好则是好，它怎么会不闹出点乱子来。"

"套中人"别里科夫的性格的本质是守旧，是不能容忍一切新生事物，"怎么会不闹出点乱子来"这句话成了他的口头禅。

契诃夫是一位善于运用象征艺术手法的作家。在《套中人》里"套子"就是个象征,象征着一切束缚着的人的陈规陋习。别里科夫不仅把自己束缚在这个可怕的"套子"里,他还要把它拿来束缚周围的人。

在契诃夫看来,"套子"就是对于"自由"的挤压,"套中人"在挤压别人的自由空间的同时,也成了一个最不自由的人。

《套中人》最早的译文登在《小说月刊》1923年第14卷第12号上,译者是赵熙章。最通行的则是汝龙先生的译文,先是以《装在套子里的人》的译名,收在平民出版社出版的《契诃夫小说集》(第18集)中,继而以《套中人》的译名收在人民文学出版社的两卷本《契诃夫小说选》(1956)中。

笔者本人也译过《套中人》,分别收进中国文联出版社出版的《契诃夫作品选》(《忧伤及其他》2004),以及上海三联出版社出版的《阅读契诃夫》(2008)中。

我译《套中人》也有偶然因素。一次我去潘家园古玩市场逛书市,见到一本图文并茂的俄文本《套中人》,书是印给儿童读的,每页上下左右都留有大块空白。我一时手痒,便在小说标题上方的空白处写下了一段译文:"在米罗诺辛茨基村的尽头,在村长普罗柯菲耶家的板棚里,误了点的猎人准备留宿过夜……"

这已经是题外话了。

即便在阳光灿烂的日子出门,别里科夫也穿上套鞋,带上雨伞……

安东·巴甫洛维奇·契诃夫(1860~1904年)俄罗斯作家
主要作品:《小公务员之死》《凡卡》《变色龙》《伊凡诺夫》《万尼亚舅舅》《套中人》等。

链接:
● 契诃夫的作品早在20世纪20年代就被大量地译介到中国。鲁迅、胡适、周作人、沈雁冰、郑振铎等都翻译过他的作品。契诃夫是对中国新文学的生成产生过积极影响的外国经典作家。契诃夫也是少有的曾经踏上过中国土地的外国著名作家。1890年6月27日,在漂流黑龙江途中,他曾弃船登岸,在中国古城瑷珲做过短暂逗留。现在的瑷珲博物馆的后院里,还立着一尊白色的契诃夫半身雕像。

《铁流》
——郭如鹤的原型是塔曼红军的总指挥郭甫鹤

■ 苏玲/文

《铁流》是一部长篇小说,发表于1924年。作者绥拉菲摩维奇是顿河哥萨克人,熟悉高加索、库班、黑海一带的社会生活及风土人情,因此以当地难民从库班撤退的史实为依据,后来又得到一位工人在这次行军中的日记,于是创作了小说《铁流》。

为了写好《铁流》,绥拉菲摩维奇到库班搜采素材时,遇到率领这批难民突围的领导人——塔曼红军的总指挥郭甫鹤,他是农民出身,不识字,对歧视农民、在军官会议上不愿同他握手的军官非常厌恶。而当地农民了解他,拥护他,推举他为领袖。这位领导人向作者原原本本讲述了自己的经历,于是,郭甫鹤自然而然地成了《铁流》主人公郭如鹤的原型。

小说中的郭如鹤是一位普普通通的农民。他的母亲是位农妇,整天忙忙碌碌,像一匹疲惫的老马。父亲一辈子是哥萨克雇农,"筋骨都累断了"。郭如鹤自己从6岁起就在山谷里放牛放羊。第一次世界大战期间,军官们作践他,说他是老农、乡下人、笨牲口,不配当军官,因此他几次考军官都没考上。但贫苦百姓信任他,拥护他,推举他做他们的领袖。行军开始时,郭如鹤带领的难民队伍多为老弱妇孺,衣衫褴褛,手无寸铁,是一群"乌合之众"。但就是这样一群无助的难民在生死存亡的时刻抓起马料,抄起马车杆、斧头、扫帚,投入了绝望的求生斗争。这支难民队伍在后有哥萨克追兵,前有装备精良的自卫军的阻截中,杀出了一条血路,冲出重围,与红军主力部队成功会合。鲁迅曾指出,《铁流》描写了"铁的人物,血的战斗",精辟地概括了这部作品的人物特征和时代内涵。

《铁流》描写的是苏联国内战争和外国武装干涉时期革命与反革命生死大搏斗中的一个小插曲。故事发生在俄罗斯南部黑海沿岸的塔曼丰岛上。十月革命后,这里建立了苏维埃政权,但不久就发生了反革命叛乱，红军主力部队被迫作战略撤退。白匪军勾结哥萨克当地富人对从国内各地逃到这里来谋生的"外乡人"进行血腥屠杀。拥护苏维埃政权的"外乡人"决心从血与火中冲出来，去追赶红军。

20世纪20年代，我父亲曹靖华就从事苏俄文学的翻译工作，和鲁迅、瞿秋白建立了深厚的友谊。1925年夏天，在鲁迅倡议下，他与韦素园等人创办了进步文艺团体"未名社"，把翻译介绍苏俄进步文艺作品作为己任。在鲁迅先生的支持下，父亲在1931年五一劳动节时完成了《铁流》译稿。译毕后，誊写却成了问题。当时苏联邮路十分不畅。为防止邮寄译稿遗失，父亲不得不采取复写方法，每次套两层复写纸。每次投邮，均寄双份，这样总有一封可以寄到。父亲后来回忆说："每字每划，都得全神贯注，略一疏忽，麻烦无穷。十四五万字的稿件，复写下来，手指都磨出了老茧。"

鲁迅先生在编校《铁流》时，从苏联《版画》期刊里知道了苏联木刻家毕斯克列夫有4幅《铁流》插图，想印在译本里，便请父亲查访版画的原版手拓。父亲费尽心机，铁鞋踏破，也没打听到木刻家。后来写信询问绥拉菲摩维奇，才知道了木刻家的地址。父亲从列宁格勒（今彼得格勒）专程到莫斯科去寻访。由于有绥拉菲摩维奇的关照，父亲在毕斯克列夫住处不仅见到了4幅《铁流》插图，还见到了作者的其他大量画作。画上都标有很高的价格，但作者却对父亲说："我们知道，鲁迅先生是苏联人民的可靠朋友。你们的目的、用意我全明白，那比任何金钱都珍贵。这些画通过你们的努力，传布到中国读者中

《铁流》插图

间，就是给我的最大报酬……如果可能的话，送我一点中国宣纸，那比什么都珍贵。"

父亲便写信给鲁迅先生。鲁迅先生陆续寄去几包宣纸。用这些宣纸，父亲向多位版画家换回许多珍品。经鲁迅先生的努力，其中许多被收进了《引玉集》中出版。"引玉"者，"抛宣纸之砖，引木刻之玉"也。

鲁迅在《编校后记》中说道："为译这部书，我们信札往来至少也有20次。"

可是在当时，国内竟没有一家出版社敢出版《铁流》。面对白色恐怖，鲁迅先生毅然出资1000大洋，亲自编校并以实际并不存在的"三闲书屋"的名义出版了《铁流》《毁灭》和《士敏士之图》，通过日本友人内山完造在上海开办的内山书店，从柜台下边将《铁流》"一点一滴地渗到读者手中"。鲁迅称，这是"给起义的奴隶偷运军火"。

抗日战争期间，林伯渠同志曾多次谈道：延安把《铁流》等苏联文学作品不知翻印了多少次。在太行山游击区，在极为艰险的条件下，曾用钢版蜡纸将这些书刻印在五颜六色的包装纸上。"敌后的战士们把书、枪和自己的生命结成三位一体，遇生死关头，或者冲出重围，或者和自己的生命同归于尽。"

茅盾在《学习鲁迅翻译介绍外国文学的精神》一文中写道："《毁灭》和《铁流》这两篇小说不但鼓舞了当时在共产党领导下的浴血战斗的革命群众的士气，也使广大读者从书本联系到自己国家的现实，坚定了对国家的信仰。"

周扬在1954年全苏作家代表大会的祝词中说："《铁流》是我们读到的第一部苏联人民革命集体主义和英雄主义的史

《铁流》插图

《铁流》是在20世纪20年代中期发表,30年代初期介绍到我国的,当时,鲁迅先生亲手校阅并以"三闲书屋"的名义,自己拿钱印制出版了《铁流》中译本。

诗，我们深深地被感动。铁流——这是不可战胜的人民力量的象征。"

亲历两万五千里长征的萧华上将在一篇纪念十月革命40周年的文章中写道："苏联文学伴随着我们的战士完成了两万五千里长征，参加长征的老战士们对《铁流》倍觉亲切。它以火焰般的革命热情鼓舞着处在艰难险阻中的工农红军，这些爬雪山过草地的英雄们把自己的英雄行动当作中国的铁流。"

刘白羽在缅怀父亲曹靖华的文章中写道："当时正是从《铁流》里，我看到一幅新世界悲而壮的图像，听到一曲悲而壮的歌声，《铁流》点燃了我年轻心灵的火焰。我相信《铁流》这火焰是不会熄灭的，它会永远照亮人们前进的途程。"

作家孙犁在《苏联文学怎样教育了我们》一文中写道："中国大革命前后影响最大的苏联文学作品要推《铁流》和《毁灭》，《铁流》以一种革命行动的风暴鼓励中国的青年。"

萧克上将在西安事变后，读完《铁流》激动不已，决定以第四次反"围剿"中罗霄山脉一支红军游击队的成长历程为主线，展现中国革命力量的兴起，创作了获茅盾文学奖的长篇小说《浴血罗霄》。

《铁流》中译本自1931年问世到1987年11月共印制过数十版。几十年来，它激励过我国一代又一代青年投入党所领导的"铁的洪流"，排除千难万险去争取革命和建设事业的胜利。

亚历山大·绥拉菲摩维奇（1863~1949年）苏联作家
主要作品：《在浮冰上》《岔道夫》《在地下》《无票乘客》《小矿工》《草原上的城市》《铁流》等。

链接：

● 1921年，曹靖华在莫斯科东方大学学习期间就结识了瞿秋白（那时瞿秋白担任中国班的课堂翻译）。1923年曹靖华的第一篇译作——契诃夫的独幕剧《蠢货》，经瞿秋白推荐发表在《新青年》上。曹靖华翻译的契诃夫剧本《三姊妹》也是经瞿秋白修改后交给郑振铎先生列入文学研究会丛书出版。

● 1925~1926年，曹靖华被李大钊分别派往开封、广州革命军所在地做翻译，随总部军北伐，曾任北伐军总司令军事顾问加伦将军的翻译，参加了丁泗桥、贺胜桥、武汉、南昌、武胜关、郑州等著名的战斗和战役。

在给苏联顾问团当翻译期间，曹靖华把鲁迅的作品《呐喊》推荐给苏联顾问团成员瓦西里耶夫，瓦西里耶夫很感兴趣，着手翻译《阿Q正传》，为了解决翻译中的疑难问题，曹靖华与鲁迅开始通信。曹靖华作为中国向苏联推荐鲁迅作品的第一人，也使鲁迅的作品第一次被译成俄文。

《铁流》中译本的出版，凝聚了曹靖华与鲁迅、瞿秋白的深厚友谊。

《日瓦戈医生》
——作者和原型人物的自白

■ 张秉衡 / 文

应该说,文学作品里的人物不一定都有生活原型,即使有,往往也免不了掺杂臆测的成分,评者见仁见智,各有所据,因此难有定论。如果作者或原型人物自己出来说话,那应该是最好的佐证。

《日瓦戈医生》的男女主人公是否存在原型以及原型为何许人,不妨听听作家本人的说法。1948年,帕斯捷尔纳克在给一名文学青年的信中明确表示说:"书中的主人公以医生为职业,但又具有非常了不起的创作才能,就如同契诃夫医生一样,他应该成为我、布洛克、叶赛宁和马雅可夫斯基当中的一个中间式的人物。"可以认为,《日瓦戈医生》正是作者内心生活的自述式作品,他要借用书中人物表达自己对人生、艺术、爱情、革命的看法,作者自己就是书中主人公的精神原型。

有研究者认为,作品里的一位重要女性人物形象拉里莎·费奥多罗夫娜·安季波娃,是有生活原型的。她就是在帕斯捷尔纳克写作《日瓦戈医生》的初期闯入其生活的一位少妇,当时《新世界》杂志的诗歌编辑奥莉佳·伏谢沃洛多夫娜·伊温斯卡娅。

奥莉佳·伏谢沃洛多夫娜·伊温斯卡娅在回忆录《和鲍里斯·帕斯捷尔纳克在一起的岁月》中有这样的记述:

1958年秋天,帕斯捷尔纳克和一位瑞典教授尼尔松谈话时就说:"小说的女主人公拉拉确有其人。她是我最亲近的一个女人。"

1958年5月7日帕斯捷尔纳克用德文写给雷纳特·什维查的信中提到拉拉的原型,"在战后的第二年我结识了一个年轻女人——奥莉佳·伏谢沃洛多夫娜·伊温斯卡娅……她正是我在这个时期开始写的一部作品中的人物拉拉。她身上体现了对生活的乐观和自我奉献。在她身上你看不出从前她曾经有过什么样的生活遭遇。她全身心地投入到我的精神生活和我的全部写作事业之中。"

1959年，帕斯捷尔纳克在接受英国记者安东尼·布拉翁的采访时说："她是我最好最好的朋友。她帮助我写出了作品。为了和我的友情，她曾被判刑5年。在我的晚年，拉拉是以其血肉和牢狱之苦镌刻在我心中。"

尽管作家和原型人物都做出了明确的自白，我们还是不能机械地对照书中主人公拉拉和生活中的伊温斯卡娅的经历，因为二者并没有太多的相似。帕斯捷尔纳克与伊温斯卡娅由相识到相恋，在时间段上涵盖了《日瓦戈医生》从动笔到完成乃至作品出版后发生的一系列事件的全过程，而正是在这个不寻常的创作生涯中的这一段不寻常的情缘，让作家写出了《日瓦戈医生》。

1948年，帕斯捷尔纳克开始创作长篇小说《日瓦戈医生》，最初的书名是《少男少女》，后来改名为《日瓦戈医生》。

帕斯捷尔纳克把这部长篇小说看作是一生中最为重要的作品，在着手之前就说："我要告别对诗歌的酷爱，但我们一定会在这部小说中重逢。"

1955年年底《日瓦戈医生》完稿。

1956年的一天，帕斯捷尔纳克收到《日瓦戈医生》退稿。苦闷中的帕斯捷尔纳克不得已将书稿交给一位意大利出版商。

1957年11月，小说首先以意大利文译本在米兰问世，随后又被译成15种文字，广泛流行于欧美各国。

1958年10月，瑞典皇家科学院宣布授予帕斯捷尔纳克诺贝尔文学奖，以表彰作者在"俄罗斯伟大叙事文学传统领域所取得的重大成就"。但在苏联，各大报刊上却刮起了批判他的猛烈风暴，苏联作家协会宣布开除他的会籍。深爱着俄罗斯每一寸土地的帕斯捷尔纳克不得不谢绝了领取诺贝尔文学奖，以证明自己对俄罗斯的忠诚。10月29日帕斯捷尔纳克发电报给瑞典皇家学院："鉴于我所从属的社会对这种荣誉的用意所做的解释，我必须拒绝

鲍里斯·帕斯捷尔纳克
（1958年获诺贝尔文学奖）

这份已经决定授予我的、不应得的奖金。请勿因我自愿拒绝而不快。"

1960年，痛苦与孤寂中的帕斯捷尔纳克在莫斯科郊外彼列杰尔金诺寓所中溘然长逝。

20世纪80年代初，蓝英年先生在人民文学出版社无意中听冯南江、蒋路先生谈起《日瓦戈医生》是从西班牙文转译的，没有原文的俄文本。蓝英年坦然说见过原版，并告知他们自己就有原版的《日瓦戈医生》。当蓝英年先生把珍藏的原版《日瓦戈医生》拿给出版社后，冯南江、蒋路先生当场决定请蓝英年翻译出中文版《日瓦戈医生》。

1987年，外国文学出版社出版了蓝英年、张秉衡翻译的《日瓦戈医生》。

《日瓦戈医生》通过日瓦戈医生的个人遭遇，从一个全新的角度，发掘并表现了俄国两次革命（二月革命、十月革命）与两次战争（第一次世界大战、国内战争）期间的宏大历史的另一侧面——斗争的残酷、毁灭的无情、个人的消极。在作品中，作者充分表现了自己所固守的人道主义情怀和对个人感觉个人思考的推崇。基于此，作者寄予了日瓦戈医生以最深厚的同情，并对革命中的暴力失误提出了来自心灵敏

59

感的文学家的质疑。

1990年秋，我去莫斯科，特意瞻仰帕斯捷尔纳克故居，对《日瓦戈医生》这部作品的散文叙述部分和结尾的诗篇在理解上有了新的整体的感悟，如果再翻译，译笔可能会更为顺手一些。在帕斯捷尔纳克笔下，散文承载不了他全部的所思所想，也容纳不下他那复杂沉重的情感世界，于是才有了托名于日瓦戈医生的那25首诗作。作家把《哈姆雷特》列为诗篇的第一首，暗示出主人公将承受的悲剧命运，又把《客西马尼的林园》放到篇末，以基督受难而获再生来隐喻一种生命的价值观。

1982年，苏联为饱受冤屈的帕斯捷尔纳克平反昭雪。1986年，苏联作家协会正式为帕斯捷尔纳克恢复名誉，并成立了帕斯捷尔纳克文学遗产委员会，出版《帕斯捷尔纳克全集》。直到1988年，《日瓦戈医生》俄文本才首次在苏联正式出版。1989年12月10日，帕斯捷尔纳克的儿子为他代领了迟到31年的诺贝尔文学奖。

鲍里斯·帕斯捷尔纳克（1890~1960年）苏联作家
主要作品：《雾霭中的双子星座》《生活，我的姐妹》《在早班车上》《日瓦戈医生》《柳韦尔斯的少年时代》等。

链接：

● 帕斯捷尔纳克早期创作的诗歌深沉含蓄，隐喻新鲜，被马雅可夫斯基称为"诗人中的诗人"。帕斯捷尔纳克受到作家联合会攻击后，很难发表作品，为了生计，转而开始从事翻译文学作品的工作。20世纪30年代至60年代，他翻译了许多西欧古典文学名著，如莎士比亚的《哈姆雷特》《罗密欧与朱丽叶》《安东尼与克莉奥佩特拉》《李尔王》《麦克白》《奥赛罗》《亨利四世》，歌德的《浮士德》，席勒的《玛丽亚·斯图亚特》等等。这些翻译作品，在一定程度上影响着作家的命运、个性气质和情感，他的生活也如诗、如歌般的起伏跌宕、真切激扬。

● 英国大师级导演大卫·里恩1965年拍摄了电影《日瓦戈医生》。1945年他导演了浪漫之作《相见恨晚》(1945年)，获戛纳国际电影节金棕榈奖。1946~1948年间，他又将狄更斯的《孤星血泪》(1946年)和《雾都孤儿》(1947年)搬上银幕。1962年，他再度拍出了历史巨片《阿拉伯的劳伦斯》，获得了第二尊金像。从影40多年，大卫·里恩只拍摄了16部影片，但获得奥斯卡提名竟达56次之多，他本人7次得到最佳导演奖提名，两次获奖，被称为英国电影界的泰斗。

《大师和玛格丽特》
——"大师"的原型就是作者本人

■ 钱诚/文

《大师和玛格丽特》是俄罗斯作家米哈伊尔·布尔加科夫的代表作。它的主人公"大师"的原型就是作者本人，另一个主人公"玛格丽特"的原型就是作者的第三任妻子，即一直支持他创作，同他共患难，陪伴着他走完人生旅程最后一段的叶莲娜·谢尔盖耶芙娜·布尔加科娃。

那么，《大师和玛格丽特》是不是自传性质的小说呢？不是。这里说的只是小说人物的原型。

其实，《大师和玛格丽特》里还包含着另一部小说，讲的是发生在2000年前的关于罗马皇帝派驻犹太地方的总督彼拉多和耶舒阿（即《圣经》中的耶稣）钉上十字架的故事。这两条主线在《大师和玛格丽特》中像麻花似的被巧妙地拧到一起，贯彻始终，所以，仁者见仁智者见智，很难说二者之中哪条线更为重要。如果要说这第二条线中的主人公的原型，那就不好说了：既然是有关《圣经》的故事，作者当然不能脱离或背离《圣经》，作者也不允许自己对《圣经》有所亵渎，但同时他又必须做出既不同于《圣经》，又不同于传说和历史的独特处理。不过，评论界公认：作者在《大师和玛格丽特》中把这两方面处理得极其巧妙而得体。

《大师和玛格丽特》不是某些人所说的什么"魔怪小说"或哗众取宠的"荒诞小说"，它也不是爱情小说，尽管这里也有爱的辛酸和爱的凯歌。它是一部结构复杂、多层次、多侧面的"讽喻哲理小说"，有评论者称赞它是"抒情哲理史诗"。我的译后感是：除此之外，它还包含着有关人类社会发展问题的不少启示。

《大师和玛格丽特》由32章和"尾声"组成。主人公大师到第十三章才首次出现。他没有姓名，因为他"放弃了……（一切和）自己的姓氏"；他自称为"大师"，是因为他的秘密情人玛格丽特一直这样称呼他。他大学历史系毕业后在莫斯科博物馆工作。他无亲无故,懂5种语言,因此他业余时也做点翻译来填充孤寂的生活。不料他偶然中了个大奖,得了10万卢布的巨款。于是他辞掉博物馆工作,自己租了间房子,买了许多书,决心今后从事文学写作。他开始创作一部关于犹太总督彼拉多和耶舒阿的小说,谁想到他的小说稿刚发表一小部分,就被斥为反动的迷信宣传,遭到评论界猛烈攻击,致使他精神崩溃,被迫进了精神病院……

作者布尔加科夫1891年生于乌克兰的基辅市,1940年49岁时于莫斯科英年早逝。他是基辅大学医学院的优秀毕业生,曾以红十字会医生资格参加过第一次世界大战,当过乡村医生。经历了"十月革命"和国内战争之后,1920年他决心弃医从文,献身文学。起初他写短篇、小品、特写,接着写中篇、剧本、长篇,一般读者、观众反映都很好。头几年,他的作品虽也受到批评,但还能发表,剧本也能上演。但在1926年后,批评界对他的攻击日趋猛烈,几年后他的作品就几乎全被禁止了。他为此冒险给苏联政府和斯大林写信,总算得到了一个饭碗。

《大师和玛格丽特》最初的书名叫《魔鬼的故事》,后来经过几次变更,最后才定下这一书名,内容与结构也都经过多次变动。有一次,作者甚至把写到第十五章的原稿全部烧掉了。后来又从头写起,前后8易其稿,历时12载,直至在他身患绝症卧床不起时,还借助夫人之手,继续修改。从这个意义上也可以说,《大师和玛格丽特》是一部作者没有最后完成的作品,布尔加科夫在极端窘困中离开了人世。

1966年底,布尔加科夫去世26年,斯大林逝世13年后,《大师和玛格丽特》终于得以在苏联发表。它一发表立即引起激烈争论,一直争论到苏联解体。

据联合国教科文组织近年统计,布尔加科夫是20世纪全球读者最多的作家之一。据莫斯科布尔加科夫基金会不完全统计,他的《大师和玛格丽特》仅俄文版本,

《大师和玛格丽特》

自1967年至2000年年底已出版130多次，总印数超过1540万册（不包括10多家出版社未标明印数的、几家报刊以"附册"形式无偿发送的以及多种研究用的版本）。

《大师和玛格丽特》已被译成各主要语种在世界各地发行。

1977年《大师和玛格丽特》被改编成话剧，后又改成歌剧、芭蕾舞剧。2005年被拍成一部八小时的电影，并曾在电视中播放。2006年3月俄国国营西南剧团在日本东京演出《大师》。

在中国，广大苏联文学爱好者又比苏联人迟了20年才知道布尔加科夫的名字和作品。北京师范大学的《苏联文学》双月刊1985年第5、6两期上首次发表《大师和玛格丽特》个别章节（拙译）。1987年外国文学出版社出版《大师和玛格丽特》中译本（拙译）；1998年后它被收入《20世纪外国文学丛书》《外国文学名著精品丛书》；2002年台湾出版拙译的繁体字本，2004年它又被列入《名著名译插图本》系列，2005年第二次印刷。

一直被"抹杀"的《大师和玛格丽特》，在作者死后的繁荣热销，是作者无法预料的。

布尔加科夫（1891~1940年）苏联作家
主要作品：《狗心》《白卫军》《大师和玛格丽特》。

链接：

●在布尔加科夫生命的最后10年里，他创作的《大师和玛格丽特》及其他戏剧、评论、小说、翻译，无一得到发表。1930年，他给斯大林写了封信，请求说：如果苏联不能使用他的讽刺文学才能，请让他移民国外。斯大林由于比较欣赏他的戏剧《图尔宾一家的日子》（根据《白军》改编），便给他在莫斯科一家小剧院找到了工作，后来他又调到莫斯科艺术大剧院。

●2011年5月，圣彼得堡举办主题为《这就是我的世界》的纪念展览，纪念20世纪俄罗斯经典作家布尔加科夫诞辰120周年。莫斯科小剧院首演布尔加科夫剧作《莫里哀》。俄罗斯之声电台发表题为《布尔加科夫：大师的矛盾和痛苦》的纪念文章。节译如下："今天人们阅读布尔加科夫被译成世界上许多文字的作品。不论他的讽刺小品文或自传式的短篇故事，迄今都不过时；他的剧作仍被成功地上演；他的中篇和长篇小说，其中包括《大师和玛格丽特》，在俄国和外国都不止一次被拍成电影。但这一广泛的声誉，就像他自己的祖国受到全民爱戴一样，只是在他死后过了几十年才加到他身上的……"

●电影《大师和玛格丽特》早在1994年就已出品，但一直未能公映，尘封16年之久。2011年布尔加科夫诞辰120周的时候，影片才得以公映。

《普通一兵——马特洛索夫》
—— 人物原型是马特洛索夫

■ 程文 / 文

《普通一兵——马特洛索夫》是一部传记体长篇小说。作品主人公的原型是普通一兵——马特洛索夫，马特洛索夫的真名实姓是：亚历山大·马特维耶维奇·马特洛索夫，小名萨什卡。

萨什卡原是苏联工农红军斯大林西伯利亚独立第91旅第2步兵营（后改为加里宁前线第56近卫步兵师第254步兵团）的一名普通列兵。萨什卡6岁便失去父母成了孤儿，只身流落在乌里扬诺夫州的梅列凯斯（今俄罗斯季米特洛夫格勒）一带，四处踯躅，饱受了饥寒流离之苦。严酷的现实把他变成了一个桀骜不驯的"野孩子"。从1938年2月起，他数次被收容进劳教营，数次逃跑，直到最后一次受到了被剥夺人身自由两年的处罚（虽然他只擅离了24小时），被送到了乌发劳动教养院。在这里，他受到了师长们亲人般的关爱和良好的教育，学会了钳工，从一名"问题生"变成了同学会纠纷调解委员会主席、政治宣传员，16岁就加入了共青团，当了助教。1942年，苏联卫国战争由战略防御开始转入战略进攻，刚满18岁的萨什卡，就报名参军，进入了奥伦堡克拉斯诺霍尔姆斯克步兵学校。在那里他作为"最勇敢的"志愿者被西伯利亚独立第91旅第2步兵营的首长选中，当上了步兵营冲锋枪连阿尔秋霍夫连长的通信兵。

1943年2月27日，卫国战争全线大反攻开始，萨什卡所在的部队接到战斗任务，要该部队拔除地处普斯科夫州切尔努斯基村的一处德军战略要塞，为反攻部队扫清道路。就是在这次战斗中，萨什卡在千钧一发的关键时刻，用自己的身躯，堵住了敌人的枪眼，以年仅19岁的生命，保护了战友，保证了全线的胜利。从此，他的名字便同苏联伟大的卫国战争的胜利联系在了一起，永远留在了苏联和世界各国人民的心里。这就是历史上真实的亚历山大·马特洛索夫。

据苏联《决斗报》记载，切尔努斯基战役之前，苏联全军中像马

马特洛索夫雕像。1943年2月23日，马特洛索夫所部奉命夺占切尔努什村时，被三个用土木碉堡掩护的火力点所阻。在攻克了两个火力点后，马特洛索夫匍匐接近最后一个火力点，当他投掷了两颗手榴弹依然未消灭敌人时，他奋不顾身扑到碉堡的射击孔上，用身体挡住了德军碉堡的枪眼，英勇牺牲。

特洛索夫这样的烈士已有98位。2000年2月23日俄罗斯《国会报》称，马特洛索夫是其中第58位，而不是第99位。1941年8月24日在诺夫哥罗德战役中纵身扑到敌人机枪口上牺牲的第28坦克旅第125团政委亚历山大·潘克拉托夫斯基就是在98位之中。

既然如此，《普通一兵——马特洛索夫》为何偏偏突出刻画马特洛索夫一人呢？

在苏联卫国战争期间，以自己的身躯堵住敌人枪眼的英雄壮举，马特洛索夫既不是唯一一个，也不是第一个。《国会报》称，1943年2月27日，马特洛索夫所在部队第91旅政治部宣传鼓动员彼得·沃尔科夫上尉直接从马特洛索夫牺牲的现场及时向91旅旅首长发回了战报：

致西伯利亚义勇军第91旅政治部主任：

我现在在2营阵地。攻克切尔努斯基村的战斗中，共青团员马特洛索夫，1924年生，完成了英雄壮举——以自己的身躯堵住了敌堡的枪眼，以此保证了我突击部队的向前推进。详情回去后再报。

战报是写在从学生作业本中撕下的一页纸上的，后一直保存在苏联武装力量中央博物馆里。

这是有关马特洛索夫这一壮举的最初报道。随后，马特洛索夫的名字连同切尔努斯基战役的捷报传遍了全国，家喻户晓。苏联最高苏维埃主席团于1943年6月19日签署命令，追授亚历山大·马特洛索夫苏联英雄称号。

副国防人民委员斯大林，乘火车来到尔热夫近郊的霍罗舍沃村。在那里，他听取了关于反攻部队的推进情况，详细询问了马特洛索夫英勇壮举的经过，并于1943年9月8日签署了第269号命令：

马特洛索夫的伟大功勋应成为红军全体将士英勇作战和英雄主义的榜样。

为了永远纪念这位苏联英雄——普通近卫军战士，斯大林还命令：

1.授予第254近卫军团以亚历山大·马特洛索夫第254近卫军团称号；

2.苏联英雄、近卫军列兵亚历山大·马特维耶维奇·马特洛索夫作为亚历山大·马特洛索夫第254近卫军团一连的排头兵，永远保留在全连官兵名单之首。

这是苏联国防人民委员会首次授予一名普通战士苏联英雄称号，所以才有了后来的说法：马特洛索夫是"马特洛索夫式的英雄群体中的第一名"。

我最早知道马特洛索夫的名字是在炮火纷飞的抗美援朝战场上。当时，对我们志愿军战士来说，他犹如旗帜和号角。如今，"中国人民志愿军马特洛索夫式的特等功臣、特级英雄，朝鲜民主主义人民共和国英雄黄继光同志以身殉国，永垂不朽！"——这样的碑文仍旧铭刻在上甘岭战役所在的五圣山上，以悼念黄继光、杨根思等烈士。

马特洛索夫的故事最早见于苏联军事出版社1946年出版的报告文学《苏联英雄亚历山大·马特洛索夫》，是一本仅有四十几页的小册子。1950~1951年，苏联儿童文学出版社又先后出版了这本小册子的两种修改补充版，书名仍为《苏联英雄亚历山大·马特洛索夫》。1952年我国出版的《普通一兵——马特洛索夫》一书，这部小说就是金人先生根据上面的原文版本翻译的。

1963年，苏联国家文学出版社出版了这部小说的新版本。这次出版，作者对作品进行了重大的、也是最后的修改加工，篇幅由之前的32章扩充为48章，内容上也进行了较多的修改加工。

1977年，我调到人民文学出版社的时候，随着国家的拨乱反正，我国已逐渐恢复了对苏联当代文学的翻译出版，那时我就有过组织重译这部作品的念头。1995年，为纪念世界反法西斯战争胜利40周年，人民文学出版社拟出版一套"革命英雄主义经典"丛书。借此机会，我依据上述新版本重译了这部小说，译名为《普通一兵——马特洛索夫》。

我的少年时代，有着与马特洛索夫相似的经历，我也是由一个流浪儿成长为一名革命战士的。对小说主人公萨什卡的孤苦命运，颠沛流离的童年经历，我感同身受。我喜欢这部英雄主义小说，主要还不在于敬佩主人公在千钧一发的关键时刻，毅然用自己的身躯堵住敌人的枪眼，以自己年仅19岁的生命保护了战友，保证了全线胜利的英雄壮举，而是感动于他从一个流浪儿成长为一名苏联英雄的人生经历。

小说新版本带给我的是一种全新的感受。审读小说原著的过程，犹如跟随主人公重新走过他19岁的人生历程。萨什卡的人生经历引起了我对童年时代许多往事的回忆，从而也对作品产生了更强烈的共鸣。

20世纪中期，马特洛索夫在我国是爱国主义、革命英雄主义和献身精神的代名词，他上过《人民日报》的大标题，可谓家喻户晓，妇孺皆知。今天，或许已经很少有人知道他的名字了。

帕维尔·捷连季耶维奇·茹尔巴（1895~1976年）苏联作家
主要作品：《在告别台前》《队员札记》《最高奖赏》《朋友们》《苏联英雄费多尔·季亚琴科》《苏联英雄阿纳托利·阿法纳西耶夫》《苏联英雄亚历山大·马特洛索夫》等。

链接：

● 在今天的俄罗斯普斯科夫州大卢基市，有一个名叫切尔努斯基的村庄，高耸着一座远远可见的方尖纪念碑。碑上只有一行字：苏联英雄亚历山大·马特洛索夫在此牺牲。纪念碑不远的对面，有个复制的碉堡，它的一个射击孔正对着纪念碑，这正是纪念碑的主人当年牺牲的地方。1943年2月23日，马特洛索夫在夺取切尔努斯基村的战斗中，英勇地用自己的身躯挡住了德军碉堡的枪眼，为突击队赢得时间而牺牲。

● 根据小说改编的苏联电影《普通一兵》拍摄于1947年，1948年由东北电影制片厂译制配音，至1949年5月完成，被公认为新中国第一部译制片。

《青年近卫军》
——取材于苏联卫国战争中"青年近卫军"的真实历史

■ 程文 / 文

《青年近卫军》是苏联作家法捷耶夫的长篇小说，小说取材于苏联卫国战争中"青年近卫军"的真实历史。

1943年2月中旬，苏联卫国战争胜利前夕，苏军解放了乌克兰顿涅茨克矿区小镇克拉斯诺顿，在离5号矿不远的一口探井里，发现了数十具被德国法西斯折磨得惨不忍睹的尸体，他们是德军占领期间苏联地下反抗组织"青年近卫军"的成员。

两个月后，时任苏联作家协会领导的法捷耶夫在《真理报》上发表了报告文学《不朽》。在此基础上，1946年，他推出了长篇小说《青年近卫军》。小说生动再现了克拉斯诺顿被德国法西斯占领后，当地青年，尤其是以共青团员为核心组成的地下反抗组织——"青年近卫军"，在与敌人展开斗争中，由于叛徒出卖，大部分成员不幸被捕壮烈牺牲的真实历史。直至20世纪80年代末，法捷耶夫的小说《青年近卫军》都被认为是真实反映伟大卫国战争期间地下斗争的经典之作。人们通过这部作品，了解了克拉斯诺顿镇在被占领时期的地下斗争的历史。

"青年近卫军"几乎遭"满门抄斩"的悲壮故事震惊了读者，人们自然会揣测，小说中的叛徒叶夫盖尼·斯塔霍维奇这个人物的原型可能是谁呢？

20世纪50年代初，在克拉斯诺顿清查叛徒的过程中，有数十人受到审查。其中，自己供认犯有程度不同的变节、投敌和出卖同胞的罪行而被判处10至25年徒刑者至少有16人。这些人的供词中几乎都提到了地下组织的一个主要领导人的名字，他就是维克多·约瑟佛维奇·特烈契亚科维奇。对此，作者法捷耶夫曾不止一次地声明说，小说中的叛徒斯塔霍维奇只是一个集合形象，他与青年近卫军中某个成员的近似纯属巧合。但读者、特别是那些事件亲历者中的幸存者却坚信，小说中的描写不管多么似是而非，这个人物的原型就是维克多·约瑟佛维奇·特烈契亚科维奇。

小说出版后不久，法捷耶夫受到了批评，他被指责作品没有鲜明表现出共产党的"领导和主导"作用。为此，法捷耶夫于1951年又推出了《青年近卫军》的修订版。此时，作者一再重申："我是写小说，不是写青年近卫军队员们的真正历史。小说不仅容许而且是应当有艺术虚构的。"不料，法捷耶夫的这句本属于文学创作常识的说明，后来竟成了诸多恣意曲解和诋毁这部作品的投机言论的口实。

关于《青年近卫军》的争论主要围绕以下三个关键问题展开：

1. 法捷耶夫所描写的事件是否真实；

2. 小说中的人物是否用的是原型的真实姓名；

3. 究竟谁是出卖地下组织的罪魁祸首。

实际上，当时敢于对克拉斯诺顿是否存在地下青年抵抗组织这一事实本身进行发难的人寥寥无几。关于第二个问题，小说结尾已有明确交代——有56人的真实姓名已铭刻在了"青年近卫军"的方尖碑上，无可置疑。真正争论的是与第三个问题有关的两个人物：一个是小说中提到的叛徒叶夫盖尼·斯塔霍维奇，一个是小说中没有提到的维克多·约瑟佛维奇·特烈契亚科维奇。

1993年12月5日，苏联《消息报》报道，一个专门从事"青年近卫军"历史研究的特别委员会，就近半个世纪以来社会舆论对有关"青年近卫军"历史等有关问题的各种说法进行了为期两个月的调查取证，于1993年举行了新闻发布会，公布了他们的调查结论："1942年七八月间，法西斯侵略军占领之后，在克拉斯诺顿矿区及其周边村镇出现过许多地下青年反抗小组。根据同代人们的回忆，这些小组的名称叫'星''镰刀''锤头'等，没有人谈到什么党的领导。1942年10月，是维克多·约瑟佛维奇·特烈契亚科维奇把他们联合起来组成为'青年近卫军'的。"

1977年，一本名为《青年近卫军》的文集披露了维克多·约瑟佛维奇·特烈契亚科维奇从1924年9月9日出生到1943年1月1日被捕并壮烈牺牲的全部履历，以此来证明他成为"青年近卫军"的政委是顺

《青年近卫军》1947年版封面

《青年近卫军》1946年版扉页

理成章的。

青年近卫军成员中从卫国战争中活下来的8位幸存者中的最后一位——瓦西里·列瓦肖夫在1999年6月30日去世前不久接受《共青团真理报》记者采访时说：小说中塑造了一个叛徒斯塔霍维奇，但组织中根本就没有姓斯塔霍维奇的人。看得出，他显然是暗指"青年近卫军"政委维克多·约瑟佛维奇·特烈契亚科维奇。

围绕"青年近卫军"政委维克多·约瑟佛维奇·特烈契亚科维奇到底是叛徒还是英雄，以及关于《青年近卫军》中几个人物原型的争论，从赫鲁晓夫施政起到戈尔巴乔夫时期，始终没有停止过。

70多年来，《青年近卫军》历经了多个政治时期的风雨涤荡，但它依然深深保留在人们的记忆里。奥列格们的形象"永远定格在了人们的心灵深处"，以小说名称命名的报纸杂志、场馆、团体，不但依然被沿用，且呈有增无减之势。2005年11月16日，俄罗斯原名为"青年统一"的青年社会运动团体，正式更名为"青年近卫军"，借以"明确自己的目标和使命感"就是生动的一例。

作者亚历山大·法捷耶夫说得对，文学就是文学，他不等同于历史和政治，政治有时可能是短暂的，而文学是恒久的。

2004年，苏联卫国战争胜利60周年前夕，俄罗斯大众信息库网，曾以"伟大卫国战争传奇"为题，综合介绍了半个多世纪以来，苏俄社会舆论对包括《普通一兵——马特洛索夫》《卓娅·柯斯莫捷米扬斯卡娅》等多部歌颂爱国主义和革命英雄主义的卫国战争题材作品的讨论情况。其中，《青年近卫军》部分，所占篇幅最长，约合中文2万多字。

遗憾的是，青年近卫军成员中的幸存者更改自己的记述和口供的例子实在多不胜举。而且，这些记述无论是来自1943年克拉斯诺顿事件官方说法的维护者一边，或是反对者一边，它们每每都被作为历史档案保存下来，成为人们著书立说的依据。现在，你要想从中区分出哪些是真实的，哪些是人们的"艺术演绎"，几乎已不可能。第一，八位侥幸躲过这一劫活下来的青年近卫军队员，现在都已不在人世；第二，孰真孰假、孰虚孰实，60多年来已经被搅和得乱成一团，即使那场劫难的亲身经历者在世，恐怕也很难理得清楚哪是当时确实有过的事，哪是亚历山大·法捷耶夫或其他作者在克拉斯诺顿地下斗争这一主题下的艺术虚构了。

但是，有一点是不容置疑的，那就是1943年2月，从5号煤矿52号探井底下发现的那数十具青少年残缺不全的尸体，那些被砍掉的四肢，被砸碎的手指，被烙铁烫成窟窿的双眼，用尖刀刻在背上的五角星……曾几何时，他们以稚嫩的生命同残暴的法西斯侵略者进行抗争，他们歌唱过，也欢笑过，对未来也有过美好的憧憬。现在他们一排排默默地躺在那儿，任凭后人评说。

小说《青年近卫军》告诉我们的，就是奥列格们所代表的这种高尚的爱国主义和革命英雄主义精神，也是伟大卫国战争留给后人的精神财富，这才是值得后人世世代代评说的依据和资本。"至于说青年近卫军队员们张贴了多少传单，进行了多少次破坏活动，吊死了几个伪警察，解救了多少名被俘的红军战士，真的并不那么重要。"尤其不能由于怀疑哪一个人物、哪一个情节是否属实而否定了整部作品。

1948年，我国俄苏文学事业开拓者之一的著名翻译家叶水夫（1920~2002）先生将《青年近卫军》翻译介绍到我国后，受到我国几代读者的欢迎，有着广泛而持久的影响。

然而，这部堪称歌颂爱国主义和革命英雄主义的"红色经典"之作，在苏联出版后70多年来所经历的风风雨雨，也许是我国一般读者难以想象的。无论在过去的苏联还是在今天的俄罗斯，文学都是一个最敏感、最活跃的意识形态领域。《青年近卫军》问世以来，经过了多个不同的政治时期，在各个时期，它都经历过不同的政治风雨：被称颂过、被质疑过、被诋毁过，直到今天，这部作品连同它的主人公还在继续被争论着。

亚历山大·法捷耶夫（1901~1956年）苏联作家
主要作品：《毁灭》《青年近卫军》《三十年间》《在自由中国》等。

链接：
● 《青年近卫军》发表于1946年。小说分两部：第一部描写1942年7月德寇进逼克拉斯诺顿城和当地居民撤退时的情景；第二部描写州委书记普罗庆柯和区委书记刘季柯夫领导下的"青年近卫军"对敌人展开的一系列斗争。但是围绕小说人物的争论至今不能休止。

● 法捷耶夫生前为许多遭迫害的专家、学者奔走呼吁。他同情被处决的戏剧家梅耶荷德；为发表被镇压的诗人曼德尔斯坦姆的作品费尽心血；他还给受压制的作家布尔加科夫的作品做出公正的评价；为身处逆境的阿赫玛托娃的诗集问世做了最大努力。在他自杀前一个多月，阿赫玛托娃因独生子的冤案前来请求法捷耶夫伸张正义，经他努力，诗人之子很快恢复自由。

● 1956年法捷耶夫自杀，留有一封致苏共中央的遗书，但直到1990年这封遗书才公之于众。信中要求"……请把我埋葬在我母亲的墓旁"。但由于法捷耶夫的遗书当时被隐瞒，他被葬在俄国社会名流的墓地——新圣女修道院陵园。后人称法捷耶夫是"死不瞑目的悲者"。

● 长篇小说《毁灭》（1927）是法捷耶夫的早期作品。鲁迅于1931年将《毁灭》译成中文出版。

《钢铁是怎样炼成的》
——保尔·柯察金的原型是作者本人

■ 梅京 / 文

《钢铁是怎样炼成的》是自幼生长在乌克兰的苏联作家尼古拉·奥斯特洛夫斯基创作的一部自传体长篇小说。正如人们所知道的那样，作品中保尔·柯察金这个人物的艺术形象，无论是从外表的言谈举止，还是从内在的思想性格来看，都在一定程度上保留了他的主要原型，即作者本人的个性特征。除此之外，小说所描述的主人公的生活遭遇和成长过程，如果撇开其中的具体细节不论，与作者的个人经历也几乎可以说是从头到尾一一吻合的。对于这些事实，作者既没有刻意回避，也没有试图掩盖，反而十分坦率地表示，在他的心目当中，"尼古拉·奥斯特洛夫斯基和保尔·柯察金是关系最为密切的那种朋友"。言外之意就是承认他们之间确有不少相似之处。但是另一方面，作者又郑重其事地提醒读者，他写的"是小说，而不是什么人的传记"。话虽是这样说，实际上对于小说和传记的区别到底在哪里，有很长一段时间就连作者自己也不是很清楚，而这种认识上的不清楚自然会影响到作品的创作，也一定会通过作品的内容本身反映出来。

作者开始认真地思考上述问题，并且做出自己的回答，时间应该是在从小说第一部的文字初稿完成到第二部的写作计划拟就的那段日子前后。在此期间，作者已经担心地预感到，自己费尽千辛万苦、倾注全部心血写成的作品，很可能是一部变相的个人传记，根本算不上真正的小说。这一点从作者当时和《青年近卫军》杂志编辑部人员的一次谈话可以得到证实。

作者在那次谈话中明确地告诉对方："我的小说是不是读起来就像一部自传，充其量不过是一个人的故事而已，我想要知道的就是这个。"然后接着又补充说："我故意这样直截了当地提出问题，因为我想知道我做的事情是不是好，是不是对，是不是对人民是有用的。本身引人注目的个别人的事例到处都有，只是读者碰到这样的事例虽然会停下来一会儿，就像在商店的橱窗前会驻足片刻一样，说不定还会欣赏一番，但随后就会继续赶路，再也不记得在那里看到了什么。这种情况是每一位作家都最应该加以警惕的。至于说像我自己这样初入文坛的人，当然就更是如此了。"

这段谈话表明，在作者看来，小说与传记的不同之处就在于，传记必须集中写某一个人，而小说不必也不应受此限制；传记必须记载真人真事，而小说同样不必也不应受此限制。这段话同时又表明，作者担心他的作品可能只是一部变相的个人传记不是没有理由的，因为他比谁都清楚，正是他自己一方面在作品中只注意描写保尔的成长过程，而把其他很多的人和事都忽略了（所谓"充其量不过是一个人的故事而已"即指此），另一方面又将个人过去的奋斗经历一五一十、原原本本地直接写进书里，很少做出任何改动（所谓"本身引人注目的个别人的事例"即指此）。

实际上，作者已经觉察到，他的创作实践和创作结果与他的创作目的之间是南辕北辙、背道而驰的：他想写的是小说，但写出来的东西却与传记无异。而事情走到这一步，原因其实很简单，只怪他自己过去一直是把小说应该表现的内容完全局限在传记的题材范围之内，一直是在用写作传记的方法从事小说创作。这样做的最后结果当然只能是，作品即使被冠以小说之名，事实上仍然不过是一部传记。

1932年《钢铁是怎样炼成的》第一部开始在《青年近卫军》杂志上分期连载，1934年小说的第二部也在同一杂志上发表。

1934年12月1日，苏共中央政治局委员、列宁格勒（今彼得格勒）市党委书记谢尔盖·基洛夫遇刺身亡。凶手尼古拉耶夫是一个年轻的苏共党员，他在日记中发泄了许多对新生的苏维埃政权的不满。这起暗杀事件不仅成为日后大规模肃反的导火索，而且也暴露了当时苏联在青少年思想教育工作上存在的问题。

为了帮助年轻一代树立正确的人生观，需要尽快从现实生活中发掘出一批榜样人物，并以他们的模范事迹作为活生生的教材，在青年中间进行广泛的宣传。《真理报》派遣有"当代首席记者"之称的米哈伊尔·科尔佐夫于1934年底专程前往位于黑海之滨的旅游休假胜地索契，采访了正在那里疗养的奥斯特洛夫斯基。

正是在这种背景之下，几个月后，采访奥斯特洛夫斯基的报道在《真理报》上刊登出来，立刻在社会上下引起强烈的反响，而经过修改之后的《钢铁是怎样炼成的》单行本也恰在这时出版，因此一上市就被抢购一空。为了满足广大读者的要求，出版社只好一次又一次地不断重印。截至1936年作者逝世时总共印行了62次，累计印数达到200万册。

苏联文学评论家弗·伊凡诺夫在谈到保尔·柯察金的人物特征时指出，"这是一个极其现实主义的典型的形象"，它的重要性就在于"展示社会主义的人是怎样形成的"。"在内战时期，保尔·柯察金不能不置身于年轻苏维埃共和国保卫者的行列。他不惜牺牲自己的生命，为人民的自由而斗争。在恢复时期，保尔是那些在劳动战线上表现了奋不顾身的英雄主义的千百万人中间的一个。"

这一观点与著名的法国作家罗曼·罗兰的看法不谋而合，后者在给奥斯特洛夫

《钢铁是怎样炼成的》插图：保尔在海边思索生命的意义

斯基的信里曾经说过，保尔·柯察金不仅是作者自己的写照，也是一个集中体现了当时众多的无数苏维埃青年身上的主要特征的典型形象，因此可以说"您在他们里面，他们在您里面"。

十月革命前后出生的那一代苏联人在青少年时代差不多都读过《钢铁是怎样炼成的》，而且都把保尔·柯察金视为自己心目中的英雄。用弗·伊凡诺夫的话来说："在伟大卫国战争的年代，奥斯特洛夫斯基的作品是英勇的祖国捍卫者朝夕不离的伴侣。这部作品帮助教育了这样一些千古不朽的男女英雄、我们的爱国志士，如卓娅、留·柯斯莫捷绵斯卡亚、奥列格·柯歇伏依以及其他许多的人。"

卓娅的母亲在《卓娅和舒拉的故事》中写道："……一个月以后卓娅的遗骸运回莫斯科，埋在诺夫捷维奇公墓了。在她的坟上竖立了纪念碑，在这黑色的大理石上刻着卓娅曾作为标语、作为座右铭写在自己的日记本上，并用自己短短的生活和死证明了的尼古拉·奥斯特洛夫斯基的名言：'人的一生应该这样度过：当他回忆往事时，不会因为自己虚度年华而悔恨……临死的时候能够说：我的整个生命和精力，都已献给世界上最壮丽的事业——为人类的自由解放而作的斗争了。'"

在过去的战争年代和新中国成立以后，《钢铁是怎样炼成的》对我国青年同样产生过巨大而持久的影响。正如邓颖超同志在丛书《树立人生的路标》的序言中所说的："同新中国一起成长起来的一代青年，有谁没有从《钢铁是怎样炼成的》《把一切献给党》《红岩》等书中汲取过力量的源泉，找到过人生的路标。"

《把一切献给党》的作者吴运铎同志在书中有过以下的回忆："一星期以后，我稍微清醒一点。睁眼一看，只见医生正在帮我换药，茶碗口那么大的伤口里面，填进去几大卷纱布。这时我才明白，伤势并不简单。在皖南被机器打坏了左腿，在淮南被炮弹夺去了左手和左眼，这一次会落个什么结果呢？从那些常来看望我的同志们面面相觑的脸色和神态上，我已经得到了答案。但是，我知道死亡跟我是无缘的，我战胜它已经不止一次了。在这时候，我也想到奥斯特洛夫斯基著的《钢铁是怎样炼成的》……1943年春天——我第二次受伤后一年，在报社工作的菌子同志为我借到《钢铁是怎样炼成的》这本书，那是淮南地区仅有的一本，它的边角已经卷起来了。虽然由于战争的艰苦，灯油越来越少，灯草也由三根减到一根，保尔·柯察金仍然跟我在一起，守着微弱的灯火，度过很多个夜晚。在他火焰一般绚丽的生命光辉的照耀下,我真正感到自己的渺小。但是我也毫不气馁地勉励自己:应该不愧为他的一个朋友和同志。"

关于《钢铁是怎样炼成的》在我国首次翻译出版的历史经过,译者梅益在人民文学出版社1995年10月出版的该书译本第五版译后记中做了如下的介绍:"我开始翻译这本小说是57年前的事。1938年我在上海地下党工作时,八路军上海办事处的刘少奇同志有一天给了我一本纽约国际出版社1937年出版的,由阿列斯·布朗翻译的《钢铁是怎样炼成的》的英译本。他对我说,党组织认为这部作品对我国的读者,特别是年轻的读者很有教育意义,要我作为组织交办的任务把它翻译出来。我当即接受了这个任务。但因当时较忙,白天工作,晚上编报,家庭也有困难,一直拖到1941年冬太平洋战争爆发,日本侵略军进入租界,党组织要我撤到解放区后,才匆忙赶译出来。1942年上海新知书店在极其困难的条件下出版了这本书。我是在1942年冬的一天夜里,在洪泽湖畔半城新四军第四师司令部访问彭雪枫师长时才见到这本书的。当时他正在油灯下读它,他对我说,这是一本好书,读后很受感动。"

《钢铁是怎样炼成的》自1935年出版单行本以后,在苏联内外始终拥有广大的读者。根据统计,到1954年苏联第二次作家代表大会时,该书俄文版已印行了246次,总印数超过600万册。它同时还被译成20种文字,在26个国家出版。1981年的重新统计则进一步表明,该书在苏联国内已经以60种语言印行了400余版次,

《钢铁是怎样炼成的》插图

印数估计将近 1000 万册。另外在世界上的 42 个不同国家内，它还被译成 50 种文字分别出版。

在各种译本中，中译本的发行量可能是最大的。第 1 版（1952~1966 年）共印 25 次，发行 100 多万册；第 2 版至第 4 版（1979~1995 年）共印 32 次，发行 130 多万册；总计印行 57 次，印数达到 250 余万册。第 5 版至今已出版 10 年，估计目前的印行次数与发行数量都已超过了第 2 版至第 4 版的总和。在中国出版的所有外国文学翻译作品中，《钢铁是怎样炼成的》长期以来一直是印行次数最多，发行量最大的一部。

尼古拉·奥斯特洛夫斯基（1904~1936 年）苏联作家
主要作品：《钢铁是怎样炼成的》。

链接：

●《钢铁是怎样炼成的》是苏联作家尼古拉·奥斯特洛夫斯基创作的一部自传体长篇小说。小说中的主人公保尔·柯察金的原型就是作者本人。

奥斯特洛夫斯基 1904 年 9 月 29 日出生在乌克兰西部沃林省维利亚区的一个贫苦雇农家庭。童年时代的他入学不到两年就因得罪了教课的神父而被逐出校门，从此只能自食其力，在一家铁路食堂做帮工。直到十月革命以后，他才有机会靠半工半读的方式继续念完小学。在此期间，他开始接触当地的地下党组织，并为它执行任务。1919 年春，年仅 15 岁的奥斯特洛夫斯基加入了共青团，不久即离家出走，先是投奔科托夫斯基的红军骑兵旅，随后又于 1920 年转入布琼尼将军统率的骑兵第一军。同年 8 月，在里沃夫城外与波兰军队进行的一场战斗中，奥斯特洛夫斯基头部被榴霰弹的碎片击中，伤势十分严重，以致右眼失明。

1921 年，奥斯特洛夫斯基从部队复员，被调往基辅的铁路总工厂出任该厂的共青团书记，但很快就主动报名参加了抢修窄轨铁路的紧急工程。在施工过程中他不幸又感染了伤寒，差一点丧命。病愈之后他依旧还是从事共青团的工作，曾担任过共青团的区委书记和州委书记，1924 年加入苏联共产党。1926 年奥斯特洛夫基因下肢完全瘫痪，终于卧床不起。

在身体康复已经无望的残酷现实面前，奥斯特洛夫斯基既没有意志消沉，也没有顾影自怜，而是下定决心要用笔作为武器，重返建设新生活的斗争行列。经过一段时间的准备之后，他从 1928 年开始尝试进行文学创作。1930 年他的左眼也失明了，但是他仍然一如既往，坚持不肯放弃写作。《钢铁是怎样炼成的》就是作者在双目失明的情况下，凭借着令人难以想象的顽强毅力创作出来的。

《古拉格群岛》
——取材于作者的亲身经历和 227 名囚犯的资料

■ 田大畏 / 文

《古拉格群岛》是索尔仁尼琴在 1958~1968 年的 10 年间,在特殊的环境下采取极端隐蔽的方式写成的。作者曾坦言:"书的稿件,一次也没有同时在同一张书桌上放过。"书中的人物、事件"由一人创作是力不胜任的。除了我从群岛带出来的一切和亲身感受的、记忆所及的,以及耳闻目见的以外,写作这本书的资料,是由 227 人的一些口述、回忆和书信提供的"。

1941 年,苏德战争爆发后,索尔仁尼琴应征入伍,曾任大尉炮兵连连长,两次立功受奖。1945 年 2 月,索尔仁尼琴在东普鲁士的前线因给自己朋友写信,信中对"那个蓄着络腮胡子的人""主人"和"老板"提出了批评,内务人民委员部以"进行反苏宣传和阴谋建立反苏组织"的罪名判处他 8 年劳改。刑满后他被流放到哈萨克斯坦。

索尔仁尼琴在劳改营里蹲了 8 年,对劳改营的生活和罪犯非常熟悉。出狱后,他写了《伊万·杰尼索维奇的一天》,通过犯人伊万·杰尼索维奇在劳改营里度过的一天,展现了主人公在逆境中对生命的尊重及其对不公正的抗争。随后,他把作品交给了《新世界》杂志主编特瓦尔多夫斯基。特瓦尔多夫斯基看了后觉得很好,但不敢贸然发表。1962 年 11 月,经赫鲁晓夫亲自批准,索尔仁尼琴的处女作中篇小说《伊凡·杰尼索维奇的一天》在《新世界》刊出。这部苏联文学中第一部描写斯大林时代劳改营生活的作品,引起了国内外的强烈反响。

对中国读者来说,最熟悉的索尔仁尼琴的作品应是《古拉格群岛》。在 1989 年前苏联公开出版《古拉格群岛》之前,这本书一直作为地下出版物在苏联流传。对于索尔仁尼琴和《古拉格群岛》的毁誉,可以说是针锋相对的,有关的评论文字不计其数,但无论如何它是一部引起世界关注的文献，不应留在我国读者的视野之外。

1978年，我应一家出版社之约翻译此书。由于该书卷帙浩繁，我约请陈汉章、钱诚两位好友分工合作，以便尽快交稿。1979年完稿后，延至1982年才作为"外国政治学术著作选译"之一，由群众出版社出版，内部发行。该书出版后销路颇畅，数次再版。其间，我又根据原文新版本重新校订后再版，成为较多读者见到的一本读物。

《古拉格群岛》所讲的群岛，实际上并不存在。在苏联，并没有古拉格群岛这个地理名称，它是索尔仁尼琴的一种比喻说法。"古拉格"是"劳动改造营管理总局"的俄文缩写词的译音；"群岛"是指遍布苏联全境的劳改场所。没见过海洋、祖辈都生活在大陆深处的俄罗斯人往往把"岛"看作遥远、难以到达的、与世隔绝、不通音信之地，作者正是在这个意义上把劳改营总局管辖下的一个个劳改所比作由一个个与世隔绝、互不相通的"孤岛"组成的"群岛"，索尔仁尼琴把这些"岛屿"称为古拉格群岛。

《古拉格群岛》全书分监狱工业、永恒的运动、劳动消灭营、灵魂与铁丝网、苦役刑、流放、斯大林死后7个部分，共140多万字。由于索尔仁尼琴创作时身处监狱，只能拿小纸片一点点地写，他写作时并没有考虑出版，因此他用了大量不规范的俄语语言，如旧俄语言、民间俗语、俚语、宗教语言等，这些非文学语言在词典上往往无处寻觅，对准确翻译原文提出了更高的要求。索尔仁尼琴的语言总是采用正话反说、讽刺、挖苦甚至是骂人的俏皮话，译者如果一不小心就会翻译成相反的意思。我在翻译《古拉格群岛》时，"斯图卡奇"这个词频频出现。这个词是苏联民间对偷偷敲警察房门"打小报告"的人的蔑称，是由"咚咚敲门"这个动词造出的名词。译文中怎样达到这个效果呢？我是在海南旅游时，一次无意间听向导多次提到夜晚敲旅客房门的女人，称她们为"叮咚小姐"中得到了启发。

《古拉格群岛》的文学价值并不是很高，相比之下，我觉得他的《第一圈》文学性更好些，有情节、结构、主人公等元素。曾有评论者认为，索尔仁尼琴的成名，是独特的时代和独特的个性共同造就的，而不是他的艺术天赋和政治思想。在斯大林去世后的"解冻文学"时期，客观上需要有人出来充当揭发者和批判者。

在俄罗斯国内，评论界和读者对索尔仁尼琴及他的创作褒贬不一。

索尔仁尼琴写的政治犯特别收容所的长篇小说《第一圈》，及叙述苏联集中营历史和现状的长篇小说《癌病房》，当时均未获准出版。

1967年5月，第四次苏联作家代表大会前夕，索尔仁尼琴给大会写了一封公开信，要求"取消对文艺创作的一切公开和秘密的检查制度"，遭到当局指责。1968年，长篇小说《癌病房》和《第一圈》在西欧发表。1969年11月，索尔仁尼琴被苏联作家协会开除会籍。1970年，索尔仁尼琴获诺贝尔文学奖。但迫于形势，索尔仁尼琴没有前往斯德哥尔摩领奖。1971年，德、法两国同时出版了他的长篇小说《1914年8月》。

《古拉格群岛》所讲的群岛,实际上并不存在。在苏联,没有古拉格群岛这个地理名称,它是索尔仁尼琴的一种比喻说法。在大陆深处的俄罗斯人,往往把"岛"看作遥远、难以到达的、与世隔绝、不通音信之地,作者正是在这个意义上把劳改营总局管辖下的一个个劳改所比作由一个个与世隔绝、互不相通的"孤岛"组成的"群岛"。图为《古拉格群岛》作者索尔仁尼琴在 Kazakh 的劳改营。

《古拉格群岛》插图

1973年12月，巴黎出版了《古拉格群岛》第一卷。

1974年2月12日，苏联最高苏维埃主席团宣布剥夺索尔仁尼琴苏联国籍，将他驱逐出境。同年10月，美国参议院授予他"美国荣誉公民"称号，随后索尔仁尼琴移居美国。

1980年，索尔仁尼琴被允许回国，原来遭禁的一些作品也已陆续在国内出版。1989年，苏联作家协会书记处接受《新世界》杂志社和苏联作家出版社的倡议，撤销作家协会书记处于1969年11月5日批准的把索尔仁尼琴开除出苏联作家协会的"不公正的、与社会主义民主原则相抵触的决定"，同时委托当选为苏联人民代表的作家们向最高苏维埃提出撤销最高苏维埃主席团1974年2月12日的命令。根据苏联作家协会的决定，索尔仁尼琴的作品开始在苏联国内陆续出版。

1994年，索尔仁尼琴受俄罗斯总统叶利钦邀请，回归俄罗斯。

1997年，索尔仁尼琴当选为俄罗斯科学院院士。

2007年俄罗斯国庆节那天，索尔仁尼琴获得2006年度俄罗斯人文领域最高成就奖"俄罗斯国家奖"。

亚历山大·索尔仁尼琴（1918~2008年）俄罗斯作家
主要作品：《伊凡·杰尼索维奇的一天》《马特辽娜的家》《癌病楼》《第一圈》《在转折关头》《同行二百年》等。

链接：

● 索尔仁尼琴在他出生前6个月，他的父亲在一次打猎中意外身亡。他和母亲相依为命。从9岁起，索尔仁尼琴就对文学写作产生了浓厚的兴趣。为了身患重病的母亲，索尔仁尼琴中学毕业后考入了罗斯托夫大学数学物理系。大学毕业后成为一名中学教师。1941年苏德战争爆发后，索尔仁尼琴在一所炮兵学校经过短暂培训后走上战场，他作战勇敢，两次获勋章，并晋升为大尉。

● 1994年索尔仁尼琴76岁时，以一个流亡者的身份，怀着复杂而又矛盾的心情，回到阔别整整20年的故土。回到祖国后，他的思想发生了很大的变化，在一定程度上改变了对苏维埃时代的看法，开始对目前的现实采取批判的态度。1996年，索尔仁尼琴发表小说《在转折关头》，赞扬斯大林发动的"伟大的向未来的奔跑"，肯定了苏联军人的勇敢和爱国精神，在他反思与忏悔中，表现了对民族文化难以割舍的依恋和强烈的民族自尊心。他认为"人民的精神生活比疆土的广阔更重要，甚至比经济繁荣的程度更重要。民族的伟大在于其内部发展的高度，而不在其外在发展的高度"。

《好兵帅克》
——帅克的原型是作者的战友斯普拉什利普卡

■ 文洁若/文

《好兵帅克》中的帅克原型是作者哈谢克的战友斯普拉什利普卡。

1915年6月,哈谢克和卢卡施的勤务兵斯普拉什利普卡一道入伍,被编入布杰约维策第九十一步兵团,即《好兵帅克》中帅克所在的那个部队。斯普拉什利普卡生性活泼,擅长讲笑话,是个出名的调皮鬼,在寂寞、单调生活的军营,斯普拉什利普卡的幽默和一些恶作剧给大家带来了许多快乐。哈谢克以他为原型,根据自己的亲身经历和所见所闻,创作了帅克这个看起来有点憨厚可笑、实际上却十分机灵幽默的艺术形象。书中有些人物如卢卡施、万尼克、杜布等也不是虚构的,都在哈谢克所在部队能找到对号入座的原型。哈谢克通过帅克的从军经历,描述了欧洲近代史上最古老的王朝——奥匈帝国崩溃的过程。从帅克入伍后由布拉格开拔前线起,战局、事件、路线,均与奥匈军队作战史相当地贴近。

1916年,哈谢克在士兵中发行自己写的小册子《好兵帅克》。

1920年12月,哈谢克回到布拉格。次年在朋友们的帮助下,自费将《好兵帅克》第一卷印成书,到街上去叫卖,很受欢迎。1921年,哈谢克请他的好友拉达为《好兵帅克》设计封面,拉达不仅在封面上画了好兵帅克的形象,还在哈谢克去世后为《好兵帅克》画了500多幅插图,这些插图至今流传,深入人心。

《好兵帅克》原计划要完成六部,但是哈谢克还没完成第四部时,却在战俘营中感染了肺结核,接着又患上疟疾,引发心脏停搏,壮志未酬,撒手人寰。尽管他的朋友卡尔·万尼克替他续写完了全书,终因文笔的差别太大,近年来的版本大都予以省略。

自16世纪初叶起,捷克地区先后隶属于神圣罗马帝国和奥匈帝国。

《好兵帅克》插图（拉达/画）

第一次世界大战结束后，1918年10月成立了捷克斯洛伐克共和国。《好兵帅克》是捷克有史以来的杰作之一，已被译成40多种文字。欧洲评论家将哈谢克与拉伯雷（《巨人传》的作者）以及塞万提斯（《堂吉诃德》的作者）相提并论。埃德加·斯诺曾拿它跟鲁迅的《狂人日记》相比较。捷克民族英雄，著有《绞刑架下的报告》的反法西斯战士伏契克对帅克所产生的影响给予了高度评价："仿佛是一条虫子，在蛀蚀（奥匈帝国）那个反动制度时是很起劲的，尽管并不是始终都很自觉的；在摧毁这座压迫与暴政的大厦上，他是起了作用的。"他还说："帅克是个国际典型，是所有帝国主义军队的士兵典型。难怪哈谢克的书这么快就在各处扎下了根，难怪在那些哈谢克的名字根本不为人们所熟悉的地方也出现了许多'帅克'。"在反法西斯战争中，有些红军战士随身携带此书，让它与自己一道为真理而战。

1939年9月底，萧乾抵达伦敦，只住了一夜，就到剑桥去了。为了躲避纳粹飞机的轰炸，请萧乾去英国执教的伦敦大学东方学院迁到剑桥。1940年7月，学校又迁回伦敦。萧乾住在西北郊汉普斯特德的一座公寓里。他有空就去淘书，旅英7年，积书900本，"企鹅丛书"版的《好兵帅克》就是其中的一本。萧乾对《好兵帅克》爱不释手，被帅克这个有血有肉、平凡而机智幽默的人物吸引住了。此书的力量在于，它无情地鞭笞了奥匈帝国所炫耀的军队，告诉读者，一个不义的军队，色厉内荏，必将失败、灭亡。

《好兵帅克》一书全名是《好兵帅克在第一次世界大战期间历险记》。最早的英译本是1930年由道布尔戴公司出版。1955年萧乾把企鹅公司的节译本译出，次年4月由人民文学出版社出版。他认为节译本略去了原作中诸如借用天主教烦琐教规或捷克文双关语这些费解的笑料，保留了原作的精华。由于萧乾1957年被打成右派，《好兵帅克》拖到了1982年1月才重印。

1983年，刘星灿根据捷克文翻译的《好兵帅克历险记》（上、下）由外国文学出版社（人民文学出版社的副版）出版。字数达60万字，为节译本的3倍。

2001年6月，文洁若根据萧乾译本缩写的《好兵帅克》"世界文库·少年版"出版，字数为10万字。该版本采用了捷克著名画家约瑟夫·拉达（1887~1958年）为《好兵帅克》所画的精彩插图，它们与作品相得益彰。

伟大的时代得有伟大的人物。有一些被埋没的英雄人物，他们谦逊平凡，没有拿破仑那样的赫赫功名和传世业绩，然而只要分析一下他们的品格，就连马其顿的亚历山大大帝的声誉也会显得黯然无光。如今，你可以在布拉格街上遇到一个衣衫破旧的人，他自己压根儿就不知道，他在这伟大新时代的历史上究竟占有什么地位。他谦和地走着自己的路，谁也不去打扰，同时也没有新闻记者来烦扰他，请他发表谈话。你要是问他尊姓，他会简洁而谦恭地回答一声："帅克。"原来，这个和善、卑微、衣履寒碜的人，正是我们的老相识、英勇无畏的好兵帅克。早在奥地利统治时期，他的名字在捷克王国的全体子民中就已家喻户晓，到了第一次世界大战前，他的声望也依然不减当年。

我非常喜欢《好兵帅克》。当我向读者介绍帅克在世界大战中的种种奇遇时，相信诸位也会同情这位谦卑的、被埋没的英雄，因为他不曾像希罗斯特拉特（小亚细亚的希腊人。他为了扬名于世，于公元前256年纵火烧毁了位于小亚细亚的港口城市以弗所的女神庙——古代艺术精品之一。后世所谓"希罗斯特拉特荣誉"即为"可耻的荣誉"的同义词）那个傻瓜，为了能让自己的事迹登在报上，编进教科书里，竟一把火烧掉了以弗所城的女神庙。

仅此一点，也就足够了。

雅洛斯拉夫·哈谢克（1883~1923年）捷克斯洛伐克作家
主要作品：《五月的呐喊》《好兵帅克》。

链接：
● 《好兵帅克》的流传离不开哈谢克的好友、《好兵帅克》的插图作者约瑟夫·拉达，他为"帅克"绘制了500多幅精美插图，这些插图使"帅克"的形象更为生动、具体，为读者喜爱。不过，据研究，哈谢克生前并没看到这些跟他的作品如此相得益彰的插图。1924年，也就是哈谢克逝世的次年，拉达才应《捷克日报》星期日特辑的编者之约，为《好兵帅克》作插图，在该刊上连载，每幅插图下面皆由画家从原著中选摘一段作为说明。他和好友哈谢克珠联璧合，将"帅克"这一文字典型推向了世界文学的高峰。1947年，捷克政府颁给约瑟夫·拉达以"人民艺术家"的称号。

● 天文学家将小行星2734号命名为"哈谢克"，是以《好兵帅克》的作者雅罗斯拉夫·哈谢克名字来命名的。小行星7896号"帅克"的命名则取自《好兵帅克》的主角。

《玩笑》
——一个姑娘从公墓里偷花献给情人的灵感

■ 高兴/文

捷克小镇上的一件不起眼的事,激发了昆德拉创作《玩笑》的灵感:一个姑娘因为从公墓里偷花,把花作为礼物献给情人而被地方警察局逮捕。于是,一个人物形象在昆德拉眼前出现了,这个形象就是露茜娅。

露茜娅的故事又与另一个人物的故事融合在了一起。这个人物就是卢德维克。他把自己一生中积聚起来的仇恨都集中在一次性行为中发泄。但对露茜娅而言,性欲和爱情是截然不同,甚至互不相容的两码事。就这样,《玩笑》的基调确定了:一首关于灵与肉分裂的伤感的二重奏。

从1962年起,昆德拉着手创作他的第一部长篇小说《玩笑》。《玩笑》写得从从容容,前后花了近三年的时间,直到1965年年底才脱稿。看得出,昆德拉分外重视这部小说。这是他作为小说家的第一次郑重的亮相。只是在疲惫的时候,他才写几个《可笑的爱》中的短篇作为调剂和娱乐。但写《可笑的爱》同写《玩笑》的心态有很大的反差:前者轻松,后者沉重。

昆德拉在《玩笑》中给我们讲述了这样的故事:

卢德维克是位富有朝气的大学生,极有思想和个性,只是平时爱开玩笑。玛盖达却是个热情活泼但事事较真的女孩,这使她与时代精神天然地吻合,命运赋予她的最高奖赏便是天真和轻信。她年方19,正在大学一年级学习,由于天生丽质,性格可爱,人人都喜欢她。男生们或多或少都对她下过功夫。卢德维克在寄给她的一张明信片上写道:"乐观主义是麻醉人民的鸦片!健康气氛散发出愚昧的恶臭!托洛茨基万岁!"没想到,这封简短的一个小小的玩笑,却引出了一连串让卢德维克有口难辩的问题……

就这样,卢德维克不断地陷入玩笑的怪圈之中。

"人们一思索，上帝就发笑"
——米兰·昆德拉

昆德拉在写完《玩笑》后，怀着某种侥幸心理，将它交给了捷克斯洛伐克作家出版社。出版社的编辑虽然答应要尽力让它出版，可心里却直打鼓，并不抱多大希望。因为《玩笑》散发出的批判精神与当时官方的意识形态大相径庭。在此期间，出版社同昆德拉商量，让他做一些修改，但被拒绝。宁可不出，也绝不改动一个字，这就是昆德拉当时的态度。没有想到，两年后，也就是在1967年，《玩笑》竟然问世了，而且没有受到任何审查，连昆德拉都不敢相信。

《玩笑》出版后，引起了巨大反响，连出三版，印数惊人，达到几十万册，很快便被抢购一空。在很长一段时间，它一直同捷克另一名小说家瓦库利克的小说《斧》一道名列畅销书排行榜榜首。评论界将它当作20世纪60年代捷克斯洛伐克的重大文化事件。甚至称它唤起了整个民族的觉悟。

在众多的评论中，小说家伊凡·克里玛的话语切中了要害。克里玛说，在昆德拉的世界里，没有纯粹的因果。人处于一个他并不理解的秩序的中心。或者，即便理解，也是超出通常概念的理解。从这一点来看，这是个荒唐的秩序。在那里，没有逻辑，没有罪愆和惩罚，有的只是时间。

不久之后，《玩笑》被拍成了电影，几乎在一夜间，昆德拉成为捷克斯洛伐克最最走红的作家。他在捷克斯洛伐克文坛上的重要地位也从此确定。人们认为，小说说出了许多人想说而不敢说的事实。不仅如此，《玩笑》很快便引起了世界各国的注意，被译成了法语、英语、日语等几十种语言，为昆德拉赢得了广泛的国际声誉。只是有些译本不甚理想。其中，英国的版本，由于缺乏作者、出版者和译者之间的沟通，竟然任意删去了整整一个章节，并随便调换了章节的顺序。昆德拉怒火中烧，立即写信给英国《泰晤士报文学增刊》，表示强烈的不满。他在信中写道：

整整一生，我都在抗议以意识形态教条的名义，对艺术作品进行任意的阉割。英国出版商肢解我的书，显然是相信这样可以卖得更好……在莫斯科，他们改动了我的剧本《钥匙的主人们》，是为了便于获得上演许可……伦敦出版商和莫斯科艺术官员的思维方式似乎有着神秘的关联。他们对艺术怀有同样的蔑视。

紧接着，昆德拉呼吁英国读者不要阅读英文版《玩笑》，因为他不承认那本书出自他之手。昆德拉抗议的结果是，出版商同意再出一个平装本,恢复被删节的章节。

1968年8月,也就是《玩笑》出版后不到一年,苏联军队占领了捷克斯洛伐克。《玩笑》被列为禁书,立即从书店和图书馆消失。在东欧国家,除去波兰和南斯拉夫,它遭遇了同样的命运。所有匈牙利版的《玩笑》还没进入书店,就被捣成了纸浆。

如此背景下,西方国家对《玩笑》的兴趣就更容易染上政治色彩。许多西方评论家干脆把《玩笑》当作一部政治小说,而把昆德拉视为纯粹"出于义愤或在暴行的刺激下愤而执笔写作的社会反抗作家"。甚至到了80年代,在一次昆德拉作品电视讨论会上,仍有人称《玩笑》是对"斯大林主义的有力控诉"。昆德拉当时十分反感,立即插话:"请别用你的斯大林主义来让我难堪了。《玩笑》只是个爱情故事!"

西方的某些评论也许偏颇,但昆德拉的姿态也值得怀疑。他实际上非常害怕读者片面地去理解这部作品,害怕自己的艺术性受到忽略和怀疑。然而,不管昆德拉承认与否,《玩笑》的政治性还是相当明显的。首先,小说反映的时代充满了政治氛围。人人都得歌颂新社会,歌颂新制度,否则便会被视为同政府和人民唱反调。思想必须保持统一,不许有任何个人主义苗头。其次,在明信片事件中,党委审讯,党小组表态,全体会议举手表决,最后,卢德维克被开除党籍和学籍。显然,这一事件是被当作政治事件处理的。话又说回来,如果没有那种强大的政治力量,一个小小的玩笑也不会引发什么后果。再次,小说中许多内容涉及政治。比如,卢德维克所在的兵营里就几乎全是政治犯。甚至还有画家因为立体派画作被收容了进来。所有这些不是政治,又是什么呢?

阿根廷作家博尔赫斯断言:"一切文学都有自传性质。"此话同样适合昆德拉。不管他承认与否,我们在《玩笑》中都可以清晰地看到他的许多影子。他也曾有过政治狂热,也曾年纪轻轻就入了党,也曾在学校里担任学生干部,也曾在大学期间因思想言论过激而被开除党籍,并不得不退学,也对民间艺术有特殊的感觉。所有这些在小说中都或多或少有所反映。就连大部分背景也放在了他熟悉的故乡摩拉维亚土地上。还有大段大段有关音乐的议论实际上就是他本人长期研究音乐的结果。

从思想内容上看,《玩笑》除了揭示人类一种特殊境况外,又绝对具有全面反思和清算一个特殊时代的意思。难怪它在当时的捷克斯洛伐克社会中成了一个爆炸性的声音。

20世纪70年代,中国学界才注意到昆德拉。时任《世界文学》编辑的捷克斯洛伐克文学研究者杨乐云以"乐云"之名在1977年第2期《外国文学动态》上发表题为《美刊介绍捷作家伐措立克和昆德拉》的文章,率先向中国读者介绍了两位捷克小说家伐措立克和昆德拉。文章重点提到了昆德拉的短篇小说集《可笑的爱》。由于《外国文学动态》当时尚属内部刊物,影响自然有限。时隔多年,美籍华人学者李欧梵在1985年第4期《外国文学研究》上发表题为《世界文学的两个见证:南美和东欧文学对中国现代文学的启发》,郑重向中国读者介绍了两位小说家:加西亚·马尔克斯和米兰·昆德拉。作者认为："昆德拉的作品,哲理性很重,但他的笔触却是很轻的。许多人生的重大问题,他往往一笔带过,而几个轻微的细节,他却不厌其烦地重复叙述,所以轻与重也是他的作风与思想,内容和形式的对比象征。"作者称赞昆德拉"写的是小人物,但运用的却是大手笔,不愧为世界文学的一位大家"。

两年后,作家出版社以"内部参考丛书"的名义,接连出版了昆德拉的《为了告别的聚会》(景凯旋、徐乃健译,1987)、

中的词汇,作为时髦词汇,开始出现在中国评论者的各类文章中。昆德拉在中国迅速走红,一股名副其实的"昆德拉热"也随之出现,并且持续了几十年。

昆德拉,同加西亚·马尔克斯、博尔赫斯、福克纳等外国作家一样,吸引并影响了一大批中国读者、作家和学者。这显然已是一种值得研究的现象。

长期以来,各国读者(包括中国读者)对昆德拉有着种种的误读。有人简单地将他当作一位"社会反抗作家",有人通俗地将他当作一位"情色文学作家",也有

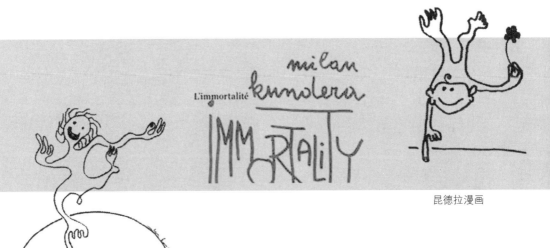

昆德拉漫画

《生命中不能承受之轻》(韩少功、韩刚译,1987)、《生活在别处》(景凯旋、景黎明译,1989)等长篇小说。说是"内部参考丛书",实际上完全是公开发行的。与此同时,《中外文学》等杂志也在连续发表昆德拉的短篇小说、谈话录和一些有关小说艺术的文章。很快,中国读者便牢牢记住了米兰·昆德拉这个名字。"轻与重""永劫回归""媚俗"等昆德拉小说

人被他的言论误导,认为他真的是一位同政治毫无干系的纯粹的小说家。在此情形下,梳理、考察和分析一下昆德拉的人生轨迹、写作背景以及作品特色,兴许既能让读者关注他的艺术性,又能让读者看到他的复杂性。于是,我便着手写作《米兰·昆德拉传》。但这是件艰难而冒险的事,甚至是一件不太可能的事,因为昆德拉出于各种原因,始终把自己的私生活划

为谁也不能闯入的禁区。如此，我只能通过种种迂回路径尽可能地贴近他的生活，并大致勾勒出他的人生轨迹。

法国著名作家路易·阿拉贡为《玩笑》法文版所写的前言中称：《玩笑》是20世纪最杰出的小说之一。由于阿拉贡的特殊地位，这篇前言引起了世界性的轰动。阿拉贡不仅是超现实主义运动的著名人物和大小说家，而且还是法国共产党中央委员会委员，在党内担任要职。

然而，对于昆德拉而言，阿拉贡的赞美到最后又成为一种尴尬。原因就在于阿拉贡本人。昆德拉清楚地记得，1968年秋天，他在巴黎逗留期间，曾去拜访过阿拉贡。当时，这位法国大作家正在接待两个来自莫斯科的客人。他们竭力劝说他继续保持同苏联的关系。阿拉贡对苏联入侵捷克斯洛伐克表示极大的愤慨。他断然告诉他们，他再也不会踏上俄国的土地了。"即使我本人想去，我的双腿也不会同意的。"在场的昆德拉对他极为敬佩。没想到，4年后，阿拉贡就去莫斯科接受了勃列日涅夫颁发的勋章。

这仿佛又是一个玩笑。一个更大的玩笑。

米兰·昆德拉手稿

米兰·昆德拉（1929~ ）捷克斯洛伐克作家
主要作品：《玩笑》《小说的艺术》《笑忘录》《生命中不能承受之轻》《不朽》等。

链接：

● 20世纪50年代初，昆德拉作为诗人登上文坛，出版过《人，一座广阔的花园》《独白》《最后一个五月》等诗集。但诗歌创作不是他的长远追求。他在30岁左右创作出第一个短篇小说后，确信找到了自己的方向，从此走上了小说创作之路。

● 2010年11月15日，"2010第五届中国作家富豪榜"榜单中外国作家富豪榜首次发布，该榜统计了2000~2010年的10年间，外国作家在中国大陆地区的版税总收入，共有25位外国作家上榜，米兰·昆德拉以600万元人民币版税收入，荣登外国作家富豪榜第9位，引发广泛关注。

《浮士德》
——取材于16世纪德国民间浮士德博士的传说

■ 胡其鼎 / 文

《浮士德》是歌德的一部代表作，是诗人歌德对欧洲民间长期流传的"浮士德传说"的再创造。

《浮士德》的原型在德国历史上确有其人，此人名叫约翰·浮士德，1480年出生在一个农民家庭，1508年当教师，1513年在爱尔富特给学生讲《荷马史诗》时，突然让作品中的人物美女海伦显现，引起轰动。他行医、算命，自称会点金术，曾在威尼斯表演飞行。有人要控告他是宗教异端，他说自己已同魔鬼订了契约。晚年贫困，于1540年去世。

1587年，法兰克福出版了无名氏著的民间话本《约翰·浮士德博士生平》，讲述浮士德通晓神学、哲学、医学、法学，为探究自然奥秘，与魔鬼订约，魔鬼派地狱精灵梅菲斯托菲勒斯给他当仆人，帮他施魔法，最后他的灵魂被魔鬼慑走。

1650年，出现了木偶戏《浮士德》，从此浮士德的传说家喻户晓。浮士德成为中世纪为求知识而遗弃神的学者的典型（把基督教的"神"译作"上帝"不符合神学教义，因此有了把"上帝"都改为"神"的《圣经》版官话本）。海涅认为，古希腊神话中美女海伦出现在浮士德传说中，标志着基督教精神统治开始动摇。

歌德为了写好《浮士德》这部巨著，前后用了60年之久。

歌德童年时看木偶戏对浮士德传说产生了浓厚的兴趣，1773年便开始写剧本《浮士德》，后又重写，1791年发表片断，1806年完成《浮士德》的第一部，在去世前一年即1831年完成第二部，此时他已是83岁高龄。

《浮士德》是一部长达12111行的诗剧，第一部25场，不分幕。第二部分五幕，27场。全剧没有首尾连贯的故事情节，而是以浮士德思想的发展变化为线索。浮士德为了寻求新生活，和魔鬼墨菲斯托签约，把自己的灵魂抵押给魔鬼，而魔鬼要满足浮士德的一切要求，如果有一天浮士德认为自己得到了满足，那么他的灵魂就将归魔鬼所有。于是墨菲斯托使用魔法，让浮士德有了一番奇特的经历……这部不朽的诗剧，以德国民间传说为题材，以文艺复兴以来的德国和欧洲社会为背景，写一个新兴资产阶级先进知识分子不满现实，竭力探索人生意义和社会理想的生活道路，是一部现实主义和浪漫主义结合得十分完好的诗剧。

最早把浮士德搬上戏剧舞台的是英国的马洛（1564~1593年），他依据民间话本创作了戏剧《浮士德博士的悲剧人生》（1590）。在歌德以后，还有海涅的舞剧脚本《浮士德博士》，古诺的歌剧《玛加蕾特》等。

20世纪三四十年代，《浮士德》在中国就有了两个译本，一位译者是周学普，另一位是郭沫若；周学普翻译的书是竖排本，下半页空白。郭沫若说，他的译文就直接写在周氏译本的空白处。1928年2月1日，郭沫若翻译的歌德《浮士德》，由上海创造出版社出版。到20世纪80年代

《浮士德》电影海报（1926）

后期，有梁宗岱、董问樵、钱春绮等名家的译本问世。这几位前辈的实践经验，对于后学的启发和引导，是值得尊重的。

记得1961年，北京举行世界文化名人李斯特纪念会，会上演唱了李斯特的无伴奏男声合唱曲《士兵之歌》，歌词出自歌德的《浮士德》。我把郭沫若的译诗填入曲中，居然丝丝入扣，天衣无缝。音乐塑造出了中世纪雇佣兵形象，效果惊人。

2009年，中国人导演的话剧《浮士德》登陆了中国国家大剧院。

约翰·沃尔夫冈·冯·歌德（1749~1832年）德国作家
主要作品：《少年维特的烦恼》《平民将军》（喜剧）《列那狐》（动物叙事诗）《德意志逃亡者讲述的故事集》《浮士德》等。

链接：
● 很少有人知道，歌德不仅是诗人、小说家、戏剧家，还是一个科学研究者，而且涉猎的学科很多：他从事研究的有动植物形态学、解剖学、颜色学、光学、矿物学、地质学等，并在个别领域里取得了令人称道的成就。1784年歌德在人类的颅骨旁发现了颚间骨。虽然法国科学家魏克·达苏在此之前4年就已经发现，但歌德是在自己不知情的情况下独立完成的。

● 1817年歌德开始写作"我的植物学研究的历史"，创办《谈自然科学，特别是形态学》杂志（直到1824年）。歌德提出的植物枝叶同源学说，成为现代植物学最经典最本质的学说。

《少年维特的烦恼》
——维特的原型是歌德和歌德的朋友耶路撒冷

■ 杨武能 / 文

对《少年维特的烦恼》的原型，我是再熟悉不过了。

30多年前，我在南京大学学习德文时就已经读过此书。1978年读研究生时，我跟随导师冯至专攻歌德，维特更成了我研究的重点和撰写硕士论文的对象。所以，对于维特这位青衣黄裤的朋友，我可以说知根知底，非常熟悉。

人们说维特这个人物的原型就是青年歌德，应该说颇有道理，但仍只对了一半。1772年6月，歌德获法学博士学位后，到法院实习，在一次舞会上邂逅了蓝眼睛女士夏绿蒂·布甫，对她一见钟情。明知她已订婚，歌德仍与之朝夕相处，不能自拔。在忍受了相思与失恋之苦之后，他产生了做"诗的忏悔"的冲动。然而，歌德自己并没有像维特那样死去，死去的却是另一个遭遇了同样不幸的青年，他的名字叫耶路撒冷。事情巧就巧在此人不但跟歌德是老相识，而且出事地点也在韦茨拉尔，而且正当歌德痛不欲生意欲最后了断的时候，此人却抢先一步，使故事有了一个震撼人心的悲剧结尾。

也就是说，《少年维特的烦恼》中的年轻主人公维特的原型有青年歌德和耶路撒冷两人的经历。小说是把两人的经历遭遇、思想情感、形象性格糅合在一起，塑造成功了维特这样一个人物典型。这便是迄今为止的研究结论。

这个结论的正确性，在我看已经近乎百分之百，只是还有一点点需要补充：其实在18世纪也即歌德时代的德国年轻人，哪个不怀有与维特类似的情感和渴望？可以讲，他们都在不同程度上为维特这个人物提供了原型。正因如此，歌德这本用四个礼拜写成的"小书"一经问世，便在德国和欧洲引起了巨大的震撼。一代又一代的年轻读者在维特身上看见了自己的影子，这部小说也因此才会200多年来一直受到人们的欢迎。

《少年维特的烦恼》插图：绿蒂停下弹琴，怔怔地望着维特

1980年，当我把重新翻译的《少年维特的烦恼》的译稿交到人民文学出版社著名诗人绿原手里的时候，他便不无调侃但却充满欣喜地脱口而出："哈，你又当了一次维特！"是啊，我在翻译《少年维特的烦恼》时真是进入了角色。

作为译者的我何止"又当了一次维特"！我自己曾经也是维特，就是维特！虽然我并没有与他完全一样的恋爱经历，但也同样遭受过情感、欲求和各式各样的潜能长期被压抑的烦恼和痛苦，同样也曾渴望得到解脱。这样的痛苦和渴望是有过这种经历的年轻人都能强烈感受到的。我翻译《少年维特的烦恼》时尽管年已40，不再年轻，但对刚刚逝去的青春岁月仍然记忆犹新，所以在翻译时便进入角色，"又当了一次维特"，是再自然不过的事了。其实，何止是译者进入角色，广大读者何尝没有进入角色！《少年维特的烦恼》出版后，曾有不少的读者来信，向我述说他们对主人公的不幸和痛苦如何感同身受，如何陪着好哭的维特一起哀叹、哭泣。只不过，译者先得进入了角色，读者才可能跟着进入角色。

译者之进入角色，进一步讲，当不限于把自己变成作品的主人公以及其他人物，体验、再现他们的思想情感、行为举止、音容笑貌，更多的也更重要的是，还得把自己摆在作家的位置上，研究、捉摸、体察、感知他写什么、怎么写、为什么这么写，等等。所以说，在翻译的过程中，我不只"又当了一次维特"，也"当了一次歌德"——写《少年维特的烦恼》时的青年歌德。

具体说到翻译，多亏动笔前后有绿原、孙绳武两位老翻译家的严格要求、悉心指点，绿原先生不仅提醒我，要我注意这是一部成书于200年前的经典名著，还要我格外注意把握原著的风格和运用好语言……回顾25年前翻译《少年维特的烦恼》的经历、体验，我更坚信文学翻译家不仅应该既是作家又是学者，同时还得具有一点点演员天赋，不然便很难真正"进入角色"。

歌德小时候，母亲常常给他讲各种各样有趣的故事。母亲生动的叙述，常常让歌德听得如痴如醉。也许正是继承了母亲讲故事的这种才能，歌德在自己的朋友中间，总是以知晓各种趣味横生的笑话而著名。歌德深有感触地说："从父亲那里，我得到一副强健的体魄和做一个正直人的人生观；从母亲那儿，则继承了她乐观的性格和对于语言的表达能力。"

《少年维特的烦恼》篇幅不长，却以浓郁的语言和困惑的感情表达了维特的困苦、憧憬，表现了他多愁善感、愤世嫉俗的情绪。歌德借此喊出了一代青年要求摆脱束缚、建立合乎自然的社会秩序和平等的人际关系、实现人生价值的心声，因此该书引起了青年人的强烈共鸣,风靡全球,影响了好几代的人。

《少年维特的烦恼》的出现,在德国文学史上具有划时代的意义,它不仅使歌德享有盛誉,而且也为德国文学在世界文学领域争得了一席重要地位。小说出版后,译成了十几种语言的文本,而在英语和法语翻译中更有多种不同版本出现。

歌德作品传入中国大概是在戊戌变法前后。

1922年4月,郭沫若的《少年维特之烦恼》全译本由上海泰东图书局出版,译本一出,立即受到广大青年的狂热欢迎,并传遍大江南北。至1930年8月,泰东图书局已连续出版15版,中国知识界一时出现了"维特热"。

1928年2月,郭沫若译的歌德代表作《浮士德》由创造社出版部正式推出,中国读者进一步熟悉了歌德。

据不完全统计,近40多家出版社出版了不同译者翻译的不同版本的《少年维特之烦恼》。

我的新译本于1981年出版,1998年修订。修订本增加了法国画家托尼·若阿诺(1803~1852)的10幅插图,都是精细的铜版画。

约翰·沃尔夫冈·冯·歌德(1749~1832年)德国作家
主要作品:《同谋犯》《铁手骑士葛兹·冯·贝利欣根》《少年维特的烦恼》《平民将军》(喜剧)、《列那狐》《德意志逃亡者讲述的故事集》《浮士德》等。

链接:

● 《少年维特的烦恼》一问世,就激起了批评家和支持者们极为热烈的反应。许多市民批评这部小说赞美了自杀的行为,讲述了与他们的利益相悖的价值标准。歌德对指责自己诱惑他人自杀提出了反驳,他以自己的生还给出了最好的例子:人们必须写出内心的痛苦。

● 海涅在一封信里提到一只中国彩绘瓷瓶,绘有维特与绿蒂肖像。这个故事传入中国大约在1848年以前。1919年五四运动后不久,便有了郭沫若的中译本《少年维特之烦恼》。1980年以来的几种重译本都沿用了此书名。

● 歌德是作家也是一位相当有造诣的画家。从童年直到老年,他在绘画艺术上,始终怀有浓烈的兴趣,并几乎一直热情地进行实践,画了2700幅之多,这其中绝大多数是风景画。1786年,歌德在罗马结识了画家缇士拜恩,1787年他同缇士拜恩和其他人到那不勒斯旅行。同年缇士拜恩的著名油画"歌德在意大利"诞生了,画中描绘了在罗马丘陵地带旅行的歌德。

主编注:同时收到两位老师《少年维特的烦恼》来稿,一并致谢。

《威廉·退尔》
——取材于14世纪瑞士英雄猎人威廉·退尔的传说

■ 钱春绮 / 文

威廉·退尔是席勒剧作《威廉·退尔》中的主人公，是瑞士民间传说中的英雄人物，原为乌里州的猎手。

14世纪时的瑞士还处于奥地利异族统治之下，皇帝给乌里州派来总督盖思勒推行暴政。1307年11月，他在阿尔托夫村竖起木柱，柱端挂着一顶帽子，作为统治者的象征，强迫走过的人必须向帽子行礼。有一天，退尔带着儿子悍然走过，并未行礼，当即被守卫兵抓住。适逢总督骑马而来，问明情况，随即想出个坏主意：命人拿一只苹果放在退尔的儿子头上，叫退尔在距离80步之处，用箭将苹果射落。退尔无奈，只得冒险，结果真的射中了。可是总督不肯饶他，又找个借口，将他绑起，押到船上准备解往别处去监禁。船至中途，遇到大风大浪。在危急之际，总督命人给退尔松绑，要他掌舵。退尔寻找机会，跳上岸脱险，然后抄一条近路，来到一处隘道的灌木丛中藏身，不料总督下船后，一箭将他射死。由此，瑞士诸州人民爆发了起义，摆脱异族压迫，重新获得自由。

这个传说的题材，是当年歌德在瑞士搜集到的，他将其无私赠予席勒。席勒从未去过瑞士，却将这一传说诠释得极为生动。为了写好这个历史题材，席勒参考了丘迪的《瑞士编年史》和缪勒的《瑞士联邦史》以及其他大量的资料，于1804年2月18日完成这部剧作。同年3月，该剧在魏玛初演，又于7月4日在柏林公演，受到热烈欢迎，被认为是具有高度现实意义的爱国剧本，在以后漫长的日子里，一直成为德国许多剧场历久不衰的保留剧目。它还由罗西尼改编成歌剧（1829），反映意大利人民要求摆脱外族压迫的愿望。后又由德、奥、法、意、英、美等国拍成电影。

瑞士人为了感激席勒，把退尔传说的发生地四林湖沿岸的一块极为壮观的巨石命名为"席勒石"。

《威廉·退尔》在各国都有译本。

在我国，早在1911年辛亥革命初期《威廉·退尔》就由马君武译成了文言文译本，以后还出了项子和的白话文译本（开明版，1936）。在1955年纪念席勒逝世150周年时，上海新文艺出版社又出版了张威廉的新译本。而我的译本则由北京人民文学出版社印行（1956、1978），并于1994年由台北桂冠图书公司易名为《威廉·泰尔》并收入桂冠世界文学名著后出版。值得一提的是：《威廉·退尔》在抗战时期，曾由宗之的和陈白尘改编成《民族万岁》，于1933年在大后方重庆和泸县公演，对我国全民抗日救亡起过重大的鼓舞作用。

席勒（1759~1805年）德国作家
主要作品：《强盗》《阴谋与爱情》《欢乐颂》《唐·卡洛斯》《威廉·退尔》等。
链接：

● 1794年，席勒与歌德结交，并很快成为好友。在歌德的鼓励下，席勒于1796年重新恢复文学创作，进入了一生之中第二个旺盛的创作期，直至去世。这一时期席勒的著名剧作包括《华伦斯坦三部曲》（1799）、《玛丽亚·斯图亚特》（1801）、《奥尔良的姑娘》（1802）、《墨西拿的新娘》（1803）、《威廉·退尔》、《欢乐颂》等等。这一时期席勒创作的特点是以历史题材为主，善于营造悲壮、雄浑的风格，主题也贴近宏大的社会变革题材。

1805年5月，席勒不幸逝世，歌德为此痛苦万分："我失去了席勒，也失去了我生命的一半。"歌德死后，根据他的遗言，被安葬在席勒的遗体旁。

● 1959年，贝多芬第九交响曲在中国首演。曾翻译过席勒《欢乐颂》的严宝瑜先生介绍："贝多芬创作的第九交响曲冲破过去的传统，在第四乐章引进了人声。他在这个作为终曲的乐章中采用了席勒《欢乐颂》里的部分诗节作歌词，谱写了齐唱、合唱、四重唱和男高音独唱（领唱）。这些声乐曲和管弦乐交织在一起，形成一个庄严崇高、雄伟瑰丽的交响乐章。从诗的总体看，贝多芬挑选得十分精当。"

《欢乐颂》是席勒1785年夏天在莱比锡写的，《欢乐颂》中歌颂的欢乐，200多年来早已洒向人间。

《布登勃洛克一家》
——取材于作者少年时代的经历和家族历史

■ 张苑 / 文

《布登勃洛克一家》是德国作家托马斯·曼的一部长篇小说，取材于自己家族的历史和自己少年时代的经历。小说中上百个人物，许多人物是以托马斯·曼的亲友为原型的。托马斯·曼的父亲是粮食公司最后一任的股东之一，祖辈都是殷实的商贾。为了写好《布登勃洛克一家》，1897年10月，托马斯·曼独自来到罗马以东一个叫帕莱斯特里纳的小镇上的客栈里，开始对布登勃洛克家族的谱系和大事记进行研究，并先后向自己的妹妹、叔叔等亲人写信询问了解家庭成员的情况，以及家庭所在地——吕贝克城的发展历史，同时，着手研究早期家族的书信、票号、旧卷宗，甚至宴会的奢华热烈情景，窗帘的材质……在家人的疑虑和好奇中，《布登勃洛克一家》出版了。亲友们发现，吕贝克故居的许多情景都写进了小说。于是，吕贝克故居便被人们称作"布登勃洛克之家"了。

创作《布登勃洛克一家》非常偶然，1897年托马斯·曼的中篇小说《矮个子弗德里曼先生》在《新观察》杂志发表后引起了读者的广泛关注。《新观察》编辑部希望托马斯·曼把他写的作品全部寄去，并表示愿意出他的长篇新作。编辑部给了托马斯极大的鼓励，托马斯开始静心写作。22岁时，托马斯·曼接受了菲舍尔出版社的约稿，撰写以其家庭兴衰为题材的长篇小说《布登勃洛克一家》。

《布登勃洛克一家》基本上是托马斯·曼家族的写照，小说的副标题已经点出了它的主要内容："一个家庭的没落。"这个家庭便是德国北部商业城市吕贝克的名门望族——布登勃洛克家族。故事发生在19世纪30年代至70年代。40年间，这个资产阶级家庭经历了4代，由开始的繁荣走向了没落，正好反映了德国从"自由竞争"资本主义走向垄断资本主义的这个历史过程。小说鸿篇巨制，曾被菲舍尔出版社要求减半，但遭到作者拒绝。1901年小说发表后，获得了意想不到的成功，一举奠定了托马斯·曼在德国的文学地位。1920年，《布登勃洛克一家》销量超过10万册；1929年，销售量超过百万册。从此，托马斯·曼稿约不断，做报告和朗读新作的邀请也纷至沓来。

由于《布登勃洛克一家》书中许多人物都是以托马斯·曼的亲友为原型的，小说出版不久就流传出了一份名单，披露了小说中所对应的现实中的人物。一家吕贝克的书店曾经顾客盈门，因为这家书店准备了一份可以出借的小说人物解密名单。

文学创作总是与作家自己的生活经历密切相关的。对托马斯·曼这样一个注重写自己和自己周围环境的作家来说，更是如此。他的作品中无时无刻不闪现着自我的影子，展示着他自己的情感世界，而他周围的朋友和熟人，也常常改头换面，以书中人物的面貌出现。

1929年，当托马斯·曼得知瑞典皇家学院决定将诺贝尔文学奖授予他时，内心受到了极大的震撼。在致答谢词中，托马斯·曼写道："对于一个有品格和有自律性的作家来说，要安心地接受一份像我现在所获得的殊荣是不易的。为了化解这种尴尬，让自己能够更坦然地面对这份荣誉，我觉得只有不站在个人的角度上来考虑这份荣耀才能让自己稍微安心些。"诺贝尔文学奖评委认为：《布登勃洛克一家》不仅是一部文学作品，还是一部充满哲学意味的小说。从本质上来说，人性中天真的本性和追逐名利的倾向是无法调和的，托马斯很完美地把握到了这一点，并以此为脉络来描写一个家族的兴衰。以自我反思、

托马斯·曼自画漫画像

静心、玄妙为主要内容的哲学以及对美的陶醉，在托马斯·曼看来，这些都充满着让人毁灭和崩溃的力量。

托马斯·曼从一个不问政治的艺术个人主义者转向社会政治事务的积极参与者。1930年德国大选，纳粹一跃成为得票率奇高的党派。托马斯·曼一直不赞同这种煽动性的政治势力，于1930年10月17日在柏林贝多芬厅发表了被称为"德意志致辞"的讲话，1933年希特勒上台，托马斯·曼撰文谴责法西斯对德国文化的歪曲和破坏，发表《理查德·瓦格纳的苦难与伟大》的著名演讲，并因此被迫流亡国外，先是瑞士，然后是美国。二战后，德国一度分裂为东德和西德。托马斯·曼最终选择于1952年返回瑞士定居。

流亡期间，托马斯·曼积极参加反法西斯斗争，并坚持创作，有批判法西斯主义思想宣传的《绿蒂在魏玛》（1939），取材于希伯来传说的四部曲《约瑟夫和他的兄弟们》（1943），暴露资产阶级腐朽文化的《浮士德博士》（1947），讽刺资产阶级冒险家的《骗子菲科克斯·克鲁尔的自白》。他曾这样描述自己的流亡："这令人难以忍受。不过这更容易使我认识到在德国弥漫着荼毒。之所以容易，是因为我其实什么都没有损失。我在哪里，哪里就是德国。我带着德意志文化。我与世界保持联系，我并没有把自己当作失败者。"

托马斯写《布登勃洛克一家》的时候，只有22岁。而此书的译者傅惟慈在半个多世纪前翻译这本名著的时候也只有30多岁。傅惟慈是在"大跃进"前后和"反右倾"运动间隙中译出《布登勃洛克一家》的，后又因"文化大革命"，稿子在出版社搁置了数年才见天日。

时至今日，《布登勃洛克一家》已成为名副其实的百年文学经典。然而当初，托马斯·曼在获诺贝尔文学奖的惊喜之余，曾冥思苦想，《布登勃洛克一家》凭什么打动世人？当他年近半百时，忽然醒悟：《布登勃洛克一家》是一部"市民阶级的心灵史"。他的一生，其实只讲述了一个故事，那就是"市民变化的故事"。

托马斯·曼（1875~1955年）德国作家
主要作品：《布登勃洛克一家》《国王的神圣》《魔山》《约瑟夫和他的兄弟们》《绿蒂在魏玛》《浮士德博士》《被挑选者》《骗子菲利克斯·克鲁尔的自白》等。

链接：
● 1935年，托马斯·曼与爱因斯坦一起获得了哈佛大学荣誉文学博士的头衔。1938年托马斯·曼移居美国。他在加利福尼亚州的帕利塞兹丘陵的家，成了许多流亡者和名流们参拜的地方，阿诺德·勋伯格、勃托尔特·布莱希特，以及他哥哥亨利希·曼都是这里的座上宾。

《铁皮鼓》
——一个 3 岁男孩的启发

■ 胡其鼎 / 文

　　《铁皮鼓》是格拉斯的一部小说。一次旅行途中,格拉斯在一家餐厅里偶然见到一个 3 岁男孩蹲在餐桌底下四下张望,用好奇的目光窥视着周围的成年人。小男孩胸前挂着铁皮鼓,他对玩具流露出专注忘我的神情,毫不理睬大人们边喝咖啡边聊天。

　　这个小男孩引起了格拉斯的注意。格拉斯由此得到启发,塑造了奥斯卡·马策拉特这个身高不到 1 米、智力正常的侏儒形象。

　　德语"见到天光"指孩子出世。奥斯卡一生下来见到的是两只电灯的灯光。两只飞蛾扑向电灯投下大片阴影,使他预感到即将到来的是个黑暗时代,就想返回娘胎,但脐带已经剪断。他于是决定在 3 岁生日那天实行"自我伤残"。到了那一天,奥斯卡故意从自家地窖的石阶上摔下去,摔成痴呆儿,从此不再长个儿,还意外地获得了一副能"唱碎玻璃"的嗓子。作家非凡的想象力塑造了奥斯卡这一文学形象。

　　小说最初取名为《击鼓手奥斯卡》,后改成《击鼓手》,最后定名为《铁皮鼓》。其实,熟悉格拉斯的人都知道,奥斯卡的经历也融入了作家本人的经历。格拉斯 1927 年出生在但泽(今波兰格但斯克,当时是国际联盟托管的自由市,德国和波兰两国因但泽走廊争端,引发了第二次世界大战),格拉斯父亲是德意志人,母亲是波兰人,他们在德意志人聚居区开了一家殖民地商品店。格拉斯通过描写奥斯卡的童年保存了他对故乡的回忆。

　　小说采用第一人称倒叙手法,再现了德国从 20 世纪 20 年代中期到 50 年代中期的历史,揭露了希特勒法西斯的残暴和腐败的社会风气。

　　《铁皮鼓》发表于 1959 年秋,当时我刚上大学四年级。虽然学校里有东德专家开设的当代德语文学选读课,但我对西德文学却很少涉及。1978年我才读到这部小说，还得到了英译本。我觉得作者恪守了德国小说的传统，但是其丰富的想象力和生动的语言表达能力，也改变了以往许多德国小说给人的过于深沉的印象。

我翻译的中译本《铁皮鼓》是1990年出版的，当时只印了2000册。1999年10月，作者君特·格拉斯获得诺贝尔文学奖，这部小说的中译本一下子走红，我家里也不断接到报刊记者的电话。

《铁皮鼓》

1980年，根据《铁皮鼓》改编的同名电影，在美国摘取了奥斯卡最佳外语片奖。在作家摘取诺贝尔文学奖的桂冠之前，这部同名电影还获得联邦德国电影金熊奖、德国戛纳电影节金棕榈奖。格拉斯本人也获得了德语文学最高奖项——托马斯·曼奖。

《铁皮鼓》对第二次世界大战期间德国浑浑噩噩的小市民的生活描写得淋漓尽致，且小说非常口语化，俚语不少。翻译的时候最令人头痛的是奥斯卡家开的殖民地商品店（食品杂货店）里的商品名称，有的只译出商品的牌子，却实际上不知道是什么物品。我由此想到，做翻译工作知识面必须要广。这部小说故事的时间跨度为50多年，涉及许多历史事件，比如但泽的历史变迁、盟军在诺曼底登陆、德国反希特勒的地下运动等等。小说里还写到玩施卡特牌。我的一位好朋友专门从德国给我带来一副施卡特牌和一本怎样玩这种牌的书，现在成了翻译这部小说的纪念品。还有德国人的烹调术。1980年格拉斯到北京，他朗读了他的另一部小说《比目鱼》里关于土豆的各种烹调食用方法的一章，随后风趣地说，他的这部小说已经进入德国家庭主妇的厨房。生活中无奇不有，做文学翻译的人总觉得自己知之甚少。做翻译，离不开工具书，甚至《赌博大全》都可以备一册。有一次，萧乾对我说，做翻译，辞典就是救火车。这个比喻真妙。

铁皮鼓是儿童玩具鼓，用马口铁（镀锡铁皮，上海人叫"洋铅皮"）做成，也叫"小铜鼓"。德国的工匠当中就有一行叫铁皮匠。德国作曲家瓦格纳在他的自传中写道，他住在苏黎世创作歌剧《西格弗里德》的时候，经常受到寓所对面的一个铁皮匠敲打铁皮的干扰，二人时常发生争吵，可是敲打铁皮的噪音又给了他创作《西格弗里德》中打铁之歌的灵感。在"儿童玩具鼓""小铜鼓""马口铁鼓""镀锡铁皮鼓"和"铁皮鼓"等多种说法中，我选择了最后一个。"铁皮"一词在小说中经常出现，如坦克的装甲也被称作"铁皮"；还说到由于"铁皮"是军需物资，铁皮鼓在市面上就买不到了等等。《铁皮鼓》的中译本在中国台北出版的时候,书名被改成了《锡鼓》。安徒生有篇童话叫《锡士兵》,童话中的士兵是用锡铸的玩具,锡是很重的。一面锡铸的玩具鼓恐怕有10来斤重,挂在一个3岁孩子的胸前,非折断他的脖子不可。更何况锡铸的鼓是敲不响的,而在小说里鼓声是有象征意义的。鼓声、砸碎玻璃的响声,都是这部小说里的音响效果,没有了响声,这部小说也就失去了它的时代特征。我知道那位编辑是根据英译本改的,但是他疏忽了一点:英语里"TIN"既指"锡"也指"镀锡铁皮"(马口铁)。英译者并没有错,"TINDRUM"就是"铁皮鼓"。而瓦格纳遇到的是铁皮匠而不是锡匠。

《铁皮鼓》这部小说让一个永远也不愿长大的主人公,在超现实的情节中审视着现实的世界,思考着纳粹主义对德国产生的影响,给读者留下极其深刻的印象。

从20世纪80年代末起,《铁皮鼓》又在东欧和俄国经历了一次复兴。这都表明了这部小说的生命力。瑞典文学院给《铁皮鼓》作者君特·格拉斯的评语是:他"嬉戏般的黑色寓言揭露了历史被遗忘的面孔","毫不夸张地说,《铁皮鼓》势必将成为流传最久远的20世纪文学作品之一"。

君特·格拉斯(1927~2015年)德国作家
主要作品:《铁皮鼓》《猫与鼠》《非常岁月》《鲽鱼》《母鼠》等。

链接:

● 君特·格拉斯17岁时被征入伍。1946年,当他从美军的战俘营获释时,已经是一个无家可归的难民了。他先后当过农业工人、钾盐矿矿工、石匠艺徒,后来在杜塞尔多夫和西柏林的艺术学院学习雕塑与版画。1958年10月,在著名的文学团体"四七社"举办的一次作品朗诵会上,31岁的格拉斯当众朗诵《铁皮鼓》第一章《肥大的裙子》,获得意想不到的成功,当场被"四七社"作家授予"四七社"奖,获得3000马克的奖励。1959年秋,法兰克福国际书展揭幕,格拉斯的《铁皮鼓》在书展上亮相,很快风靡欧洲,成为德国"废墟文学"最耀眼夺目的一颗文学明星。

● 1999年9月30日,君特·格拉斯成为20世纪最后一位诺贝尔文学奖得主。在9月30日晚的记者招待会上,格拉斯幽默地说:"这个奖对于我是一种很大的补偿。作为20世纪最后一位诺贝尔文学奖获得者,我是文学的尾灯,我愿意做这盏尾灯,同时感到很荣幸。"

● 2006年,君特·格拉斯发表了自传《剥洋葱》,自曝曾经参加过纳粹党卫军几个月的秘密,引起轩然大波。这不仅仅需要勇气,更是良知的复苏。

《批评家之死》
——主人公的原型与批评家马塞尔·赖希－拉尼茨基

■ 黄燎宇 / 文

2002年,瓦尔泽的小说《批评家之死》在正式出版前,被《法兰克福汇报》拒绝选载,该报文艺部主任在一封致瓦尔泽的公开信中宣布:该报不会刊载《批评家之死》,原因是这本小说丑化了批评家马塞尔·赖希-拉尼茨基,并具有反犹倾向。瓦尔泽的确在书中影射了德国最著名的评论家之一、犹太人马塞尔·赖希-拉尼茨基,但他坚决否认在主人公的犹太人身份上大做文章。争论之激烈,使《批评家之死》尚未正式出版便引起轩然大波,成了当年德国最受瞩目的小说。

参加这场舆论大战的有学者、作家、批评家,也有政要和普通读者。而且,反对和要求出版《批评家之死》的声音同样响亮。最后,苏尔坎普出版社顶住压力,在6月下旬把《批评家之死》推向了市场。结果,不到三周这本小说便高居畅销书排行榜,两个半月的销量就接近20万册。

《批评家之死》如此热销,首先要归功于主人公的原型。

小说所描写的明星级批评家安德烈·埃尔-柯尼希,从姓名和长相到动作和表情再到语言和口音都像马塞尔·赖希-拉尼茨基。

瓦尔泽的小说可以说是为赖希-拉尼茨基描绘了一幅文学漫画,命中注定要产生轰动效应。一是因为有"文学教皇"之称的赖希-拉尼茨基可以说是一个有着空前影响力,一个真正让文学走进千万家的文学批评家。他不仅出现在德国男女作家们的黄粱美梦和噩梦之中,而且能够让出租车司机蓦然回首。二是赖希-拉尼茨基是一位经常对作家进行无情打击的酷评家,也是瓦尔泽的老冤家。他曾经对瓦尔泽的长篇小说《爱的彼岸》做出如下评论:"这是一本无足轻重、糟糕透顶、惨不忍睹的小说。这本书不值得读,哪怕就一章、就一页……为己为他,我们希望这本书尽快被人忘掉。"读了瓦尔泽的《时间过半》

后，他又感叹："也许还从来没有一本写得如此糟糕的作品表现出如此巨大的才华。"三是由于众所周知的原因，德国是一个谈"犹"色变的国度。而瓦尔泽恰恰又是一个敢于对大屠杀历史发表刺耳言论的作家。譬如，他掷地有声地说过"我们的奥斯威辛"，显示出承担历史的勇气，但是他也质问过奥斯威辛是否已成为压迫德国人的"道德大棒"。他还别出心裁地把自己和真正虎口脱险的犹太人赖希-拉尼茨基的关系比喻为犹太人和纳粹的关系："就我俩的关系而言，他是施暴者，我是受害者……其实任何一位受他虐待的作家都可以对他说：'赖希-拉尼茨基先生，就你我而言，我是犹太人。'"所以，对《批评家之死》的反犹倾向，有人觉得意外，有人不觉得意外，也有人觉得不好说。这三种人无疑都有捧读小说、验证事实的强烈愿望。

种种迹象表明，《批评家之死》风波不是什么游戏，因为当事各方都当了真、动了情、挂了彩。瓦尔泽遭到前所未有的猛烈批判和攻讦，史学家布里吉特·哈曼甚至公开表示有必要采用法律手段来对付瓦尔泽。瓦尔泽本人一方面也声称要用法律手段来对付恶意损害其名誉的做法，另一方面承认自己"万万没想到有人会把这本书跟大屠杀扯到一起，想到了就不会写了"。

我在翻译《批评家之死》时发现，小说最出彩的地方，便是批评家和作家的相互评论，双方说话都是又"损"又"逗"，还喜欢搞文字游戏。翻译这些文字很辛苦，有时还会感到绝望，但也很补脑。如果读者能够对下面这类措辞莞尔一笑，我作为译者就没有什么遗憾了："是就说是，非就说非，唾弃那些闪烁其词的胆小鬼""我多么羡慕那些扫地的，对不起，我得说公共场所保洁员""乱伦的约瑟式夫妻生活""遇害可不符合安德烈·埃尔-柯尼希的形象"。最让我高兴的，是侥幸译出一个文字游戏（文字游戏一般是不可译的）：德语的"文学"是 Literatur，埃尔-柯尼希却老说 Literatür。字母 u 上头多出这两点，不仅造成发音的微妙变化，而且带出"门"的概念，从上下文看，这个"门"很适合做弗洛伊德式的深层心理分析。于是，我把 Literatür 译成"文穴"。最近我发现有人开始骂"中国文穴"……

马丁·瓦尔泽（1927~ ）德国作家
主要作品：《独角兽》《堕落》《爱情的彼岸》《惊马奔逃》《天鹅之屋》《狩猎》《迸涌的流泉》《批评家之死》《恋爱中的男人》。

链接：
●关于《批评家之死》的这场争论在德国持续了数年，许多知识分子和政要都卷入其中。它使德国关于二战罪行的讨论到达了一个决定性阶段，因为这不但涉及复杂的"正常性问题"，也涉及长久以来关于德国正常性问题的核心，即犹太人问题。在德国战后60多年的历史中，犹太人问题早已是一个公开的禁忌。

《象棋的故事》
——一本棋谱的启示

■ 张玉书 / 文

《象棋的故事》是茨威格的一部小说。

作为一个正直的作家，斯蒂芬·茨威格亲身经历了亡国丧家、颠沛流离的磨难，又目睹了犹太人的悲惨命运，内心非常痛苦。1941年夏，斯蒂芬·茨威格和他的第二任妻子绿蒂离开侨居多年的伦敦，经美国移居里约热内卢附近的彼特罗波利斯。这是一个避暑胜地，风景优美，气候宜人。茨威格打算和他年轻的妻子在这里寻找安静和幸福。可是无忧的生活却令他根本无法清静地读书写作，因为他无法逃避欧洲硝烟弥漫、炮火连天的厄运，无法不去正视正在发生的事情和即将发生的事情。当欧洲千百万人在进行殊死斗争的时候，他却在南美过着平静安逸的生活。他对自己的处境极为不满。

为了驱散内心苦闷，茨威格买了一本棋谱，和绿蒂一起把著名的棋局演示一番，以便了解下棋的诀窍和棋手的心理。也就是在这个时候，在棋谱的对弈中，他萌发了创作小说《象棋的故事》的念头。

第二次世界大战爆发时，茨威格在伦敦，曾一时冲动投笔从戎，为打败希特勒直接效力，可是英国人不理睬他的这股正义的热情。如今他决定拿起他最得心应手的武器——笔，和纳粹作战，写出了反法西斯作品——《象棋的故事》。

反映法西斯暴行、描写集中营里施虐酷刑的文学作品为数甚多，《象棋的故事》独具匠心地描写了在没有苦役酷刑，没有受冻挨饿，没有手铐脚镣，没有威胁恐吓下人的精神所受的摧残。小说通过主人公B博士的命运让人信服地看到，这种酷刑虽然无声无形，却比有声有形更为凶残！为了使自己的精神保持活力，被盖世太保囚禁在大饭店单人房间里的B博士凭着一本偷得的棋谱，自己和自己对弈，背棋谱，记棋局。他起先思想活跃，棋艺精进，后来思想混乱，精神分裂，最后神经错乱,精神崩溃。茨威格栩栩如生地描绘了小说中主人公的命运,也披露了他自己心中的苦闷。《象棋的故事》表面上讲述了一条从纽约开往南美的轮船上一位业余国际象棋手击败了国际象棋世界冠军的故事,实际上讲述了纳粹法西斯对人心灵的折磨与摧残。

1942年1月《象棋的故事》完稿,可惜这篇佳作竟是作者的绝唱。

1942年2月23日,茨威格夫妇在彼特罗波利斯寓所双双自杀身亡,看上去像是从容不迫地准备旅行,而不是心情沉重地辞别人世。

《象棋的故事》可以视为茨威格的一份遗嘱,它有助于揭示茨威格自杀之谜。茨威格在辞世之前以他卓越的写作才能,同法西斯进行了他的最后一战。

茨威格深受巴西人民喜爱,人们几乎把他当作自己本国的作家。巴西总统伐尔加斯下令在茨威格的寓所举行遗体告别仪式,以表达对他最后的敬意。总统和数百人前往彼特罗波利斯瞻仰茨威格遗容,并为这位伟大的外国作家举行了国葬。

我是1978年翻译《象棋的故事》的,翻译过程让我深受震撼。茨威格是一个正直的人,一个有良心的作家。他曾为别人的苦难,笔尖蘸满了同情,写下了一篇篇催人泪下、动人心弦的作品,让我们也为他的死一掬同情之泪,为这样一个天才作家的陨落而谴责那罪恶的法西斯主义。

斯蒂芬·茨威格(1881~1942年)奥地利作家
主要作品:《马来狂人》《一个女人一生中的二十四小时》《一个陌生女人的来信》《感情的紊乱》《象棋的故事》《昨日的世界》《三大师:巴尔扎克、狄更斯、陀思妥耶夫斯基》《巴尔扎克》《罗曼·罗兰》等。

链接:

● 1928年,《罗曼·罗兰》在上海由商务印书馆出版,封面题有:《罗曼·罗兰》,刺外格(茨威格)著,杨人楩译。这是中国出版的第一部茨威格的作品。

● 1981年,茨威格100周年诞辰,联邦德国S·费歇尔出版社再版了茨威格的作品,包括他的中短篇名篇《奇妙的一夜》《感情的混乱》,他的作家传记《三大师:巴尔扎克、狄更斯、陀思妥耶夫斯基》《与妖魔搏斗》,他的历史人物传记《约瑟夫·富歇》《玛丽·安东奈特》以及他唯一的长篇小说《爱与同情》。

《一个陌生女人的来信》
——茨威格的生活中，真有一个"陌生女人"

■ 张玉书/文

许多读者看过茨威格《一个陌生女人的来信》这部小说后，都会在感动之余提出同一个问题：在茨威格的生活中，是否真有一个"陌生女人"？男主人公的原型是谁，是不是作者自己？

文学作品是作家的艺术创造，真实和虚构并存。作家自传并非全都真实，但是小说也并非无源之水，无本之木，总有一定的生活基础。《一个陌生女人的来信》便是如此。

1912年7月，茨威格收到过一封陌生女人的来信，没有署名，没留地址。信上谈到四年前一个夏天的夜晚，她初次邂逅茨威格和前一天晚上与他再次相遇时的情景。这位陌生女人称赞他的诗作和他翻译的比利时现代派诗人维尔哈伦的作品，并且发表了对于翻译的意见："昨天我坐在您旁边，突然想道：一个人一辈子是否翻译……维尔哈伦，这并不是无所谓的事情。告诉我，你翻译谁的作品，我就能告诉你，你是什么样的一个人。你怎么翻译，也说明你大概是个什么样的人。'再创作'，真是妙不可言啊！"这位陌生女人便是维也纳青年女作家弗里德里克·玛利亚·封·文特尼茨——茨威格后来的妻子。这封异乎寻常的陌生女人的来信引发了茨威格一段刻骨铭心、缠绵激烈的恋情。外貌娇柔、内心坚强的弗里德里克清楚地认识到茨威格潜心从事创造，追求宏伟，对于艺术创造表现出压倒一切的兴趣，全力以赴追求尽善尽美，精益求精，而在情爱生活上则相当轻率。要他结束单身贵族的生活，放弃他恋情放纵地漫游芳丛又专心致志地从事著述的双重人生并非易事。就在这对情侣双双堕入爱河、恋情正浓之时，巴黎又在召唤他。1913年3月3日，茨威格抵达巴黎，几天之后，便开始了他那热火朝天的巴黎之恋。他的恋人玛赛尔，是一位制作女帽的巧手，他们一起度过了许多销魂荡魄、激情如炽的时光。

这炽烈的巴黎之恋并没有使他忘却在维也纳的弗里德里克的深情。他生活中挚爱的两个女人性格迥异。玛赛尔热情如火,弗里德里克温柔如水。一个奔放,一个含蓄。一个给他以感官上的极度欢乐,一个给他以心灵上的最高慰藉。这两个女人都毫无保留地向他献出自己的爱,她们在他的心里展开了一场激烈的争夺战,使得这个一向无忧无虑的上天的宠儿体验到内心强烈的感受。他将这两个女性进行比较,发现玛赛尔和弗里德里克是多么的相似,她们对待他的感情是严肃的,对他只怀着渴求奉献、不图回报的爱情。

这样炽烈的恋情自然难以戛然而止。5月5日,身在维也纳的茨威格便收到玛赛尔从巴黎的医院里寄来的信。"一封没有责备的信,因而七倍的感人。我为远离而感到羞愧:这封信又提醒我回到感情中去。我第一次感到在我的回信里对她说了她所期待的、使她解脱的话,叫我在远方说话比在跟前说话要容易得多。我在极端羞愧和极端无耻之间摇摆。我在这方面趋向极端。"

倘若没有第一次世界大战,也许这巴黎恋曲还会响起几个缠绵悱恻的和弦。

也许正是这两段独特的别具芳香的爱情汇成了他的情真意切、感人至深的爱情名篇《一个陌生女人的来信》。这就不难使我们在小说的男主人公作家 R 身上依稀看到茨威格的身影:一样多情,一样健忘,一样酷爱旅行,一样具有双重性格。这篇小说也许是茨威格对自己生活中出现的这两个对他报以真情的陌生女人的永久思念和对自己内心矛盾的诗意剖析。是否有些许自责,些许内疚?

1922 年元旦,《一个陌生女人的来信》

在维也纳发表的消息不胫而走，引起了当时侨居西欧的苏俄作家高尔基的注意。1923年8月6日，高尔基写信问罗曼·罗兰，斯蒂芬·茨威格是否是《一个陌生女人的来信》的作者？他对这个出色的短篇表示由衷赞赏。8月29日茨威格写信给高尔基："最尊敬的高尔基先生：邮局很少给我送来这样好的消息；您要把我的中篇小说《一个陌生女人的来信》收入您编的小说集。不言而喻，我高兴地表示同意。但我感到最愉快的乃是您的赞许。"9月18日高尔基给茨威格写了一封热情洋溢的长信，对他的作品做出了精到的分析："在读到您的《马来狂人》和《一个陌生女人的来信》这两个中篇之前，除了您的大名之外，我对于您，茨威格，几乎一无所知。第一个中篇我并不特别喜欢，第二个中篇则以主题的独创性以及只有真正的艺术家才具有的奇异表现力，使我深为震动。读着这个中篇小说我高兴得笑了起来——您写得真好！"

这篇小说自然也引起了好莱坞的强烈兴趣。

1948年，《一个陌生女人的来信》被改编成电影，马克斯·奥菲尔斯（Max Ophüls）任导演，奥斯卡影后琼·芳登（Joan Fontaine）和法国影帝路易斯·乔尔当（Louis Jourdan）分别担任男女主角。这就是那部中文译名为《巫山云》的著名好莱坞电影。

茨威格的作品被译成汉语有一个逐渐发展的过程。

1957年9月，《译文》杂志刊登了纪琨译的《一个女人一生中的二十四小时》。

1963年《世界文学》第3期上也同时刊登了两篇茨威格的短篇小说《看不见的收藏——战后德国通货膨胀时期的一个插曲》（金言译）和《家庭女教师》（墨默译，彭芝校）。在小说的后面还附上了编者写的一篇短小的《后记》，称茨威格是"近代德文文学中的重要作家之一"。

此后一直到改革开放，茨威格的作品才逐步被翻译和介绍过来，拥有了越来越多的读者。

我初读《一个陌生女人的来信》时，并没有想到要把它译成中文。产生翻译这篇小说的念头，正好是"文革"十年后的冬去春来，人民文学出版社约我翻译茨威格的小说，我欣然同意。

翻译时，读到茨威格对人的内心世界的精微描写，对于多情少女的缠绵情致表达的深刻理解，对于双重性格的男主人公漫不经心的爱情观所做的委婉隐晦的批评，对于自尊自爱的女主人公的无所企求、无所贪图的纯真爱情所做的令人信服、动人心魄的描绘，使我自己也为之动情，为之神往，就仿佛不是在翻译奥地利作家的作品，而是在讲述我挚友或亲人的故事。语言不复是恼人的障碍，感情也变得亲切而又熟悉。茨威格动情，译者受到感染，我只希望给读者提供一篇刻画人性至深至透的爱情名篇，以满足人们饥渴已久的心灵的需求；也希望这篇译文能给中国作家以滋养，有助于他们写出感情浓郁、优美抒情、令人击节赞叹的新作。

1979年，我翻译《一个陌生女人的来信》初版不久，便出访德国。在科伦遇见"德国之声"电台中文部的主任，我把这篇小说相赠。1997年，我在杜塞尔多夫参加海涅学术研讨会，接受"德国之声"的采访。我得知当年赠送的《一个陌生女人的来信》的译文早已播送，播音员正是我的学生，播音非常成功，效果甚好。

2004年春天，我的学生告诉我，徐静蕾要把茨威格的"陌生女人"搬上银幕。那年夏天，徐静蕾来看望我，我问她，为什么要改编这篇小说，如何看待这段奇特的颇有争议的恋情。她告诉我，10年前，初读这篇小说时，就被它深深吸引，现在对它更有了新的认识。她认为这个陌生女人并不是弱者，并不需要人家的同情，她相当坚强，是个强者。相比之下，那位作家活了50多岁，连自己爱过的人都不记得，这一生岂不是白活！这样的人实在可怜，又何必去批评他的寡义薄情？女主人公自尊自爱，执着地追求自己所爱，不希冀从爱情中得到任何回报。她清楚地知道，这位作家有两重性，写作时全神贯注，精益求精，一丝不苟，而在爱情上任性放纵，轻率自私，因此健忘。他享受的是瞬间的欢娱，从中获取创作的灵感、生活的温馨。一个复杂的矛盾体，一个可爱又可恨的男人，可是她爱他。生活中就存在这种讲不清道理也无法分析的感情。正因为她了解他又深爱他，所以她不愿让怀疑担忧来毒化他们之间的关系，绝不提醒她的心上人，他们曾有共同的往事，曾有爱情的结晶，更不愿在困境中向他求援。她宁可默默地独自承担这份爱情的重负、痛苦、压力乃至最后的灾难。这样自尊自爱、忠诚执着、无所企求、无所贪图的爱，使得这个不幸痛失爱子，并且自己也与世长辞的陌生女人，即使人为她一掬同情之泪，也深深感动了读者。茨威格没有想到，在他逝世60多年之后，他的《一个陌生女人的来信》竟会激起一位年轻的中国艺术家的创作灵感，把它移植到中国，搬上银幕，为此获得巴塞罗那电影节最佳导演奖。茨威格的小说《一个陌生女人的来信》又赢得了一批新的读者。

斯蒂芬·茨威格（1881~1942年）奥地利作家
主要作品：《马来狂人》《一个女人一生中的二十四小时》《一个陌生女人的来信》《感情的紊乱》《象棋的故事》《昨日的世界》《三大师：巴尔扎克，狄更斯，陀思妥耶夫斯基》《巴尔扎克》《罗曼·罗兰》等。

链接：

●茨威格于出生于维也纳一个富裕的犹太工厂主家庭。父亲虽然经营纺织业，但钢琴弹得非常出色，书法清丽，会说法语和英语。母亲出身于意大利的一个金融世家，从小就说意大利语。这些对于茨威格的语言和文学上的天赋的形成，起到了十分重要的作用。16岁的茨威格便在维也纳《社会》杂志上发表诗作。

●1942年，茨威格完成自传《昨天的世界》后不久，同他的第二位夫人伊丽莎白·绿蒂（33岁）在里约热内卢近郊的佩特罗波利斯小镇的寓所内双双服毒自杀。巴西总统下令为这位大师举行国葬。巴西政府决定把茨威格生前最后几天住过的那幢坐落在佩特罗波利斯的别墅买下来，作为博物馆供人纪念参观。

《钢琴教师》
——作品和作者的亲身经历密切相关

■ 宁瑛/文

《钢琴教师》是奥地利女作家耶利内克写的一部长篇小说。不少研究人员和评论家指出，《钢琴教师》一书的创作与作者的亲身经历有密切关系，带有某种自传因素。

耶利内克1946年出生于奥地利，有犹太血统的父亲曾因患精神病被送进精神病院。而偏执、固执的母亲则对她严加管束，一心要把女儿培养成出类拔萃的音乐家。于是，她被迫学习各种乐器和舞蹈，失去了童年的快乐。以至她后来说："这可怕的童年在我的心中种下了如此之深的仇恨，以至在我的一生都像一枚火箭一样，贯穿于我的文学创作中。"作品中，那对寡居的母女之间相互依赖，又相互仇视，异化了的矛盾关系和种种怪异行为描写得那么具体，挖掘得那么深刻，乃至到了令人震惊的程度，不能不说与作者自己切身的经历有关。然而，这本书又绝不是目前流行的女性作者单纯展示隐私的所谓"身体写作"。书中人物的塑造，体现了作者的女权主义思想，表达了她对男权社会中女性处于从属地位，受凌辱、被压抑的可悲境况的强烈愤怒，是对家庭教育、教育制度和性道德的反思和批判。因此这个文学形象就具有了更深、更广的社会、思想意义，即主要人物虽然跟作者的生活经历有关，但不只是自我的生活。

耶利内克属于20世纪六七十年代崛起的德语作家。在当时席卷欧洲的反权威运动和存在主义、女权主义、新历史主义等形形色色思潮的影响下，作为左翼青年知识分子中的一员，她积极参加政治运动，刚步入文坛就显露出强烈的、激进的反叛性格。她的作品更以模拟、戏仿、讽刺、怪诞、夸张等各种艺术手法对当代社会的种种弊端进行了深刻的揭露和批判。《钢琴教师》是她于1983年发表的一部小说。主人公，单身的中年女钢琴教师埃丽卡从小受到专横霸道、一心望子成龙的母亲的严格管束，学习音乐，练习弹奏钢琴是她童年生活的全部内容。在母亲畸形的、极端的爱的钳制下，埃丽卡长期过着单调、孤寂的生活，心灵被扭曲，情感被压抑，最后染上了窥阴癖，变成了受虐狂，毁掉了自己的一生。

《钢琴教师》1983年出版后立即引起了热烈反响，被翻译成20多种文字在国外出版；2001年由奥地利导演执导的同名影片更是获得了当年戛纳国际电影节的多项奖项，给作者带来了世界声誉。评论赞叹作者高超的叙事技巧，把变态的母女关系，女教师和男学生之间荒诞、残酷的两性战争描写得如此诡谲离奇、细腻生动，对变态的心理刻画得如此深刻，把人性的毁灭推向极致，达到了震撼心灵的地步。有的评论把这本书比喻为一杯光怪陆离的水，从它里面可以看到生命的折射。读者更从中感受到作家驾驭语言的非凡能力和音乐素养，看到作者以独特的语言激情对社会庸常中的荒谬与强权的揭露。人们普遍认为，如果谁对生活抱着严肃认真的态度，想要得到不同于消遣文学的另一种阅读经验，对在生活的阴暗面下的生存状态感兴趣，那么这本书是值得一读的。

1996年我将翻译的《钢琴教师》交给了一家出版社，结果由于种种原因没能出版。2004年随着诺贝尔文学奖揭晓，奥地利女作家耶利内克的名字一夜之间家喻户晓。2005年1月，中译本《钢琴教师》面世，这位作家和她的作品也成为中国读者关注的对象。短短的时间内，《钢琴教师》就数次印刷，发行达10万册之多，再次证明了诺贝尔文学奖"点石成金"的魔力。

耶利内克的写作风格十分怪异，我在翻译的时候，由于阅读习惯的不同，对小说文字的理解上很费了些功夫。这本来是一个人性毁灭的悲剧故事，但是作者讲述起来却那样尖刻、冷峻乃至无情，甚至不带一丝感伤，不想引起读者的怜悯和同情。相反，挖苦、揶揄、讽刺、调侃成了小说的基调，人物性格也加以单面的夸张，性格特征被推到极致，有时候译者必须要反复阅读几遍，甚至不敢相信故事的情节真会发展到如此荒诞、违背常理的程度。另外，作者丰富的联想能力是我们以往读过的作品中没有见过的，书中使用了大量象征、比喻等修辞手段，其中多为隐喻，含义模糊，又往往可以做多种解释。这样一来小说具有了丰富的内涵，同时也对读者提出了更高要求。比如，时刻盯着女儿的母亲被比喻为保护幼兽的母兽，是"老马蜂、美洲狮"，禁锢女儿的家是"围栏和监狱"，母亲"像一颗牛蒡或一只水蛭挂在她身上，埃里卡的身上，母亲从她的骨头里吸骨髓"。小说对于男女主人公的关系的描述也出人意料，说"他俩像茧中孪生的昆虫一样破茧而出"，与此相对应，作者竟然联想到"屠夫冰箱里的两块冻肉——里脊和猪排——亲热地贴在一起"的比喻，这样的奇特比喻比比皆是，像是在检验读者的耐心和智力。正如一位日耳曼语文学教授所说，就人们可以想象的当代文学范围来说，翻译耶利内克的著作一向被认为是难于登天的事。特别是在单纯的语言绊脚石之外，作品还平添了机巧空灵和含义深刻的暗示，有对于奥地利宗教意识的，也有关于奥地利历史纠结的，这就更增加了阅读的困难；再加上奥地利作家特有的重视语言的传统，在遣词造句甚至词汇拼写、大小写上都有自己的特殊意义，这些更是在翻译中难以表达出来的。

2004年度诺贝尔文学奖授予奥地利作家耶利内克，授奖词中说道："耶利内克的小说和戏剧中，声音或反向声音构成了一条音乐河流。"对此我还不太知道应该如何理解，我只是在翻译中注意到在小说中音乐是作者常常提到的话题，与主人公的生活密不可分，经常被用来作为象征、比喻的参照物，例如埃里卡"从小就被装进这个总谱体系中。这五条线控制了她。自她会思考起，她就只能想这五条黑线……"。此外，作家的叙述有极强的跳跃性，情景的快速闪回像电影蒙太奇、大量意象毫不相关的词汇一股脑倾斜下来，像语言蒙太奇，语言意识流，被评论家称为"语言雪崩"。整部书的叙述，时而是细腻的娓娓而谈，甚至到了事无巨细、琐碎冗长的地步；时而又是情感突然爆发，如疾风暴雨，噼里啪啦砸下来。也许这和音乐中的慢板、强音、顿音的节奏变化相近，可能是作家将音乐的旋律转化为文字的一种表现吧。

埃尔弗里德·耶利内克（1946~ ）奥地利作家
主要作品：《女情人们》《钢琴教师》《欲》《死者的孩子们》《贪婪》等。

链接：
● 1981年，埃尔弗里德·耶利内克开始创作小说《钢琴教师》，她称这本书为自己的"半生传记"。耶利内克在《钢琴教师》中塑造了一个令人印象深刻的母亲形象，这位母亲没有自己的名字，只是被随随便便地称作"老科胡特夫人"或"老妇人科胡特"。1983年，《钢琴教师》出版后，耶利内克送了一本给母亲，她的赠词是："无论如何，还是献给我亲爱的母亲，埃菲。1983年复活节。"

《鲁滨孙历险记》
——鲁滨孙的原型是苏格兰水手亚历山大·塞尔扣克

■ 黄杲炘 / 文

  《鲁滨孙历险记》是英国作家丹尼尔·笛福的重要作品，书中主人翁鲁滨孙的原型是苏格兰水手亚历山大·塞尔扣克。18世纪，英国的海外活动规模越来越大，人们在热衷于航海的同时也相继出现了许多航海人海上遇险或流落孤岛的经历，例如据著名的航海家丹皮尔船长（1652~1715年）所著的《环球航行》（1697）记载：胡安·费尔南德斯群岛上曾有个印第安人流落在那里，前后有三四年时间（1681~1684年）；而其他的史料中也披露，在南美洲北端的多巴哥岛上，也曾发现一个法国人，独自在那里生活了21年。不过，此类事件中最著名的，应该是苏格兰水手亚历山大·塞尔扣克（1676~1721年）的经历，而之所以著名，是因为亚历山大·塞尔扣克的经历，成了《鲁滨孙历险记》书中的原型。

  塞尔扣克是一位鞋匠的儿子，1695年出走海上，1703年参加丹皮尔的私掠船远征，1704年9月由于与船长发生争执，主动要求离船，带着少量的武器弹药、工具和《圣经》，登上了智利瓦尔帕莱索以西400英里的胡安·费尔南德斯群岛中的马萨铁拉岛。这是个无人居住的荒岛，只有来往南美的船只偶尔来这里补充淡水或维修，所以直到四年多以后的1709年2月，他才被一艘由罗杰斯指挥、丹皮尔担任领航的私掠船远征队发现，于1711年10月回到英国。这件事在当时颇为轰动，引起很多人兴趣，著名作家斯梯尔同塞尔扣克会面后，根据塞尔扣克的口述写成文章，1713年12月在刊物《英国人》上发表。

  作家丹尼尔·笛福像当时很多人那样，对游历和冒险的事情感兴趣，他从塞尔扣克的经历中得到启发，就根据一些航海者的记载，加上自己的想象和创造，极大地扩展和丰富了荒岛求生者的经历。

  《鲁滨孙历险记》1719年写成并在伦敦出版。这本书出版后显露

《鲁滨孙漂流》插图

了笛福讲故事的才能,书广泛而深远的影响也出乎出版商的意料。19世纪末,该书的各种版本、译本和仿作已不下700种之多,这本书在出版之初就大获成功,9个月内就重印5次,也正因为其成功,在出版当年,笛福就写了可称为其续集的《鲁滨孙再度历险记》。其中,已是富裕商人的鲁滨孙走得更远,他的商船甚至到了亚洲,并经由印度和暹罗等地来到中国的台湾和南方沿海城市,然后由陆路北上,经南京而抵达北京。在这里,他参加了去莫斯科的庞大商队,走过许多沙漠,在西伯利亚度过漫长严冬,最后到达俄罗斯西北港口阿尔汉格尔斯克并从这里回到英国。

笛福写这部小说时快60岁了。虽然他生于商人家庭,却未受过大学教育,他凭着才智、精力,写了大量与时事有关的文章——所以现在也常被人称为报刊文学之父。他富于进取心,又敢说敢为,而且阅历丰富,足迹遍布英国,也到过欧洲,生活中和生意上则大起大落,曾多次破产和被捕。他喜欢写作,但以前从没写过小说,不知道是不是受了塞尔扣克口述的影响,他这本书假托是鲁滨孙的生活实录,以第一人称叙述故事。这做法可能同当时的一种看法有关,因为那时的人宗教观念较重,认为小说就是虚构,而虚构就是撒谎瞎编。但事实上,鲁滨孙的经历和塞尔扣克的经历相同的地方不多,大概不外乎捕捉和驯养野山羊、以羊皮制衣、同猫为伴、向上帝祈祷这样几件事。

在笛福笔下,鲁滨孙的经历远为离奇曲折而扣人心弦,故事主人公不但多次在惊涛骇浪中搏斗和遭难,还在海盗手中沦为奴隶,在异国他乡发财致富,而流落孤岛后只身奋斗20多年，终于凭着勤劳和智慧，开创出自己的一片天地，后来还在平息过路船只上的叛乱事件中发挥作用，既控制了事态发展，救人于危难，也让自己返回祖国，更使自己开发的小天地成为文明世界的一部分。

在我国，《鲁滨孙（逊）漂流记》这个书名非常普遍，但并不符合书中的内容，因为笛福笔下的鲁滨孙从来没有"漂流"过！鲁滨孙一生中最主要的经历是在孤岛上度过了28年，这种陆上定居显然同漂流无关。当然，他也在海上度过一些时日，但是这同陆上定居的时间相比极其短暂，而且在海上的日子里，他都是乘着船，朝目的地航行，并不是漂流；即使遇上大风暴被刮得偏离了航线，他也从未放弃努力，听天由命地让自己在海上"漂流"；哪怕掉落到大海里，他也从不让海浪摆布，而是竭尽全力地游向海岸。笛福在书中甚至还有这样的描写：鲁滨孙在登上孤岛的第六个年头，为了比较全面地了解该岛，就驾了自己制作的船进行环岛航行，但在岛的东端驶进了湍急的海流，这时如果他听任自己"漂流"一下，就必将被冲到无边无际的大海上一去不返。幸好他不肯漂流，同海浪拼死搏斗后才得以生还。

如今，塞尔扣克待过的那个岛据说已更名为鲁滨孙岛，开发成了旅游点。我想，到此一游的中国旅客也许会感到奇怪，"漂流"的鲁滨孙跟"岛"有什么关系呢？

丹尼尔·笛福（1660~1731年）英国作家
主要作品：《辛格尔顿船长》《摩尔·弗兰德斯》《大疫年记事》《鲁滨孙历险记》。

链接：

● 《鲁滨孙历险记》是名副其实的雅俗共赏又老少咸宜，在一心想要闯荡天下的年轻人眼中，这是非常值得一看的读物，在一段时间里，船员甚至把它当作流落荒岛时的救生手册。而另一方面，这本书又被视为体现了普遍的人性，是人类进化的缩影，在一些思想家和大作家的眼中是一种丰富的资源，可用来展示种种社会学、经济学或文学的现象和结论，出现在卢梭、马克思、詹姆斯·乔伊斯等人的论述中。所以毫不奇怪，这本书被认为是塑造了现代文明、影响了人类历史的不多的几部文学作品之一，是举世公认的最严格意义上的不朽杰作，而笛福也理所当然地被认为是英国小说之父和海上冒险小说创始人。

主编注：在我国，《鲁滨孙漂流记》书名非常普遍。黄杲炘老师翻译的书名为《鲁滨孙历险记》，缘由见正文。

《傲慢与偏见》
——人物原型来自家人平素交往的亲朋邻里

■ 张玲 / 文

简·奥斯丁的小说所涉及的范围，正如她自己所言，只是一个村镇上的三四户人家，同作家本人的生活和社交圈子相类；其主人公又多以女性为主，也犹如奥斯丁本人以及亲友圈中的淑女一样；奥斯丁的小说中的其他一些人物，有贵族商贾人家有闲的老爷、太太、少爷，以及他们在军队中供职的中青年亲属，还有当时社会上必不可少的教区牧师等，也都类似奥斯丁和她的家人平素交往的亲朋邻里。

构成奥斯丁小说情节的，大体不外乎居室壁炉前和会亲访友中有关婚姻、财产的闲谈，集市、教堂、舞会、宴饮等场合的蜂追蝶逐，谈情说爱，中途经过一连串"茶杯中"的波澜，最后总是男女主人公和其他对应男女纷纷来个"他们结了婚，以后一直很幸福"。《傲慢与偏见》大体亦未脱离这类格局。它的中心故事是本内特太太嫁女儿。主要相关人物确实不过三四户人家，结局是五个女儿嫁出去了三个，其余两个也都适得其所；另外在不知不觉当中，还解决了一位邻家大龄女子的燃眉之急。

据奥斯丁自己说，"乡间村庄里的三四户人家"是她"得心应手的好材料"。她还把自己的艺术比作在"两寸象牙"上"轻描慢绘"。这是奥斯丁在艺术上自觉的选择。有人曾建议她在创作上改换路子，她都婉言谢绝。

《傲慢与偏见》这部小说虽然主要篇幅都是谈婚论嫁，通常却不被视为爱情小说，而被称为世态（或风俗）小说。因为作家在这本书中把恋爱和婚姻过程置于比一般言情小说略微宽广的社会环境中去处理。恋爱、婚姻的男女双方当事人的活动具有更多开放性、理性、现实性，重点不在通常言情小说的情感心理活动以及浪漫激情。通过婚姻恋爱当事人对事件的态度、认识以及相关人物的反应，读者从中看到当时中产阶级社会普遍的世态风习，诸如对社会和人生至关重要的婚姻与财产二者之间的关系、17世纪资产阶级革命之后英国封建等级制度瓦解过程中社会阶级关系和人际关系的变化、女性意识的觉醒等等。

奥斯丁的小说，几乎都经过长时间的反复修订、改写，而且有时是几部小说写作穿插进行。1797年，她的第一部小说《初次印象》遭到出版商草草退稿后，执着的年轻女作家默默将这部作品精心加以修改，至1813年才得以问世，这就是已经更名的《傲慢与偏见》。奥斯丁的第二部小说《理智与情感》写于1797年，发表于1811年，中间经过了14年之久，还得算是奥斯丁首先推出的作品。

在《傲慢与偏见》之后，她先后发表了《曼斯菲尔德庄园》《爱玛》《劝导》与《诺桑觉寺》。

《傲慢与偏见》一般被视为奥斯丁创作前期代表作。她的另外3部小说《曼斯菲尔德庄园》《爱玛》和《劝导》，写于19世纪，属后期作品。《爱玛》被认为最有代表性，更有人认为其艺术价值甚至在《傲慢与偏见》之上。但是经过近两个世纪时间的考验，《傲慢与偏见》所拥有的读者，始终胜于《爱玛》；而奥斯丁自己也认为《爱玛》在才智情趣方面，较《傲慢与偏见》略逊一筹。

奥斯丁是牧师的女儿，自幼和父母兄弟姐妹一起，住在父亲任职教区的牧师住宅里，过着祥和、小康、半自给自足的乡居生活。她早年受过正规教育，但主要受教于父亲和自学，从中获得广博的知识和

《傲慢与偏见》插图（乔治·埃伦/绘）

良好的修养。奥斯丁25岁时，父亲退休，不久逝世，她即随家人先后迁居巴斯、南安普顿、乔顿等地，最后在温彻斯特养病，并逝世于此。奥斯丁的一生短促而又平淡，但她就是在这样的生活环境中，创造出了奇迹。她从十一二岁就开始文学习作，此后在平庸的家居生活中，一直默默无闻地坚持小说创作。她终生未嫁，将自己的作品视为"宝贝儿"。她成书发表的作品都篇幅不大。出版之初，销售数量有限，并未引起很大轰动。但就是这有限的文字，使她成为英国小说史上的一座丰碑。

珍藏至今的有关简·奥斯丁的原始传记性资料告诉我们，这位在人世上仅仅生活了42个春秋的女作家，是一位极为聪颖理智，敏于观察而又富有幽默感的英国女子，她那过人的智力与才情在小说中常常通过幽默与讽刺得以传达。在《傲慢与偏见》中，奥斯丁的幽默和讽刺通过多种渠道，特别是通过本内特太太和柯林斯先生这两个喜剧人物达到了极致。

英国小说中的幽默和讽刺，早在奥斯丁之前，就经斯威夫特和菲尔丁等大作家开创了基业，但是这些男性作家所代表的，是一种夸张、明快、一针见血的风格。奥斯丁的幽默和讽刺则应属于另一类型。她不动声色，微言大义，反话正说，令人常感余痛难消。奥斯丁为英国小说幽默和讽刺的传统，无疑也亲手铺垫过一块重要的基石。

奥斯丁的作品《傲慢与偏见》在20世纪50年代由王科一先生译出，在上海出版，我在学生时代即曾拜读，且留有深刻印象。20世纪90年代初，我受人民文学出版社之约，又约同丈夫张扬共译此书。操作方式是，二人先分工各译其半，完成后，交换初稿互校；完成后，由我统一译文风格、定稿。考虑到作者为18~19

《傲慢与偏见》插图（乔治·埃伦/绘）

世纪间英国中产阶级受过良好教育的淑女，其行文所据，虽公认为明白晓畅，但都经过作家字斟句酌，确系脍炙人口的文学语言，浅显而不浅薄，流畅而不流俗，因此我们也竭力使其中译文避免主要流行于男性中的俚俗口语。又为避免受前辈译文影响，我们在操作过程中，则避免阅读。以我二人愚见，如果新译与前译雷同，出版有何必要？而且，白纸黑字，众目睽睽，怎可避欺世盗名之嫌？

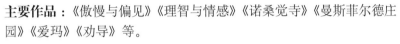

简·奥斯丁（1775~1817年）英国作家

主要作品：《傲慢与偏见》《理智与情感》《诺桑觉寺》《曼斯菲尔德庄园》《爱玛》《劝导》等。

链接：

●一般世态小说常常带有通俗浅显的特点，《傲慢与偏见》经过了两个世纪的阅读和批评，始终长盛不衰、雅俗共赏，并对一代代后起作家产生影响，自然有其多方面的原因。从历史的角度看，《傲慢与偏见》和奥斯丁的其他小说，反映了她那个时代的世态人情，在英国小说史上开辟了写实的世态小说之先河。然而奥斯丁的价值，既是历史性的，同时又是现实性的。关于她的现实性，历来都有研究者从各自的角度做种种解释，其实还是奥斯丁自己的话，也是日后屡屡为人引用的话，最能准确概括其本质内涵："……有些作品，其中展示了才智最强大的力量；其中作者以最精心选择的语言向世人传达了对人性最透彻的了解、对这种丰富多彩的人性恰到好处的描绘，以及对机智幽默最生动活泼的抒发。"

●奥斯丁以自己最熟悉的身边事物为素材的写实作风，再加上她作品中表现出的那种自然流畅的风格，起初她曾被理解为一位不自觉的作家，无非是说，她仅凭本能而写作，既无创作理论和主张为指导，也不考究写作方法和技巧。但是研究者发现，在奥斯丁的书信和早期作品《诺桑觉寺》中，都曾明确申述过自己的创作主张。此外，在《诺桑觉寺》中，通过对女主人公读哥特式小说走火入魔、到朋友家老宅做客时疑神疑鬼而出尽洋相的描述，作者讽刺了流行一时的哥特式小说；在《理智与情感》中，通过对一些貌似多愁善感，实为自私自利、自我中心的人物的刻画，讽刺了当时社会上和小说中的一种时髦习尚——感伤主义。奥斯丁以自己的创作实践直接或间接地表明，她对小说艺术有其独特见解。从这一意义上说，她不应被视作不自觉的小说家。

奥斯丁的《傲慢与偏见》是一部脍炙人口的小说杰作，实属世界文库中不可多得的艺术珍品，英国著名文学家毛姆曾将其列入世界十大小说名著之一。

《弗兰肯斯坦》
——拜伦提议创作的一个恐怖故事

■ 钟钲 / 文

玛丽·雪莱是英国著名浪漫主义诗人雪莱的第二任妻子，她因创作了文学史上第一部科幻小说《弗兰肯斯坦》，而被誉为科幻小说之母。

1816年5月，雪莱、玛丽去瑞士日内瓦湖度假，与诗人拜伦做了邻居。一天，拜伦与雪莱夜谈兴起，拜伦提议，雪莱、拜伦、玛丽和拜伦的私人医生波里多利4人每人创作一个恐怖故事。兴致勃勃的玛丽在雪莱的鼓励下，驰骋想象，越写越投入，竟然完成了一部杰作，这就是后来的传世名著《弗兰肯斯坦》。

当时，医生波里多利的故事只写出了开头，几年后创作完成，名为《吸血鬼》。后来，拜伦也在瑞士写出了诗作《希永古堡的囚犯》。雪莱在此期间则创作出了《精神美的赞美诗》和《白山》。在英国文学史上，这个夏天被描述为"多产的夏天"。

《弗兰肯斯坦》讲述了一个名叫弗兰肯斯坦的学者，在研究生命科学时发现把尸体上的一些部分组装起来可以再造生命，便制造了一个相貌丑恶、力大无穷的怪物。这个怪物在阅读弥尔顿、歌德等人的作品后，有了七情六欲，于是他要求弗兰肯斯坦给予他人生的种种权利，甚至要求为他创造一个配偶。当弗兰肯斯坦食言，不给怪物提供配偶时，怪物便起了杀心，一直将弗兰肯斯坦追到北极。弗兰肯斯坦在那里碰到了讲述同一个故事的英国探险家后，便溘然而逝；怪物则消失在冰天雪地之中。

这个出版于1818年的怪异小说，引起了当时社会舆论特别是科学界的广泛关注。即便100多年后的今天来读这部小说，读者依然能感受到《弗兰肯斯坦》非凡的魅力。除小说浪漫的科幻色彩外，这部作品中更有令人毛骨悚然的恐怖气氛，也被人誉为"有史以来最伟大的恐怖作品之一"。

《弗兰肯斯坦》中故事的大部分场景都发生在日内瓦湖畔。书中的克勒伐尔仿佛是雪莱的化身,怪物弗兰肯斯坦也像玛丽和雪莱一样,是素食者。

全书采用了书信体的形式,或许玛丽认为这最适合于此类小说的写作。

《弗兰肯斯坦》经过多次改编并搬上银幕,成为科幻题材电影最早的蓝本之一。

在讲述英国文学史的书籍中,很难看到玛丽·雪莱的名字,因为著书者习惯把她的身份定位于雪莱之妻,而非作家。事实上,在科幻小说和恐怖小说领域,玛丽的大名令雪莱望尘莫及。

1814年夏天,16岁的玛丽结识了年轻的诗人珀西·雪莱。雪莱当时已经成家,但他很快为玛丽非凡的容貌、举止和才智所折服。两个月后,他们不顾众人反对,一起私奔离开了英国。当雪莱的妻子哈里特在1816年12月自杀去世后,雪莱与玛丽才正式结婚。雪莱曾把玛丽称为"一个能体会诗情和理解哲学的人",并喜欢与她一起学习和读书。

1822年7月,雪莱坐船出行,迎接刚从英国到来的利·亨特。归途中,遇到暴风雨,29岁的雪莱与朋友爱德华·威廉斯和一个年轻船员一起淹死在海里。雪莱的第一任妻子哈里特在伦敦海德公园投水自尽,雪莱溺水而亡,怪物弗兰肯斯坦消失在冰天雪地,面对这一结局的巧合,玛丽不知会做何感想?

雪莱去世后,玛丽专心为亡夫编印遗作。1824年,她出版了《雪莱诗遗作》;1839年又发行一套《雪莱诗集》。

孤独的玛丽在雪莱死后又陆续创作了一些作品,其中最著名的是长篇科幻小说《最后一个人》(1826)。在这部作品中,人类集体毁灭,只剩下最后一人——这个思路后来不知影响了多少科幻小说家。

《弗兰肯斯坦》曾经在1910年、1915年和1931年三次被拍成电影,逐渐形成了

 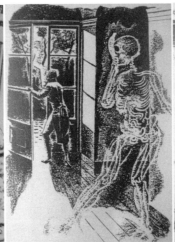 

《弗兰肯斯坦》插图

《弗兰肯斯坦》插图（1831年出版）

"弗兰肯斯坦怪物"这样的术语（意思是创造怪物的人最终受到怪物的伤害），而且还引出了一系列相关主题的影片，如《弗兰肯斯坦的新娘》（1935）、《弗兰肯斯坦之子》（1939）、《弗兰肯斯坦的幽魂》（1942）、《弗兰肯斯坦之家》（1945）、《弗兰肯斯坦的咒语》（1957）、《邪恶的弗兰肯斯坦》（1964）、《弗兰肯斯坦创造了妇女》（1966）、《弗兰肯斯坦的恐怖》（1970）、《弗兰肯斯坦和来自地狱的怪物》（1973）等。所有这些电影都是依据小说创作的，或者说至少受了它的影响。

近两个世纪以来，《弗兰肯斯坦》所引发的科学争论从来就没有停止过。

玛丽·雪莱（1797~1851年）英国作家
主要作品：《弗兰肯斯坦》（又译《科学怪人》）《最后一个人》《永生者》等。

链接：
● 1851年，玛丽去世。1891年，人们把玛丽的部分短篇遗作结集出版，题为《玛丽·雪莱故事集》，在玛丽的作品中，除《弗兰肯斯坦》之外，流传最广的就是短篇小说《永生者》。《永生者》和《弗兰肯斯坦》的写作时间不远，它们的思想内容颇有相似之处，也都有玛丽生活的影子，可以相互补充。

《伊利亚随笔》
——"伊利亚"是南海公司一位意大利职员的名字

■ 刘炳善 / 文

《伊利亚随笔》是兰姆的一部散文随笔集。兰姆在发表这些随笔时，使用了"伊利亚"这个笔名。"伊利亚"是兰姆少年时代在南海公司认识的一位意大利职员的名字，兰姆借用过来作为自己的笔名。这个笔名给他的写作带来一些自由：在这个笔名掩护之下，他可以把自己的事、别人的事都归在"伊利亚"的名下，灵活运用在自己的文章中，不受拘束。例如，兰姆的《三十五年前的基督慈幼学校》一文，"伊利亚"这个人物在前半篇代表他的同窗好友柯勒律治，通过柯勒律治来回忆兰姆学生时代的往事，而在后半篇，"伊利亚"又悄悄回到兰姆自己身上，变成他自白的化身。兰姆在随笔中采用改名换姓、移花接木、改变人物身份和事件发生时间等方法，将真人真事进行掩盖，想造成一种真真假假、真假杂糅的印象，以避免在当地被人们"对号入座"的尴尬。用他的话说,这种写法叫作"板着面孔说假话"（in a matter-of-lie-way）。不过，这些艺术加工都是在薄薄一层表面上进行的。

《伊利亚随笔》中，兰姆的自传成分还是占着主导地位的。兰姆所继承的，正是欧洲文艺复兴时期近代随笔奠基者蒙田的"我描述我自己"的传统。

1818年，兰姆43岁，出了两卷文集，本打算"封笔"了，但是《伦敦杂志》一位能干的主编向他约稿，并说明文章内容形式不限，月出一篇即可。这对于一个作家来说是极其宝贵的机会。兰姆可以不受任何拘束写出自己最熟悉、最高兴写的东西。于是，从1820年起，他陆陆续续发表了大小60多篇随笔散文，后来结集出版，成为《伊利亚随笔》（1823）和《伊利亚续笔》——这是兰姆最重要的代表作。

兰姆的随笔内容多种多样：写他青少年时代的往事，写他的亲人朋友，写他的失恋和对爱情婚姻的幻想，写他做小职员的辛苦生涯和退休后的自由，写他在平凡生活中的小小乐趣和种种遐想，漫谈他读过的书、看过的戏、认识的演员、伦敦的市情，还写乞丐、扫烟囱的穷孩子、单身汉和酒鬼，等等。笔法是叙事、抒情、议论互相穿插，语言是白话之中夹杂点儿文言，情调是亦庄亦谐，寓庄于谐，在谐谑之中暗含着个人的辛酸。这种幽默情调，被称之为"含泪的微笑"。

兰姆的文学写作都是在下班之后业余进行的。（他曾开玩笑说，他真正的"全集"是他每天在公司里登录的那些大账本。）他写过诗歌、传奇、剧本、美术评论、戏剧评论，还和玛利合写过一部《莎士比亚戏剧故事集》——这原是为英国儿童写的通俗读物，现已成为全世界莎剧初学者的必读入门书。

兰姆读书图

兰姆的随笔属于19世纪初期英国浪漫主义文学的一个分支。但兰姆与其他英国浪漫主义作家的不同之处在于：当其他浪漫主义作家以农村、大自然、崇高理想、热烈爱情为自己讴歌的对象时，兰姆却以伦敦的普通生活为自己的描写对象，他从城市的芸芸众生中寻找出有诗意的东西，赋予日常生活中的平凡小事以一种浪漫的色彩。美国学者鲁宾斯坦博士指出：兰姆是19世纪资本主义社会中职员、教员、会计、雇佣文人等中下层"白领工人"的代言人。

兰姆在《牛津度假记》一文开头，曾借读者之口问道："这个伊利亚到底是何许人也？"

根据以上理解，我们可以回答："伊利亚"就是兰姆。

兰姆的好友、与他齐名的英国散文家赫兹利特写过一篇关于兰姆的特写，题目干脆就叫《伊利亚》。

兰姆这个名字，对于中国文化界不算陌生。早在 1904 年，他的《莎士比亚戏剧故事集》就以《吟边燕语》之名译为中文。他的散文代表作《伊利亚随笔》和《伊利亚续笔》则从"五四"以后，陆陆续续有评论和介绍。被称为"中国的伊利亚"的梁遇春，在 1928 年就写出洋洋万言的《兰姆评传》，并有意把兰姆的随笔和书信全部译成中文。可惜他英年早逝，未能如愿。

我是通过梁遇春的书，开始接触英国随笔散文的。1982 年第 1 期《世界文学》发表了我翻译的《伊利亚随笔两篇》，随后我又翻译了《伊利亚随笔选》，初版于 1987 年 11 月，这是我国翻译出版的第一部兰姆随笔专集。

兰姆的《伊利亚随笔》第一篇从 1820 年起，至今已经一个多世纪了，可是现在读起来，依然清新养眼。

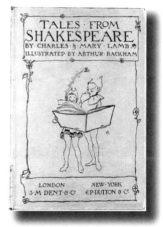

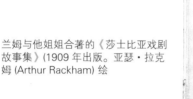

兰姆与他姐姐合著的《莎士比亚戏剧故事集》(1909 年出版。亚瑟·拉克姆 (Arthur Rackham) 绘

查尔斯·兰姆（1775~1834 年）英国作家
主要作品：《莎士比亚戏剧故事集》《伊利亚随笔》等。

链接：
● 兰姆出身贫穷，生于一个律师的佣人之家。7 岁时，他进入为贫寒子弟开设的伦敦慈幼学校念书。他拉丁文学得很好，可是因为口吃，失去上大学的机会。他 14 岁即自谋生活，先在伦敦南海公司，后在东印度公司整整做了 36 年职员，直到 50 岁退休。

兰姆一生平凡，过得辛辛苦苦，而又屡遭不幸。20 岁时他因失恋而一度精神失常。次年，他家里发生一桩惨祸：他的姐姐玛利因家务劳累过度，发了疯病，竟用小刀刺死了自己的母亲。此后，家庭负担完全落在兰姆身上。为了不使姐姐玛利流离失所，他一生未婚，姐弟相依为命，过着清苦的生活，唯以文学事业作为他们的精神支柱。

《圣诞颂歌》
——灵感来自一份采矿业和制造业中雇用儿童的报告

■ 吴钧陶/文

1842年,狄更斯看到一份《调查采矿业和制造业中儿童雇用和劳动条件委员会报告》,对于英国童工处境的恶劣和悲惨深为震怒,他决定亲往工业地区康沃尔进行一番实地考察。这时他30岁,出版了《博兹特写集》《匹克威克外传》《奥利弗·退斯特》《尼克拉斯·尼克尔贝》《老古玩店》《巴纳比·鲁吉》和《游美札记》等作品,同时长篇小说《马丁·瞿述伟》正在以"连载"的形式陆续发表。由于他是一位声名远播、影响很大的作家,委员会的成员之一斯密斯博士恳请他写篇文章为改善童工的处境登高一呼。狄更斯考虑之后,答应写一篇文章,题目是《为穷人的孩子的权益给英国人民的呼吁书》。

第二年的10月初,狄更斯又应邀到曼彻斯特,去为穷人的教育问题发表演说。他的演说深深打动了听众的心,而听众热烈的掌声和激动的神色又反过来深深打动了狄更斯,使他心中产生一种欲望,想更多地做些什么事,来唤起一般人民更大的热情。一天晚上,他走在曼彻斯特大街上,心中翻腾着"无知"和"贫困"的问题,思绪万千。突然之间,灵感的火花一闪,他想出一个故事,并且觉得用自己擅长的文学形式来表达自己的思想,要比用论文的形式生动和有力得多。于是,他放弃了写呼吁书的计划。

回到伦敦,他立刻把自己关在家里,奋笔疾书。他哭了又笑,笑了又哭,笔尖上流露出的是这种不能自已的激情。夜幕中,他独自在伦敦这座酣睡的大城市里穿街走巷,漫步15英里至20英里,寻找灵感的"鬼魂",以便进一步构思和完善他的创作。这样过了整整六个星期,他终于能够打下那个最后的惊叹号,停下笔来。

这就是这部不朽的中篇小说《圣诞颂歌》诞生的经过。

我翻译这本书,是因为少时对狄更斯的《大卫·考坡菲》印象深刻，我很喜欢这位作家，手头又正好有我父亲的《圣诞颂歌》的英文原版，于是便动手翻译起来。

　　Scrooge 是狄更斯为他的名著《圣诞颂歌》中的主人公创造出的一个姓氏。现实生活中，没有这个姓，因为它在英文字典中的释义为"吝啬鬼、守财奴、贪得无厌之徒"。谁愿意用这个姓来"自取其辱"呢？然而由于名著中的"名人"效应，后来英文字典中都收入了这个词。我在翻译此书的修订版时，把这位吝啬鬼的姓用谐音法译为"私刻撸挤"。

　　狄更斯笔下的私刻撸挤是一个小商号的老板，生性吝啬，对待唯一的伙计他的外甥克拉契很刻薄，每星期只发给克拉契工资 15 先令；冬天，事务所里只让他生很小的火取暖。老板自己也过着一钱如命的日子，认为过圣诞节是无利可图的胡闹。在圣诞节前夜，私刻撸挤的已去世的合伙人马莱的鬼魂前来造访，诉说自己生前同他一样自私自利、冷漠无情，死后后悔莫及。为了让私刻撸挤幡然醒悟，他约了"过去""现在"和"将来"三个"圣诞节精灵"逐个光临，给私刻撸挤以直观、形象的启迪和教育。鬼魂们带领私刻撸挤亲眼看见了自己天真纯朴，尚有一颗赤子之心的童年；又带领他参观他的穷苦伙计克拉契的家是如何充满欢乐的节日气氛；最后再让他看看他死后是怎样一副凄凉情景。私刻撸挤泪流满面，心情难以平复，终于彻悟了人生真谛和处世之道。他在一夜之间变成了一个宽厚仁慈、乐于行善的人。他慷慨地捐赠了一笔钱给他曾经拒绝捐助的慈善事业。他又赶紧买了一只特大的火鸡送给克拉契，并且亲自参加他们的圣诞节家宴，他还决定给他涨薪水。

狄更斯笔下的人物私刻撸挤

　　狄更斯用漫画式的手法刻画了私刻撸挤这个人物，用讽喻和幽默的笔法来批评吝啬鬼，但并没有把他写成一个不可救药的反面教材。这大概是由于狄更斯信奉人道主义思想，认为唤醒人的良心和良知可以使人弃恶从善。

在这部小说里，狄更斯借助可爱的鬼魂来宣传他的思想，一再强调仁爱、宽恕、慈善、怜悯这些品德的重要，呼吁人们不要丧失"基督教的灵魂"，要求大家心中想到那些比自己低微的人们，他们是"一同向坟墓走去的旅伴"。可见狄更斯在这部小说里寄予了他的人生哲学和世界观，寄予了他的处世之道和济世之方。美国传记作家艾德加·约翰逊也说过，这部小说"是一部拯救社会的半带严肃、半带滑稽的寓言"。

狄更斯自己也很喜欢他的《圣诞颂歌》。当他到各地旅行，朗读自己的作品的时候，常常挑选其中的片段，有声有色地当众表演，赢得热烈的掌声。后来英语国家的千千万万个家庭也把在圣诞节前夜朗读这部小说作为欢度节日的一项活动。这本书和这个在许多国家作为普天同庆的重要节日从此就紧密地联系起来。狄更斯甚至还被看作"圣诞老人"的同义语，也是因为这本书如此深入人心，以至于圣诞节的节日气氛比过去更为热烈，圣诞节的精神也比过去更为发扬光大。

这种"圣诞节精神"或者说"基督教精神"，早在1836年狄更斯的第一部作品《博兹特写集》的《圣诞晚餐》那一章中便有所表现。1837年出版的《匹克威克外传》里和后来发表的其他圣诞故事里都有所显露。可以说，基督教精神和人道主义是狄更斯"一以贯之"的思想，而在《圣诞颂歌》这部小说之中表现最为集中、最为完整、最为具体和生动。

1843年12月，狄更斯用两个月写出了中篇小说《圣诞颂歌》，为了使尽可能广泛的读者买得起这本书，狄更斯亲自包揽了此书的装帧设计，还把它的价格仅定为5先令（25便士）。到圣诞节时，《圣诞颂歌》6000册销售一空，深受读者欢迎。后来，一些西方家庭在圣诞节时朗诵书中篇章，作为欢庆的一项活动。

《圣诞颂歌》自问世以来，千百万人为之陶醉，受其鼓舞。许许多多的版本和译本以及根据它改编的舞台剧、电视剧、电影剧本层出不穷，已成为人类文学宝库中不朽的瑰宝之一。

查尔斯·狄更斯（1812~1870年）英国作家
主要作品：《匹克威克外传》《老古玩店》《董贝父子》《大卫·考坡菲》《艰难时世》《小杜丽》《双城记》《远大前程》《我们共同的朋友》等。

链接：

● 狄更斯的文学成就对世界文学的影响是巨大的。他的作品很早就被介绍到中国。1908年林纾与魏易同译了《块肉余生述》（即《大卫·考坡菲》）、《贼史》（即《奥利弗·退斯特》）和《孝女耐儿传》（即《老古玩店》）。此后，狄更斯的多种重要作品又陆续被翻译出版，受到广大中国读者的喜爱。狄更斯在创作中表现的人道主义与社会批判精神以及艺术技巧，对中国现代小说的创作有很大的影响。

《双城记》
——狄更斯客串演剧时萌生的创作念头

■ 张玲 / 文

《双城记》发表于 1859 年,这一年狄更斯 47 岁。对这位少年成名而享年只有 58 岁的作家而言,这是他迟暮之年的巅峰之作。

狄更斯在小说的自序中说:创作《双城记》的最初想法,始于他作为票友和朋友及孩子们一起演出与威尔基·柯林斯合作的剧本《冰海深处》。那时候,狄更斯产生了一种强烈的愿望,想尽快把对《双城记》的构思体现出来,他随即兴趣盎然地驰骋想象。在整个写作过程中,狄更斯的想法越来越成熟,直至心神完全投入其中,人物在书中的所作所为、所遭所受,宛如确实都是他自己亲身经历。

狄更斯参加客串演出《冰海深处》的时间约为 1857 年。再追溯狄更斯此前的生活和知识积累以及思想发展的历程,更可看出,创作这部作品,狄更斯不是呈一时之兴,而是经过了多年酝酿和有意无意之间的长期准备。

在这篇自序中,狄更斯还提到了卡莱尔和他的《法兰西革命》。卡莱尔是英国历史上著名的思想家、历史学家、社会活动家和政治改革家,在 19 世纪中后期更是名噪一时,又是狄更斯的忘年之交,也是终身好友。1840 年,卡莱尔在一次演说会上,初识崭露头角的青年小说家狄更斯,此后,狄更斯便将《法兰西革命》这部作品随身携带、反复阅读。如果我们将《双城记》与《法兰西革命》加以对照也不难看出,《双城记》不仅在思想上深受卡莱尔及《法兰西革命》的影响,而且小说中反映的历史进程和历史事件,大多也以此书为据。英国著名的狄更斯研究者切斯特顿(1874~1936)曾说:"在《双城记》中,我们甚至会隐约感到另一位作家的形象或者说是影子,这就是托玛斯·卡莱尔。"

《双城记》是描述法国大革命这一大时代的长篇历史小说,但它的人物和主要情节却都是虚构的。作者没有全面交代革命的来龙去脉和全部进程，甚至没有提到革命阵营方面任何一个真实的历史人物。但是你随便翻开一部记述法国大革命的史书，都可以为狄更斯的描述找到根据；就连在西德·卡屯之前处死的 22 个人这个数目，都与雅各宾专政时期处死吉伦特派国民公会委员的人数恰相吻合。根据小说中描述的他们在绑赴刑场时一路上的不同表现，也可以查对史书记载，隐约辨认出他们的真名实姓。小说中的那些描绘，在法国大革命那个历史时期，特别是在雅各宾专政实行革命恐怖的时期，都确有其事。诚如狄更斯在他的自序中所言，这些情况，"都是在对最可信赖的目击者确信无疑的情况下如实引述"。

狄更斯最初为这部小说定名的时候，曾拟过《博韦的医生》和《活埋》，可见在狄更斯心目中马奈特医生，特别是"活埋"一事的地位。在法国大革命广阔的真实背景下，作者以虚构人物马奈特医生的经历为主线索，把冤狱、爱情与复仇三个互相独立而又互相关联的故事交织在一起，情节错综，头绪纷繁，文风极具活力，表现了卓越的艺术技巧。他用小说艺术，绘声绘色地表达了法国大革命最主要的是非功过。

狄更斯是一位自学成才的作家，但绝不缺失英国文学传统和欧洲历史文化的认知。在他的青少年时代，著名的大不列颠博物馆就是他自学的课堂；没有受过当时上流社会青年必经的游学教育，但他成名并成为职业作家之后，曾不断旅居法国、意大利等国家，更是当时欧洲中心巴黎的常客。法国的历史、文化、名胜、风习、语言以至巴黎的街道、建筑，狄更斯都用心研习，出于作家写作的需求，这些都是必需而有益的准备。

《双城记》最早的中译本是魏易的文言文版，后有罗稷南（陈小航）、许天虹等人先后翻译。

笔者是 20 世纪 50 年代初从苏联的英文教科书上看到过节选的狄更斯作品，比如《奥利弗·退斯特》《双城记》。最初读《双城记》原文的时候，觉得作品的思想到艺术都引人入胜，后来读了全文，我更把它视为我最喜欢的英国小说之一，特别想把它翻译出来。20世纪70年代末，先父张谷若在上海译文出版社出版了《大卫·考坡菲》，在他翻译期间，我帮他做过一些辅助工作，还应北京出版社之约，写了一本狄更斯评传，这时恰逢上海译文社孙家瑨（吴岩）、包文棣（辛未艾）、方平三位著名翻译家来北京，到我家约先父张谷若译《双城记》。而他当时正应约承担翻译《弃儿汤姆·琼斯史》，我就趁给三位客人上茶之际斗胆说："让我来试试。"我先按出版社惯例，试译了三四万字，获得认可后，才开始正式翻译。亡夫张扬的英语比我熟练，我就拉他一起译。这也是他最喜欢的一部英国小说，当时我们还都没有退休，合译可以加速交稿。我们先分头各译一半，然后交换互校，最后我再通校一遍，统一风格。无形中，这就成了日后我俩合译的固定方式。

在《双城记》的末尾，狄更斯借西德尼·卡屯临终的意识流动重述了复活和永生的箴言——这是《双城记》的最终主题。我国德高望重的作家巴金先生晚年曾满怀深情和敬意地回忆起这一形象："……几十年来那个为了别人幸福自愿献出生命从容地走上断头台的英国人一直在我的脑子里'徘徊'，我忘不了他，就像我忘不了一位知己朋友。他还是我的许多老师中的一位。他以身作则，教我懂得一个人怎样使自己的生命开花。"

查尔斯·狄更斯（1812~1870年）英国作家
主要作品：《匹克威克外传》《老古玩店》《董贝父子》《大卫·考坡菲》《艰难时世》《小杜丽》《双城记》《远大前程》《我们共同的朋友》等。

链接：
●在《双城记》中，狄更斯写法国大革命所反映的人道主义，使我们联想到雨果在《九三年》中所反映的人道主义。那部作品的高潮与《双城记》的一样，也是革命公益与个人私情的剧烈冲突；为了实现忠（公益）义（私情）两全的美好愿望，它也与《双城记》一样，以献出崇高人物的宝贵生命作为代价。然而就整个作品的气氛而言，《九三年》的热烈程度则胜于《双城记》，因为雨果毕竟是亲身参加过反路易·拿破仑的法国共和派战士，而狄更斯则是过着安逸生活的英国绅士。

●1846年，狄更斯旅居巴黎时，受到雨果的热情接待。这两位天才人物的倾心敬慕，出自天然；就文学问题，曾有交流，他们晚年在选择创作题材上，似乎灵犀相通。诚然，负有时代使命感和历史责任感的作家，经历过大半生的探索、追求、呐喊、奋斗，人到晚年不约而同地做出上述结论，在文学创作领域理应不足为奇。

《大卫·考坡菲》
——大卫的生活经历和狄更斯本人的生活经历相似

■ 张玲/文

"在所有我写的这些书之中，我最爱的是这一部。……我对于从我的想象中出生的子女，无一不爱……不过，像许多会偏爱的父母一样，在我内心的最深处，我有一个最宠爱的孩子。他的名字就叫'大卫·考坡菲'。"

这是狄更斯自己给《大卫·考坡菲》作的序言里对这部小说所做的评判。

《大卫·考坡菲》确实是在狄更斯的作品中占有极为重要地位的一部小说，它也是长期以来受到世界文学界和广大读者重视的一部作品。俄国最伟大的小说家托尔斯泰把它列为"深刻的"世界文学名著之一。

《大卫·考坡菲》之所以最受狄更斯的喜爱，是由于这部作品中的许多人物和故事最接近作家本人的生活经历。这部小说最初是在狄更斯的好友、著名的狄更斯传记作者福斯特（J. Foster）倡议下，采用第一人称写作的。有人说，这是一部大部分写狄更斯自己经历的书，是一部以他自己的心血写成的书。因此，一般公认这是一部在相当大的程度上带有作家自传性质的小说。

小说主人公大卫的性格特征及生活经历，大都是狄更斯本人的性格特征和生活经历。甚至大卫那清俊秀丽的外貌，也都脱胎于狄更斯本人。狄更斯出身于海军军饷局一个小职员的家庭，虽然父母健在，但由于家境窘迫，双亲对他的教育和前途极为疏忽，所以狄更斯童年在家中孤寂的情况，实在不亚于孤儿大卫。于是狄更斯自然而然地把自己的活动转向家中久被遗忘的贮藏室里的书堆中——就像童年大卫一样。狄更斯的父亲由于负债入狱，狄更斯不得不在12岁时就独立谋生，像大卫在枚·格货栈那样去当童工。随后也像大卫一样，在律师事务所做学徒，学习速记，当记者，采访议会辩论……小说中有的段落，几乎是作家全部从自身经历中移植而来。

　　但是带有自传性质的小说并不等于就是自传。这正如《红楼梦》不是曹雪芹的家史，保尔·柯察金也不是奥斯特洛夫斯基本人一样。小说中的大卫，虽有很多方面酷似狄更斯，但也有很多不同之处。大卫是个遗腹子，母亲随后又去世；而狄更斯的父母，则在狄更斯成年以至成名之后，尚双双健在。而狄更斯的父亲，倒是在出生的当年就失去自己的父亲，后来由母亲一手抚养成人。

　　不过，如果将书中人物与狄更斯生平交游逐一对比，会发现《大卫·考坡菲》书的人物，虽如作家所说，都是"从我的想象中出生的子女"，但皆非出于作家的凭空臆造，而是多有所指。当然，我们也并非在这里提倡作家塑造形象时，只能写自己本人或自己的亲故至交。狄更斯创作《大卫·考坡菲》一书中的许多人物的成功经验只不过向我们证明，作家进行艺术创作的时候，应该写他最熟悉的东西，写他在思想上和感情上留下印象最深刻的东西。也只有这样，写出的东西才能真切、自然、打动读者，而不流于呆板、牵强。

　　作家在进行创作时，要把自己在现实生活中体验最深的材料加以加工、组合，而不能原样照搬。这就是艺术来源于生活而又高于生活的道理。正是基于这一道理，《大卫·考坡菲》一书中许多成功的人物才使我们感到，"虽然他们未必都是真的，但却都是活灵活现的"。狄更斯在给他这一作品写的序言里还说，"绝没有人读这部记叙的时候，能比我写它的时候，更相信其中都是真情实况"。这里所说的真情实况，就是艺术的真实，由现实主义创作

《大卫·考坡菲》插图：
栖鸦庐的来客（菲兹/绘）

《大卫·考坡菲》插图：
寻遍天涯（菲兹/绘）

《大卫·考坡菲》插图：
有情人终成眷属（菲兹/绘）

《大卫·考坡菲》原书的插图作者是和狄更斯同时代的哈博特·奈特·布朗（1815~1882年），笔名"菲兹"。从1836年起，菲兹就为狄更斯的作品做插图，与狄更斯合作了几十年，作品涵盖了狄更斯大多数小说。图为《大卫·考坡菲》插图：主中馈（菲兹/绘）

方法体现出来的真实。努力把握这种意义上的真实，这是一切伟大现实主义作家成功的秘诀。

《大卫·考坡菲》是一部反映社会生活广阔图景的巨著，为这一内容所需，狄更斯为小说的构思，也颇费了一番匠心。

这部80余万字的长篇巨著，人物纷纭，情节错综，内容丰富，其中首要的是通过主人公大卫·考坡菲，塑造了一个具有人道主义思想的知识分子的正面典型。作为主角大卫这一形象的衬托和补充，狄更斯还塑造了另一个理想化了的女性人物爱格妮。这两个人物身上，体现了狄更斯自己的世界观、人生观和伦理道德观点，也正是从多方面体现了狄更斯思想和政治主张的杰作。

我国早在清末，著名的古文家和翻译家林纾（林琴南）就曾以《块肉余生述》为题把狄更斯作品介绍给中国读者，20世纪初，林纾和魏易等人合作翻译了狄更斯的5部长篇小说。作为当时的翻译大家，林纾自觉地甘愿做一个启蒙者，他说："我已经年纪老了，我愿意做个每个早晨打鸣的鸡，希望能叫醒我的国人。"严格来说，林纾只是用中国文言文进行转述，他不懂外文，但他通过与一些懂外文的人合作，由他们来口译，林纾再借助自身深厚的古文功底和文学造诣来编写。林纾一生共翻译了180多部外国小说。林纾的涉猎范围很广，凡他认为是世界范围内的著名小说家都在此列，莎士比亚、雨果、巴尔扎克、大仲马、小仲马，当然不只是狄更斯，甚至欧洲小国作家的作品也有入选，只要这些小说的思想和内容符合他的要求。

从林纾的译作来看，虽然他是间接接触外国作家和作品，但他对其有深刻的理解，或许林纾和这些19世纪以来的外国大作家具有某些共同之处，那就是强烈的社会责任感，主张"文章合为时而著"。一个伟大的理想主义者，他的眼光应该不是放在少数人身上，而是时时心怀劳苦大众。要想让自己民族的文学、文化能站在世界民族之林，这些是最根本的立足之点。从林纾对狄更斯的评价中也可见一斑，林纾说他"扫荡名士美人之局"，"善叙家常平淡之事"，写的是世情常态，读起来娓娓动人，这些评价直到今天看来还非常精准。英国素来有炉边阅读的习惯，就是在中产阶级家庭或社交圈子里吃饱喝足之后大家围坐炉前阅读朗诵小说诗歌，以此消遣解闷。而狄更斯则明确声言，他的创作主要不是为了供人消遣。

我在翻译《双城记》时也曾引用过狄更斯的一句话："本书的一个目的，就是追求无情的真实，我写作根本不是为了他们消遣解闷。"可见狄更斯所想表达的思想内容，和林纾本人很契合，所以林纾选译了多部狄更斯作品，也是理所当然。

在英语国家，狄更斯作品永远是父母给孩子们的早期阅读课本。另外，借助他作品的故事性和结构性制作的很多电影、通俗剧也不断在上演。在非英语国家，还有不少知名作家把英语改编缩写本，翻译过来，所以外国读者对这位作家都很熟悉。从1902年开始，他的英国爱好者就在伦敦成立了狄更斯联谊会，目的是"将这位幽默与悲悯大师的爱好者们聚合在一个共同的友谊纽带之中"，现在这个民间的文学团体已覆盖欧洲、南北美洲、澳大利亚、新西兰和亚洲的十几个国家，拥有了8000多名会员。除此之外，还有狄更斯学会、狄更斯之友等与联谊会相关联或独立的组织。我曾是中国国内唯一的狄更斯联谊会的会员，前些年也常去国外参会，我看到无论狄更斯受冷落也好，受欢迎也好，他仍一直在活跃着，其爱好者和研究者还在不断涌现，也不断有新的传记出现。

查尔斯·狄更斯（1812~1870年）英国作家
主要作品：《匹克威克外传》《老古玩店》《董贝父子》《大卫·考坡菲》《艰难时世》《小杜丽》《双城记》《远大前程》《我们共同的朋友》等。

链接：

●狄更斯是一个靠艰苦奋斗白手起家的职业作家，即便在成名之后，他仍然需要以紧张的创作和工作来维持其个人和家庭的大量开支。他从开始创作起，常常是两部小说同时进行，按时定期分章分节在不同的杂志上陆续发表。在这种情况下，他就更需要精心设计和安排情节，以便保证全部作品顺利发表。可以想见，狄更斯从1835年开始创作到1870年逝世，在这35年创作活动中，曾经付出多么紧张而又艰辛的劳动。

●狄更斯为自己的每一部小说作有自序，绝大多数的主要内容都是说明它们是取材自现实生活。即使写历史小说，他也注重取材、描写的历史真实性。这部书中每一人物的衣食住行、言谈礼仪，甚至街道建筑大都具有法国或英国相应时代的色彩、氛围。

主编注：张谷若先生翻译的《大卫·考坡菲》是上海译文出版社出版的。外国文学作品同书不同名现象在图书市场并不鲜见，在《书里书外》中，统一以作者翻译或作者来稿的书名为准。

《呼啸山庄》
——希思克利夫原型取材于爱米丽·勃朗特的祖父和他的收养人

■ 张玲 / 文

19世纪中叶,伴随着《呼啸山庄》问世,对这部小说及其作者的猜测纷纷来袭。人们不知笔名埃利斯·贝尔的作者是男是女,他(她)与笔名柯勒·贝尔是否同为一人。即使在作者身份确认之后,人们仍然不能理解:这样一个生长于穷乡僻壤,平日深居简出、缺少正规教育又终身未经婚恋的爱米丽·勃朗特,如何能写出这样一部情节离奇、人物怪异,而又充满激情与暴力的作品。

爱米丽的姐姐夏洛蒂·勃朗特和其他传记作者告诉我们,爱米丽生性独立、旷达、纯真、刚毅、热情而又内向。她3岁丧母,像她的姐妹一样,在鳏居的父亲和终身未嫁的姨母教养之下成长。6岁开始,零星受过一些教会慈善性女子寄宿学校教育,19岁在哈利法克斯劳希尔女子学校任教6个月。24岁时,曾到比利时布鲁塞尔一家女子寄宿学校求学8个月,专习法文、德文、音乐、绘画。她属于早熟天才类型:十一二岁开始习作诗文,二十七八岁创作《呼啸山庄》,于完成后一年(1847年)出版;此前一年还与夏洛蒂和安妮共同出版了一部诗歌合集。为避时人对"妇人而为文"的偏见,三姐妹均以男性化名为笔名,爱米丽所署,是埃利斯·贝尔。她的诗和小说,当时并未赢得理解和赏识,逝世后才渐为人瞩目,且仅以一部《呼啸山庄》这样普通篇幅的长篇小说,而占英国小说史不可或缺的一页。

爱米丽·勃朗特虽生长、生活于英格兰西约克郡,她父亲却原本为北爱尔兰人,他早年饱经艰辛而完成大学教育,获得教会的职位。据说爱米丽的曾祖父,原本就是一个具有类似希思克利夫那种身世的孤儿——藏在一艘从利物浦开航的商船上的野孩子,被收养长大成人后,又抱养了一个孤儿,就是爱米丽的祖父。尽管爱米丽的祖父和收养他的叔父曾经有过希思克利夫那样的身世之谜，《呼啸山庄》的主要情节却并非以作家的家世为蓝本，而是充溢浓郁浪漫激情的虚构。

读书评论界对《呼啸山庄》的阐释向来呈多元化。有人说通篇像是带血腥气的恩仇故事；也有人将它看作表现压迫与反抗的写实作品，或是交织激烈情感的爱情罗曼史，20世纪以来，各种现代主义和后现代主义的批评，如心理分析、文本分析、女权主义、结构主义、解构主义、新历史主义，都从不同角度对这部小说做出不同解释，使它成为恒温不降的研究热点，以至对文本中很多细节，如男女主人公究竟有无血缘关系、它的内容与作家本人感情生活的关系等，都曾大做文章。

任何一件文学艺术作品，本来就可有不同的理解和阐释，越是珍品，由于其复杂性和特有的魅力，就越易引发分歧。此外，以译者之简陋，认为模糊文艺学的一些原理，在此确实可资运用。也就是说，鉴于作家本人艺术思维及其所表现生活的复杂性，作品中的价值相应就会表现为多义性、争议性，加之接受方各人立场观点和审美素养有异，因此不可能也无须要求对作品得出完整划一的理解和感受。如此，将各种理论、方法的理解互为参照，得出更丰富全面的认识，反而可以避免接受上的片面化和绝对化。

《呼啸山庄》这部小说引人注目之处究竟何在？概要言之，那就是一对两小无猜伴侣的舍生忘死的恋情。凯瑟琳对林顿允婚后的两句话说得好："我爱他（指希思克利夫）并不是因为他长得漂亮，而

《呼啸山庄》插图（莱顿·克莱尔/绘）

是因为他比我更像我自己。"这种整个灵魂的合二为一，与我国民间常言的"你中有我，我中有你"，可谓分毫不爽。两人的恋情，爱与恨交织，欢乐与痛苦并存，虽屡遭摧残与阻挠而不熄灭，原因正在于此。爱米丽处理这一恋情，主要是以散文诗的笔触描述，以风景画的背景衬托，以奇幻的梦境渲染。这也就是这部小说的主要艺术特色。

如果穿过爱情故事的岩层继续深入，立即会接触到更深的一层，那就是有关人与自然的关系。凯瑟琳对保姆解说自己的梦境时说，天堂不是她的家，在那里，她一心只想回到荒原。她与希思克利夫之所以相像得难解难分，正因为他们同为荒原（也就是大自然）之子，他们同属于尚未被文明驯化、野性十足、保持了更多原始人性与情感的人。他们的恋情，与荒原上

盛开紫花的石楠共生,浑然天成,粗犷奔放,顽强对抗虚伪的世俗文明,象征着人与自然的合一。凯瑟琳背叛希思克利夫而误嫁林顿,虽使世俗文明暂得略胜一筹,却并未切断他们之间本质的联系。他们死后,肉体同归泥土,灵魂遨游荒原,代表了人与爱同向自然的归复,天人合一的永恒。这是爱米丽·勃朗特本人宇宙观、世界观的体现。

《呼啸山庄》最早中译本应是20世纪30年代版梁实秋译,题名《咆哮山庄》。

我在翻译这部充满诗人激情的作品中,对作者、作品可谓感同身受,因此也是怀着激情阅读,怀着激情把它写成中文,像作者一样不在意世人评说;激情之外是努力表达文本中不同叙述人的不同叙述风格。译后,更加感到,这确是一部旷世佳作,对译者也是一种挑战、历练。

爱米丽·勃朗特(1818~1848年)英国作家
主要作品:《呼啸山庄》。

链接:

● 爱米丽·勃朗特,是夏洛蒂·勃朗特的妹妹,安妮·勃朗特的姐姐,是英国文学史上著名的"勃朗特三姐妹"之一。这位女作家终身未婚,因疾患不治,30岁辞世,然而她唯一的一部小说《呼啸山庄》却奠定了她在英国文学史以及世界文学史上的地位。此外,她还创作了193首诗,被认为是英国一位天才型的女作家。

● 爱米丽一生经历简短,她既未受过完整系统的教育,又没有爱情婚姻的实际体验,人们对于她能写出《呼啸山庄》这样深刻独特的爱情绝唱也曾疑惑不解。对这一问题,早有人以"天才说"做出解释,而经过百余年的研究考据,传记作者和评论家又提出了更加令人信服的凭据。爱米丽以及她的姐妹,虽然生长在苦寒单调的约克郡,她们的父亲帕特里克·勃朗特却来自北爱尔兰,母亲玛丽亚·勃兰威尔是康沃尔人。这一对父母所属地区的居民,多属具有冲动浪漫气质的凯尔特人后裔,而且二人都不乏写诗为文的天分:帕特里克·勃朗特又一向怀有文学抱负,曾自费出版诗集;玛丽亚·勃兰威尔出嫁前写给帕特里克的情书,也是文采斐然。继承了父母的遗传基因,又受到荒原精神的陶冶哺育,爱米丽的艺术天才无疑并非无源之水;而且她家那座荒原边缘上的牧师住宅,外观虽然冷落寒酸,内里却因几个才智过人的子女相亲相携而温馨宜人。她们自幼相互鼓励、切磋,以读书写作为乐。这一方面大大冲淡了物质匮乏之苦;同时也培养锻炼了她们的写作功力。爱米丽的写作从诗开始,她在着手创作《呼啸山庄》之前十六七年间,陆续写出习作诗文《贡代尔传奇》和近200首短诗。姑且不论它们本身的艺术价值,这些文字起码也是创作《呼啸山庄》这部不朽之作的有益准备。

《爱丽丝奇境历险记》
——小说源于卡罗尔为立德尔院长的三姐妹讲的一个故事

■ 吴钧陶 / 文

牛津大学基督堂学院院长名叫亨利·乔治·立德尔（Henry George Liddell，1811~1898），是著名的《希腊文—英文词典》两位主编之一。卡罗尔和立德尔一家在校园内的住处只有一两百步之遥。院长的三个小姑娘，常常跑来听卡罗尔讲故事。

1862年夏季的一天，30岁的卡罗尔和他的同事达克沃斯带着牛津大学基督堂学院院长的三个女儿萝琳娜、爱丽丝、伊迪丝去泰晤士河划船。这三个喜欢听故事的小姐妹缠着卡罗尔讲故事。卡罗尔边想边说，结果编出了这一部奇妙的《爱丽丝奇境历险记》来。卡罗尔最喜欢当时的爱丽丝，就把她的名字编到《爱丽丝奇境历险记》的故事里，同时，把伊迪丝（Edith）的名字变作"小鹰"（Eaget）；把萝琳娜（In rina）的名字变作"吸蜜小鹦鹉"（Lory）；把他的同事得克渥斯(Duckworth)的名字变作"母鸭"（Duck），把自己的名字道奇生（Dodgson）变作"渡渡鸟"（Dodo），自嘲因患口吃而念作Do－do－dodgon，这些都被卡罗尔编到故事里去了。卡罗尔讲故事常常是滔滔不绝，出口成章。后来，卡罗尔在日记中说："我把女主人公送到兔子洞里去了……下面该发生什么事，我自己还一点主意都没有。"

当卡罗尔终于讲完了这个稀奇古怪的故事后发现，小姑娘都听得出神入迷，非常开心。爱丽丝听了还不满足，次日，缠着卡罗尔要求他把美妙的故事写下来。两年半以后，1864年的圣诞节，卡罗尔送给爱丽丝一件礼物，那是一本绿色皮面的笔记簿，开头写着：《爱丽丝地下历险记》，内容共1.8万字，便是他亲笔写下的那篇故事，附有他亲手画的插图，最后一页还贴了卡罗尔给7岁时的爱丽丝拍摄的一张照片。

爱丽丝与球棍火烈鸟

这部珍贵的手稿还有一段发生在许多年以后的插曲。1928年，爱丽丝已经成为哈葛锐夫斯（Harewaves）夫人并且做了祖母的时候，她把手稿交给了拍卖行，由一位美国收藏家以1.5万英镑的价钱购得。这位收藏家在半年以后，加上卡罗尔另外一些手稿，转手卖得15万美元。1946年，手稿再度被拍卖。这时，美国国会图书馆的卢瑟·伊万思（Luther EVans）先生得到一些藏书家的资助，并得到手稿收藏者的同意，以5万美元的低价购进，然后在1948年乘船去英国，把卡罗尔的《爱丽丝地下历险记》手稿赠送给英国博物馆，作为"酬谢的象征"，因为美国国会图书馆的卢瑟·伊万思认为，美国在为第二次世界大战做准备的时候，英国正在抵挡希特勒。

这部手稿作为礼物送给爱丽丝以后，被好多人传阅，大家都很感兴趣。小说家亨利·金斯利（Henry Kingsley，1830~1876）读后也大为赞赏，他建议爱丽丝的母亲劝说卡罗尔把故事整理后公开发表。于是卡罗尔把它修改补充为现在这样大约7万字的故事，并且改名为《爱丽丝奇境历险记》。

1875年7月4日（为了纪念1862年7月4日），这本书由麦克米伦公司出版了。在卡罗尔生前，此书共印行了16万册，使他收入大增，他甚至请求基督堂学院减少给自己的薪水。由此可见，卡罗尔不是一个为金钱所驱使，又以金钱作为奋斗目标的那种人。事实上，卡罗尔生活很简朴，常以饼干就雪利白葡萄酒作为午餐。

卡罗尔后来还为爱丽丝写了此书的续篇《爱丽丝镜中奇遇记》，并于1871年出版。晚年，他又写了两篇：《幼年"爱丽丝"》（The Nursery "Alice"）和《哲学家之爱丽丝》（The Philosophr's Alice），但不是很成功。

不过，《爱丽丝奇境历险记》获得了英国女王维多利亚（Victori，1819~1901）的青睐。原来此书一出版，卡罗尔就把头一本赠送给爱丽丝，第二本则赠送给比阿特丽丝公主（Princess ffeatrice），这位小公主的母亲便是维多利亚女王。小公主和女王对此书都非常欣赏，于是女王请作者把他的其他作品都寄来看看。作者对这不胜荣幸的要求自然乐于遵命，便找出许多

"大作",包成一个大邮包,寄往白金汉宫,呈请女王"御览"。女王收到以后,怎么也想不到,一大邮包里没有一本故事书,都是如《行列式的约缩》(Condensaion of Detendnants)《平行原理》(Theory of Parallels)等等数学专著,作者的署名不是"卡罗尔",而是他的真名实姓。这可谓英国文坛的一桩趣事。

在《爱丽丝奇境历险记》出版以后的37年之中,卡罗尔收到和回复信件共98721封。他几乎每信必回,弄得"几乎分不清哪是我,哪是墨水台"。他给孩子的信,有时别出心裁,写得只有邮票般大小。也有故意把字写反,要对着镜子阅读。这反映了他幽默风趣的性格。

卡罗尔去世后的100多年,《爱丽丝奇境历险记》和《爱丽丝镜中奇遇记》已经传遍了全世界,各国读者读着原版或各种不同的译本。一代代的少年儿童像喜爱他们的玩具那样对这本书爱不释手。一代代的成年人和老年人也从这本书回想起了他们的童年时代。根据书中的人物、动物和怪物以及其想入非非的情节故事改编成的戏剧、电影、电视剧、芭蕾舞、轻歌剧、哑剧、木偶剧等等同样层出不穷。近年来在英美两国还成立了"刘易斯·卡罗尔协会",出版季刊。有关卡罗尔的信件、传记、评论等文章和书籍陆续出版,甚至还有人为爱丽丝作传。

一些卡罗尔研究者认为,卡罗尔在爱丽丝长大以后,真的爱上了爱丽丝,并且有意和她结婚。但由于年龄悬殊、门第不当,此事遭到爱丽丝父母的反对而未果。卡罗尔多才多艺,他还是维多利亚时代摄影家的先驱。他为爱丽丝所摄的照片,与为她画的肖像都留存至今。

至于故事本身,似乎不必多加介绍和评论了。作者不过是说了一个梦幻般的故事,其中没有说教,也没有严肃的讽刺规劝意味,只要读者看了觉得有趣,便是收获。本来,儿童的世界便是一片纯真的游戏世界,没有成人世界的复杂和世俗的争斗与烦恼。因此,只要人们永远保持一颗童心,或者在掸去世俗的灰尘以后,仍然能发现自己那颗宝贵的童心,那么《爱丽丝奇境历险记》便会永远是值得爱不释手的珍宝。

《爱丽丝镜中奇遇记》插图

有人说，卡罗尔的作品把荒诞文学提到最高水平，对20世纪50年代西方兴起的"荒诞派"文艺产生了一定的影响。从这个意义上看，卡罗尔的贡献就不局限在儿童文学领域里了。

《爱丽丝奇境历险记》最初由著名语言学家赵元任先生（1892~1982年）翻译介绍到我国，书名是《阿丽思漫游奇境记》，1922年由商务印书馆出版，1986年重版。这期间，据知还出版了多种其他译者的译本。我不揣简陋，费了不少时间，拿出我的这本翻译册子来。虽然这是一部儿童文学作品，但是其中有不少幽默诙谐的游戏笔墨，不时穿插双关语、打油诗之类，常常令译者踌躇终日，难以下笔。我尽心竭力像开凿隧道那样一寸寸向前挪，等到终于凿通，感到喜悦的同时，也感到有些惶恐。感谢远在美国的钱琰文女士为我复印一厚叠、有注解的原文托人带来，对于我的翻译和注解有很大帮助。钱女士原是我家几十年的邻居，但是一直没有交往，这次助我一臂之力，特别使我感动。还有其他几位朋友和同事如袁志超、王克澄、梁颖、黄果饼、赵武平等各位先生为我查找和提供资料，使我十分感激。电影或电视剧的片头上都有长长的名单，表示一件作品不只是一个人的成果。一本书，也同样需要好多人的帮助和支持。

本书插图采用原著中由著名的英国画家约翰·坦尼尔爵士（Sir Joha Taniel, 1820~1914年）所做的全部插图。卡罗尔本人的照片，和他所摄、所画的爱丽丝，我觉得很珍贵，也采用在本书卷首。

刘易斯·卡罗尔（1832~1898年）英国作家、数学家
主要作品：《爱丽丝奇境历险记》《爱丽丝镜中奇遇记》《镜中世界》《斯纳克之猎》《一个牛津人的笔记》等。

链接：

● 刘易斯·卡罗尔是英国维多利亚时代著名童话作家，他不仅当过编辑，还曾执教于牛津大学，任数学和逻辑学讲师。曾在牛津大学基督堂学院任教达30年之久，他业余爱好非常广泛，尤其喜爱儿童肖像摄影。

● 在世界优秀童话里，《爱丽丝奇境历险记》是脍炙人口的名作，与它堪称姐妹篇的还有一篇《爱丽丝镜中奇遇记》。这两部童话分别写了一个小女孩爱丽丝的两个梦。在《爱丽丝奇境历险记》里，一个名叫爱丽丝的女孩在梦境中跌入兔子洞，遇到许多古怪有趣的人与事。在《爱丽丝镜中奇遇记》里，这个小女孩如同隐身人一样竟然穿过一面玻璃镜子，来到一个有山林水泽的巨大的国际象棋盘里，那是一个不可思议的世界：林中小径变弯曲又会变直还会抖动；花儿会说话，王后会变成绵羊，还有海象、狮子和一对老是从马背上摔下来的武士……最后爱丽丝成了王后，原先的王后却变成了小猫。那些故事不仅形象生动、情节离奇，而且有助于诱发少年儿童的想象力，让他们从小有意识地开发活跃的思维方式。

《德伯家的苔丝》
——苔丝的部分遭遇取自哈代祖母的经历

■ 张玲 / 文

《德伯家的苔丝》是哈代的代表作品。苔丝是哈代塑造得最成功的形象之一，也是世界文学画廊中最著名的女性人物之一。据20世纪70年代英国一位哈代传记作家罗伯特·吉廷斯研究，苔丝的部分遭遇取自哈代祖母的经历。这位祖母在孤儿院长大，早年曾有类似苔丝的不幸。囿于英国维多利亚时代的时风，出身寒微的哈代生前对自己的家世讳莫如深，身后，其家人祖上的信息才略见端倪。

哈代的小说人物，大多数都取材于其故乡及周边一带的乡镇男女，苔丝更不例外。一位哈代的传记作者写道：哈代成名后，迁居他那紧邻多切斯特市中心的麦克斯门寓所。一日黄昏，他独自步出家门，在乡间小道漫步，拐弯处，驰来一辆马车，赶车人是一位年轻靓丽的乡村姑娘。她在扬鞭驱车一闪而过之间，对哈代嫣然一笑。这个美丽的赶车姑娘，遂在作家心中形成了苔丝外貌的雏形。

哈代童年的时候，故乡多塞特郡一带尚未普及小学教育，乡村姑娘大多不会读书写字。她们与附近驻军官兵谈情说爱，受骗遭弃，往往要给自己那开拔远去的浪荡情人写信求诉。未满10岁的哈代，就曾为这些可怜的姑娘代笔写情书。《德伯家的苔丝》中苔丝在新婚之夜遭安玑·克莱遗弃，陷入困境后，给他的信写得如此情真意切、催人泪下，似可谓与哈代童年的这番历练不无关系。

1856年夏，16岁的哈代正在故乡郡城多切斯特一所建筑事务所当学徒。一天，他和很多人一起奔向监狱去看执行死刑，近距离毫发毕现地看到一个谋害亲夫的年轻女人玛莎·布朗在绞架下摇曳吊起。蒙蒙细雨之中，她那一袭黑色长袍紧贴着躯体，与雪白的皮肤互相映衬，在灰色的天空勾勒出优美的轮廓。这一印象，哈代终身不忘。

两三年后,哈代正在多切斯特近郊家中用早餐,又听到有执行绞刑的消息。他立刻带上望远镜,跑到距郡城监狱较近、地势较高的空地。他刚刚举起望远镜时,就看到一具白色的尸体已经从绞架上放下来。这两次目睹绞刑,使他萌生了苔丝在绞刑架下的场景。

《德伯家的苔丝》成书于1891年,面世之初曾在维多利亚王朝时代的英国社会掀起轩然大波。

维多利亚王朝是英国史上又一个"黄金时代",崇尚繁文缛礼,提倡虚伪道德,正是当时的社会风习。身为小说家,面对上流社会道貌岸然的衮衮诸公,竟然出示以失身女人为主角的小说,且以《一个纯洁的女人》作为副题,因此立即招来责难、恶评。4年后,哈代《无名的裘德》问世后,讨"哈"之风更是甚嚣尘上,一个主教竟采取了中古罗马宗教裁判所处决布鲁诺的手段,将哈代这部小说投入火中焚烧;就连哈代的老妻爱玛也因裘德"不洁净""不道德"而嫌恶其夫,从此扩大了夫妻之间的距离。哈代由此辍笔小说,改从诗作。但即使是在当时,一般读者和批评界,对《德伯家的苔丝》还有《无名的裘德》的褒扬,也不弱于对它的贬抑。作品成书之前尚在杂志上分期连载时,许多醉心的读者就每期不漏地阅读,哈代还经常收到赞扬这部作品的读者来信,有人甚至在信中恳求作家给小说安排大团圆的结局,还有一些与苔丝遭遇相同的妇女读者则视哈代胜于亲人,向他致函倾吐积愫,诚恳申求支援。

此书中译本在20世纪30年代初的中国问世时,译者张谷若(张毂若)也曾有

《德伯家的苔丝》插图(格里布/画)

过与作者同样经历。

　　哈代生于英格兰西南部多塞特郡一个偏僻村落。祖父、父亲都做过石匠，又都是优秀的民间小提琴手。哈代秉承了两代人的音乐天赋，少年时期经常在当地民众集会上一试身手。哈代的母亲是女仆出身的普通家庭主妇，但重视对子女的文化教育。哈代从故乡的普通学校毕业后，无力进入大学深造，便跟随本地一建筑师当学徒。在文学和哲学上，他受到当地著名语言文学家威廉·巴恩斯的熏陶，并开始写作诗歌，业余自修了拉丁文和希腊文，同时接受了达尔文的进化论思想，成为宗教上的怀疑论者。青年时代，哈代曾在伦敦继续学习并从事建筑行业，随后回转故乡，成名后虽不断出入伦敦上流社会，也经常旅居欧洲大陆，但一生中的大部分时间仍是在故乡度过。哈代的小说，大多以他故乡所在英国西南部地区的村镇作为背景，这一带正是英国古代维塞司王国建国之地，哈代遂沿用古名，统称他的小说背景为"维塞司"，又译成"塞克斯"。哈代小说的人物，多以这一带地区的普通男女作为原型，他们的言谈也常带有当地方言，这些小说因而极富地方色彩和乡土气息。由于哈代长期生活在故乡村镇，他熟悉和了解普通人民，思想感情与他们息息相通。正因如此，他的小说才充满了对这些人的至诚尊重和深切同情，以及对他们的遭遇、厄运的强烈悲愤。

　　哈代是讲究小说结构的大家，一般认为这与他早年从事建筑，善于从建筑结构中取得借鉴有关。《德伯家的苔丝》全书章节工整，人物精简，故事始终紧密围绕女主人公的活动发展，情节与形象配合有致，几乎很难找见烦冗累赘之处。

　　哈代共写了14部长篇小说，一般认为重要的除《德伯家的苔丝》和《无名的裘德》外，尚有《远离尘嚣》（1874）、《还乡》（1878）、《卡斯特桥市长》（1886）及《林居人》（1887）等，都属于哈代统称的"性格与环境"的小说，除《远离尘嚣》之外，都是以男主人公或女主人公惨死为结尾的人生悲剧。悲剧的过程，也就是性格——人与环境——社会发生种种矛盾。冲突的过程、悲剧的原因，或以性格的因素为主导，或以环境的因素为主导，或是二者交互作用的结果。《远离尘嚣》中的拔示巴、《还乡》中的游苔莎和姚伯、《卡斯特桥市长》中的亨查德、《无名的裘德》中的裘德和淑·布莱德赫，都像苔丝一样，是生长于偏僻村镇中下层社会的普通男女，是受环境——社会摧残的小人物。人道主义者哈代对他所创造的这些人物，也像对苔丝一样，始终寄予深切同情；但他也往往过分突出这些人物自身性格上的弱点，使之成为他们与社会抗争必然失败的关键。在这方面，苔丝的形象则独居于这群人物之上。她第一次离家谋生时，是一个晶莹无瑕的少女，她毫无父母那种联宗认亲的虚荣和嫁给阔人的侥幸心理，只希望凭自己的劳动赚钱糊口，弥补家中死去老马的损失。更加难能可贵的是，她遭辱失身后不仅不肯妥协就范，反而始终保持了固有的美德，而且更加勇敢刚毅。这不仅是出于污泥而不染，而且是出于污泥而弥洁。苔丝的形象，是哈代塑造的最好典型，也是英国文学宝库中最美的女性形象之一。

　　到了哈代晚年，人们对他的作品，特别是《德伯家的苔丝》和《无名的裘德》

的毁誉之争胜负早决，他受到了英国人最高的推崇。

《德伯家的苔丝》以及《还乡》的翻译张谷若教授在大学时代即完成译稿，20世纪30年代中期，由中华教育文化基金会编委会编辑，商务印书馆出版。译本或出于译者本人意愿，或应出版时代之需，曾经两三次重大修改，20世纪70年代末以来人民文学出版社版，是译者晚年亲自精心修改并自称为"定本者"，至今长销。

《德伯家的苔丝》和其他张谷若翻译的英国古典文学名著，已成汉译外国文学翻译经典之作，在中国内地、中国港台及英国得到广泛认同。学界研讨翻译，张谷若译《德伯家的苔丝》等作品常被用来作为范文，对我国文学原创界亦有所影响。译者张谷若以他所创导的"以地道的译文译地道的原文"，也早已形成当代独树一派的翻译理念。对于张谷若译《德伯家的苔丝》《还乡》等哈代作品时使用了"山东方言"，译界至今存有争议，依笔者愚见，似为误读。当初，译者为忠于原文，在翻译原存在于文本中的哈代的维塞司方言时，用译者自己的家乡话作为对应语，后译者考虑到批评意见，又将山东方言改为汉语中通用的北方方言，以免过于"地道"。

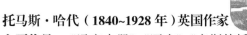

托马斯·哈代（1840~1928年）英国作家
主要作品：《远离尘嚣》《还乡》《卡斯特桥市长》《林居人》《无名的裘德》《德伯家的苔丝》等。

链接：

●《德伯家的苔丝》发表至今早已逾一个世纪，在世界范围内拥有广泛读者，并受到戏剧界、影视界人士垂青，不断搬上舞台和银幕。1981年，由波兰斯基执导，娜塔莎·金斯基饰演的苔丝使这一著名形象走进世界各个角落。但囿于导演及演员的自身气质、品格及经历，苔丝的此一银幕形象并未被哈代学者及真正懂得哈代的读者普遍认同。

●哈代晚年在多切斯特近郊为自己设计建造了一座极平常的寓所，取名麦克斯门，并隐居于此，继续写诗及诗剧。1928年1月11日，哈代在此去世后，他的骨灰被安葬在伦敦威斯敏斯特教堂诗人角，这是英国对待尊享其殊荣作家身后事的惯例；但是按照哈代本人的遗愿，他的心脏安葬在故乡多切斯特东郊，他出生地附近的斯廷斯福德教堂墓地，与父母、妻子相伴长眠。

《弃儿汤姆·琼斯的历史》
——汤姆·琼斯的义父奥尔华绥是以菲尔丁的两个恩人为原型

■ 文洁若 / 文

长篇小说《弃儿汤姆·琼斯的历史》是英国小说家、戏剧家亨利·菲尔丁的代表作。小说中，汤姆·琼斯的义父奥尔华绥这个形象是以作者菲尔丁的两位恩人为原型的，然而作者并未把他写成完美无缺的人物，奥尔华绥听信谗言，无端地将汤姆逐出门外；他盲目宠爱布利非，最后才了解真相。

美国评论家肯尼斯·雷克斯洛兹指出，菲尔丁在此书的"献词"中谈到了写作的意图：1."展示道德所具有的朴实的美，以促使人们向往它。"2.为了表现"那些不义的攫取本身往往一文不值，而所采取的手段不仅卑鄙龌龊，并且极不可靠，总是岌岌难保"。作者将这一伦理观点与我国孔子联系起来，写道："汤姆心地善良，近乎中国孔子所讲的仁道。菲尔丁在书中多次发表关于善行的谈话，都像是从中文翻译过来的。汤姆很像个中国小说中的英雄人物，整个小说如果把背景改换一下，很可能成为一部中国小说。"（见美国《星期六评论》，1967年7月1日）

《弃儿汤姆·琼斯的历史》出版于1749年3月。描述了善良、富有同情心的汤姆·琼斯的种种经历。由于离经叛道，描述上的大胆，被指控为对宗教及道德的颠覆。当时伦敦接连遭受两次地震。次年春，伦敦红衣大主教托玛斯·谢尔洛克散发4万份《告教友书》，把地震归咎于《弃儿汤姆·琼斯的历史》这本"邪书"，除非立即停止阅读"邪书"，否则会招致第三次灾难。《老英国》杂志也提出反证说，只因为巴黎禁止了《弃儿汤姆·琼斯的历史》法译本的发行，法国就没有发生地震。然而广大英国读者并没有被这种荒谬的说法吓倒，仅在1749年，此书就重印4次。出版商米勒氏只得在报端登广告，要求求购者自行装订。

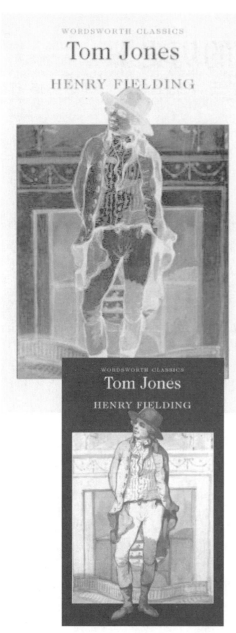

《弃儿汤姆·琼斯的历史》封面

菲尔丁的写作生涯始于戏剧。1729年，菲尔丁20岁的时候，他的处女作《带着各种假面具的爱情》在伦敦上演，一共演了28场。菲尔丁一共写了25个剧本。他宣布自己写戏的意图是向罪恶宣战。例如《咖啡店政客》(1730)写的是政界黑幕；《巴斯昆》(1736)揭露贿选；《威尔士歌剧》(1731)借地主夫妇来影射当时的王室。1737年6月，当时的首相沃尔波尔在议会通过了反民主的"戏剧审查法"。为了镇压拥护菲尔丁剧团的市民，又实行了"扰乱治安法"。从而断送了菲尔丁的戏剧生涯。1740年，理查逊出版了劝世小说《帕美拉》。菲尔丁写了《约瑟夫·安德鲁斯》(1742)等长篇小说予以嘲讽。在创作此书的过程中，菲尔丁说他发现了一个"新的写作领域"——18世纪中叶的英国社会。

评论家、诗人柯尔律治(1772~1834年)说："《俄狄浦斯》《炼丹师》和《弃儿汤姆·琼斯的历史》是有史以来在布局上最完美无疵的三大作品。"这是一部叛逆性的作品。当时，在文学作品中描绘下层人物是不合时宜的。私生子更是下层社会中最卑贱的。菲尔丁却把汤姆这个私生子塑造成远比上流人士高贵得多的正面人物。那个符合资产阶级绅士标准的布利非却是个可鄙的小人，令人联想到莎士比亚的《李尔王》中的埃德蒙和《奥瑟罗》中的伊阿古。女主人公苏菲亚敢于坚持女权，以大无畏的精神来反抗封建家庭的压迫。她的父亲魏斯顿满嘴野话，浑身酒糟气味。法国评论家泰纳认为，魏斯顿是莎士比亚创作福斯泰夫之后，英国文学史上所出现的最鲜明、突出的人物。

1921年5月，林纾与陈家麟合译菲尔丁（译名斐鲁丁）的小说《从阳世到阴间的旅行》，并以《洞冥记》为书名由上海商务印书馆出版。

20世纪60年代，李从弼翻译了《弃儿汤姆·琼斯的历史》，由于全书80余万字，文字较难译。外文部编辑对译文质量提出要求，决定让萧乾重译。于是1961年6月把萧乾从柏各庄农场调回来，安置在人民文学出版社编译所。萧乾坚持不要退稿，作为合译处理。由于两个人的译笔悬殊太大，一直拖到1966年6月才译完。"文化大革命"后，此稿列入发稿计划。责任编辑黄雨石（黄爱）认真负责，但只编了三分之一就离休了。编辑室主任跟我商量，要我在完成本年度日本文学发稿计划后，担任《弃儿汤姆·琼斯的历史》的责编。1982年底发稿。

1984年4月，人民文学出版社出版了《弃儿汤姆·琼斯的历史》平装本、精装本。1998年8月，中国台北光复书局，出版了布面精装，繁体字本的《弃儿汤姆·琼斯的历史》（上、下）。

被沃尔特·司各特称为"英国小说之父"的菲尔丁，是英国第一个用完整的小说理论来从事创作的作家。

亨利·菲尔丁(1707~1754年) 英国作家
主要作品：《弃儿汤姆·琼斯的历史》《大伟人江奈生·魏尔德传》《约瑟夫·安德鲁斯传》等。

链接：
● 中外小说大多以正面人物为主，可是250年前英国现实主义作家菲尔丁竟以当朝宰相为原型，创造了一个伪君子的肖像《大伟人江奈生·魏尔德传》。在作家们大多仰赖官府权贵照顾的当时，这不能不说是大胆之举。因此，在英国文学史上，这是一部独特之作。作品对伪善者魏尔德极尽歌功颂德之能事，而实质上却写尽此伪君子的阴险毒辣。1956年，《大伟人江奈生·魏尔德传》译本由作家出版社首次出版时，萧乾在序言中写道：曾承潘家洵先生校阅，值此再版之际，谨对潘先生表示怀念之忱。

《彼得·潘》
——以男孩彼得的名字创作的一部童话

■ 杨静远/文

在苏格兰的一家公园的长椅上,作家巴里正在进行创作,几个孩子闯进他的眼帘,他们用树枝盖小屋,用泥土做点心,扮演童话中的种种角色。巴里被他们的游戏吸引,也加入到其中。孩子中,一个叫彼得的男孩与巴里特别投缘。或许是这个孩子眼中莫名的忧郁吸引了巴里,或许是巴里在内心深处仍潜藏着不灭的童心,所以他才与孩子们玩得如此开心。此后,巴里决定以彼得的名字创作一部童话。

彼得·潘这个人物形象不是一次形成的。这个名字首次出现在巴里1902年创作的小说《小白鸟》中。1904年,剧本《彼得·潘》发表,同年12月27日,《彼得·潘》在伦敦公演后,次年在纽约尼克博克剧场演出,打破了卖座纪录,大获成功。1906年,巴里将剧本写成儿童故事《肯辛顿公园的彼得·潘》。1911年,小说《彼得·潘》出版,又名《彼得和温迪》,最后加了一章"温迪长大以后"。这一章绝非画蛇添足,实在是画龙点睛,它使小说超出了单纯的儿童故事,成为英国文学中少数为大人和孩子共赏的艺术作品之一。之后,《彼得·潘》每上演一次,巴里就将剧本修改一次,最后定本直到1928年才出版。

《彼得·潘》之所以赢得了各国老少读者的喜爱,原因在于巴里在这部幻想作品中创造了一个十分诱人的童话境界——永无岛。岛上无忧无虑的仙女、美人鱼、丢失的孩子们,以及那个用蘑菇当烟囱的"地下之家",对孩子们来说,都是一种最纯朴、最天然的境界,而主角彼得·潘那种"永远不想长大"的思想与行为更是淋漓尽致地呼出了孩子们的心声,因此,彼得·潘的故事一直以来都深深地吸引着广大小读者。

在欧洲民族中,英国人最不舍得告别童年,这也许是英国儿童文学昌盛的一个原因吧。要写出取悦孩子的书,作者不仅要喜欢孩子、理解孩子,自己还得是一个大孩子。对此,巴里说:"我身材矮小,就像永远长不大的孩子。或许就是因为这样,我仍保持着那份童真吧。"祈求永葆青春的人很多,愿意保住那份童趣的人很少。巴里就是那极少数中的一员。或许彼得·潘这一形象也正隐含着作者的某份心愿吧。

随着《彼得·潘》的巨大成功,巴里被授予爵士头衔。《彼得·潘》被译成多种文字传到国外。以彼得·潘的故事为内容的图画故事、纪念册、版画、邮票风行欧美各国。每年圣诞节,西方许多国家都在电视上播放《彼得·潘》故事改编的动画片,作为献给孩子们的礼物。

巴里出生于苏格兰的一个织布工人的家庭,1882年毕业于爱丁堡大学,任过编辑,1885年迁居伦敦,从事新闻主笔工作,并开始创作小说。巴里早年爱好戏剧,1897年,他把他的畅销作品、长篇小说《小牧师》改编成剧本上演并获得成功。此后,他的大部分作品都是戏剧。1928年,巴里当选为英国作家协会主席,1930年受聘为爱丁堡大学名誉校长。

巴里50多岁时,决定把《彼得·潘》的版权所得全部捐给英国的一家儿童医院,也正因为这笔钱,医院得以在以后的数百年经营得有声有色,彼得·潘更成为伦敦人民心目中的小英雄。同时,巴里还把一座彼得·潘的铜像捐给了他与彼得相识的那家公园,从此,小飞侠彼得·潘的笛声便永远飘扬在公园上空。

1984年,我在英国访问期间,在伦敦一家旧书店偶遇《彼得·潘》——一本

《彼得·潘》插图(诺拉·恩文/画)

1964年的精装本，便买了下来，只为重温儿时的乐趣，当时并没打算翻译，不想多年后却派上了用场，应出版社之约翻译介绍《彼得·潘》。

在中国，《彼得·潘》的翻译最早是在1929年由上海新月书店出版，梁实秋译、叶公超校对并作序。著名文学家、语言学家梁实秋先生早年的这个译本，出手不凡，对原文的理解甚为精到，译笔活泼而传神。我和先生在重译过程中，一丝不苟地参阅了梁先生的译本，并且吸取了其中精粹所在。

我们的重译，不是在旧译的基础上校订，但对于旧译，我们力求抱着客观、尊重、实事求是的态度，尽量做到采其长而避其短。但凡自感无力超越之处，我们保留他的译法，而不避掠美之嫌。我们坚信，优秀的文化遗产是属于全民的财富。作为后继者，我们有责任把先人一点一滴可贵的心血妥为保存，把尽可能好的译文献给读者。

2004年岁尾，"彼得·潘"这个永不长大的快乐的孩子度过了他一百周年的华诞。

杰·姆·巴里（1860~1937年）英国作家
主要作品：《小牧师》《彼得·潘》等。

链接：
● 在伦敦西郊幽静的肯辛顿公园东北角的长湖畔，矗立着一尊雕像。那不是英雄伟人或文化名人，而是一个小小的男孩。那孩子叉开两腿，挥舞双臂，口吹一支芦管，像要提腿奔跑，又像要腾空起飞。他浑身散发着青春活力，神气活现，十足一个快乐之神。他，就是彼得·潘，一个不愿长大也永不长大的孩子。

《快乐的狮子》插图（杜沃伊新/画）

《努恩先生》
——主人公原型就是作者劳伦斯

■ 邹海仑 / 文

《努恩先生》是劳伦斯在自己的创作旺盛期里写下的一部带有极浓自传色彩的未完成的精彩长篇小说。它写作于 1920 年，而首次出版却是在 1984 年由英国剑桥大学出版社出版。全书分为两部分，共 144 页，也就是说相当于一部小长篇。劳伦斯逝世于 1930 年，也就是说，这部作品是在创作完成了 64 年之后，在劳伦斯逝世 54 年之后，才有机会在其故国得以出版。这是一部未完成的作品、一部问世甚晚的名著，这也就无怪乎它至今没有得到在中国出版的机会。

《努恩先生》讲述了一位名叫吉尔伯特·努恩的英国青年作家的爱情和生活故事。这部小说中的主人公努恩先生的生活原型不是别人，正是作者劳伦斯本人。研究劳伦斯的学者声称"这部小说所包含的传记材料比劳伦斯本人在同一时期中的信件中描写的还要丰富和翔实"。特别引人注意的是，这部小说十分真实地描写了 1912 年劳伦斯与自己的夫人弗里达一见钟情并且最终走到一起的浪漫经历。

弗里达是一个德国贵族的女儿。1912 年初，弗里达已经和英国诺丁汉的一个大学教授威克利结了婚，并且育有 3 个孩子，是一位 32 岁的年轻美丽的母亲。而劳伦斯那时是一个 26 岁的单身汉，一位新星作家。他们的第一次相遇是在 1912 年 3 月，在威克利教授的家里。小说中原原本本地展现出弗里达作为一个老练的女人如何"在去餐厅的路上使她的猎物落入了陷阱"。不过，在小说中，这一幕被转移到了德国，约翰娜·凯利是一位英国医生的德国籍妻子，正在故国探亲。她住在自己的姐夫家，姐夫是一位德国教授，而来访的客人就是努恩先生——一个局促不安的英国青年。

小说详细记录了当年弗里达如何在见到劳伦斯 20 分钟后就与其发

生了关系。他的这段描述得到了劳伦斯当年的挚友和老师威利·霍普金的印证。弗里达自己所写的回忆录《不是我，是风》也从侧面印证了劳伦斯的描述。

事后，劳伦斯自己把那天发生的一切告诉了他在伊斯特伍德的老师威利·霍普金，并且在事隔8年后把这件事写进了他的这部带有浓厚自传色彩的长篇小说《努恩先生》。

一位对弗里达颇有看法的小说家戴维·洛奇在读过《努恩先生》之后，这样评论道："劳伦斯的小说里，绝无任何别的地方把一个无耻而又性感的女人的诱惑力这样强有力地传达出来。"

劳伦斯夫妇无疑是现代作家中趣闻逸事最多的一对，而他们初次见面的经历，无疑又可列为他们身后无数逸事中最值得人们玩味思考，也最能体现他们性格特色的事件之一。而这件事又和劳伦斯的这部特殊的作品联系在一起，这部作品就是长篇小说《努恩先生》。

劳伦斯和妻子弗里达

1996年，我和李传家、蔡曙光二位友人合译《劳伦斯传》时，有关《努恩先生》的人物原型才从书里披露出来。当时，我们三人各译该书的三分之一左右。虽然我们干了八个月，但也算是为劳伦斯在中国的介绍工作做了一点拾遗补阙的工作。因为这部《劳伦斯传》是根据当时英国最新的研究成果写成的。1999年，《劳伦斯——有妇之夫》经中央编译出版社出版。

对劳伦斯的生平事迹有所了解的人都知道，弗里达对于劳伦斯一生的思想和创作产生过重大影响,她不仅是他的妻子,而且是他的许多重要作品的创作灵感的启发者和合作者。尽管在他们的爱情生活中穿插着连续不断的相互不忠和大大小小的争吵,劳伦斯甚至不止一次把弗里达打得鼻青脸肿,但是直到劳伦斯去世,他们从来没有分开过。劳伦斯曾经告诉弗里达说:对他的一生来说,"除了你,什么都不重要"。许多对劳伦斯深有研究的人士甚至断言,如果劳伦斯没有遇到弗里达,那么呈现在后人面前的劳伦斯必然与文学史上存在过的劳伦斯大不相同。

劳伦斯自画像

戴维·赫伯特·劳伦斯(1885~1930年)英国作家
主要作品:《儿子与情人》《虹》《查泰莱夫人的情人》等。

链接:

●威克利教授是个语言方面的天才,在伦敦大学获得学位后又进了剑桥读书,随后在法国和德国读书并在德国教书,34岁时获得了诺丁汉大学教授的席位,出版了一系列语言学方面的专著。

劳伦斯在大学期间没有给威克利教授留下什么特别深刻的印象,倒是毕业后他成了一个小有名气的小说作者后令威克利感到欣慰。恰恰是这个威克利,在劳伦斯大病一场辞去小学教职后,愿意帮忙为劳伦斯在德国找一个教授英文的教职。他提出邀请劳伦斯来家里做客。没想到,一纸邀请造就了诺丁汉城里的一桩绯闻,造就了英国文学史上一桩奇妙的姻缘。一个口袋里只剩11英镑的穷病退职的小学教师居然和威克利教授的夫人私奔了。劳伦斯从此彻底离开诺丁汉,以后又彻底离开了英国,在国内外漂泊了10多年。1925年,劳伦斯的肺结核突然加重,确诊为肺结核三期,在没有抗生素的年代,健康急转直下。1930年,劳伦斯病死于法国芒斯。

《儿子与情人》
——取材于作者早年的生活

■ 陈良廷 / 文

《儿子与情人》

1913年问世的《儿子与情人》是劳伦斯的成名作,也是一部带有明显自传色彩的小说,故事内容取材于他的早年生活。莫雷尔家就是劳伦斯家,贝斯伍德村就是伊斯特伍德村,威利农场的莱佛斯家就是哈格斯农场的钱伯斯家,书中的朱丽安正是劳伦斯与之保持了10年亲密友谊的杰西。仔细观察,书中的人物,都可以在作者生活中找到原型——书中的父亲瓦尔特·莫雷尔正是作者父亲的真实写照:他10岁时就做童工下井挖煤,从没念过书;他乐天知命,只图温饱,不认为自己受矿主剥削,但求儿子能继承他的职业当矿工。母亲也是作者母亲的再现,出身中产阶级,当过教师,知书达礼;当初下嫁莫雷尔时并未考虑到就此会失去中产阶级的一切地位和享受,会受一辈子苦,因此才把希望寄托在儿子身上,一心指望他们能免蹈覆辙。大儿子威廉果然不负所望,初出茅庐就和当地的头面人物来往,后来干脆远走高飞,到伦敦跻身上流社会,由于过度劳累而送了命。母亲又把希望转移到小儿子保罗身上,重新鼓起勇气活下去。然而这种畸形的母爱却在不知不觉中害了保罗,使他陷入更深的苦闷中。

小说的后半部围绕着保罗、他母亲和他所爱的朱丽安和老莱拉这四个主要人物的矛盾冲突发展,从中不难看出人物原型的影子。

劳伦斯出生于英国诺丁汉郡附近的伊斯特伍德村,父亲是个煤矿工人,几乎挖了一辈子煤,没有机会学文化,不免举止粗鲁。他母亲出身清教徒家庭,受过相当教育,当过小学教师。由于矿区生活艰苦,家庭经济拮据,父亲经常酗酒,母亲满腹辛酸,所以劳伦斯的童年生活并不美满,幸亏母亲对他偏爱有加,才算有个慰藉。他少年时在矿区小学念书,后来到诺丁汉中学求学,并在当地师范学校进修,1908年起在伦敦郊外克罗顿一所小学当了4年教师。他从小性情孤僻,认识哈格斯农场的钱伯斯家以后，常同他们家的孩子一起游戏，游览当地的大自然景色。他还同钱伯斯一家讨论文学和思想，并教他家的女儿杰西学法语和写作。1910年12月，他母亲故世，这对他是一大打击，也是一大解脱。

劳伦斯在书中倾注了自己年轻时对母亲的爱，以及在情感世界中的困扰与苦涩。

《儿子与情人》最初的书名为《保罗·莫雷尔》，劳伦斯为了这部书稿四易其稿，反复斟酌，他不希望读者把注意力仅仅放在"儿子"身上；也为了减少小说自传的意味，他最终将书稿定为现在的书名。

劳伦斯小说的故事一贯都是不了了之的，本书也不例外，故事也没有结尾，但这样反而更耐人寻味、引人入胜。他毕竟是个诚实的作家，并没有为读者刻意加上一个令人欣慰的结局。

我和夫人翻译《儿子与情人》是经过郑重考虑才决定的。因为我们向来以译介美国文学为主，对英国文学一门并非专长。何况这是一部洋洋洒洒40万字的巨著，难保不砸锅。经过反复精读原著，深入探讨内涵，我们夫妇二人才决定一同来啃这块硬骨头。我们于1982年1月开工，照例仍由夫人承译大部分初稿，剩下的部分由我包揽，互校后，又再三校订，经夫人仔细誊抄，然后通读、讨论、定稿。我俩废寝忘食，夜以继日，奋战一年才完工。谁知翻译完工后书又被搁置了近两年。直到1984年夏，人民文学出版社外编室来沪组稿，听到我们有劳伦斯的现成译稿，立即决定列入出版计划。1987年4月，此书终于由人民文学出版社推出，共印2.7万册。1997年8月，人民文学出版社又把此书列入"世界文学名著文库"，出了精装本，首印1万册。1998年，中国台湾光复书局同人民文学出版社合作，推出了此书的繁体字精装本，并列入"珍本世界名著"丛书。

1961年，美国俄克拉荷马发起了禁书运动，在租用的一辆被称之为"淫秽书籍曝光车"所展示的不宜阅读的书籍中，《儿子与情人》被列在首当其冲的位置。

1999年，《儿子与情人》被评为"二十世纪英国百部最佳小说"之一。

戴维·赫伯特·劳伦斯（1885~1930年）英国作家
主要作品：《儿子与情人》《虹》《查泰莱夫人的情人》《努恩先生》等。

链接：

● 劳伦斯从小喜欢画画，年轻时曾在一所小学校里担任过美术课老师，其放任自流的美术教学理念让校董们很惊讶。但是他真正拿起画笔绘画创作时，是在40岁之后。当劳伦斯肺结核病加重，健康状况迫使他停止写作时，他接受了画家朋友剩余的几块大画布，开始作画。1929年，他以票友画家身份举办画展，短短20天观众流量1.2万人次，成为当时伦敦城一景。不料，警方以"有伤风化"的罪名掠走画作。《劳伦斯绘画作品集》也因在伦敦举办的画展被当局判为"淫秽"遭警方查禁。劳伦斯为使画作免遭火焚，他委曲折中，以永不在英国展出为条件换回画作。

《查泰莱夫人的情人》
——灵感源于劳伦斯的婚姻生活

■ 郑婷 / 文

《查泰莱夫人的情人》是英国作家劳伦斯的一部长篇小说，1928年7月在佛罗伦萨出版。该书一经面世，英国当局即以"有伤风化"的罪名予以查封，直到1958年才得以解禁。媒体曾披露：查泰莱夫人的原型实际上就是劳伦斯夫人，劳伦斯这部小说的灵感来源于他的现实婚姻生活。

该书问世以后，只在少数国家正版发行了删节本，而盗版书从没有中断过。

专门研究劳伦斯的英国诺丁汉大学名誉教授约翰·沃森认为，劳伦斯的妻子弗里达的外遇间接启发了劳伦斯创作《查泰莱夫人的情人》。沃森之所以得出这一结论，是因为他在弗里达所写的一批信件中寻到了蛛丝马迹。

1925年3月，不到40岁的劳伦斯已经到了肺结核三期，当时的医学界对肺结核还没有特效药。劳伦斯因为身体原因无法和妻子弗里达过正常的夫妻生活，但是劳伦斯的朋友意大利军官安格鲁·拉瓦格里照常来给他教授英语。就在弗里达和拉瓦格里成为情人期间，劳伦斯开始酝酿并创作《查泰莱夫人的情人》。

劳伦斯"就近取材"并不是什么稀罕事，比如，《儿子与情人》就是以他本人的童年为原型创作的；《恋爱中的女人》则是将几个熟人作为小说人物的原型，甚至差点因此引起名誉官司，其中一人的诉讼威胁还是以劳伦斯赔付50英镑而得以私下解决。

《查泰莱夫人的情人》前后出版了几个不同版本。

第一次出版的版本是劳伦斯自己计划的私印出版，劳伦斯为了出版《查泰莱夫人的情人》，亲自设计了在火焰中自焚的凤凰作为封面。

第二次，因为找不到一个大胆的出版商为他发行，他就答应法国的一家书铺来印再版，每本定价为60法郎。第三次出版，劳伦斯删除了书中检察官不认可的部分，出了一本删改的廉价本。后来，他又将这三本书稿的版权全让给了FriedaLawrence。

《查泰莱夫人的情人》一上市，就受到了英国文学界的攻击。由于小说毫不隐讳地描写了性爱，因而被斥为淫秽作品，英国当局以"有伤风化"的罪名予以查封。

劳伦斯一生多次与书报检察官员周旋：1913年发表的《儿子与情人》一改再改；1915年出版的史诗般的小说《虹》因有反战倾向而惨遭禁毁；1921年出版的《恋爱中的女人》曾在伦敦的几家出版社旅行数月，最终才在美国限量出版；1928年私人出版的《查泰莱夫人的情人》更是轰动一时，成为最引起争议的书，直到1958年《查泰莱夫人的情人》才得以解禁。

1959年，英国企鹅出版社出版此书，不料被控犯有出版淫秽作品罪，引起了轰动整个西方出版界的官司。直到1960年10月伦敦中央刑事法院裁定出版社无罪，小说才得以解禁。不过此时，劳伦斯已经去世了30年。

劳伦斯1885年9月11日生于诺丁汉郡一个煤矿工人家庭。1906年，他进入诺丁汉大学攻读，毕业后曾担任教员。1912年他和弗里达私奔到法国，从此开始他专业作家的生涯。他的创作深受弗洛伊德心理分析学的影响，他把人的性欲意图看成是引起一切生活现象的根源，在作品中力求探索人的灵魂深处，并成功地运用艺术描写来体现。

劳伦斯与妻子弗里达

劳伦斯作品《太阳》

《查泰莱夫人的情人》讲的是第一次世界大战后英国贵族克利福德的妻子康妮与守林人梅勒斯之间充满生命激情的爱情故事。康妮嫁给了贵族地主查泰莱为妻，但不久查泰莱便在战争中负伤，腰部以下终身瘫痪，失去了性生活的能力。康妮每天生活在安静而又偏远的庄园里，过着孤寂冷漠的生活。庄园里的猎场守猎人梅乐士重新燃起康妮的爱情之火及对生活的渴望，她经常悄悄来到他的小屋幽会，尽情享受原始的、充满激情的性生活。康妮怀孕后，为掩人耳目到威尼斯度假。这时守猎人尚未离婚的妻子突然回来，暴露了他们之间的私情。巨大的社会差距，迫使守猎人梅乐士只能默默地等待孩子的降生……此时的劳伦斯对人物及情节的刻画已经炉火纯青，对他所探索的两性关系也有了更深思熟虑的答案。

20世纪30年代，饶述一先生翻译了《查泰莱夫人的情人》单行本，因为自费出版，发行仅千册。当时，在北京、上海、南京等大城市专门销售西方作品的书店也可见到《查泰莱夫人的情人》不同的外文版本。同时，有关书评、节译也陆续出现在报刊中，其中以1934年郁达夫和林语堂两位作家的书评文章最有影响。现代作家和戏剧家赵景深1928~1929年期间曾6次在《小说月报》上撰文介绍劳伦斯的创作并追踪《查泰莱夫人的情人》的出版进展。

戴维·赫伯特·劳伦斯（1885~1930年）英国作家
主要作品：《白孔雀》《儿子与情人》《普鲁士军官》《恋爱中的女人》《亚伦的手杖》《羽蛇》《虹》等。

链接：

● 1960年10月20日，伦敦中央刑事法庭的首席检察官琼斯对企鹅出版社出版的《查泰莱夫人的情人》开始了控诉。琼斯认为该书为"猥亵书籍"。控辩双方就全书的文学价值及是否"淫秽"的问题进行了激烈的辩论。企鹅出版社聘请知名律师出庭辩护，律师还邀请了35名著名作家、出版家、评论家、神学家、心理学家、社会学家、教授，其中包括诺贝尔文学奖获得者福斯特等出庭作证。经过6天的辩论，陪审团一致认定企鹅出版社无罪。这是一次对《查泰莱夫人的情人》一书遭禁30年历史的彻底清算。

《金银岛》
——一幅水彩画的启示

■ 钟铧 / 文

《金银岛》最初的构想源于斯蒂文森为继子洛伊德画的一幅关于海盗的水彩画。

水彩画中，海盗的背景是小岛和地图，洛伊德非常好奇。于是，斯蒂文森围绕着这个小岛构思了一个故事。故事最初的名字叫《大海的厨师》，因为原来设计第一个出场的人物不是男孩吉姆，而是海盗船上的厨师约翰·西尔弗。约翰·西尔弗的原型是斯蒂文森在中学时期的同学威廉·亨利。威廉·亨利16岁时因患骨结核，一条腿被截肢。威廉·亨利和斯蒂文森两人都爱好文学，还曾合作写过剧本，后来两人在创作问题上产生意见分歧而不欢而散。不过，威廉·亨利对自己在小说中扮演海盗并不感到意外。

《金银岛》的故事完全是虚构的，但是斯蒂文森却是以真实的历史背景为题材写的。故事发生的荒岛即科科斯岛，位于太平洋距哥斯达黎加海岸300英里海中。据说17世纪时，海盗常在此出没，将掠夺的财宝在此装卸和埋藏，岛上至今还藏有多处宝藏，给这个原本平凡的小岛平添了许多神秘的色彩。

《金银岛》的主要人物是男孩吉姆，吉姆偶尔得到一张埋藏巨额财富的荒岛地形图，卷入了一桩惊险刺激却危险重重的寻宝行动；在一艘载满梦想和希望的船上，吉姆同海盗展开了英勇机智的斗争，最终找到了宝藏。这个原本是斯蒂文森为他妻子的前夫之子洛伊德写的少年读物，出版后却受到了各年龄段读者的喜爱，不仅满足了人们探知神秘与冒险的心理，也吸引着历代许多艺术家为它配插图。

1885年，《金银岛》的第一本插图本发行就集中了好几位艺术家的作品。1899年，Walter Paget成为第一位单独为《金银岛》画插

《金银岛》插图

图的艺术家，插图和文字相得益彰，一问世便一直再版。十余年后，John Cameron 和 N.C.Wyeth 使用新的印刷技术，创作了《金银岛》的彩色插图本，后来又有 Mervyn Peake 的 1949 年版和 Ralph Steodman 的 1985 年版两种著名的《金银岛》插图版。

1950 年，美国迪士尼公司推出了电影《金银岛》，让人耳目一新。

2002 年，好莱坞推出了《金银岛》的"30 世纪太空冒险版"卡通版《宝藏星球》，在世界各地又引爆了新一轮《金银岛》热潮。

斯蒂文森出生在爱丁堡，自幼体弱多病，童年的十余年大都是在病床上度过。在后来给友人的书信中，他曾这样写道："童年时，有三件事对我产生过极大的影响，一是我病中的苦痛，二是在外祖父科林顿宅区中的休养康复，三是晚上上床后我大脑中许多不同寻常的活动。"童年时，父亲为斯蒂文森制作了许多玩具，慈爱的保姆对他无微不至地照顾，给他讲述苏格兰历史传说中的故事。斯蒂文森在想象中与小伙伴玩耍，在病床上经历许多浪漫故事。只要身体允许，斯蒂文森总是成为户外最活泼最好动花样最多的玩伴。后来，他把童年的经历写入《儿童诗园》，一首首短小动听的童谣，留下了斯蒂文森对童年美好的记忆。

1888 年，美国一家出版社资助斯蒂文森与家人畅游南太平洋，条件是他必须定期将他的沿途感受写给他们。喜欢旅游的斯蒂文森喜出望外，带着一家人乘船从旧金山出发，往南驶去，三年期间先后到了马尔萨斯群岛、塔西提群岛、夏威夷、火奴鲁鲁、吉尔伯特群岛等等地方，每处小住几周或是数日。斯蒂文森手中的笔从没有闲着，札记、散文、书信、专栏文章源源涌出，其间，他还完成了一部小说《巴兰特里的主人》。

斯蒂文森与妻子合作完成了长篇小说《炸药使用者》；与继子合写了《错误之箱》《蝴蝶兰》《退潮》等。而深具道德寓意的《化身博士》，则确立了他在读者心中的地位。

1891年，斯蒂文森在南太平洋的萨摩亚岛买了地，建造了自己的木楼，并给了它一个诗意的名字"五条河流"。很快，他就成了当地居民的朋友，人们常常在他家聚会，称他为"故事专家"。1894年，斯蒂文森因脑溢血在岛上去世，为了安葬他，60位当地居民在丛林开出一条山路，将他葬在树木覆盖的山顶，遥望着大海，让他自幼的憧憬与幻想，永不停息。

斯蒂文森逝世后，长期被认为是一位散文作家和儿童读物及通俗读物作家，直到20世纪50年代，才被有识者推崇为具有独创性和才能的作家。

无论后人怎么评介斯蒂文森，故事惊险有趣、人物生动鲜明的《金银岛》，百余年来经久不衰。

1903年，商务印书馆商务编译所就翻译出版了斯蒂文森的《金银岛》。1933年世界书局又出版了插图本《金银岛》。新中国成立后，荣如德先生翻译了《金银岛》。多少年来，《金银岛》在翻译家的手里常翻常新，孩子们也百看不厌。当我们谈起《金银岛》时，也想起了斯蒂文森的一个习惯——无论走在哪，随身总带着两本书：一本用来读，而另一本则是做笔记之用。那些发生在身边的小事，正是作家创作的源泉。

罗伯特·路易斯·斯蒂文森（1850~1894年）英国作家
主要作品：《金银岛》《诱拐》《儿童诗园》《新天方夜谭》《化身博士》《炸药使用者》等。

链接：

● 1875年，25岁的斯蒂文森前往法国枫丹白露艺术家聚会地休养，在那里遇到了年长他10岁的美国人范妮·奥斯本和她的两个孩子，以后，范妮便成了斯蒂文森每年要去那里的理由。4年后，范妮带着孩子回美国，斯蒂文森不顾病体虚弱，乘船在海上航行10天，前往美国。第二年，范妮与丈夫离婚，与斯蒂文森结婚，有情人终成眷属。

● 《化身博士》在英国是一部家喻户晓的作品，当年一出版就被盗印，后来数次改编为舞台剧并被搬上银幕。故事来源于斯蒂文森的一个古怪梦境，他套用了当时流行的恐怖故事形式，写了一位善良正直的博士在研究室里发明了一种"分身"的药水，一旦喝下，就变成一个寻欢作乐、放纵自己的坏人。斯蒂文森此书的初稿写得极快，幸而有温良的范妮把关，说初稿太浅薄，故事应该有讽喻意义，免得流于一般。斯蒂文森将初稿投入壁炉火中，又花了10天时间重写，这部文学杰作便有人类善恶性格变化的令人称绝的细节，具有了深刻的象征意义。如今，Jekyll和Hyde已成为具有善恶双重性格的人的代称。

《福尔摩斯探案集》
——福尔摩斯的原型是爱丁堡医科大学的老师约瑟夫·贝尔

■ 王卉/文

福尔摩斯（本文配图）

福尔摩斯自柯南·道尔笔下诞生至今已风靡世界百余年，赢得了无数读者。这个披风衣、口衔烟斗、头戴猎帽的福尔摩斯形象，是作者按照他在爱丁堡医科大学的老师约瑟夫·贝尔的气质和外形量身定做的。约瑟夫·贝尔身材修长，有着一双深邃的灰色眼睛，目光敏锐，善于观察生活中的每个细节，即便一堂普通的医学课，都让学生听得津津有味。约瑟夫·贝尔的一举一动，给柯南·道尔留下了深刻的印象。贝尔总是坐在梯形示范教室中间的桌子边询问病人，实习生和助手都站在周围，当病人走后，等他开口陈述他根据观察的情况做出的诊断时，学生们总是崇拜地张着嘴巴。贝尔喜欢对学生说："如果你看他一眼就知道发生在病人身上的事情，病人就会觉得你能治好他的病。"他总是在问病人问题前就观察出了很多情况。有一次，贝尔对学生说："同学们，这个人是个渔夫！你们要注意到，虽然现在是夏天，很热，但是这位病人却穿着长筒靴。他一坐在椅子上你们就都看到了。在这种季节，除了水手之外没人会穿长筒靴……而且，还有别的证据证明我的推论是正确的，我注意到他的衣服和手上粘着几片鱼鳞，他人一到，一股浓烈的鱼腥味就到了。"

柯南·道尔在《血字的研究》里，就以约瑟夫·贝尔这位具有惊人的观察和推理能力的教授为原型，塑造了一位私家侦探，他能准确地对一起神秘的凶杀案做出判断，这位侦探的大名就是福尔摩斯。

1892年，柯南·道尔在其出版的《福尔摩斯冒险史》的扉页上，将题词献给了他的老师："我创作歇洛克·福尔摩斯绝对要归功于您，虽然在故事里，我可以把他放在各种戏剧化的场景里，但是我想他的分析工作一点儿也不比我所见到的您在门诊室里创造的那些效果更惊人。"虽然福尔摩斯的这个姓氏是柯南·道尔根据一位美国医生的名字命名的，但是没有人怀疑福尔摩斯存在的真实性，以至于小说中虚构的福尔摩斯办公地点伦敦贝克街 221 号如今已成了福尔摩斯展览馆,其周围设施也建成了福尔摩斯文化中心。

柯南·道尔在 29 岁时写出了《血字的研究》,次年出版。

1890 年,柯南·道尔在《四签名》出版后,在出版社和编辑的不断约稿中,于 1891 年弃医从文。《海滨杂志》(The Strand Magazine)非常赏识柯南·道尔笔下的福尔摩斯,1891 年,《海滨杂志》以优厚的稿酬发表了《波希米亚丑闻》,从此,柯南·道尔和他的福尔摩斯与《海滨杂志》一起蜚声文坛。

斯的极大兴趣。

柯南·道尔先后创作了 60 个关于福尔摩斯的故事,56 个短篇和 4 个中篇小说,组成了名蜚海内外的《福尔摩斯探案集》。60 个故事在 40 年间,陆续在《海滨杂志》上发表。这些故事中,两个故事是以福尔摩斯第一口吻写成,还有两个故事是以第三人称写的,其余的故事都是华生的叙述。无论是《四签名》《戴面纱的房客》《格洛里亚斯科特号三桅帆船》,还是《巴斯克维尔的猎犬》《财团总裁坠楼事件》《茶杯凶杀案》等等,每一个故事都使福尔摩斯侦探拥有了更多的读者。

这个长着一张鹰脸的彼得·库辛,数次在银幕上扮演了福尔摩斯

1892 年,柯南·道尔汇集 12 个短篇出版了《歇洛克·福尔摩斯探案辑》《福尔摩斯冒险史》,1894 年又将 12 个故事结集出版了《歇洛克·福尔摩斯回忆录》。

1901 年,柯南·道尔根据朋友讲述的达特摩尔的故事,描写了一个家庭受到一只怪异的猎犬追逐,这就是《巴斯克维尔的猎犬》。《巴斯克维尔的猎犬》故事惊险离奇,引人入胜,引起了读者对福尔摩

有趣的是,当柯南·道尔另有写作计划,想终止福尔摩斯系列小说的创作,让福尔摩斯在《回忆录》中与罪犯搏斗坠崖、同归于尽时,却激起了读者极大的愤怒,纷纷向编辑部投书抗议,甚至威胁、谩骂。无奈之下,柯南·道尔只好在 1903 年,让福尔摩斯在《空屋》这一故事中巧妙地起死回生。在读者的期盼中,柯南·道尔

又写了《恐怖谷》《最后的致意》《新探案》三组故事，一直写到1927年。

1928~1929年，柯南·道尔创作的有关福尔摩斯的故事分短篇和长篇两卷在英国出版，书名为《福尔摩斯探案集》。此后该书迅即被译成各种文字在全世界发行，而且被不断搬上银幕，产生了专演福尔摩斯和华生的名演员。据传《吉尼斯世界纪录大全》统计，柯南·道尔爵士笔下的福尔摩斯是最受银幕青睐的文学形象，迄今为止，福尔摩斯先后在214部影片中被78名演员饰演过。

2004年5月，柯南·道尔一批遗失多年的私人文件在伦敦被人发现，包括他在创作过程中的一些私人信件、笔记和手写原稿，共3000多件物品，总价值达400万美元。其中，柯南·道尔的第一部重要作品《血字的研究》以31万美元的价格拍卖。短篇小说《弗朗西斯·卡法克斯女士失踪案》的手稿在伦敦古文物书展上拍卖50万美元，打破了纽约苏富比拍卖行1996年拍卖《四签名》手稿时47万美元的纪录。价格不菲的柯南·道尔作品，又让人们重新发现了福尔摩斯的价值。

在柯南·道尔收藏的众多信件中，有

追踪的马车

许多是读者寄给他的，一些读者觉得他就是一个真正的"福尔摩斯"，拥有超人的洞察力和分析能力，能够帮他们破解生活中的"谜案"。当然，柯南·道尔没有让他们失望过。

1907年，一名叫埃达尔吉的印度移民被英国法院判处7年徒刑，理由是英国警方怀疑他专门在夜里到一家农场屠杀牛马。柯南·道尔认为此案具有种族歧视因素，于是他亲赴农场和监狱进行调查，结果发现埃达尔吉不仅有深度近视和散光，而且一个人也根本不可能在暗夜中攻击农场中的母牛和马匹。这个细小而又非常重要的证据，使此案重新审理，并被转至上诉法庭，最终替埃达尔吉洗清了冤屈。

1909年，一名叫朱恩·卡佛的英国女人写信恳求柯南·道尔，要他帮忙寻找一个丹麦籍的"爱情骗子"，这个年轻的丹麦男子曾经狂热地追求过她，并向她求婚，然而当她委身于他后，这名丹麦男子却神秘地消失了。这简直就是柯南·道尔的探案小说《身份问题》的现实版。柯南·道尔决定帮助朱恩·卡佛追查出这个"爱情骗子"，最终调查发现此人竟像他的小说《身份问题》中的主人公安吉尔一样诡计多端。

福尔摩斯有许多睿智伟大的科学发明，

例如，在《血字的研究》中，他发现了血红蛋白的反应剂，预示了沉淀素试验中抗血清的应用；在《四签名》中，福尔摩斯提及他的"有关如何追踪脚印的专题论文和关于使用熟石膏作为防腐剂的评论"，比1891年汉斯·格罗斯出版的、具有划时代意义的犯罪学专著《刑事侦查》还早，格罗斯在书中记录了6种保存足迹的方法，并认为熟石膏是最好的选择；在《赖盖特之谜》中，福尔摩斯陈述的几条原则如今已作为笔迹对照科学依据。

在中国，最早介绍福尔摩斯的是林琴南等人。1896年，《时务报》首次连载了4篇福尔摩斯探案故事，受到读者的热烈欢迎。1908年，商务印书馆出版了《歇洛克奇案开场前编》及《歇洛克奇案开场后编》。1916年，成立仅4年多时间的中华书局率先推出了《福尔摩斯侦探案全集》，这是福尔摩斯探案故事的第一个中文全集，共12册，收入福尔摩斯探案故事44篇。这套全集，由10位译者以通俗易懂的文言文翻译，译介者有程小青、周瘦鹃、严独鹤、陈小蝶和天虚我生等人。1934年上海世界书局发行全集中文本。译者是程小青、郑逸梅、包天笑、范烟桥等人。程小青还模仿福尔摩斯创作了中国侦探霍桑探案系列。20世纪三四十年代，福尔摩斯小说曾被作为精读教材选入大学英语课本。1926年上海创刊了一份叫《福尔摩斯》的报纸，专门揭露社会及党政军的腐败，1937年该刊着力报道抗战，后停刊。

杨绛在《钱锺书与〈围城〉》这篇文章里，回忆了丈夫在严谨治学的生活中的许多不泯的童趣，其中谈到钱锺书在阅读《福尔摩斯探案集》时挥动手臂，拍案而起，手舞足蹈的情景。

英国著名小说家毛姆曾说过："和柯南·道尔所写的《福尔摩斯探案集》相比，没有任何侦探小说曾享有那么大的声誉和读者的喜爱。"

拍案叫绝的福尔摩斯，谁不会被他深深吸引呢？

亚瑟·柯南·道尔（1859~1930年）英国小说家
主要作品：《福尔摩斯探案集》。

链接：

● 柯南·道尔自幼喜欢文学，中学时任校刊主编。他从爱丁堡医科大学毕业后，行医10余年，后专写侦探小说，因塑造了福尔摩斯这样一个侦探的形象，而成为最有影响的侦探小说作家。

● 柯南·道尔的祖父约翰·道尔是著名的政治漫画家，以笔名"H.B."闻名，其作品真迹深受大英博物馆钟爱。他的伯伯理查德为幽默杂志《笨拙》(Punch)设计过著名的封面。另一个伯伯詹姆斯编撰了《英格兰官方爵位名录》(The Official Baronage of England)。还有一个伯伯亨利建立了"爱尔兰国立画廊"。道尔爷孙三代人，包括柯南·道尔自己，均在英国的《国家人物传记大词典》中占有一席之地。

《火与剑》
——人物原型是波兰历史上的人物

■ 袁汉镕 / 文

《火与剑》描写的是1648年开始的波兰王军与哥萨克进行的一场大规模战争。其中波兰王军的主要统帅耶雷梅·维希涅维茨基,哥萨克统领博格丹·泽诺毕·赫米尔尼茨基和国王、首相及一些达官显贵都是波兰历史上的人物,只是作家对其做了必要的艺术加工。作者亨·显克维奇在谈及写作时说,他是以全部心血来准备它的基础工作的,"我阅读过许多当代的著作和资料,几乎没有一个人名是由想象产生的……"可以看出,作品中的一些主要人物不是随心所欲地编造出来,都有其创作的生活原型。

1905年,瑞典文学院在授予显克维奇诺贝尔文学奖的授奖词中谈到其作品特点时说:"像札格沃巴这样的人物将永远在世界文学的那些不朽的喜剧性格的画廊中占有一席地位。"一些立陶宛人在读到作品中出身立陶宛贵族,为人敦厚、善良、慷慨的英雄龙金·波德比平塔骑士在保卫兹巴拉日的战斗中壮烈牺牲的情节时,不禁失声痛哭。这些事例都生动地说明作品在人物刻画上的巨大成功和作品撼人心魄的力量。

《火与剑》是显克维奇的第一部历史长篇小说。1883年开始在《言论报》上连载,1884年出版单行本。小说所写的是1648~1649年哥萨克在挞靼人支持下所掀起的反对波兰的暴动。暴动的头领赫米尔尼茨基原本是波兰册封的哥萨克贵族和书记官,因与波兰军官有私仇而逃至谢契,得到靴狁统领的支持后,便以民族起义为号召,爆发了规模相当大的哥萨克暴动。经过一年多的战争,波兰和哥萨克签订了停火协议。后来赫米尔尼茨基又和沙皇俄国相勾结,掀起了反对波兰的战争,致使第聂伯河以东的乌克兰土地划归俄国所有。显克维奇以这一历史事件为背景,生动而形象地再现了当时波兰和哥萨克的社会生活和战争场面,塑造了一批栩栩如生的人物形象。如维希涅维茨基亲王的雄才大略,斯克谢图斯基的英勇机智,查格沃巴的幽默风趣,都给人留下了深刻的印象。即使是反面人物赫米尔尼茨基,作者也没有把他简单化,而是既写出了他叛贼的狡诈残暴的性格,又对他作为暴动首领的智勇善战做了真实的描写。整部小说写得曲折生动,特别是战争场面写得更是宏伟,而且毫无雷同之感。小说发表后引起了激烈的争论,也受到了波兰读者的喜爱。

《火与剑》在华沙出版后不久,便有画家以其为题材竞相作画或为之创作插图。100多年来这部作品已经出版了50多版,同时被翻译成30多种文字,多次被搬上舞台和银幕。1998年《火与剑》被改编成电影,成为近10年来波兰最受欢迎的一部电影。

翻译《火与剑》这部古典文学作品,语言方面的困难并不如想象的那么大,倒是作品中存在大量的拉丁语、用波兰文拼写的乌克兰语、典故,以及涉及17世纪波兰的风习、官职、器物等词语需要多方设法方能解决,且由于作家是一位语言大师,文辞优美典雅,遣词造句都极为讲究,准确、严谨、巧妙、流畅、亦庄亦谐又富有17世纪的时代色彩成为其最大的语言特点,因此翻译中必须处处细加琢磨,反复推敲,以期能用最合适的中文辞藻和

《火与剑》插图

笔法来准确反映这部文学杰作的真实风貌和精髓。作品的特点也给译者留下了极大的再创作空间，使翻译成为一段亦苦亦乐、苦中有乐的艰辛而又愉快的文字旅程。

在翻译过程中，就不时从出版社传来有关审稿人员对译稿中某些精彩译段"拍案叫绝"和"真是神来之笔"一类的评语。书出版后，我国老一辈的资深翻译家孙绳武先生就在一篇专文里提到："文学作品翻译的最高境界是和谐，对短篇小说是这样，对长篇更是这样。一部近百万字的《火与剑》能翻译得通体如此明晰、严谨、流畅、和谐……我宁愿把这部完美的新译本看成一个奇特的现象。"孙老的这番话与其说是对译本的赞许，毋宁说是对译者的鼓励和鞭策。

在显克维奇的《十字军骑士》（易丽君、张振辉译，由我负责校阅）出版后，花山文艺出版社的张晓黎先生便约易丽君和我接译显克维奇三部曲的第一部《火与剑》（第二、第三部分别为《洪流》和《伏沃迪约夫斯基先生》）。为了赶时间，出版社建议采用一种出版界一般不常采用的翻译、编辑、出版"一条龙"的流水作业法来进行，即全书分成四次交稿，我们一面翻译，他们便开始编辑已交的部分译稿，我们译出一部分，他们便接着编一部分，同时做好出版的准备。这种工作方式确实大大缩短了从翻译到出版中间积压、等待的时间。这种流水作业式的方式随后又用到《洪流》的翻译中。

我们翻译的《火与剑》于1997年出版，成为我国从波兰文原著直接译出的第一个中译本。

《火与剑》插图

亨利克·显克维奇（1846~1916年）波兰作家
主要作品：《天使》《火与剑》《洪流》《伏沃迪约夫斯基先生》《你往何处去》《十字军骑士》等。

链接：
●著名导演耶尔齐·霍夫曼（Jerzy Hoffman）1998年拍摄的《火与剑》是根据波兰著名作家显克维奇的同名长篇小说改编而成的一部大型史诗片，通过描写一位年轻波兰英雄的传奇经历反映了当时动荡的社会现实。

●显克维奇是鲁迅最早介绍到中国的波兰文学家。1905年，显克维奇"作为一个历史小说的显著功绩"获得诺贝尔文学奖。

《十字军骑士》
——取材于波兰中世纪十字军骑士团史料

■ 易丽君 / 文

《十字军骑士》是显克维奇的一部历史小说,取材于波兰中世纪十字军骑士团的史料。显克维奇为了写好这部小说,在小说出版前8年——1891年就开始了准备工作,他广泛收集和阅读了波兰和欧洲各国有关十字军骑士团的著述和材料。小说中写到的波兰国王、十字军骑士团大团长、王公贵胄、高级将领,以及一些重要的历史事件和大战役都是有史可查的,但作者又不拘泥于史料,书中的一些出身于中、小贵族的骑士,是作家在研究各种相关材料的基础上综合创造出来的艺术形象。

1905年,显克维奇获诺贝尔文学奖。在瑞典文学院授予显克维奇诺贝尔文学奖的授奖词中在谈及《十字军骑士》时有这样的一段话:"显克维奇的习惯是不给予历史人物以过于突出的地位……小说中还有许多全凭作者丰富的想象力创造出来的人物,他们更强烈地吸引了我们的注意,并且提供了中世纪文明的卓越范例……这里有……勇敢的马奇科,还有头脑里装满了骑士冒险念头的兹贝什科……尤兰德是显克维奇笔下武士形象中最为壮丽的一个……"这段话也可视为这部小说一些最感人的人物形象并无具体的人物原型的佐证。

《十字军骑士》是一部历史小说。它从1399年雅德维佳王后逝世写起,直到1410年格隆瓦尔德战争结束为止。在这11年的历史背景上,广泛描写了波兰、立陶宛人民与十字军骑士团生死搏斗的历程。《十字军骑士》1900年在华沙出版,很快便被译成英、德、俄、法等文字出版,随后又不断被翻译成更多的其他文字出版。100多年来它一直受到世界上不同肤色的读者的喜爱,成为一部长盛不衰的畅销书。

1960年《十字军骑士》被改编成电影,同样受到观众的热烈欢迎。

早在1909年鲁迅、周作人兄弟翻译出版了两册《域外小说集》，书中就翻译、介绍了显克维奇的作品《酋长》《天使》《灯塔看守》。20世纪60年代，根据《十字军骑士》这部小说拍摄的同名影片就译成中文，在我国上映。《十字军骑士》的第一个中译本是由陈冠商翻译的。1978年，上海译文出版社出版的《十字军骑士》，是从英文转译的，曾被列入由中国社会科学院外国文学研究所、人民文学出版社和上海译文出版社编辑出版的"外国文学名著丛书"中。

1995年春，我应花山文艺出版社之约，翻译《十字军骑士》，出版社要求我尽可能在半年时间内把《十字军骑士》译出来。半年的业余时间和70万字的文学名著，这对我来说是难以做到的。于是，我找到了社科院外文所的老同学张振辉，请他与我合译，他答应帮忙译一部分。后来出版社又要我负责全书的校订工作，而我当时自身负责的翻译任务尚未完稿，正好袁汉镕这时能抽出时间，我就请他来承担这项工作。译著终于在1976年春出版，成为我国直接从波兰文原著译出的第一个《十字军骑士》中译本。

翻译过程中的难点在于除了要牢牢把握住作家的创作思想、意图和艺术风格、特色外，一是要维护好这部作品浓厚的中世纪色彩和史诗风格，要求译者在行文方式和修辞方面多下点儿功夫；二是要注意到中国读者一般不了解波兰中世纪的习俗和各种典故的实际情况，要求在译本中多做些注释——宁可译者多花些时间去搞清楚、注释清楚，也绝不能把问题和困惑留给读者。

《十字军骑士》插图

1997年，波兰驻华大使兹古拉尔契克先生代表波兰文化部长第二次授予我"波兰文化功勋奖章"时，就重点谈了《十字军骑士》中译本的意义和影响；2004年中国翻译家协会给我颁发"资深翻译家"荣誉证书时，重点表彰了我的两部译著，其中之一是《十字军骑士》，另一部则是《波兰二十世纪诗选》。一个做文学研究和翻译的人，最感荣幸和欣慰的莫过于见到自己的劳动成果能得到社会的认可了。

亨利克·显克维奇（1846~1916年）波兰作家
主要作品：《天使》《火与剑》《洪流》《伏沃迪约夫斯基先生》《你往何处去》《十字军骑士》等。

链接：

● 如果说《堂吉诃德》是对中世纪骑士精神迂腐一面的讽刺，那么《十字军骑士》就是对高贵的骑士精神的赞扬。1883年，显克维奇连续发表了描写波兰17世纪历史事件的三部曲：《火与剑》（1884）、《洪流》（1886）、《伏沃迪约夫斯基先生》（1889），反映了17世纪波兰人民反对异族侵略的斗争。1900年，显克维奇又发表了著名的历史小说《十字军骑士》。《十字军骑士》描写了15世纪初波兰人民反抗十字军骑士团侵略，进行英勇斗争的光辉历史，作品充满着对异族统治的愤恨，以及爱国的热情。托尔斯泰认为："整部小说对人物和雄壮的战争场面的描写极为细致，写到骑士团的贪婪、狡诈、凶残、狠毒和背信弃义的行径，写到历经千辛万苦寻找妻子的兹贝什科的不安、急切、喜悦和沮丧，写到格伦瓦德之役之惨烈、之血腥，数次血战表现出的杀戮和悲壮……无一不让人为之扼腕叹息并深深感动。"

● 在我国读者中流行的是两个从波兰文原著直译的版本，一本是易丽君、张振辉合译，1997年由花山文艺出版社出版，2002年南京译林出版社再版。另一本是林洪亮翻译，2001年由陕西人民出版社出版。

《十字军骑士》（油画）

《神曲》
——主人公是作者本人

■ 蔡蓉/文

《神曲》采用中世纪文学特有的幻游形式,以作者自己为主人公,假想他作为一名活人对冥府——死人的王国进行了一次游历。《神曲》分《地狱》《炼狱》《天堂》三部,写作开始于1307年,其中《地狱》《炼狱》完成于1313年左右,而《天堂》在但丁逝世前不久脱稿,历时十余年。《神曲》给但丁带来了至高无上的荣誉。

但丁9岁时,和一群小朋友玩,遇到了一位名叫贝娅特丽丝的小姑娘。但丁第一次见到这位温柔、美丽、天真、高雅的小姑娘时,便萌发出了一种异样的情感,一种强烈的爱慕之情。八年之后,但丁又一次在故乡佛罗伦萨阿尔诺河桥头见到贝娅特丽丝,少女依旧给他留下了一种震撼心灵的美好印象。但丁对她的爱是一种精神的爱,就像虔诚的教徒对圣母的爱,可以说是理想化的,带有神秘色彩的。但不幸的是,后来贝娅特丽丝嫁人了,并年纪轻轻就去世了。但丁闻讯后悲痛欲绝,他把对贝娅特丽丝的哀思寄托在创作上,写了《新生》。这本将散文和抒情诗糅合在一起的集子,开创了文艺复兴时期抒情诗的先河。之后很长一段时间,但丁都无法静下心来读书和写作。终于有一天,他感到不能再这样消沉下去,应当把对贝娅特丽丝的一种崇高的精神上的爱化作力量,去探索人性完善的道路,勉励自己从情感的世界走向哲学的世界,去探索意大利政治上、道德上复兴的道路。他要把自己创作的成果奉献给他一生钟爱的女子——贝娅特丽丝,于是但丁开始写作《神曲》。在《神曲》里,引导但丁游览地狱、炼狱的,是他称为老师的古罗马诗人维吉尔;引导但丁游历天堂的,是贝娅特丽丝;引导他游历地狱、炼狱的维吉尔,则是受贝娅特丽丝的委托。所以,可以这么说,如果没有对贝娅特丽丝的这种爱使他的精神得到升华,没有贝娅特丽丝的去世对他的沉重刺激而使他的情操得到陶冶,很难想象但丁后来能写出《神曲》这样的宏伟的史诗性作品。由此可见，贝娅特丽丝是对但丁的人生和《神曲》创作产生重要影响的一个主要因素。

对但丁的人生和《神曲》创作产生重要影响的另一个主要因素是：但丁始终不是书斋里的学者。但丁一生始终迎着时代的风暴，用他的笔与时代进行战斗。但丁所在的佛罗伦萨，准确地说是整个意大利和欧洲文艺复兴的发源地，它也是欧洲资本主义萌芽最早的国家，但同时又是一个四分五裂的国家，是教皇和皇帝世俗政权双重统治下的国家。由于封建割据，各个城市都是一个个小城邦，各个封建城邦间的斗争、封建君主和新诞生的市民阶级的斗争、教权和政权的斗争，错综复杂。但丁始终站在新兴市民阶级一边，积极维护佛罗伦萨共和政权，因此也得罪了教皇，被罗马教皇彭尼尼八世以诋毁教皇、反对佛罗伦萨政权的罪名缺席判处两年徒刑和罚金。但丁拒不认罪和缴纳罚金，坚贞不屈，于是他又被第二次缺席审判，被判永远流放，若回到佛罗伦萨，则要判处死刑。从此，但丁便开始了长达20多年的流亡生涯，从意大利的一个城邦到另一个城邦，通过投靠郡主，得到他们的庇护，才得以继续写作《神曲》。这种寄人篱下的生活，但丁后来在《神曲》里用这句诗来形容："登别人的楼梯多么艰难，吃别人的面包多么辛酸。"正是这样将近20年漂泊不定的流亡生涯，使但丁更深刻、更直接地接触并了解了意大利动荡的现实，对意大利社会生活的方方面面、形形色色的人物，有了真切、直接的了解，他把这些经历和认识都倾注到他的作品《神曲》中。

《神曲》采用中世纪非常流行的梦幻

但丁（拉斐尔/画）

《神曲》插图（多雷/画）

文学形式来写作。诗人在诗中叙述但丁"在人生旅程的中途"，即他35岁时，在森林中迷路，后来又有三头野兽（豹、狮、狼）向他迎面扑来。这时，古罗马诗人维吉尔受贝娅特丽丝的委托来救但丁，并带领但丁去游览地狱、炼狱。走出炼狱，只见仙乐环绕，祥云四起，贝娅特丽丝出现了，她带领但丁一起游历天堂，到了九重天，看见了上帝，这就是但丁笔下《神曲》的大致情况。在《神曲》的14233行诗当中，很多诗句都成为名言格言，为后人传诵。这些诗句深刻的哲理性、优美的言辞，是人类的一笔宝贵的财富。

《神曲》以极其广阔的画面，通过对诗人幻游过程中遇到的上百个各种类型的人物的描写，反映出意大利从中世纪向近代过渡的转折时期的现实生活和各个领域发生的社会、政治变革，透露了新时代的新思想——人文主义的曙光。《神曲》对中世纪政治、哲学、科学、神学、诗歌、绘画、文化做了艺术性的阐述和总结。因此，它不仅在思想性、艺术性上达到了时代的先进水平，是一座划时代的里程碑，而且是一部反映社会生活状况、传授知识的百科全书式的鸿篇巨制。

我国最早翻译《神曲》的是钱稻孙先生。钱稻孙先生幼年随父母侨居罗马，归国后，陆续将一、二、三曲译为骚体，在1921年但丁逝世600周年之际，以《神曲一脔》为标题，发表在《小说月报》上。1924年出版了单行本，为《小说月报丛刊》之一。之后，又有6种中文译本问世，但除了钱稻孙的译本之外，都是从英文、德文版本转译的。30年代的一位著名的新月派诗人王独清还亲自翻译了但丁最早的一部抒情诗集《新生》。可以说五四运动以来，所有杰出的文学家、文化界著名人士都对但丁怀有深深的敬意。他们或写文章赞赏但丁的伟大精神，或对《神曲》进行评论，甚至亲手动笔进行翻译，像胡适、郭沫若、茅盾、鲁迅、巴金、老舍都曾经对《神曲》情有独钟。

20世纪80年代初，当时担任中国社科院副院长的周扬同志希望外文所所长冯至物色一位译者，认真重译《神曲》。冯至当即决定聘田德望先生为外文所的"特约研究员"，专门从事《神曲》的翻译。田德望先生翻译《神曲》呕心沥血，历时18年。

最近几年，又出版了以原版意大利文翻译的散文体、诗体版本，从而形成了我国译介《神曲》的兴旺局面。这一现象，再次证明了一个道理——文学经典具有永恒的魅力。

意大利文学研究家、翻译家吕同六先生认为，《神曲》具有强烈的现实性，在很多方面体现了但丁的人文主义思想，可以说，但丁是人文主义的先驱者。他的一个重要贡献就是打破了中世纪以神为本的传统观念，提出以人为本的思想。人文主义不是一个历史、地理概念，而是贯穿在我们生活的方方面面。奥林匹克宪章的基本精神是古典人文主义，就是指以意大利文艺复兴为开端的西方人文主义。《神曲》是世界文学史上的一部经典著作，是古希腊、古罗马文学和文艺复兴时期文学这两个欧洲文学高峰之间承上启下的伟大作品。在但丁身上，既体现了中世纪的文化思想，又展现了文艺复兴时期最初的光芒。

但丁在700年前写的《神曲》，已是各国音乐家、作家、画家、艺术家们取之不尽的创作源泉。

但丁·阿利盖里（1265~1321年）意大利作家
主要作品：《神曲》《论俗语》《飨宴》《帝制论》等。

链接：

● 马克思当年献身革命，日理万机的时候，《神曲》就伴其左右，他经常在写作中援引《神曲》中的诗句和人物形象，以阐明其深刻的理论。如马克思把但丁在地狱上写的两句诗"这里必须根绝一切犹豫，这里任何怯懦都无济于事"借鉴过来，用来告诫要攀登科学高峰的人、要从事科学研究的人，要有这样一种品格：坚韧不拔，不受舆论偏见的干扰。同样在但丁的《神曲·地狱》里，也有这样两句诗："走你的路，让人们去说吧！"马克思也非常欣赏，并引用在《资本论》里。恩格斯在《共产党宣言》中高度评价但丁"是中世纪的最后一位诗人，新时代的最初一位诗人"。国内研究但丁的《神曲》，基本上是以恩格斯这个经典性论断为指导来展开的。

《斯巴达克思》
——取材于公元前1世纪斯巴达克思领导的古罗马奴隶起义

■ 蔡蓉 / 文

《斯巴达克思》是拉法埃格·乔万尼奥里的一部长篇历史小说。小说取材于公元前73年发生在奴隶主专制罗马的一次历史上规模最壮观的斯巴达克思奴隶起义。从公元前1世纪至公元5世纪，约有30多名著作家记述了斯巴达克思起义。作为一位优秀的历史学家，乔万尼奥里博览了古罗马史学家的经典著作，对史书的记载、历史上的真实事件和真实人物，进行了深入、潜心的研究，从中撷取素材，构成了小说情节的基础。

18世纪下半叶至19世纪70年代，意大利处于资产阶级革命时期，以反对外族侵略和本国封建统治，争取国家统一、独立、民主、自由为主要内容的民族复兴运动日益高涨，此时，以斯巴达克思起义为题材的作品犹如雨后春笋，纷纷涌现。其中出现了意大利著名作家亚历山德罗·曼佐尼的悲剧《斯巴达克思》、作家朱利奥·卡尔卡诺的悲剧《斯巴达克思》、伊波利托·埃沃的诗剧《斯巴达克思》，以及一大批同名歌剧。此外，赞颂斯巴达克思的戏剧、雕塑作品相继在资产阶级革命运动蓬勃发展的法国、德国、奥地利等国产生。乔万尼奥里的小说《斯巴达克思》就是在这一历史背景下诞生的。

在创作过程中，乔万尼奥里不是机械地复述先人记载的史实；而是根据时代的要求，以奴隶起义的事实和作者本人早年曾参加过反对奥地利占领者的斗争的经历，对这一人们熟悉的历史事件和历史人物进行了思想、艺术上的再创造。作者一方面热情讴歌奴隶们的优秀品德、才智和革命首创精神，着意塑造了斯巴达克思这个令人难忘的英雄形象；另一方面对以独裁统治者为代表的苏拉、克拉苏等奴隶主进行了无情的揭露和鞭挞，对阶级压迫和民族压迫进行了强烈的控诉。在书中，作者笔下的主人公斯巴达克思不止一次地表明，他献身的事

斯巴达克思（〔俄罗斯〕萨-布罗茨基/画）

业不只是要争取奴隶的自由,而是实现普遍的"自由、人权和平等",实现"人与人之间一律平等,民族与民族之间互相亲善友爱",建立一个"正义与智慧的世界"。这充分体现了作者争取自由与民族解放的思想。

1873年9月,《斯巴达克思》在罗马一家进步刊物《范夫莱》上连载,1874年以单行本的形式出版。书一问世,便好评如潮。小说被译成英、法、德、俄、中、西班牙等多国语言,在世界各国广为流传。马克思、恩格斯将斯巴达克思喻为"整个古代史中最辉煌的人物"。列宁也对斯巴达克思做出了很高的评价,说他是"最杰出的英雄",指出在奴隶社会里,奴隶只是"会说话的工具","没有任何权利,不算是人"。意大利共产党创始人葛兰西,在法西斯牢狱中曾写了一篇评论作者拉法埃格·乔万尼奥里《斯巴达克思》的文章,赞扬《斯巴达克思》的人民性,指出它是当时风行国外的为数极少的意大利小说之一。

1978年,上海成立译文出版社,从上海新文艺出版社的外国文学编辑室独立出来,并充实了上海翻译界的各方人才,增加了社科组、字典组、教材组等科室。改革开放以后,译文出版社正式出版的第一部翻译小说,就是李俍民翻译的《斯巴达克思》。新华书店出售的第一天,清晨就有人去排队,一字长龙,绕过街角,极为盛时,转眼销售一空。这是文学翻译从未有过的喜人景象。如今,百花盛开,翻译介绍不同学派、不同风格、不同语言的图书早已琳琅满目。

拉法埃洛·乔万尼奥里(1838~1915年)意大利作家
主要作品:《普拉乌蒂拉》《奥比米阿》《福斯蒂纳》《萨图尔尼诺》《梅萨利纳》《普布利奥·克洛底奥》《贝内代托九世》《埃韦利娜》《奢侈的悲剧》《马罗齐亚》《纳塔利纳》《斯巴达克思》。

链接:

● 斯巴达克思是古罗马共和国末期最大规模奴隶起义的领导者。他在一次和罗马军队的战斗中被俘虏,被卖为奴隶,后被训练为角斗士。在卡普亚城他暗中串联角斗士起义,在巅峰时期形成了一支12万人的队伍。后来起义军内部产生分化,斯巴达克思在公元前71年的阿普里亚决战中牺牲。

● 1960年,史丹利·库柏利克导演将斯巴达克思的故事拍成电影《万夫莫敌》,被推举为经典剧作。2004年,罗伯特·道汉林(Robert Dornhelm)导演再度重拍《万夫莫敌》。美国电视剧《斯巴达克斯》系列经典片,也为人们所熟知。

主编注:同时收到两位老师《斯巴达克思》来稿,一并致谢。

《约婚夫妇》
——主人公来自历史上地位卑微的小人物

■ 吕同六／文

《婚约夫妇》中许婚的场景（荧托洛／画）

《约婚夫妇》是一部历史小说，曼佐尼在着手写作之前，悉心研究了许多史学家的著作和大量的有关米兰大公国的史料。在"引言"中，曼佐尼假托这部小说是他偶然发现的一位17世纪佚名作者的一部完整的书稿，经他加以整理而发表。他特意在书名下面冠以这样一行字："亚历山德罗·曼佐尼发现和整理的17世纪米兰历史。"在这里，曼佐尼提请读者注意，他的小说《约婚夫妇》并非随心所欲杜撰的故事，而是真实可信的"历史"。他认为，历史是生活的记载，因而是艺术作品的源泉。

《约婚夫妇》的写作始于1821年，完稿于1823年，最初取名为《菲尔莫与露琪亚》；但小说并未立即出版，曼佐尼不断对它进行修改、加工，直到1827年才付梓刊印，更名《约婚夫妇》。嗣后，曼佐尼又花费10余年时间，继续修改，于1840年刊印了第二版。这就是今天广为流传的版本。

小说出版后，立刻受到意大利和欧洲评论界的普遍赞扬，初版600册不到20天即售罄，四个月内重印9次；德文、法文、英文和西班牙文译本随即相继问世。评论家们认为在曼佐尼的小说中，将真实的历史事件和虚构的小说人物结合，生动地映照出了19世纪上半叶奥地利奴役下意大利社会的缩影。

1842年，《约婚夫妇》修订本完成，书中有戈宁绘制的15幅精美插图。该书被指定为全意大利的语文课本。由于曼佐尼在文学上的成就和统一民族语言方面的工作，1861年被任命为参议员，并担任意大利语言统一委员会主席。曼佐尼于1873年5月22日在米兰去世，政府给予国葬待遇，他生前的好友作曲家威尔第特地为他谱了《安魂曲》。

《约婚夫妇》的主人公并非权势人物，而是生活于社会底层的地位卑微的工人、农民、仆人、手艺人、车夫、船夫。作者通过主人公纶佐、露琪亚这对贫苦青年恋人的曲折命运，生动地映照出整个意大利人民的苦难境遇。作者把地位卑微的小人物，上升为这部鸿篇巨制文学作品的主人公，这在当时意大利小说史上还是破天荒的一次。

《约婚夫妇》中的一系列典型人物，已成为意大利文学人物画廊里著名的艺术形象。

对中国读者来说，曼佐尼不应当是个陌生的名字。早在20世纪30年代，上海商务印书馆就出版了由贾立言、薛冰执译的中译本《约婚夫妇》。这个译本虽然自英文译出，且有所删节，后来也未再版，但中国读者当时却因此有幸结识了这位19世纪意大利最杰出的小说家。

80年代初，我将《约婚夫妇》中最有意思的故事之一《蒙扎修女的故事》根据原版意大利文翻译过来。21世纪初，我又从意大利原文译介过来《约婚夫妇》奉献给我国广大读者。2008年夏，上海译文出版社再版了我翻译的《约婚夫妇》。

《约婚夫妇》插图

亚历山德罗·曼佐尼（1785~1873年）意大利作家
主要作品：《卡马尼奥拉伯爵》《阿德尔齐》《约婚夫妇》等。

链接：
● 《约婚夫妇》在意大利至今仍被列为中学生必读的一部文学作品。在意大利，这部文学名著如同但丁的《神曲》、彼特拉克的《抒情诗集》和薄伽丘的《十日谈》一样，家喻户晓，妇孺皆知。

《培尔·金特》
——培尔·金特的原型是一个农民

■ 文洁若/文

18世纪末至19世纪初,挪威的古德布兰斯达伦有个叫培尔·金特的农民。1862年,易卜生在一次徒步旅行中,偶然听到他的名字和他的传闻,这个人物形象在易卜生的头脑里足足酝酿了5年。1867年1月他才动笔将培尔·金特的故事写成长篇诗剧。1月5日,他给挚友黑格尔的信中说:"我正在开始写一个新剧本,如果一切顺利,今夏即可完成。它将是一个长篇诗剧,主人公一半出自传说,一半出自虚构。它将和《布兰德》很不同。剧中不会有什么议论,这个主题在我心中酝酿已久了。我现在正写第一幕。写成之后,我相信你会喜欢它的。请替我保守这个秘密。"同年3月,他又写信给黑格尔说,已写完第二幕。5月2日又去信说:"全剧轮廓已经异常清楚了。"说明写此剧之前他虽已酝酿了很久,动笔时还是让剧情凭着奔放的想象来发展。最后一幕写了25天,在同年10月14日完成。当时,易卜生正侨居在罗马附近的一个小镇上。

19世纪中叶,像培尔·金特这种经历,在欧洲具有一定的典型性。当时挪威农业经济濒于解体,像培尔那样离乡背井,到海外(美洲或非洲)去撞大运的人,屡见不鲜。挪威戏剧大师亨利克·易卜生的这部5幕38场诗剧刚问世,立即震动了欧洲文坛。萧伯纳指出:"《培尔·金特》这个剧本的普遍意义,在所有的国家中都必昭然若揭。"挪威评论家比昂逊认为,易卜生写这个诗剧的用意主要在于挖苦、抨击挪威国民性中的消极因素,诸如自私自利、推卸责任、自以为是、用幻想代替现实。

《培尔·金特》探讨了人应如何生活、人生的目的究竟为何的哲学问题。培尔·金特和易卜生戏剧中的很多主人公一样:有一个奋斗目标,但这种奋斗又都导致冷酷而孤寂的生活。戏剧中,那位年迈的培尔在返回挪威故土的路上不断安慰自己,他一边回顾自己浪费掉的生命一边剥一头洋葱,他把剥下的每一层代表自己曾经扮演过的一个角色,但是他发现他无法回答自己人生目标是什么。由于该剧提出了十分尖锐而深刻的人生问题,因此多年以来,人们对该剧争论不休。如果说一千个读者心中有一千个哈姆雷特,那么一千个观众眼中也有一千个培尔·金特。

易卜生写《培尔·金特》时,根本没考虑上演问题,笔势纵放,内容庞杂,背景从挪威山谷跳到西非摩洛哥海滩,继而来到撒哈拉大沙漠,再转到埃及,最后回到挪威海湾。1876年,易卜生应挪威国家剧院之请,对剧本做了删节后将其搬上舞台。挪威作曲家艾德华·格里格(1843~1907年)为该剧的首次公演谱写了《培尔·金特组曲》。

1886年,丹麦首都哥本哈根演出了《培尔·金特》。1909年10月29日,美国芝加哥的歌剧院公演了此剧。40年代初,萧乾是在伦敦中心区一家剧院看此剧的。由于纳粹的轰炸机来袭,剧院经理向观众宣布:凡愿暂时避一下的,可以退场,但绝大多数观众照样看戏。那时萧乾32岁,他当时就想,要是能把这一出好戏搬上中国舞台,那该多好。直到萧乾72岁时,这桩心愿才实现。

萧乾1946年回祖国时,带回了900多本书,其中包括《培尔·金特》的四种英译本。他曾在自己主编的《香港大公报·文艺》(1949年8月15日)上刊载长文《培尔·金特——一部清算个人主义的诗剧》。在新中国成立前夕,中国知识分子面临着思想改造问题。当时萧乾把思想改造理解为克服个人主义。他认为"《培尔·金特》这个寓言讽刺剧所抨击的,自始至终是自我"。潘家洵毕生从事易卜生戏剧的翻译与研究,功莫大焉。1956年初,萧乾将自己珍藏的四种英译本送到潘家洵在未名湖东大地的寓所,请他翻译。1973年,潘先生托冯钟璞把书退了回来。随后,八旬的潘先生亲自到萧乾蛰居的8米"门洞",当面道歉说,他未能把该剧译出来。于是,萧乾将第一、五幕译出,刊登在《世界文学》1978年第三期上。随后把其他三幕译完,在《外国戏剧》上发表。1983年2月四川人民出版社出版了单行本的《培尔·金特》。

中央戏剧学院的导演徐晓钟决定排演该剧,他和挪威专家讨论过多次,萧乾还应邀为上演该剧的导演系79班学生做了一次讲话。1983年5月,《培尔·金特》由中央戏剧学院首次在京公演,引起轰动。1984年再度上演,并通过广播播出,后又在电视中放映。当年8月,萧乾应挪威王

《培尔·金特》剧照

国政府的邀请访问挪威,我也陪同前往。8月27日,萧乾受国王奥拉夫五世接见。12月2日,挪威驻华使馆举行招待会,阿纳逊大使代表王国政府授予萧乾国家勋章,以表彰他翻译易卜生名剧《培尔·金特》的成功和对挪中文化交流所做的贡献。萧乾在接受勋章的谢词中一再表示,把毕生献给易卜生剧作的翻译和研究的,是潘家洵老先生。他只不过是代替老先生来接受这一荣誉而已。

翻译《培尔·金特》时,萧乾感到最吃力的是关于人妖之别的两句话,原文很简单,但是不把全剧主旨反复吃透,就没法笔译。1978年当萧乾初译此剧时,《培尔·金特》曾被批评家封为挪威的《浮士德》。萧乾在剧本序言中则把该剧比作挪威版《阿Q正传》。

1880年5月,当此剧德文本译者卢德维希·帕萨尔格写信问起《培尔·金特》的主旨和作者构思经过时,易卜生在同年6月16日从慕尼黑写的回信中并未做出正面的阐述。他说:"要把那个说清楚,我得另外写一本书,而时机尚未到来。"接着他又说:"我笔下的一切,虽然不一定都是我个人经历的,却都与我心灵所感觉到的有着密切关系。我的每部作品的主旨都在于促使人类在精神上得到解放和感情上得到净化,因为每个人对于他所属的社会都负有责任,那个社会的弊病他也有一份。因此,我曾经在一本书里写下这样的题词:'活着就是要同心灵里的山妖战斗,写作就是坐下来对自己作最后的评判'。"

易卜生始终也没写出"另外"那本书。一个多世纪以来,关于这个5幕38场幻想、象征、寓言、哲理诗剧的中心思想,众说纷纭。

亨利克·易卜生(1828~1906年)挪威作家
主要作品:《玩偶之家》《人民公敌》《群鬼》《培尔·金特》等。

链接:
● 2006年5月,余华在哥本哈根机场转机的时候,看到窗外停留的一架挪威航空公司飞机的尾翼上画有易卜生的巨大头像,就想:在这个世界上有过很多伟大的作家,能在天上飞来飞去的,恐怕只有易卜生了。

● 易卜生的名字最早以中文的形式出现,是在鲁迅的《文化偏执论》和《摩罗诗力说》里。这是两篇用文言文叙述的文章。

● 1874年夏天,易卜生与朋友劳拉交谈时得知,劳拉因为一时筹不到钱支付丈夫治病的费用,只得伪造签名借钱。可她万万没有想到,丈夫得知此事后,居然拒绝原谅她百般无奈之际的行为,她的家庭就此破裂。这件事在易卜生的脑海里挥之不去。五年后,易卜生用笔写下他的思索,完成了剧本《玩偶之家》。

《堂吉诃德》
——作者一次收租后的突发奇想

■ 胡真才/文

大约在 1602 年，《堂吉诃德》的作者塞万提斯替西班牙圣胡安修道院到拉曼却最偏僻荒凉的小镇阿加马西亚去收租，收租的时候，他无意中得罪了当地一家豪绅，被非法扣押在当地人的地窖里。放出后，塞万提斯无法忍受这种虐待，决定把自己的经历写出来，对欺凌他的人进行论理。小镇上有一座教堂，墙上挂着一幅宗教画——圣母向一个 50 多岁的老绅士和一个年轻妇女显迹。画像下面有题词，说这个绅士是当地的一个富户，患精神疾病已多年，而那个妇女是他的外甥女。1601 年圣马太节前夕，圣母突然向这个绅士显身，治好了他的病，他因此请人画下这幅显迹圣像，向圣母还愿。画像上的绅士高颧骨、尖下巴，两撇八字胡。据说把塞万提斯扣押起来的人正是这个绅士。而《堂吉诃德》的主人公堂吉诃德，也是一位 50 多岁的乡绅，也是高颧骨、尖下巴，两撇八字胡。塞万提斯就是借用这个形象，用自身苦难铸造了一个骑瘦马、举长矛、打抱不平、行侠仗义的堂吉诃德。

塞万提斯笔下堂吉诃德的人物形象是出自他一次收租后的突发奇想，也是脱身于西班牙骑士小说的主人公。但作者反其意而用之，处处将堂吉诃德与骑士小说里的英雄作对比取笑：骑士小说里的英雄都骑着威武的骏马，身披坚固的盔甲，堂吉诃德却骑一匹瘦弱的老马，身披一件祖父留下来的破烂盔甲；骑士小说里的英雄英武年少、战无不胜，堂吉诃德却是个干瘦老头儿，每战必败（除非在对方猝不及防时偶尔得手）；骑士小说里的英雄都有一个娇美无比的意中人，堂吉诃德的意中人却是个像庄稼汉一样粗壮的乡下姑娘，但堂吉诃德却认为她美压群芳，天下第一，进而模仿小说里的多情骑士，为她忍饥挨饿，对她牵肠挂肚。自然，他所做的这一切只能成为人们的笑料。

塞万提斯用了八年时间，于 59 岁时才完成了《堂吉诃德》的第一部。

1605年小说一发表，就受到人们的喜爱，书中的两个人物——堂吉诃德和桑丘·潘沙，几乎家喻户晓。然而塞万提斯却因门前有人被刺而涉嫌入狱，尔后，为女儿陪嫁之事出庭受审，屡遭不幸。

1615年，塞万提斯的《堂吉诃德》第二部出版，人们的热情和喜爱不减，但作品的巨大成功，依然未能改变塞万提斯经济上的窘境。次年，穷困交加的塞万提斯在马德里逝世。

《堂吉诃德》（上）自1605年出版至今已经整整4个世纪，已被译成70多种外国文字，共翻译出版达1000多个版本，到20世纪90年代，《堂吉诃德》已成为读者普遍喜爱阅读的世界文学名著之一。2002年5月，在诺贝尔文学院等机构举办的一次评选活动中，来自世界54个国家和地区的100名作家公推《堂吉诃德》为人类历史上最优秀的虚构作品。

《堂吉诃德》是一部文学讽刺作品，它模仿和讽刺了当时流行并泛滥的骑士小说。骑士小说是15~16世纪风行于西班牙文坛的一种通俗小说。它的兴起首先是因为西班牙光复战争时期产生了一个庞大的骑士阶层。这个阶层受惠并效忠于各抗击阿拉伯侵略的中小王国，为西班牙的独立和统一起到了积极作用。但随着火器的发明和步兵的产生，骑士已光辉不在。然而，作为反映骑士生活的文学创作却方兴未艾，其中最具代表性的作品是《阿马迪斯·德·高拉》（1508），这部作品讲的是骑士阿马迪斯如何爱上奥里亚娜公主，如何经历了种种神奇事件，扫除了那些善于施用魔法妖术的敌人，攻克了诸多子虚乌有的国土，最后击败西罗马大皇帝，解救了被囚禁的奥里亚娜。全书充满了想入非非的荒诞冒险，很受一般民众喜爱，于是，仿效之作层出不穷，整整风靡了一个世纪之久。直到塞万提斯的《堂吉诃德》出版，骑士小说在西班牙和欧洲才开始一蹶不振。而这个结果正是塞万提斯创作该书的目的所在。

塞万提斯出生于一个贫困之家，入中学第二年，便随一位红衣主教赴意大利，得以博览群书。随后他参加了西班牙驻意大利军队，在著名的勒班多大海战中左手致残。战后返国途中，他被土耳其海盗俘虏至阿尔及尔，因交不出赎金被海盗折磨囚禁了5年，直到1580年才回国。为谋生计，塞万提斯曾任纳税员达15年，往返跋涉于西班牙全国各地，目睹了社会的不平及人民的苦难。而《堂吉诃德》正是作者在经历坎坷、穷困潦倒的境遇下孕育出的作品，其中自然有对作者自我体验和情感的真实写照。

在我国，最早介绍《堂吉诃德》的是鲁迅和周作人两兄弟。周作人在一本叫作《欧洲文学史》（1918）的教材里几乎一步完成对欧洲3个世纪文学的解读，说塞万提斯"以此书为刺，揭示人以旧思想之难行于新时代也，唯其成果之大，乃出意外，凡一时之讽刺，至今或失色泽，而人生永久之问题，并寄于此，故其书亦永久如新，不以时地变其价值。书中所记，以平庸实在之背景，演勇壮虚幻之行事。不啻示空想与实际生活之抵触，亦即人间向上精进之心，与现实俗世之冲突也"。鲁迅也在一篇文章中把堂吉诃德精神概括为

"专凭理想勇往直前去做事"；在另一篇文章里又说："堂吉诃德的立志去打不平，是不能说他错误的；不自量力，也并非错误。错误是在他的打法。因为糊涂的思想，引出了错误的打法。……而且是非徒无益，而又害之的。"

《堂吉诃德》（上）于 1922 年被林纾先生概要地译成中文，书名为《魔侠传》。到了 30 年代，接连出版了 4 个译自英文的版本，其中傅东华的译本一直沿用到"文革"前夕。

1978 年，人民文学出版社推出了由杨绛先生首次依从马林校勘本从西班牙语原文翻译的《堂吉诃德》，这部译作首版印数 12 万部，并在短时间内销售一空。杨绛先生翻译《堂吉诃德》和学习西班牙语，实为出自一个偶然的机会。早在 1957 年，国家计划翻译出版"三套丛书"（即《马克思主义文艺理论丛书》《外国文艺理论丛书》《外国文学名著丛书》），成立了"三套丛书编委会"，《堂吉诃德》被列为《外国文学名著丛书》选题之一，"编委会"领导、中宣部副部长林默涵因读过杨绛先生翻译的法国文学名著《吉尔·布拉斯》，对其译笔大为赞赏，遂决定请杨绛重译《堂吉诃德》，并告诉她从哪种文字转译都可以。专门研究西洋小说的杨绛，深爱这部小说，也深知这部小说的重要性，她找了 5 种英、法文译本细细对比，觉得 5 种译本各有所长和欠缺，均不足以代表原作。要想忠实原作，必须从原文翻译。先生已有两门外语的基础，为译好《堂吉诃德》，她毅然决定自学西班牙语，从原作原文翻译。

杨绛从 1959 年开始学习西班牙语，每日坚持，从不间断，至 1962 年已能读懂比较艰深的文章了。这时，她选择了西班牙皇家学院院士马林编注的最具权威性的《堂吉诃德》版本开始翻译。到 1966 年的"文革"初期，她已译完该书的第一部和第二部的三分之二。但就在这年 8 月，她的译稿被迫交出并从此失踪。杨绛被打成"牛鬼蛇神"后，偶然一天，她在单位打扫一间屋子时，忽然从废纸堆里发现了自己的译稿，如获至宝的她本想把译稿偷回家，但未能如愿，只好求人妥善保管。直至 1970 年 7 月她下放干校前夕，一位仗义的年轻人把这部译稿交还给她。1972 年春，杨绛从干校回京，家中房屋被人占用，他们夫妇只好搬入单位的一间办公室去住，杨绛就是在这间陋室里接着翻译《堂吉诃德》的。因为译文搁置多年，读来好像断了气似的，无奈只好从头再译。她趴在床前的书桌上工作，一本一本大字典只好摊放在床上，当然这次重译省力得多了。至 1976 年秋冬，她终于翻译完全书。次年搬入新居后，她又将全书通校了一遍，于 1977 年 5 月初将译稿送交人民文学出版社。1978 年 3 月译本问世。

从 20 世纪 70 年代末到 20 世纪 90 年代中期，在中国图书市场上，杨绛译本《堂吉诃德》堪称一枝独秀。20 世纪 90 年代中后期兴起了名著复译热，《堂吉诃德》的重译也在其列。据统计，仅在 1995 年的 1 月、6 月、8 月和 10 月，共有 4 个《堂吉诃德》译本先后出版，而新世纪的 2000~2002 年 3 月，又有 3 个《堂吉诃德》译本逐年问世。而《堂吉诃德》的改写本、缩编本、少年版等各式版本已出版有 10 余个之多。这些译本各具特色，相得益彰。尽管如此，杨绛先生的《堂吉诃德》译本始终保持着旺销势态，近 30 年来，这个译本先后以"外国文学名著丛书"本、国家教委推荐的"青年文库"本、"外国古典文学名著选萃"本、"世界文库"本、"名著名译"本等多种形式出版。尤其到了2000年初,教育部将《堂吉诃德》列入"中学生课外文学名著必读"丛书之后,杨绛译本《堂吉诃德》的销售量跃上了一个新台阶。到目前为止,这个译本已经印行近100次,总印数达80余万部。

2001年,杨绛先生在其母校清华大学创立了"好读书基金会",她把自己和钱锺书先生的全部著作稿酬捐给这个基金会,专门扶持那些好学而贫困的学生。几年来,他们捐给基金会的稿酬已达400余万元之巨,这其中,《堂吉诃德》的稿酬约占100万元。因此,每当受助学生向杨先生表示感谢时,先生总是风趣地说:"这当中有堂吉诃德的很大贡献,这说明堂吉诃德没有死,他还在中国实行他的骑士道呢!"

在我国,南京大学设立有塞万提斯研究中心,塞万提斯作品研讨会已举办了4届,《堂吉诃德》每次都受到了特别关注。2005年适逢《堂吉诃德》出版400周年,西班牙和拉美国家从年初就举办各种活动以示纪念。在西班牙驻我国使馆主持下,北京大学也举行了纪念活动,并拜谒了立在北大的塞万提斯铜像。

塞万提斯(1547~1616年)西班牙作家
主要作品:《伽拉苔亚》《堂吉诃德》《惩恶扬善故事集》《贝雪莱斯和西吉斯蒙达历险记》等。

链接:

●《堂吉诃德》于1605年出版时轰动西班牙,从宫廷到街头无人不读。当年就再版6次。作者逝世前,《堂吉诃德》第一部在西班牙、英国和法国出了16版,总计不下1.5万部。据不完全统计,到20世纪90年代,《堂吉诃德》已被译成70多种外国文字,共2000多个版本。而在我国,到1997年为止,也已出版18个不同的译本。仅1995年就出版了4个译本。这些译本各具特色,相得益彰。译者们都付出了艰苦的劳动,基本体现了原著的语言风格、神采和艺术魅力。

●塞万提斯奖:西班牙文化部为表彰杰出的西班牙语作家而设立,以小说《堂吉诃德》的作者塞万提斯命名。每年12月评出年度得主,次年4月23日(塞万提斯逝世的纪念日)在塞万提斯故乡的阿卡拉大学由西班牙国王亲自颁授。可以说这是西班牙语世界的文学最高荣誉,因此有些评论也说塞万提斯奖是西班牙语世界的诺贝尔文学奖,奖金9万欧元。

●塞万提斯国际艺术节:1953年2月,瓜纳华托的一些教师、学生和家庭主妇首次聚集在一起,在广场上表演西班牙文学家塞万提斯的剧作。此后,每年春季或秋季,这种民间演出便成为该市的传统。1973年,由当时的墨西哥总统埃切维利亚建议,正式创立了国际塞万提斯节。塞万提斯国际艺术节每年在墨西哥文化名城瓜纳华托举行一次,是世界上最重要的艺术节之一,目的是纪念在西班牙语言方面做出贡献的人。

《纯真的埃伦蒂拉与残忍的祖母》
——祖母的原型是一位拉皮条的女人

■ 朱景冬 / 文

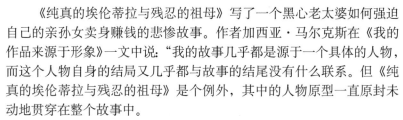

《纯真的埃伦蒂拉与残忍的祖母》写了一个黑心老太婆如何强迫自己的亲孙女卖身赚钱的悲惨故事。作者加西亚·马尔克斯在《我的作品来源于形象》一文中说:"我的故事几乎都是源于一个具体的人物,而这个人物自身的结局又几乎都与故事的结尾没有什么联系。但《纯真的埃伦蒂拉与残忍的祖母》是个例外,其中的人物原型一直原封未动地贯穿在整个故事中。

事情发生在很多年前,当时我只有十四五岁,正在中学读书。我在镇上见到一个流动妓院。那是一个拉皮条的女人,她把那个地区各个村镇主办的节日活动按时间列出清单,然后带着一群妇女——她的妓院,从这个镇串到那个镇。有时她们被安置在类似马戏团那样的帐篷里,里面隔成若干小房间。一次,我看见一个队排得很长,我便打听那是干什么的。人们告诉我,一个店主只用一包糖的代价就糟蹋了一个不超过十一二岁的小女孩。那个小女孩在妓院里很吃香……她真的成了那个流动妓院的头牌。看到这种现象,我感到十分震惊。随着时间的推移,拉皮条的女人就成了祖母……"

在小说中,作者描写的小女孩是个私生子,父亲在一次争斗中被打死,她自幼跟祖母一起生活,她像女佣一样,每天为祖母洗澡,梳妆打扮,打扫房间,做饭洗衣,养花喂鸟。祖母每天吃喝玩乐,作威作福,发号施令,说梦话,别的什么也不干。柔弱的女孩被一天的活计累得精疲力竭,倒下便睡着了。有一次烛台被风吹倒,烧着了窗帘,房子变成了废墟。祖母看到瓦砾堆中完好的东西所剩无几,便对孙女说:"可怜的孩子,你把命全搭上也不够赔偿我这些损失的。"从此以后,小女孩就成了她的摇钱树。苦命的孩子后来认识了一个男孩,二人合谋用加了砒霜的蛋糕毒死了祖母。但她没有和那男孩结成幸福的一对儿,而是自己带着用自身的皮肉挣来的金条逃走了。这种结尾出乎读者意料,但仔细一想,其实这样的结尾才更与作品的主题贴切，因为无情的现实告诉她，对一个无依无靠、穷困不堪、历尽皮肉生涯的姑娘来说，除了男人们拿她解闷、开心，哪里还有什么真正的爱情？归根结底还是得依靠自己，更何况那些金条有不少是她用自己的皮肉和痛苦换来的，理应属于她所有。

事实证明，加西亚·马尔克斯是一位观察力敏锐的作家，他善于从现实生活中汲取营养，根据所见所闻塑造了埃伦蒂拉这个小女孩儿的生动形象。小女孩儿只有十几岁，还在成长发育，那么稚嫩而纯真，竟遭到那么无情的摧残。如果说祖母的毒辣心肠令人发指，那么小女孩儿的遭遇则令人深为同情，幸好她勇敢地逃出了火坑，不然的话，她以后的命运如何是难以想象的。

《纯真的埃伦蒂拉与残忍的祖母》出版于1972年，作者说："我从来未想过要把这个故事写成小说，因为从我一接触到这件事情，就觉得它是一个视觉故事。我一开始就认为这完全是一个电影故事，不该把这个故事写成文学作品。因此，我最初写的是电影剧本，也是我写的第一个电影剧本，后来我才把它改写成小说。"

但是在电影剧本完成四年多之后，仍未能搬上银幕，如果继续这样拖下去，这个故事就永无问世之日，这又将是一个遗憾，于是作者决定把电影剧本改写成小说。而由于改写不是从文学的角度重写，所以小说中明显地残留着电影的某些特点，几乎可以看到摄影机的移动、剪辑的痕迹、场景的转换等因素，比如整个作品用空行的办法划分成若干小节，分别描述故事的一个片断，这显然就是电影剧本的各个镜头，而在每个小节或片断中，作者特别注重勾勒人物活动的环境气氛，介绍人物活动的时间和地点，描绘人物的衣着、表情、动作，及其简单明了的对话，仿佛拍戏一样，将一幅幅画面清楚地呈现在读者面前。作者说："在改写成文学作品时，我没有把这些删掉，也没有削弱它们。更确切地说，这是电影剧本的'文学化'，而不是以文学创作的原则来写一个故事。"

小说出版后，至少被译成22种外国文字。中译本于1982年由上海译文出版社出版，是我国出版最早的马尔克斯的作品之一。译者是当时北京大学西班牙语系教师韩水军，他的译笔十分流畅，且颇具文采，比较充分地保持了原著的风格。

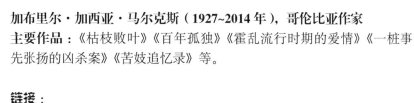

加布里尔·加西亚·马尔克斯（1927~2014年），哥伦比亚作家
主要作品：《枯枝败叶》《百年孤独》《霍乱流行时期的爱情》《一桩事先张扬的凶杀案》《苦妓追忆录》等。

链接：
● 在创作《纯真的埃伦蒂拉与残忍的祖母》时，加西亚·马尔克斯的初衷是为孩子们写一篇有趣的小说，结果却是一个令人难以置信的悲惨故事。故事的确悲惨，在孩子们甚至成年人心中，都引起了强烈的反应，这是一部地道的现实主义小说，无情抨击了资本主义社会人与人之间的金钱关系。

《迷宫中的将军》
——主人公原型是拉美独立解放运动领袖西蒙·玻利瓦尔

■ 朱景冬/文

西蒙·玻利瓦尔

《迷宫中的将军》是一部根据真人真事写成的传记体小说，主人公玻利瓦尔的原型是拉美历史上著名的独立解放运动的杰出领袖西蒙·玻利瓦尔。加西亚·马尔克斯在《捕捉矛盾者们的天堂》访谈录中说："我读了赫拉·马绪写的《玻利瓦尔传略》。那本书我参阅了一遍又一遍。关于查阅人物的书单长得似乎没完没了，有情史、命运史、战争史等。"经过三四年的辛劳，加西亚·马尔克斯读了所有关于玻利瓦尔和玻利瓦尔本人的全部材料，包括该人物的大约1.05万封信件、文件和演说词之后，以严谨而犀利的笔触为我们塑造了一个和许多著作、电影、照片、雕塑的铜像既有相像之处、更有不同之点的文学形象。为了对玻利瓦尔的相貌留下印象，马尔克斯还翻阅了所有关于这位将军相貌的记述，翻看了西蒙·玻利瓦尔的所有画像，结果发现，从他青年时代的画像上可以看到其非洲血缘的脉络。马尔克斯说："我认为他是地地道道的加勒比人，头发卷曲，黑胡须。在小说中，我把1815年的他描写成蓄胡须、戴一副粗糙的眼镜，脑后还用一根带子扎着仿佛一条马尾的长发的模样。"因而，小说中的玻利瓦尔被描绘成一个深受欧洲浪漫主义影响的加勒比人。

为了了解拉丁美洲历史上著名的独立解放运动的历史背景，加西亚·马尔克斯阅读了曾经与玻利瓦尔共事的达涅尔·佛洛伦西奥·奥莱亚里写的34卷历史著作，通览了有关的各种报刊、图书和其他文献。并得到历史学家欧亨尼奥·古铁雷斯·塞利斯、比法奥·普约、古斯塔沃·巴尔加斯、比尼西奥·罗梅罗·马丁内斯，哥伦比亚前总统贝坦库尔，巴拿马大使豪尔赫·爱德华多·里特尔，作家阿尔瓦罗·穆迪斯等许多人的支持和帮助。此外，他还阅读了里约阿查、圣多明哥、加拉加斯、利马等城市图书馆保存的有关书籍和文献，以及仔细存放在卷宗内的鲜为人知的文件等等。这一系列的调查,使加西亚·马尔克斯对解放运动领袖玻利瓦尔所处的时代背景、社会环境、风俗人情,人们所喜欢的音乐、娱乐、图书、食物、建筑式样、城市生活等等有了清楚的了解。

在创作过程中,作者既运用历史资料而又不拘泥于历史,在作者笔下,玻利瓦尔不但是政治家、军事家和伟大的解放者,也是一个过着正常人生活、具有自己的嗜好、富有人情味、食人间烟火、有七情六欲的凡夫俗子。

1989年3月,《迷宫中的将军》由哥伦比亚黑绵羊出版社推出。小说出版那天,彻夜未眠的读者一大早就在黑绵羊出版社门前排起了长队,仅两个星期,首版就售出了70万册。随后又加印了10万册。继而又在阿根廷、墨西哥、西班牙等国大量出版。英国、法国、德国、意大利等国也闻风而动,竞相购买翻译版权。拉美国家的语言学家、历史学家、政治家、玻利瓦尔研究者和其他有关人员都以这个版本为基础进行工作,以确认材料、日期和地点的确切性。

小说出版后,加西亚·马尔克斯说:"这是我唯一一本让我写完后感到平静的书。这正是我想写的一本书。无论从技术方面、历史方面还是从文字方面看,它都符合我原来的设想。我可以毫不含糊地说,玻利瓦尔就是这样。写玻利瓦尔是一项文学工程,对此我投入了所有的文献知识、技术知识和智力知识。我以为我达到了自己的目的。另外,《迷宫中的将军》具有超越我的其他任何作品的重要性。"(摘自作者访谈录《一本报复性的书》)

《迷宫中的将军》把玻利瓦尔理想化的形象恢复到历史现实中去,充分地表现他的人性方面,故事中不时巧妙地加入主人公的回忆,使这部作品和加西亚·马尔克斯的其他小说相比,更臻于完美成熟,既有新意,又有典雅和通俗易懂的特点,故事情节生动,以至于马尔克斯的好友著名哥伦比亚作家阿尔瓦罗·穆迪斯在读了小说手稿之后,不禁热泪盈眶。

1990年,《迷宫中的将军》中译本先后由《世界文学》、南海出版社出版。

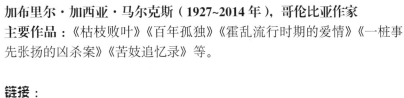

加布里尔·加西亚·马尔克斯(1927~2014年),哥伦比亚作家
主要作品:《枯枝败叶》《百年孤独》《霍乱流行时期的爱情》《一桩事先张扬的凶杀案》《苦妓追忆录》等。

链接:
●《迷宫中的将军》出版后,曾受到历史学家、科学院院士和学者们的指责,说作者丑化了解放者玻利瓦尔的形象,并对作品的某些人物和事件的真实性提出了异议。加西亚·马尔克斯回答说,他们忘记了他写的是小说而不是历史,小说是允许作者想象和虚构的。

《没有人给他写信的上校》
——与众不同的上校来源于现实生活

■ 朱景冬/文

《没有人给他写信的上校》是加西亚·马尔克斯早期发表的中篇小说，创作时间虽然较早，作者却认为此作是他平生的得意之作。而小说的主人公上校是作者刻画得最成功的人物之一。这个人物形象源自好几桩真人真事，也就是说其原型有好几个：一是作者年轻时在巴兰基利亚港城多次看见的一个人，他靠在栏杆上，像是在等待什么。二是一位没完没了地等待什么的老人，这个在等待的老人应该是一位上校，内战的幸存者，他在等待对他豁出性命拯救共和国的赫赫战功表示的酬谢。而作者的外祖父尼古拉斯·马尔克斯在两次内战中幸免于难，由于英勇善战而被授予上校军衔。他退伍后一辈子都在等待领取"军功奖"，直至离开人世。外祖父死后，外祖母继续等待这笔酬金，她晚年失明，仍然对此抱着希望。所以，主人公上校身上也有作者外祖父的影子。三是作者本人。年轻时作者赴欧洲当记者，在巴黎的三年间，他因服务的《观察家报》被查封而失业，生活极度困苦，每天都等待国内寄钱来，但总是杳无音讯。他只好靠捡垃圾卖钱度日，这段生活经历使他深深体会到绝望等待的滋味。这样，一个苦苦等待来信和退休金的年迈上校形象终于在他脑海里形成，推动他创作了这部名著。

1957年初，作者把书稿交给赫尔曼等几位朋友，请他们帮助出版。在当时的哥伦比亚，印刷厂倒是不少，但是愿意接受此稿的出版商却寥寥无几，不难想象，要找到一家出版社是多么困难。而要想取得作品的版权，那简直就是妄想了。

赫尔曼·巴尔加斯收到这部书稿后，当即审阅，后来他这样回忆说："我认为那是一本极好的小说，我为它到处奔走，大家都认为小说写得很有趣，但是，没有人愿意出版，因为当时加西亚·马尔克斯还没有名气。有人要我们出4万比索出这本书，我们怎么可能有这么多钱呢?"结果书稿未能出版。后来赫尔曼·巴尔加斯又把稿子交给《神话》杂志主编、诗人豪尔赫·杜兰。在当时哥伦比亚出版的杂志中,《神话》是一家要求最严格、革命精神最强烈的文化刊物。除了刊登很有见地的政治、经济、历史、哲学文章外,还经常发表新人的作品,尤其是诗歌和小说,该刊物既有相当强的学术性,又有浓厚的趣味性,深受不同层次的读者欢迎。杜兰有意培养年轻人,于是《没有人给他写信的上校》终于在该刊 1958 年 5~6 月号上面世。1961 年出版商兼书店经理阿尔贝托·阿吉雷还出版了该书的单行本,虽然印数不到 1500 册,但作者还是感到无比欣慰。发行后,读者称赞这是哥伦比亚文学中"最完美的小说"。作者自己也说:"我过去多次讲过,我最好的作品是《没有人给他写信的上校》,而不是《百年孤独》。""这是我最好的小说,我写了 9 遍,我觉得在自己的作品中,它是最无懈可击的。"

加西亚·马尔克斯塑造的上校这个人物,既纯朴善良,又固执倔强,人物形象栩栩如生,血肉丰满。正如智利文学批评家路易斯·哈斯指出的:"上校这个人物是加西亚·马尔克斯刻画得最成功的人物之一。"毫无疑问,任何一个文学形象,都有其生活基础,而上校这个形象,却与众不同:它不但来源于现实生活,而且融合了作者的切身感受和思想感情。作者当时生活在一个敌对的、孤寂的、格格不入的环境中,其生活既不安定又十分窘迫,内心充满了苦闷和失望,在一定程度上说,上校这个人物形象,就是作者本人的写照。

加西亚·马尔克斯

《没有人给他写信的上校》迄今至少已被译成28种外国文字。我国也于1982年、1985年和1987年相继出版了该小说的4个不同的译本。笔者也是其中一个译本的译者。这些译者均为我国西班牙语专业工作者，他们对原著文字的理解和风格的把握比较准确，从作品的故事叙述和细节描写来看，他们的中外文功底是比较深厚的。

作为译者，在翻译过程中，心情始终不能平静。上校的遭遇令人同情，在那个浑浑噩噩的镇子上，上校和他的老伴儿过着衣不蔽体、食不果腹的生活。上校是一位久经沙场、屡立战功的英雄，20岁就当了上校，有一段值得怀念的光辉历史，但是不曾想，时运倒转，在无情的政治斗争中，他所在的政党失败了，政治迫害和经济上的刁难随之而来，他的同志有的被逐出镇子，有的在等待中死去，最后只剩下他一个人，在困苦中挣扎度日。他的妻子是一位善良而贤淑的女人，一生没有任何非分之想，她失去了自己的一切，留给她的只有痛苦的回忆和捉襟见肘的生活，患病后只能喝一点混有铁锈渣的咖啡。夫妻二人经常忍受饥饿的煎熬，艰难度日。上校对付贫困的唯一精神支柱就是有一天能够等到政府寄来的退役补助金，他的等待是那么持之以恒，他的焦急心情又是那么强烈，连上校自己都感到难堪了，当全镇的人都知道他在等待的时候，他只好硬着头皮说："我什么也没有等，没有人给我写信。"上校的遭遇，委实令人扼腕。此外，作品的文字风格通俗易懂、朴实无华，不像《百年孤独》那么艰深，翻译起来比较顺手。总之，这是笔者特别喜欢和特别乐意翻译的一部作品。

加布里尔·加西亚·马尔克斯（1927~2014年），哥伦比亚作家
主要作品：《枯枝败叶》《百年孤独》《霍乱流行时期的爱情》《一桩事先张扬的凶杀案》《苦妓追忆录》等。

链接：
● 加西亚·马尔克斯说他写小说是"为了让朋友们更喜欢我"，听起来让人难以置信。国外的小说家也好，诗人也好，初登文坛时无非怀着两种动机：一是为了谋生，二是有所作为。当然，也不乏为了成名或出于爱好和兴趣。但是加西亚·马尔克斯却完全不同。他不止一次地对朋友或采访他的记者说："我写小说并不是为了出名，而只是为了让我的朋友更喜欢我。"为了让朋友们喜欢，他绞尽脑汁，编织不同寻常的故事，像他的外祖母那样，"一本正经地讲述最令人难以置信的传说和最荒唐离奇的故事，使得人们不能不相信它们的真实性"。长篇小说《家长的没落》（1975），从搜集材料、构思动笔到成书花了八年时间才完成。小说结构奇特，情节离奇，深受他的朋友和读者欢迎。

《百年孤独》
——男主人公原型是作者的外祖父

■ 吴健恒 / 文

《百年孤独》是哥伦比亚作家加西亚·马尔克斯最重要的作品。作品中的男主人公奥雷利亚诺·布恩迪亚上校的原型是作者的外祖父、"千日战争"的参加者尼古拉斯·马尔克斯·伊瓜兰上校。这位上校当年在乌里维将军的指挥下，在自由党军队驻扎的大西洋海岸地区任军需部长，部队驻扎的地方就是小说中写的布恩迪亚上校的驻地。布恩迪亚家族的始祖是表兄妹联姻，作者的外祖父母也是如此。此外，布恩迪亚上校的形象也包含着乌里维将军的影子，因为作者从外祖父口中听到许多关于乌里维将军的故事；布恩迪亚上校那副有棱有角的面部特征也酷似乌里维将军。马尔克斯在接受记者采访时曾谈道："我写《百年孤独》前的第一个想法，第一个形象是一个老人领着一个孩子去看冰块。"这位老人的形象就来自作者的外祖父，因为他外祖父曾带他去一个马戏团看单峰驼，还带他去警察局看冰冻的棘鼠鱼，让他见识了冰，见识了冰块的难忘场景。

马尔克斯出生在一个大家庭，他的外祖母是一位讲故事的能手，她身材矮小，精力充沛，干活利索，在家中来回穿梭，管理大事小事，是小说老布恩迪亚妻子乌苏拉的原型。对她来说，人、鬼、神之间没有明确的界限，她给童年的马尔克斯讲述了许多民间传说和印第安神话。在外祖母潜移默化的影响下，马尔克斯对创作形成了幻想而又不失其真的魔幻风格。《百年孤独》就是马尔克斯采用外祖母那种不动声色的叙述风格，为我们讲述的令人毛骨悚然的百年故事。

为了写这部小说，马尔克斯酝酿多年，苦思冥想，直到1965年的某一天，他那部遥远的、漫长的、从青年时代就开始准备的长篇小说突然全部展现在他面前。当时他正开着车行驶在旅行的路上，马上调

加西亚·马尔克斯的外祖父、外祖母

转车头返回家中，钻进他的书房，开始了创作，一写就是一年半，他足不出户，埋头写作，写了1300多页稿纸。马尔克斯的妻子梅塞德斯为了买稿纸、付房租，不得不把自己心爱的首饰拿出来变卖，以至于为了寄书稿给出版社，最后把电视机、收音机、挂钟和为孩子榨制果汁的机器全部当了。

1967年《百年孤独》在阿根廷南美出版社出版并大获成功，一月之内重印了4次。在三年半的时间里，小说销售了50万册，获得多种荣誉：1969年获意大利基安恰诺奖；同年获法国最佳外国文学作品奖；1982年获诺贝尔文学奖。小说出版时引起的反响十分强烈，秘鲁作家略萨把它比作"一场地震"。

《百年孤独》写的是布恩迪亚一家6代人充满神奇色彩的坎坷经历，同时表现了热带小镇马贡多100多年来从兴建、发展、鼎盛至消亡的历史。作品人物众多，情节离奇，手法新颖，形象地描绘了哥伦比亚乃至整个拉丁美洲的百年沧桑。

《百年孤独》代表着马尔克斯全部文学创作的高峰，是他整个文学生涯中最辉煌、最灿烂的里程碑，至今，作品已被译成至少35种文字并风靡全球，这不但奠定了马尔克斯在世界文坛的地位，而且给他带来了各种荣誉和巨额收入。

2007年3月，西班牙皇家语言学院为了纪念马尔克斯80周岁生日、《百年孤独》问世40周年以及马尔克斯获诺贝尔文学奖25周年，特别发行《百年孤独》的简装纪念版。没想到在哥伦比亚上市时十分畅销，平均每秒钟就卖出一本，成为书店中炙手可热的"宝典"。上市当天4个小时之内便卖出了1.4万册。该纪念版图书共发行50万册，每册售价10美元左右。

《百年孤独》在我国有多个版本：1984年，上海译文出版社出版了该书单行本，译者为黄锦炎、沈国正和陈泉，由西班牙语直译，该书后又经浙江文艺出版社再版；同年，北京十月文艺出版社推出高长荣译本，该版本参照了英语和俄语译本，几家刊物还选择刊登了该译本的章节。1993年，云南人民出版社出版了我翻译的未加删节的《百年孤独》全译本。这些译者都有较好的外文功底和汉语水平，虽然《百年孤独》有许多语句晦涩、费解，他们都尽力准确地去翻译出，去体现原作的精神和韵味。

20世纪90年代中期，马尔克斯曾访问中国。看到自己的作品未经他授权便已在中国街头热销，他对此极为不满，声称"有生之年不会将自己作品的任何版权授予中国的任何一家出版社"。但是说归说做归做，2011年5月，《百年孤独》获得马尔克斯正式授权，许可出版发行中文版。

《百年孤独》中作者采用的魔幻现实主义写作手法对我国一些作家产生了很大影响，同样也受到了许多读者的喜爱。

2012年诺贝尔文学奖获得者莫言称，他在1984年底看到《百年孤独》后立刻感觉到马尔克斯不同寻常的气场："小说也能这样写！""早知道小说可以这样写，我也可以写中国的《百年孤独》。"因为在莫言的乡村记忆里，类似的描写比比皆是。

改革开放后，纷至沓来的外国文学流派对我国文学创作产生过巨大影响，王蒙认为影响最大的，当数加西亚·马尔克斯的作品。

加布里尔·加西亚·马尔克斯（1927~2014年），哥伦比亚作家
主要作品：《枯枝败叶》《百年孤独》《霍乱流行时期的爱情》《一桩事先张扬的凶杀案》《苦妓追忆录》等。

链接：
● 1990年，马尔克斯与代理人卡门·巴尔塞伊丝女士曾到北京和上海访问。这次中国之行给作家留下颇为糟糕的印象，书店随处可见各出版社擅自出版的《百年孤独》《霍乱流行时期的爱情》等书。马尔克斯在结束中国之行后发下狠话——"死后150年都不授权中国出版其作品，包括《百年孤独》"。但是到了2010年，马尔克斯很高兴将《百年孤独》版权授权给中国出版社推出中文版。

● 加西亚·马尔克斯在他虚构的马贡多镇，为他自己创造了一个世界，人们在他写的长篇小说和短篇小说常被引导到这个既神奇又真实的独特地方，在这些杰作中不禁令人联想到威廉·福克纳。他与福克纳相同，让那些主要人物和次要人物重复出现在不同的作品中，并以各种不同的方式去表现他们——或是充满戏剧性的场合，或是荒诞复杂的环境，这种离奇与错综复杂的描写，只有在荒唐的想象与疯狂的现实相结合时才能做到。马尔克斯以奔放的遐想去结合传统的民间文化和文学的经典，使这种描写既是真实可信的又是生动感人的，类似于报告文学那样注重事实。在那种环境里，人们在狂躁与激动的困扰下，由于战争的荒谬致使勇敢成为鲁莽、丑恶成为道义、乖巧成为疯狂。

——1982年诺贝尔文学奖授奖词

主编注：同时收到两位老师《百年孤独》来稿，一并致谢。

《霍乱流行时期的爱情》
——取材于父母的爱情故事

■ 朱景冬/文

《霍乱流行时期的爱情》是加西亚·马尔克斯后期的代表作，出版于1985年，是作者献给他的夫人梅塞德斯的。小说写的是两位老人从年轻到年老的爱情故事。这两位老人的原型就是作者的父母。为了写这个故事，加西亚·马尔克斯三番五次去打扰父母，多次跟父母进行长谈："有很长一段时间，每天下午我都去看他们，跟他们聊很长的时间，但没有告诉他们是为了写小说，小说写的某一个时期的故事实际上就是他们的故事……我从没有对父母说过我为什么每天下午去打听他们的恋爱史。他们总是很高兴地对我讲述。"马尔克斯的父亲跟小说中的主人公一样也当过报务员，也爱上了一个姑娘，姑娘的父母不同意，便把她送到了远方，父亲总是打电报跟她联系。但是有情人未能成眷属。姑娘最后和一个她不爱的男人结了婚。小说的女主人公最后问自己，52年来和一个她说不清自己爱还是不爱的男人一起生活，怎么可能幸福呢？她从18岁到22岁曾经和他相爱，后来厌倦了，便和另一个男人结婚。这完完全全是马尔克斯父母的爱情故事。

在写作过程中，一则社会新闻也让马尔克斯有了更多的动力，马尔克斯自称："许多年前在墨西哥，我在报上读到一则报道：两个美国老人死于非命，一男一女，他们每年在阿克庇科幽会，每次都去同一家旅馆过夜，去同一家饭店用餐，按同一个日程表活动，40年来一直如此，即使都快80岁了，还是保持一年一度的幽会。然而有一天，他们乘船时遭船工抢劫，双双死于桨下。这样，两人暗中往来的恋爱故事才被人知道。"

马尔克斯回忆："从我的父母身上，我完全懂得了年轻人的爱情；从那一对老人身上，我则理解了老年人的爱情。"

这两个故事的巧妙衔接和融合，产生了《霍乱流行时期的爱情》

这部别开生面的爱情小说。

1984年,马尔克斯在卡塔赫纳开始创作长篇小说《霍乱流行时期的爱情》。一年后,这部小说在哥伦比亚、墨西哥、西班牙等20多个国家同时发行。作品写的是一个男人和一个女人的爱情故事,他们20岁时没能结婚,因为他们太年轻;历尽人生磨难之后,到了80岁也没能结婚,因为他们太老了。围绕这一主线,作品描写了各式各样的男女关系和爱情纠葛,手法接近于传统现实主义。这是一部与众不同的爱情小说。其之所以与众不同,首先是因为它的丰富。一如《百年孤独》的孤独,意欲涵盖种族的孤独、民族的孤独、家庭的孤独、个人的孤独、历史的孤独、现实的孤独、男人的孤独、女人的孤独等形形色色的孤独,《霍乱流行时期的爱情》则进行了"司汤达式的"爱情会演。用哥伦比亚作家安东尼奥·卡瓦耶罗的话说,它是一部"爱情大全",陈众议《马尔克斯讲述"伟大爱情"》一文中指出《霍乱流行时期的爱情》集古往今来的男女关系和千姿百态的爱情纠葛于一身,真实地、细致地、形象地展示了富有的关系、贫贱的关系、合法的关系、非法的关系、崇高的关系、庸俗的关系、隐秘的关系、公开的关系、暧昧的关系、放荡的关系、伟大的关系、卑鄙的关系、纯洁的关系、肮脏的关系、自私的关系、无私的关系、幸福的关系、悲惨的关系、持久的关系、"露水"的关系、尔虞我诈的关系、罗曼蒂克的关系……总而言之,它是一部充满渴望、欢乐、兴奋、挫折、叹息悲哀和悬念的小说,体现了作者的洞察力、想象力及扎实的社会调查和案头工作。

卡达赫纳是一座美丽的古城,那里保留着殖民地时代的众多遗迹。城市所面对的加勒比海是当年海盗肆虐流窜之地。附近的马格达莱纳河则是哥伦比亚内河航运的要道。这些地方是小说故事发生和发展的地点。对加西亚·马尔克斯来说,熟悉这些地方的情况并不困难,困难的是了解与这些地方有关的时代背景和社会气氛,譬如那时的生活方式、劳动形式、人们的饮食起居、时尚风习、党派纷争、病患灾难等。为此,他不得不对19世纪末至20世纪初的历史做一番研究,掌握有关的文献资料。

为了写这部小说,马尔克斯还听了许多博莱罗舞曲、叙事民谣,尤其是那位名叫莱安德·迪亚斯的盲人演唱的民谣《戴王冠的仙女》,因为在小说中,主要人物阿里萨曾多次对他的恋人演唱他自己谱写的《戴王冠的仙女》。这种叙事民谣是那个时代的任何一位拉美青年都非常喜爱的一种歌谣。而博莱罗舞曲和歌谣更是加勒比地区流行的民间乐曲。

《霍乱流行时期的爱情》于1985年8月脱稿,同年12月由哥伦比亚黑绵羊出版社出版,印数120万册,同时在西班牙、墨西哥、厄瓜多尔、波多黎各、多米尼加等国发行。

早在出版前,读者就像期待一位斗牛士重返斗牛场那样热切地盼望这部小说的出版。出版商们的心情更是急不可耐,在签订出版合同的头几个星期内,那些想拿到价值百万元猎物的出版者进行了一场秘密而激烈的战争。正如哥伦比亚总统在演说中指出的，不是加西亚·马尔克斯在寻找有权有势的人，而是有权有势的人在寻找加西亚·马尔克斯。

尽管作者严肃地指出，用多少多少百万册或多少多少百万元这样的话来谈论一本书是不道德的，仿佛它不过是超市里的一种商品，但是出版商还是把这部作品视为价值连城的猎获物抢着出版。

《霍乱流行时期的爱情》出版后取得了空前的成功，但是作者的心情并不平静，他曾对来访的记者说："对《霍乱流行时期的爱情》我很担心，它对我来说是一场冒险，我很害怕把它写得粗俗，写得华而不实，写得像一部情节剧。"

《霍乱流行时期的爱情》从出版至今，已被译成至少 26 种外国文字，在欧洲和美洲许多国家流传。它也于 1987 年被介绍到中国来，译文 26 万余字，由黑龙江人民出版社出版，译者是资深的西班牙语专业工作者蒋宗曹和姜风光。两位译者工作经验丰富，既分工又合作，达到了译文风格的统一和文字的流畅，几乎无懈可击。译者由衷地赞美这部小说："作品的故事情节进展缓慢，有如迟缓的河水，一系列风情月债，充满激情，一幅幅广阔的风情画令人心驰神往，情感深刻细腻，犹如出自金银匠之手。"

加布里尔·加西亚·马尔克斯（1927~2014 年）哥伦比亚作家
主要作品：《枯枝败叶》《百年孤独》《霍乱流行时期的爱情》《一桩事先张扬的凶杀案》《苦妓追忆录》等。

链接：

●《霍乱流行时期的爱情》是作者获得诺贝尔文学奖后出版的第一部长篇小说，也是他近 40 年的文学生涯中创作的第一部专门描写爱情的小说。所以作品一面世就受到评论界特别注意，被称为"我们时代的爱情大全"，被誉为"一部充满哭泣、叹息、渴望、挫折、不幸和欢乐的爱情教科书"。为了写这部小说，作者反复阅读了欧洲 19 世纪特别是法国作家的作品，他曾深有感触地说："始终让我感动的是福楼拜的《情感教育》一书的女主人公阿尔诺夫人的遭遇。当我意识到我脑海里酝酿的故事是发生在 19 世纪时，我便打算用后浪漫主义手法，而这一流派的代表是福楼拜，于是我便反复阅读《包法利夫人》。这是一部激动人心的作品，整本书就像一台完美无缺的机器，没有一点纰漏。"

《胡利娅姨妈与作家》
——取材于作者的亲身经历

■ 朱景冬 / 文

《胡利娅姨妈与作家》是秘鲁著名作家巴尔加斯·略萨的名著之一，是一部自传体小说。书中的故事情节完全取材于作者的自身经历。作品中男女主人公的原型就是作者巴尔加斯·略萨本人和他所爱的姨妈胡利娅·乌尔古蒂·伊利亚内斯。小说描述的是这一对情人为实现相爱的梦想而不懈奋斗的故事：胡利娅与丈夫不和，离婚后来到巴尔加斯·略萨所在的利马，天长日久，胡利娅与巴尔加斯·略萨双双产生了爱情。此事被双方亲友斥为大逆不道、伤风败俗。巴尔加斯·略萨的父母甚至从美国赶回来召开家庭会议，敦促胡利娅离开利马，令巴尔加斯·略萨改邪归正，好好读书。面对这种巨大压力，巴尔加斯·略萨非但不低头，反而提出立即和胡利娅结婚的要求。后来在亲友的帮助下，他们逃往外地，秘密结婚。巴尔加斯·略萨的父亲见到木已成舟，只好默许。经过曲折而顽强的斗争，18岁的巴尔加斯·略萨和32岁的姨妈终于成为眷属。

这部小说发表于1977年，第二年即在法国被评为最佳外国文学作品。此书的中译本由云南人民出版社于1993年出版，译文27万多字，译者是我国著名西班牙语翻译家赵德明、李德明、蒋宗曹和尹承东。1996年该译本又被收入吉林时代文艺出版社出版的《巴尔加斯·略萨全集》。这部作品之所以受欢迎，首先在于作者以细腻的笔触把他同姨妈胡利娅的恋爱故事描述得栩栩如生、感人肺腑，读者只需读上几页，便会拍案叫绝、爱不释手，非一气终卷不可。其次在于译者的译笔极佳，描写事物功底深厚，行文既朴实无华又不乏文采，比如对景物的描写："利马一个春光明媚的早晨，天竺葵显得更加艳丽，玫瑰花更加香气扑鼻，叶子花更加盛开怒放……"（第二章开篇）再如对人物的描绘："她的笑声嘶哑而有力，爽朗欢快；她那厚嘴唇的嘴巴张得老大老大，眼角堆起皱纹。她讥讽、调皮地看着我，尽管还不像对待一个成年男子那样，可也不像对待胎毛未脱的娃娃那样了。"（第四章）再次是小说的结构别出心裁：全书共有20章，单数各章讲述略萨和胡利娅的恋爱故事，双数各章是各自独立的短篇故事。像这样把长篇小说和短篇故事交叉安排在一部作品里的手法，即使在欧美小说中也是罕见的。作者为什么这么做？读完全书才能品尝出它的味道：双数各章的短篇故事，是一幅幅社会风情画，将它们连贯起来看，便构成一个多层次的社会舞台。而长篇故事中的主人公就在这个舞台上，表演着一幕幕绘声绘色动人心弦的活剧。

巴尔加斯·略萨在墨西哥城演讲

这部作品是巴尔加斯·略萨献给他的姨妈胡利娅的。小说出版后，巴尔加斯·略萨把书寄给了胡利娅，胡利娅大为震惊，她认为夫妻间的私生活是神圣的，不应公之于世。但考虑到这是一部文学作品，又念及旧情，书又是献给她的，便没有说什么。然而后来小说竟被改编成电视剧，在拉美许多国家放映，不少情节不符合事实，她的形象受到了损害，她不能容忍，于是写了《小巴尔加斯·略萨没有说的话》一书回敬巴尔加斯·略萨。她在书中道出了巴尔加斯·略萨的全部实情，把几乎流传整个拉美大陆的电视剧的庸俗化的东西全部纠正过来。

《胡利娅姨妈与作家》是一部结构新奇独特的小说，单数章节讲主要故事，偶数各章由许多短篇小说构成，二者交替叙述，显示了作者在小说结构设置方面的独特造诣和创造精神。

巴尔加斯·略萨以其作品的结构别具一格而被称为结构现实主义大师,他的每一部作品都有其不同的结构形式,被称为全面小说或立体小说。1978年,这部小说在法国被评为最佳外国文学作品。2010年马里奥·巴尔加斯·略萨被授予诺贝尔文学奖。

巴尔加斯·略萨和他的妻子胡利娅

马里奥·巴尔加斯·略萨(1936~)秘鲁作家
主要作品:《城市与狗》《绿房子》《酒吧长谈》《世界末日之战》《谁是杀人犯》《狂人玛依塔》《安第斯山上的利图马》《胡利娅姨妈与作家》等。

链接:
● 1975年,巴尔加斯·略萨亲自将他1973年发表的小说《潘达雷昂上尉与劳军女郎》搬上大银幕,小作者本人编写电影剧本并与José María Gutiérrez联合导演,在多米尼加拍摄,是这部小说第一次改编电影,也是他首度执导电影。同年,他1967年出版的小说《崽儿们》又由墨西哥导演Jorge Phons改编成电影。不过,他的小说《城市与狗》和《潘达雷昂上尉与劳军女郎》出版后都遭到他的祖国禁毁,直到1980年秘鲁民主化后才解禁,他自己编导的《潘达雷昂上尉与劳军女郎》电影版也是1981年才在秘鲁国内公开上映。

● 2011年马里奥·巴尔加斯·略萨来到中国,在谈到《胡利娅姨妈和作家》这部小说时,略萨说:"我不认为这是我的自传。我本来只是想记录下生命中的一个阶段。我试图写得客观,但事实上失败了,小说不是说真相的方式,小说是谎言。当时为了让小说看上去令人信服,我做了很多改动,书中编造的东西,比事实要多。所以,胡利娅姨妈只能靠大家去幻想。"

主编注:同时收到两位老师《胡利娅姨妈与作家》来稿,一并致谢。

《红字》
——创作灵感来自海关长官皮尤先生的私人资料

■ 胡允桓 / 文

美国19世纪小说家纳撒尼尔·霍桑在完成了小说《红字》之后写过一篇随笔,讲述他自己在萨勒姆海关工作的经历。这篇署名为"海关"的随笔,洋洋洒洒1.5万多字,在《红字》付印时,作者把它放在小说的前面作为前言刊出。这是一篇内容十分丰富的文章,是研究霍桑及其传世之作《红字》的重要文献。在这篇文章里,作者给我们讲述了《红字》一书的起源:一个雨天,在海关大楼一个堆放尘封多年旧文件的角落里,他发现了一个用红带子扎好的文件包,里面装的是前任海关长官皮尤先生的一些私人资料。就在这个神秘的包裹里藏有一件用红布做的"精致东西",呈大写英文字母A的形状。字母的两条腿长三又四分之一英寸,显然是用作衣裙上的装饰品。同时,霍桑还发现了一小卷纸,打开一看,是皮尤先生的手笔,记叙了这个红字的来龙去脉,包括对一个名叫海丝特·白兰的女人的生平及其言行等细节,红字就是这个女人制作并被罚终身佩戴的。霍桑据此把这个女人不同寻常的经历写进了小说《红字》,海丝特·白兰便成了小说的女主人公。

显然,这像一个虚构的故事。不过,据史书记载,在当时清教统治下的新英格兰,通奸者都被勒令终身在胸前佩戴代表"通奸"的字母"A"(Adultery);犯亵渎罪者通常被罚佩戴字母"B"(Blasphemy);犯酗酒罪者佩戴字母"D"(Drunkenness),等等。可见,关于"红字"的说法,霍桑并非杜撰。

那么海丝特的原型是何许人也?为此,评论家曾做过种种考证和推测。

一种较被普遍认同的意见是,海丝特·白兰的原型是安妮·哈钦森(Anne Hutchinson,1591~1643)。她生于英国林肯郡的奥尔福特镇,自幼深受清教思想的影响。1634年她随丈夫威廉·哈钦森移居当时英国在美洲的殖民地麻萨诸塞湾。不久,她成了当地一个教派的领袖,经常在自己的家中集会,宣扬她的信仰。她认为"圣灵活在每一个正直人的心里",人们可以直接跟上帝交流,不必通过牧师和《圣经》的帮助。她要求实现宗教改革的主张受到了殖民统治者和教会的反对,他们对她肆意迫害,将其送上法庭受审,最终把她驱逐出麻萨诸塞,流放到罗得岛。在那里,她在一次印第安人的袭击中惨遭杀害。霍桑对这位女性怀有深切的崇敬,专门为她写了一篇纪念文章《哈钦森夫人》。文章不仅详细地介绍了她的生平,还对她的思想品德做了高度的评价,称她是"一位具有卓越才华和极强想象力的妇女""脱颖而出的宗教改革家",对她在传播和坚持自己的信念上所表现出来的勇敢、坚贞、机智和激情赞叹不已。无怪乎,作者在《红字》的第一章"狱门"里,极富象征意义地描写了生长在关押海丝特监狱大门边的一簇野玫瑰,并说:"据可靠证据确认的那样,传说圣徒安妮·哈钦森在她踏进监狱的大门时踩踏了这块土地,从而使花儿在她脚下破土而出。"如果说在这里霍桑只是将她比喻为具有哈钦森夫人同样意志品质的一朵野玫瑰的话,那么在小说的第十三章"海丝特的另一面"里,霍桑就率直地将海丝特看成是哈钦森的化身、同道和难友。霍桑写道,要不是海丝特受感情的牵累,生下私生女珠儿的话,"她的情况就会大不一样了。她也许会与哈钦森夫人携手共创一个教派,名垂青史;她也许会……成为一名女先知。她也许会——并非不可能——因企图推翻清教制度的基础,而被当时严厉的审判官判处死刑"。因此,我们有充分的理由说,哈钦森夫人是霍桑创造海丝特这一人物的重要参照。

不过,有的评论家对此表示不能苟同,提出了关于海丝特原型的其他一些推测和看法。如有人认为海丝特的原型是伊丽莎白·佩因(Elizabeth Pain),其重要的依据是在小说的最后一章"结局"里,作者提到,海丝特最后从海外回到了萨勒姆镇,死后被安葬在郊外一个叫英王教堂的墓地里。于是,好事者去该墓地,竟然发现了一个名叫伊丽莎白·佩因的墓,墓碑上刻有一个盾形的纹章。据说这块墓碑使霍桑浮想联翩,获得灵感,写就了这个故事。遗憾的是,对于伊丽莎白·佩因的身世,知者寥寥,所以这一推测似乎难以让人信服。

《红字》封面

可见，海丝特·白兰不是完全根据某个原型塑造出来的，而是作者根据17世纪在新英格兰这块殖民地上产生的许多史实与人物故事创造出来的一个典型，一个反抗清教思想叛逆者的典型。

《红字》以17世纪北美清教统治下的新英格兰为背景，取材于1642~1649年在波士顿发生的一个恋爱悲剧。女主人公海丝特·白兰因为触犯了基督教"十戒"中的一戒，即通奸罪，被判有罪，法庭令她在刑台上站立3个小时当众受辱，并终身佩戴一个红色的字母A（英文"通奸"的单词 Adultery 的第一个字母）作为惩罚。作者力图透过种种象征去探究人物深藏的心理和主题背后的道德思考。

早在20世纪40年代，侍桁先生就翻译了《红字》这部作品，是国内翻译此作品的第一人，他在20世纪50年代和80年代又对自己的译作做了一定的修改。

1996年姚乃强应译林出版社之约，重译了《红字》。2002年上海译文出版社又出版了侍桁译本的最新版本。2003年1月，人民文学出版社出版了我翻译的《红字》译本。

纳撒尼尔·霍桑（1804~1864年）美国作家
主要作品：《红字》《福谷传奇》《重讲一遍的故事》等。

链接：
- 《红字》是霍桑的第一部长篇小说，1850年该书问世后，翌年便有了德文译本，三年后又有了法文译本。它在其流行的160年间已被译成多种语言，并被改编成戏剧和歌剧。霍桑已成为世界公认的重要作家。
- 2004年，佳士得拍卖行宣布，霍桑的小说《红字》的原稿校样以54.51万美元的高价成交，创造了美国19世纪文学作品拍卖价的新纪录。
- 《红字》故事的背景是1650年前后的波士顿，当时的居民是1620~1630年间来此定居的第一代移民。他们都是在英格兰故土受詹姆斯一世迫害而抱着创建人间乐土的理想来新大陆的清教（即加尔文教）徒，史称"朝圣的教父"。清教徒在英国最初是反抗罗马教皇专制、反对社会腐败风气的，他们注重理智，排斥感情，推崇理想，禁绝欲望；后来却发展到极端，不但迫害异端，甚至连妇女在街上微笑都要处以监禁，儿童嬉戏也要加以鞭答。

霍桑熟谙新英格兰的历史，读者在《红字》中所看到的情节和人物，在他的一些短篇中都可见端倪。如《教长的面纱》中牧师和少女的隐情，《恩狄柯特与红十字》中胸佩红字示众的美妇，《年轻小伙子布朗》中人们偷偷到黑暗的森林里与魔鬼密约，《拉伯西尼医生的女儿》（故事假托在意大利）中那位学识渊博、医术精湛但灭绝人性的医生，等等。

主编注：同时收到两位老师《红字》来稿，一并致谢。

《白鲸》
——取材于麦尔维尔的捕鲸经历

■ 王卉 / 文

美国作家麦尔维尔自身的捕鲸经历，直接为《白鲸》的创作提供了第一手宝贵的素材。可惜直到他死后，《白鲸》才逐渐在文坛上显出它的分量，他的名声也与日俱增。由于书中描写了海上纷繁的捕鲸生活，《白鲸》被誉为"捕鲸业的百科全书"。《剑桥文学史》称之为世界文学史上最伟大的海洋传奇小说之一。

麦尔维尔的祖先是苏格兰的一个名门望族，在他13岁时，家道中落，父亲经营纺织品破产，留下巨额债务，家庭一下子从富裕坠入潦倒之中。麦尔维尔12岁时不幸丧父，不得已中途辍学，独立谋生。1837年，18岁的麦尔维尔到一艘往返于美国纽约和英国利物浦之间的远航船上做侍役。21岁时，他登上了捕鲸船正式做水手。在南太平洋群岛，他被土著人所掳，死里逃生的海上生活，使他了解了捕鲸的过程和水手们的苦辣酸甜。后来，麦尔维尔登上了美国军舰"美利坚合众号"，在舰上当普通海员，一年后（1844年），在波士顿上岸，才结束了他自己声称的"捕鲸船就是我的耶鲁大学和哈佛大学"的生涯。

《白鲸》除了取材于麦尔维尔自己的捕鲸经历外，有研究者认为，作者还从欧文·契斯约30年前出版的对现实中楠塔基特岛"埃塞克斯号"捕鲸船下沉的描述中受到启发。雷诺斯1839年发表的对太平洋海域中一条狡猾的具有致命攻击性的白巨头鲸的描述也给他提供了素材，捕鲸者根据其初次出现的地方即智利海岸线上的一个小岛给这只巨兽起了个绰号"莫比·迪克"。

1851年10月《白鲸》（原名《莫比·迪克》《鲸鱼》）在伦敦问世，一个月后，美国纽约出现了名为《白鲸》的版本，此后这个书名便一直沿用至今。

《白鲸》（肯特/画）

1850年，麦尔维尔携妻迁往马萨诸塞州的农场，在这里安家落户，一住就是13年。也正是在这里，他与霍桑成为邻居，两人常在一起砥砺、切磋，对各自的创作产生了积极的影响，麦尔维尔慷慨激昂给霍桑写信："认识你比《圣经》更让我相信我们的不朽。"

《白鲸》是麦尔维尔献给霍桑的作品，《白鲸》出版时，作者郑重其事地在开篇第一页上写着："谨以此书敬献给纳撒尼尔·霍桑，以聊表我对其才华之钦佩。"

1956年，著名导演约翰·休斯顿根据小说改编的电影《白鲸记》在美国上映。著名演员格里高利·派克将高傲倔强的亚哈船长塑造得入木三分。这部充满隐喻象征与探求未知的巨作，曾被好莱坞与漫画界不断地改编转述，成为美国家喻户晓的故事。1998年，《白鲸记》翻拍，使麦尔维尔的《白鲸》进一步走向市场。

人类跟自然的斗争，自古就是一个永恒的主题。在浩瀚起伏、深不可测的大海里，漂浮在浪尖之上的人类，是如何面对自然的呢？小说讲述了捕鲸船"裴圭特号"船长亚哈一心要捕杀咬掉自己一条腿的凶残聪明的白鲸莫比·迪克，在海上辗转周旋、搏斗中，船体破裂，最终与白鲸同归于尽的故事，散发着象征与寓言的意味。有人认为，正是因为麦尔维尔创造了亚哈船长在灾难面前昂然挺立，震撼人心的效果，《白鲸》才成为一本伟大的书。

麦尔维尔传奇式的捕鲸经历，为他的文学创作提供了大量素材。他的早期作品《塔比》和《欧穆》便是以自己的航海经历为素材创作的，该书发表后反响不错。但是《白鲸》直到出版后70年，才获得社会大众广泛的重视。

《白鲸》可以说是麦尔维尔的生活写照。小说的创作始于1850年2月，脱稿于1851年，并于同年出版。那年麦尔维尔才32岁。他还创作了《白外套》《皮埃尔》《骗子》《广场的故事》等很多作品，但在当时都不受欢迎。麦尔维尔晚年潜心诗歌创作，自费出版了多部诗集。1866~1886年，他在纽约海关当检查员，但他的努力并没有得到生活的眷顾，他最终在穷困潦倒中默默无闻地死去，留下一部未能来得及出版的上乘之作《水手比利·巴德》。

我国对麦尔维尔的研究可以说始于《白鲸》这部译著。早在1957年，曹庸先生就翻译了《白鲸》。徐成时先生在《一本书和一个世界》一书中谈到翻译《白鲸》时更是深有感触。这位巴金先生的老友，对翻译有自己独到的见解：

翻译的理想境界当然是既形似又神似，实义与气韵相当。但长年的翻译和阅读实践告诉我个别句子以至段落，可以做到双"似"。至于整个作品，哪怕是一个中短篇，要使原文与译文完全等值，其实不可能。中外文字差别太大，个人才力难以弥补周全。因此，我以为几乎任何译文都或多或少是个"打折商品"。这样说，绝不是为译者推卸或减轻责任。

20世纪中期，麦尔维尔的创作天才终于被人们发现，并被人们公认为世界级作家，其作品也随之被奉为经典文学著作。

赫尔曼·麦尔维尔（1819~1891年）美国作家
主要作品：《白鲸》《白外套》《皮埃尔》《伊斯雷尔·波特》《骗子》《水手比利·巴德》等。

链接：

● 1866年，麦尔维尔自费印刷发行他的第一部诗集《战事集》。1876年又自费出版以宗教为题材的1.8万行长诗《克拉瑞尔》，1888年和1891年先后自费出版了诗集《约韩·玛尔和其他水手》《梯摩里昂》。虽然印数极少，但著名诗人罗伯特·潘·沃伦则认为，赫尔曼·麦尔维尔是美国最伟大的诗人。

《汤姆·索亚历险记》
——汤姆的原型来自作者儿时的三个小伙伴

■ 徐成时 / 文

马克·吐温对儿时的印象挥之不去,以至看过《汤姆·索亚历险记》的读者都觉得汤姆的所作所为和马克·吐温叙述自己儿时的模样极为相似。马克·吐温也直言:汤姆是由他儿时的三个小伙伴的原型糅合而成。这三个男孩是约翰·布里格斯、威尔·鲍温、萨姆·克莱门斯。

研究马克·吐温的人还发现,书中的人物原型几乎都是马克·吐温童年居住在密苏里州汉尼拔镇的一些居民——

萨姆的母亲琴·克莱门斯是包莉姨妈的原型;

表妹玛丽是马克·吐温的姐姐帕梅拉的原型;

哈克的原型取之汤姆·布兰根歇普;

生活中的"模范男孩"是西奥陀·陶逊——小学校长 J.B. 陶逊的儿子;

生活中的杰姆是个名叫山迪的黑奴的儿子 克莱门斯一家曾从一户邻居家雇用了他。

在一些镇民中,陶格拉斯寡妇的原型是李察兹·豪莱代太太,一位住在镇北小山上家道殷实的妇女;书中上了年纪而又生活拮据的邮政局长的原型是阿布纳·奈许,他确实上了年纪而又生活拮据;威尔士老头的原型是汉尼拔的书商约翰·台维斯。如果牧师也有一个人做原型的话,那必然是约书亚·特克尔牧师,他在汉尼拔长老会教堂布道时,萨姆·克莱门斯不得不耐着性子听。罗宾逊医生是 E.D. 麦克陶威尔博士,他在圣路易主持一所医科学校。小说中的痞子也有他们在生活中的原型,哈克的爹是复合汉尼拔的一些醉鬼的形象而成,其中有汤姆·布兰根歇普的老爹布兰根歇普、盖恩斯将军和杰美·费恩(他的姓被马克·吐温借用作哈克的姓)。穆夫·波特大概也有其复合原型,而主要的是汤姆·布兰根歇普的哥哥本生(本斯)·布兰根歇普,汉尼拔镇的大人们都把他看作无业游民,不过他经常把他的"所得"

分给那些挨饿的孩子，也常帮孩子们修补他们放飞的风筝。有趣的是在汉尼拔镇，真有一个印第安人乔，经常喝得烂醉如泥，不过他并不是歹徒，而是个游民。

马克·吐温是笔名，他的原名是塞缪尔·朗荷恩·克莱门斯，取自于船上水手的一个术语"marktwain"，意思是"水深两寻"，"两寻"，取自水手的行话，意思是"水深12尺"，指水的深度足以使航路顺利通过。1867年，马克·吐温出版第一部短篇小说集后，便以此为笔名。

马克·吐温自幼生长在密西西比河的小镇上，12岁丧父，小学没毕业便不得不辍学当印刷所学徒，后帮着哥哥奥利翁办报，很早就开始给地方小报写小文章。1858年起在密西西比河上学习领水，后来正式当上了引水员，一直到南北内战爆发才打断了他的河上生涯。他生在大河边，长在大河边，又在大河上工作了将近四年，摸透了这条美国第一大河的脾性，对沿河两岸的各种人物、世态人情都烂熟于心。马克·吐温以早年在密西西比河上的生活经历为题材，写了7篇文章，后汇集成《密西西比河的往事》。

马克·吐温以密西西比河最美国化的

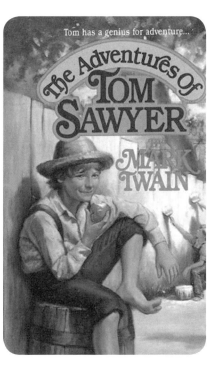

风土为舞台，写实地描绘了住在那里的人们的生活，这条大河成了他的生命的一部分，成了他创作的源泉。著名诗人艾略特甚至称大河是《哈克贝利·费恩历险记》的另一位主人公。

马克·吐温32岁才开始文学创作，但他从小就喜欢记日记、写信，他在密西西比河上做船长的时候，给帕密拉莫菲特的信中说："有的时候，水面似乎变成了一本优美动人的书。对于那些没有受过教育的乘客而言，那书毫无意义。但它却毫无保留地对我述说着自己的心灵，吐露出它自己最深怀的秘密，而且是用那么清晰而流畅的语音，向我诉说。" 生活的阅历，使他积累了丰富的素材。他的第一篇作品是他听到的一则关于卡拉韦拉期县驰名的跳蛙的笑话演绎出的故事。这篇生动幽默的小品，使他迅速成名。

马克·吐温一生写了十多部长篇小说，短篇小说或随笔约60篇，其他政论、小品和小册子为数更多，而其中与他的名字永垂不朽的则是《汤姆·索亚历险记》和《哈克贝利·费恩历险记》。

《汤姆·索亚历险记》发表于1876年。写了以汤姆·索亚为首的一群孩子，富于幻想和冒险，不堪忍受束缚个性、枯燥乏味的功课，幻想干一番英雄事业。小说通过主人公的冒险经历，对庸俗的社会习俗和刻板陈腐的学校教育进行了讽刺和批判，以欢快的笔调描写了少年儿童自由活泼的心灵。

马克·吐温的名字在中国广为人知，他的作品《竞选州长》入选了我们的中学教材。我国开始大量翻译马克·吐温的作品，大约是在他逝世20年后。最早翻译介绍的是《亚当夏娃日记》《王子与贫儿》等。新中国成立以后，马克·吐温的作品在中国更是得到了大量的翻译。最为人熟知的《汤姆·索亚历险记》和《哈克贝里·费恩历险记》，译本不下六七种。

在中国，从事马克·吐温研究的学者多达近千人。马克·吐温已发表的文艺作品，在中国都有译本。

我在翻译马克·吐温这位幽默大师的《汤姆·索亚历险记》和《哈克贝里·费恩历险记》两本历险记时，深深体会到了生活智慧：给人讲笑话，自己决不能笑。大凡表达幽默、讽刺、嘲笑以至毫无用意的逗乐滑稽的笔墨，火候分寸必须拿捏得恰到好处。过与不及，谑便成了虐或尴尬，风趣便成了恶俗，滋味全失。为此，译者必须置身事外，冷静地把握好心中那杆秤，时时掂量着笔下的每一个字，才能使令人捧腹或莞尔的原文在自己笔下生花。

马克·吐温不仅作品幽默，在日常生活中也"妙趣横生"。有一次，一位装了假眼的富翁走到马克·吐温面前，不无得意地对他说："尊敬的马克·吐温先生，人家都说你目光敏锐，你能看出我两只眼睛中哪一只是真眼，哪一只是假眼吗？"马克·吐温端详了一会儿他那副虚伪的面孔，指着他的一只眼睛说："这只是假眼。"富翁大吃一惊，问他是怎么看出来的。马克·吐温回答说："因为只有在你这只眼里，我还能多少看出一点儿仁慈。"

马克·吐温（1835~1910年）美国作家
主要作品：《卡拉维拉斯郡著名的跳蛙》《竞选州长》《镀金时代》《汤姆·索亚历险记》《哈克贝利·费恩历险记》《王子与贫儿》等。

链接：
● 马克·吐温负盛名的长篇小说是《汤姆·索亚历险记》和《哈克贝利·费恩历险记》。这两部作品在完成时间上相差近10年。

马克·吐温认为：当他的创作素材蕴积在心中到了形成创作冲动的时候，他的"水箱"已经满了，于是一泻千里地写将起来。一旦素材写完，"水箱"空了，他便停笔，决不勉强写下去。他知道，"水箱"会有再满的时候。著名诗人艾略特认为："吐温发现了一种不但适用于自己，而且适用于他人的新的写作方式。在任何一国文学中，这样的作家都是不多见的……他们是罕见的把语言当代化，从而'纯洁了部族方言'的作家。"马克·吐温创立了风靡美国文学并波及世界文学的口语风格。

《黛西·米勒》
——女主人公原型是作者的表妹米尼·坦普尔

■ 代显梅 / 文

《黛西·米勒》发表于 1878 年，在此之前，亨利·詹姆斯虽然已经出版了两部欧美主题的长篇小说《罗德里克·哈德逊》（1875）和《美国人》（1876），但是，似乎并没有在读者中引起很大反响，唯有这个短篇小说的问世，让詹姆斯一夜成名。美国读者自行划分为两个阵营：喜欢、赞赏黛西·米勒的和讨厌、反对黛西·米勒的。

《黛西·米勒》中的女主人公原型就是詹姆斯的姑妈的女儿，即表妹米尼·坦普尔。她生性活泼，美丽聪明，善交际，对生活充满渴望。然而，像那个时代的大多数肺结核患者一样，她 24 岁就被肺结核夺走了生命。詹姆斯后来在给哥哥威廉的信中说："我相信，每个人都会多少爱上她……我喜欢逗她开心，几乎像我以前做的那样。也许我在意取悦她比她在意被取悦要多。"

1869 年 6 月，米尼·坦普尔去世前给远在欧洲的詹姆斯写信说："我会想你，亲爱的，但是，我非常高兴地知道你幸福快乐。如果你不是我的表兄，我可能会让你娶我，带我一起走。但是，既然是，那就没办法了。不过，我安慰自己说，即使不是，你也不会接受我的提议，那会比现在更糟。"

米尼在给詹姆斯的许多封信中都是这样语气亲昵，充满年轻女子调情的意味。但是，了解詹姆斯和米尼的读者都明白这并不是情书，就像米尼所说的那样，即使她有这个想法，詹姆斯也不一定接受（评论界认为詹姆斯晚年有同性恋倾向，这也解释了他何以终身未娶，并且从没陷入过狂热的男女爱情），何况前者当时似乎更喜欢另一位法学才子约翰·格雷。米尼会用更严肃的口吻与格雷畅谈人生和宗教信仰，《詹姆斯传记》的作者里昂·埃德尔说："显然，那才是一个年轻女子与一个年轻男子真诚、深刻的心灵交流。"

不过，米尼之死对詹姆斯来说却是"我们青年时代的结束"。也因此，埃德尔把五卷本的《詹姆斯传记》的第一卷结束在了1870年的米尼之死。

在听到米尼去世这个意外的消息之后，作为表兄的詹姆斯表现出来的与其说是悲痛，不如说更多的是一种智性上的好奇，他催促母亲把米尼生前死后的全部经过都告诉他，包括"任何你听到的有关她的闲言碎语"。他想知道关于米尼之死的所有细节及最后的葬礼。

从此，米尼成为詹姆斯小说中的女主人公原型，除《黛西·米勒》外，还有《一位女士的画像》（1881）中的伊莎贝尔·阿切尔和《鸽翼》（1902）中的米莉·泰尔。可见对米尼·坦普尔的印象，影响并贯穿了詹姆斯文学创作的始终。

詹姆斯在1894年11月3日的创作笔记中写道："想到某个年轻人的情况（最好是个女的，我还不太肯定），20岁，站在似乎有无限可能的生活的大门口，医生却突然宣布她得了绝症（肺结核、心脏病，或者别的什么），她知道活着的时间很短了，她反抗，她恐惧，她痛苦地大哭，她表现那年轻人的悲剧性的绝望。她热爱生活，她对生活充满梦想，她热烈地拥抱生活，'我不想死——我不会死，我不会，噢，让我活着；噢，救救我！'如果她再多活一点儿，只是再多活一点儿——再长一点儿……"这正是米尼·坦普尔的情况，也是詹姆斯在创作《鸽翼》时的灵感，这部小说中的女主人公米莉·泰尔就是这样一位站在生活的大门口却被病魔夺去生命的悲剧人物。

《黛西·米勒》的主题大致涉及三个方面的问题。首先是读者比较熟悉的欧美文化冲突的主题：天真美丽、大胆鲁莽的美国女孩黛西·米勒遭遇了欧洲贵族社会陈规陋俗的禁锢，被一帮欧化了的美国人蔑视、排斥。小说的最后，黛西死于象征扼杀身心健康的罗马斗兽场的瘴气。正如叙述人所说："那里有历史的氛围，但是，用科学的眼光来看，历史的氛围无异于凶险的瘴气。"

第二个问题是美国的家庭教育问题：米勒先生奔忙于美国商场，没有时间陪妻子儿女，只好往老婆孩子的腰包里装满了钱，让他们满世界去炫耀。米勒太太软弱纵容，对9岁的儿子和举止轻狂的女儿没有任何管教意识，任凭他们胆大妄为。当黛西宣布要和只认识几天的温特伯恩一起外出时，米勒太太对此没有任何表示。有评论家指出，黛西不仅是缺乏家庭教养的牺牲品，是民族无知的牺牲品，也是她自己天真无知的牺牲品。

第三个问题是认识的不确定性：认识的不确定性既是小说的一个主题，也是现代小说叙述技巧的一个重大转变。传统小说中的叙述人对认识对象的那种明确、清晰的把握已不复存在，作者向读者呈现的只是认识对象的各种可能性，很少给读者提供绝对的结论，从而给读者提供了充分的想象和判断空间。就像小说中提出的另一个问题没有答案一样：美国人没有文化，缺少社会和历史意识，我行我素，这是否是一种道德缺失？究竟"粗俗"是否与品德有关，这个问题我们无法从小说中获得答案，只能自己去把握。

亨利·詹姆斯的小说常表达的主题有美国人和欧洲人之间交往的问题，成人的

1906年亨利·詹姆斯在美国做巡回演讲时的漫画，图中可见美国对这位作家的态度以及作家本人的困惑。

罪恶如何影响并摧残了纯洁、聪慧的儿童，物质与精神之间的矛盾，艺术家的孤独，作家和艺术家的生活等。

如果把亨利·詹姆斯的欧美主题小说看作是美国人在欧洲社会中逐渐走向成熟的一个过程，那么，我们就不难发现，詹姆斯在《黛西·米勒》面世后的1881年出版的《一位女士的画像》这部小说中，面对老练世故的欧洲人和高深莫测的欧洲习俗，他的美国人形象则变得越来越游刃有余。

《黛西·米勒》在1980年被翻译引介到中国，翻译者是已故北京大学教授和著名翻译家赵萝蕤先生。赵先生在《我是怎样翻译文学作品的》一文中曾简短地提到《黛西·米勒》和其他詹姆斯作品的翻译情况。赵萝蕤主张翻译是"无我"的"我"，只体现翻译者在翻译作品中的智慧、才学、理解力，而不能把译者意志强加于原著。赵萝蕤先生学贯中西，又有扎实的汉语和国学功底，所以她翻译的《黛西·米勒》就语言的传神和准确度而言无人能出其右。

亨利·詹姆斯（1843~1916年）美国作家
主要作品：《黛西·米勒》《一位女士的画像》《螺丝拧紧》《丛林猛兽》《鸽翼》《使节》《金碗》等。

链接：

● 亨利·詹姆斯开创了心理分析小说的先河，他提出的"意识中心论"对后来的"意识流小说"影响巨大。在《鸽翼》中，他发掘了人物"最幽微、最朦胧"的思想和感觉，把"太空中跳动的脉搏"转化为形象。在兰登书屋1996年评选的20世纪百部最佳英文小说中，亨利个人就占了3部。

● 亨利·詹姆斯与同时代的美国女作家伊迪丝·华顿保持着长期的友谊。但是晚年的詹姆斯一改往日含蓄、严谨、克制的形象，在书信中表现出对朋友，尤其是对年轻的男性朋友们极大的热情和暧昧，这给那些怀疑他有同性恋倾向的人以充分的证据。晚年，詹姆斯定居伦敦郊外的一个海滨小镇，在这里接待来访的美国家人和欧美朋友，并在这里走完了人生的最后旅程。他死后，遗骨被运回美国，与父母和哥哥一起安葬在波士顿南郊的墓园里。

《了不起的盖茨比》
——盖茨比的原型是古罗马帝国一位名叫佩特隆纳斯的高官

■ 姚乃强 / 文

《了不起的盖茨比》被公认为美国现代小说中最优秀的作品之一。作品中盖茨比人物原型是古罗马帝国一位名叫佩特隆纳斯的高官。

作者菲茨杰拉德在书里书外都曾或隐或现地交代过小说中盖茨比的人物原型。公元1世纪，古罗马帝国有一位名叫佩特隆纳斯的高官，他才华出众，文笔优美，后被诬告遭到陷害，自尽身亡。他生前写了一本叫《萨泰里康》的书，对罗马社会特别是宫廷和富人社会的种种丑恶现象进行了尖锐的揭露和嘲讽。

菲茨杰拉德为这本小说的取名可谓煞费苦心。1924年11月，菲茨杰拉德完成书稿后，曾写信给出版社的编辑马克斯威尔·珀金斯谈到他对书名的考虑：决定坚持用自己写在书稿上的书名"西埃格村的特里马尔乔"。特里马尔乔就是该书里的一个人物。这个人原先是一个奴隶，后来得到了一笔巨大的财产，成了暴发户。他处处炫耀摆阔，骄奢淫逸，挥霍无度。他尤以举办豪华盛宴而闻名遐迩。如果说特里马尔乔是古代的暴发户，那么菲茨杰拉德创造的盖茨比便是现代的暴发户，现代的"新贵"。

但是出版社的珀金斯和他的同事们都不同意用《西埃格村的特里马尔乔》作为书名，他们认为一般人都不知道这个名字的典故，发音又别扭，更不要说拼写了。于是建议用书中主人公的名字盖茨比作为书名，添加一个修饰词"了不起的"，以示讽喻。虽然菲茨杰拉德不甚乐意，但因当时他正忙于准备携其娇妻去欧洲，无暇顾及，勉强表示同意，最后还不忘问编辑可否删去"了不起的"。书名的变换使菲茨杰拉德苦心设计的那个文学原型被淡化了，其他的解释便也应运而生。

在很长一段时间里，许多评论家都倾向于从时代背景与作家个人的生平去解读《了不起的盖茨比》这部作品，将文本与菲茨杰拉德的个人经历联系起来，认为小说有不少自传成分。确实，假如我们把菲茨杰拉德的生平跟盖茨比的经历做一番比较的话，很容易找到不少相同点或相似之处：如他们都来自于中西部，在纽约闯荡发迹；青少年时都渴望成功，追求出人头地，崇拜物质至上主义；都因贫穷，不能赢得富人家淑女的爱情，忍受失恋的煎熬；拼命挣钱，期望"夺回"爱情；又都有过一时的成功，并为之欣喜若狂，然而等待他们的却是幻灭。我们在阅读小说时，无论是盖茨比举办的那些豪华晚会的场景也好，还是对盖茨比苦苦追寻旧日的恋情感情跌宕的描写也好，我们都会情不自禁地联想到菲茨杰拉德和泽尔达的爱恋故事，以及他们婚后在长岛沉湎于聚会狂饮的生活，大有似曾相识之感。但是如果我们就此将盖茨比和菲茨杰拉德对号入座，将作者本人定格为小说主人公原型的话，可能有点草率。因为要是我们多阅读一些菲茨杰拉德写的作品，尤其是他的长篇小说，我们不难发现，从他的成名之作《人间天堂》到他完成的最后一部小说《夜色温柔》，在那里都可找到作者的身影。

美国著名文学评论家阿尔弗莱德·卡

津在评价菲茨杰拉德时曾这样说过："他对于事物的外部细节的观察细致入微，因为他有着惊人的记忆力。正是他的这种观察力的天赋使人们认为他只是个社会表象的记录员，特别是美国20世纪20年代的编年史者而已。然而，尽管他写的细节都很具体，但无一不是出自他个人的经历。他小说里的情节都是他身临其境，亲身感受过的。"不过，我们从对他作品宽泛的分析中，很容易看到他创作中的一个不变的主题，那就是物质至上主义、对于金钱的追求，有人甚至因此称《了不起的盖茨比》是一部"金钱罗曼史"，一出"美国梦"的悲剧。

所谓的"美国梦"是一种信念，也是一种欲望，一种梦幻，认为在这块充满机会和财富的土地上，人们只要遵循一组明确的行为准则去生活，就有理由实现物质的成功。盖茨比认为自己与众不同，他是上帝之子，他要为上帝的事业效劳，追求一种"博大的、世俗的、虚饰的美"。显然他把自己想象成为基督一样的人物。17岁时他决定改名，由原来的詹姆斯·盖兹改为杰伊·盖茨比就有这份含义在内，据说杰伊·盖茨比是英语"Jesus, God's boy"（耶稣，上帝之子）发音的变体。但是具有讽刺意味的是，从他改名那一刻起，他开始追求所谓的美和善，他的人生悲剧也就开始了。他把黛西视为他追求的那种美的化身。他企求与黛西联袂来实现自己的梦想。然而，美梦却演变成噩梦。

小说告诉我们盖茨比是"美国梦"的产物，也是"美国梦"的殉葬品。

《了不起的盖茨比》真实再现了美国在第一次世界大战后的社会状况，一个繁荣、奢靡、浮躁、贫富急剧分化的社会。作者菲茨杰拉德也被称为美国20世纪20年代的"编年史家""喧闹的20年代"或"爵士时代"的"桂冠诗人"。

在我国，《了不起的盖茨比》有多个译本，在我读到的四五个译本中，我个人认为巫宁坤教授的译本（1998年南京译林版）是最好的。我不仅为他传神的译笔叹服，也为他写的"译后记"叫绝。译者在后记中讲述了他跟这本书"阴差阳错的因缘"，从被批为"腐蚀新中国青年的下流书"，到主人随书下放，书遭水灾而淹泡，再到雨过天晴被邀译成中文，还受到好莱坞明星的推荐，最后旅美时邂逅菲氏墓地……可谓是一篇荡气回肠的故事。我对前辈巫宁坤教授十分敬重，故而人民文学出版社2004年初约我重译《了不起的盖茨比》时，我犹豫良久。但编辑同志一再劝说，我也为其诚意所动。我考虑名著不是不可重译，后译的也不一定要全面"超越"前人所译，译者各有不同的风格，只要是认真从事的翻译工作，何尝不可一试，让读者选择评说。另外，编辑告诉我这次人民文学出版社出的是插图本，我想这也会是一个亮点。出乎意料，我的译本出版后备受欢迎，在过去一年多时间里便重印了4次。这当然主要是原著的魅力，但也让我可告慰作者菲茨杰拉德了。

弗朗西斯·斯科特·基·菲茨杰拉德（1896~1940年）美国作家
主要作品：《人间天堂》《了不起的盖茨比》《夜色温柔》《最后一个巨商》等。

链接：

● 1940年12月21日，菲茨杰拉德死于酗酒引起的心脏病突发，年仅44岁，并遗留了一部未竟之作《最后的大亨》。他死前已破产，遗嘱中要求举办"最便宜的葬礼"。困在精神病院的妻子泽尔达，最后相伴左右鼓励他写作的情人，均未能参加葬礼。7年后，菲茨杰拉德的妻子所在的精神病院意外失火，她被困在顶楼，活活烧死。两人最后被葬在一起。他们的墓碑上镌刻着《了不起的盖茨比》中家喻户晓的结尾："于是我们继续奋力向前，逆水行舟，被不断地向后推，直至回到往昔岁月。"

死前贫困交加的菲茨杰拉德，怎么也想不到在他去世后，他的小说重新得到人们的关注，舞台剧、音乐剧、芭蕾舞剧和电影相继出炉，并焕发出历久弥新的光彩。

主编注：同时收到两位老师《了不起的盖茨比》来稿，一并致谢。

《丧钟为谁而鸣》
——罗伯特·乔丹的原型是林肯纵队的副官罗伯特·梅里曼

■ 吴素莲/文

　　1937年2月底，海明威以北美报业联盟记者的身份乘坐"巴黎号"经法国去西班牙，报道西班牙内战战事。3月下旬到马德里，下榻佛罗里达旅馆。在西班牙的国际进步人士活动中心，海明威结交了不少新朋友，如苏联作家爱伦堡、智利诗人聂鲁达、法国作家安德烈·马尔洛、《纽约时报》知名记者赫·马修斯等，但是，给海明威留下最深刻印象的是他结识的一个名叫罗伯特·梅里曼的加利福尼亚人，这个青年人上过大学，到过苏联，1937年初志愿来到西班牙，在林肯纵队当副官。后来海明威得知罗伯特·梅里曼在战斗中牺牲。战争结束后，回到古巴的海明威就把罗伯特·梅里曼的故事写进了《丧钟为谁而鸣》这部小说中，有研究者认为，小说主人公罗伯特·乔丹的原型就是林肯纵队的副官罗伯特·梅里曼。

　　小说中的女主人公玛利亚的原型是西班牙巴塞罗那北部一家医院的一位护士，名叫玛丽亚，她曾经遭到法西斯士兵的蹂躏，但是外表沉静的玛丽亚性格坚强，对工作认真负责。海明威把她作为原型也写进了《丧钟为谁而鸣》中。

　　用海明威自己的话来说：作家根据自己的经历创作出来的作品，"应当比实际事物更加真实"，塑造出更加鲜活的人物形象和动人心魄的情节与氛围。

　　《丧钟为谁而鸣》（旧译《战地钟声》）发表于1940年，小说的标题来源于17世纪英国玄学派诗人约翰·查恩（1571~1631）的《祈祷文集》中的一段话，在小说的扉页上，海明威摘录了查恩的这段话："任何人都不是一座岛屿，能孑然孤立；每个人都是广阔大陆中的一部分。假如大海的波涛冲掉其中的一块礁石，那么欧洲大陆就会缩小一点；犹如你的朋友或你的庄园被冲走一样；任何人的死亡都会使我蒙受损失，因为我包孕于人类之中共成一体；所以，无论何时都别去打听：丧钟为谁而鸣？它正为你哀悼。"

《丧钟为谁而鸣》写于哈瓦那瞭望田庄，1940年10月由斯克莱纳出版社出版。该书问世后，很快入选"每月读书俱乐部"书目，销路很好，头一版7.5万册一售而空。

《丧钟为谁而鸣》向读者讲述了一个美国志愿者深入西班牙敌后，在游击队的协助下完成了艰巨的炸桥任务，最后英勇牺牲的故事。

海明威自认为，《丧钟为谁而鸣》是他最优秀的作品。

但是评论界对这本书的看法分歧非常大，对《丧钟为谁而鸣》是否真实反映了西班牙内战发生了争执。随后，有人在洛杉矶控告《丧钟为谁而鸣》某些部分抄袭了某个电影脚本。虽然法庭宣布此事不实，但是还是扣了海明威1000美元的诉讼费。

法庭内外的争执，使《丧钟为谁而鸣》的销售超过了50万册。

美国"有限版本俱乐部"授予海明威金奖。至1943年，《丧钟为谁而鸣》销售量达到近80万册。

1940年10月，海明威将长篇小说《丧钟为谁而鸣》的电影改编和制作权以10万美元卖给了派拉蒙电影公司。1943年，根据《丧钟为谁而鸣》改编的电影《战地钟声》在纽约首映。

如今，西班牙内战早已不大为人们所谈论，但却是第二次世界大战欧洲战线的序幕，是全世界进步力量和德意法西斯政权之间的第一次较量。以文学形式来反映西班牙内战这一历史的作品为数不多，而至今尚被人推崇、广泛阅读的恐怕就只有这部《丧钟为谁而鸣》了。

厄内斯特·海明威（1899~1961年）美国作家
主要作品：《太阳照常升起》《永别了，武器》《丧钟为谁而鸣》《老人与海》等。

链接：

● 1941年春，海明威以美国《午报》记者的身份，其新婚妻子玛瑟以《柯立尔》周刊记者的身份随同一道来到正处于抗战相持阶段的中国采访。只可惜他们此行的目的是受美国财政部长委托对国共关系做调查，其身份是政府特派员而非作家，因而接触的人大部分是政治人物，并未与中国文学界有深入的接触。但是海明威对苦难深重的中国人民充满了同情。他曾指出：中国是抗击法西斯的重要力量，美国应加强对中国的援助。他不仅赞扬中国人民在艰苦条件下奋斗了五年，拖住了日本侵略军，而且指出中国的抗战成了美国的第二条前线，与美国安危息息相关。

海明威（右一）和妻子玛瑟（左二）准备前往中国。

《永别了，武器》
——细节来自海明威在第一次世界大战的切身经历

■ 董衡巽 / 文

《永别了，武器》是海明威的一篇战争小说，小说全部内容纯属虚构，但是海明威在第一次世界大战的切身经历，以及发生在海明威实际生活中的几件事情，构成了作品中的细节。

1914年，第一次世界大战爆发，美国1917年4月对德宣战。美国青年在战争宣传鼓动下个个摩拳擦掌，想上战场过一过"紧张的生活"，海明威也不例外。但是他父亲坚决反对他去当兵，理由是他年龄太小，加上左眼有毛病，他自己也怕无法通过体检。于是，通过一个亲戚和一位同学的介绍，他去《堪萨斯城星报》当了见习记者。在海明威进报馆一个月后，编辑部新来了一位年轻记者，这个记者原来是康奈尔大学的学生，因打高尔夫球击瞎了一只眼睛而辍学。虽然伤残了，他仍然参加了美国野战后勤部队，去法国开了4个月的救护车。他讲了许多战地故事，海明威听后激动万分，于是联络了另外几个年轻人，向红十字会登记，申请去欧洲战场当救护车司机，获得批准。那时的海明威还不到19岁，根本不知道打仗是怎么一回事，他在第二次世界大战时回忆第一次上战场时的情景说："我参加上次战争那会儿特别傻，还以为我们是主队，奥地利人是客队呢。"

海明威当时所在分队的任务是运送从前线下来的伤员，向士兵们分发咖啡、烟、糖果、文具、明信片之类的食品和日用品。他工作的地方是意大利的前沿阵地，离奥地利军队才50码。一天夜里，奥军一颗白炮炮弹打来，当场炸死炸伤4个人。海明威被击中腿部后倒下了。他给家人写信时这样描述他受伤之后的感觉："……我中白炮炮弹受伤227处，当时并不感觉怎么痛，只觉得我这两条腿像穿了灌满水的橡皮靴子。灌的是热水。两个膝盖很别扭。机枪的子弹像冰冻的雪球重重地砸在我腿上……在战壕里我几乎垮了。裤子里面像是有人在里面调了果酱冻，血从弹孔往外流。……他们（指战友）帮我脱下裤子。

两条腿还在,可是,啊呀,打得不成样子。"

在小说里,海明威把自己受伤后的境况移植到主人公亨利身上:美国青年亨利在一次大战期间志愿参加救护队,在意大利开救护车。在一次军事行动中,他腿部中弹受伤,去米兰治疗……"我的双腿又暖又湿,鞋子里边也是又湿又暖。我知道我受了伤,就俯下身子去摸摸膝盖。我的膝盖没了。我把手伸进去,才发觉膝盖原来还在小腿上。"

通过对比,我们看到,海明威自身经历和小说主人公受伤时的感受何其相似。同时,作为艺术性的描写,作家把主人公的感受提升到了新的境界。

海明威在米兰住院期间,由一名英国护士艾格尼丝护理。护理期间,艾格尼丝陪海明威散步、看赛马,海明威渐渐爱上了她。只是艾格尼丝觉得自己年龄比海明威大许多,护理他,是出于工作需要,并不是爱他,所以婉拒了他的爱情,另嫁他人。

海明威在《永别了,武器》中,把发生在自己身上的故事化作动人的情节。生活中的艾格尼丝并不爱海明威,可是海明威并不因为这位护士不爱他而忘却了这段恋情,他把这份单相思化作小说男主人公的温情,把它倾注在作品中的护士凯瑟琳的身上。

《永别了,武器》初稿写于1922年,但手稿在巴黎不幸被小偷偷走,海明威只好重新创作。小说写得很快,可是写到最后部分,海明威修改了39次才定稿,每读一遍他都有新的想法。海明威坦诚:这本书,让我终于找到了我平生追求的东西。

1929年《永别了,武器》发表之后,好评如潮。但海明威的友人、作家司各特·菲兹杰拉尔德读了小说初稿后,在给海明威的信中指出:这部小说整体上说写

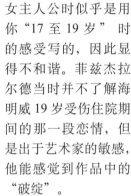

海明威

得很成熟,男主人公写得很好,可是你写女主人公时似乎是用你"17至19岁"时的感受写的,因此显得不和谐。菲兹杰拉尔德当时并不了解海明威19岁受伤住院期间的那一段恋情,但是出于艺术家的敏感,他能感觉到作品中的"破绽"。

这个例子说明:把生活中发生的故事化为文学作品中的情节这种艺术行为有时具有两面性。一方面,生活经验非常重要,这是基础,没有这个基础,就不可能进行虚构;另一方面,把生活经历演化为小说的情节需要艺术的提炼,尽可能不要留下真实生活的痕迹。

如果说,海明威在受伤这个例子上的描写取得了很大的成功,那么在写恋情这方面确实还有改进的余地。

比如小说中对女主人公凯瑟琳分娩时去世的描写:"看来她是一次接连一次地出血。他们没法子止血。我走进房去,陪着凯瑟琳,直到她死去。她始终昏迷不醒,

没拖多久就死了。"

海明威并不了解女人分娩的真实情况，但这方面的体会还是有的。海明威结过三次婚，先后有四个妻子。他的友人菲兹杰拉尔德说过一句有趣的话，他说海明威每写一部小说都要换一个老婆：写《太阳照常升起》时，妻子是哈德莱；写《永别了，武器》时换成了保琳；写第三部小说《丧钟为谁而鸣》时与保琳感情破裂，与一位记者玛瑟·盖尔荷恩相爱；待到写《老人与海》时，他又换了一个。海明威在婚姻的"围城"进进出出，从不疲倦。

他对女人生孩子有所了解是因为他第二任妻子保琳·帕发弗生儿子时难产。那是1928年6月，保琳临产时阵痛不断，煎熬了18个小时，最后只好采取剖腹产手术。海明威目睹女人分娩时的惨状，把这份感受用来描写小说中女主人公生孩子的境况。

关于生活经验与文学创作之间的关系，作家杨绛打过这么一个比方："创作的一个重要成分是想象，经验好比是黑暗里点的火，想象是这个火所发的光；没有火就没有光，但光照所及，远远超过火点儿的大小。"

作家的创作离不开生活经验、观察和想象这三个要素，其中生活经验或者说生活积累是创作的基础。没有生活的感受，再丰富的想象也只能是无源之水。

《永别了，武器》通过美国青年亨利参加第一次世界大战前后的变化，反映了战争给一代人带来的无法愈合的创伤。小说出版后，一些评论文章对海明威的小说极尽溢美之词，其中一篇文章说海明威幼

年轻时的海明威

年离家，本想当拳击家，后来成了驻外记者，战争中身受七处重伤；说他开始写作时生活如何艰苦，身体如何糟糕，如何经常挨饿，但他毫不妥协，非常勇敢，表现出"压力下的风度"。这篇文章不仅美化了海明威，而且把海明威的经历和他小说主人公的故事混为一谈，开创了渲染海明威传奇色彩的先例。不过，当时的海明威还不习惯这样的吹捧，他在《永别了，武器》的第二版序言中声明："书中的人物都是虚构的，书中写到的部队和军事组织在实际上并不存在。"三年后，即1932年，《永别了，武器》由派拉蒙电影公司改编为电影《战地春梦》并上映，影片又把小说虚构的战事和海明威的经历混淆在一起，气得海明威向好莱坞提出抗议，并拒绝出席首映式。海明威的这一举动，反而使电影和小说的销路变得更好了。

1954年，瑞典皇家科学院以"精通现代叙事艺术"为由将诺贝尔文学奖颁给了海明威。海明威所擅长的现代叙事艺术是包括中国在内的世界各国读者热爱他的重要原因之一，也成为研究者们的兴趣所在。

20世纪50年代，《永别了，武器》先后有张爱玲和海观的两个译本问世。20世纪90年代至今，中译本就更多了，先有上海译文出版社林疑今翻译的译本，后有浙江文艺出版社汤永宽翻译的译本，它们都是多次重印并受欢迎的译作。

1961年7月2日，海明威去世，赵家璧在1961年8月22日的《文汇报》上写下《永别了，海明威——有关海明威二三事》一文。我在《文学评论》1962年第6期上发表了长文《海明威浅论》。

1978年到80年代末，是海明威在中国被接受和研究的黄金时期，他的作品被大规模地翻译和出版，读者的热情空前高涨。

厄内斯特·海明威（1899~1961年）美国作家
主要作品：《太阳照常升起》《永别了，武器》《丧钟为谁而鸣》《老人与海》等。

链接：

● 1934年叶灵凤在《文学》第5卷第6期刊登了一篇全面介绍和评价海明威及其作品的论文《作为短篇小说家的海明威》，这是中国人第一篇专门研究海明威的论文。1935年，赵家璧发表了两篇研究海明威的论文《海明威的短篇小说》和《海明威研究》，第一次从思想研究的角度来探究海明威。1939年，上海启明书局出版了余犀翻译的海明威小说《退伍》。进入40年代，有关海明威的译作逐渐多了起来，林疑今翻译了《战地春梦》，谢庆尧翻译了《战地钟声》，冯亦代翻译了《第五纵队》和《蝴蝶与坦克》，马彦祥翻译了《没有女人的男人》等等。

主编注：同时收到两位老师《永别了，武器》来稿，一并致谢。

《老人与海》
——取材于古巴渔民富恩特斯的真实经历

■ 王冬/文

《老人与海》取材于古巴渔民富恩特斯的真实经历。

第一次世界大战结束后，海明威移居古巴，认识了渔民格雷戈里奥·富恩特斯。

1936年的一天，富恩特斯出海捕到了一条大鱼，由于鱼太大，富恩特斯在海上拖了很长时间，不料在归途中被鲨鱼袭击，回来时大鱼只剩下一副骨架。海明威闻讯后非常震惊，特意在《绅士》杂志4月号上发表了一篇通讯《在蓝色的海洋上》报道此事。事后，海明威和富恩特斯成了无话不谈的好友。在两人的接触中，《老人与海》的人物也渐渐站立起来。

1939年2月，海明威在给斯克莱纳出版社总编辑帕金斯的信中说，他想将这个故事写成小说，打算乘卡洛斯的船出海体验一下渔夫的经历。

1950年圣诞节后，海明威在古巴哈瓦那郊区他的别墅"观景庄"动笔写《老人与海》（初名为《现有的海》），1951年2月完稿。由于原文仅2.6万多字，故事完全独立，海明威的好友利兰·海沃德建议在《生活》杂志上先行刊出。

1952年5月，《生活》杂志发表了海明威的中篇小说《老人与海》，不到三天杂志就售出了530多万本。

《老人与海》的故事非常简单，写的是古巴老渔夫圣地亚哥在连续84天没捕到鱼的情况下，终于独自钓上了一条比他的小船还大的马林鱼，但鱼太大，老人冒着被大鱼颠覆的危险，费尽全力把鱼杀死，绑在小船的一边，谁知返航途中，遭鲨鱼袭击，最后回港时，马林鱼只剩下鱼头鱼尾和一条鱼脊骨。这看似简单的小说，却受到读者好评，除了海明威的叙事艺术之外，作品中老人身上体现出来的那种顽强拼搏、面对失败绝不屈服的精神也起到了关键的作用。

有人说，文如其人。这句话至少对海明威是适用的。

海明威生于一个乡村医生家庭，从小喜欢钓鱼、打猎、音乐和绘画，曾作为红十字会车队司机参加第一次世界大战，后长期担任驻欧记者，并曾以记者身份参加第二次世界大战和西班牙内战，是个不折不扣的硬汉。

有趣的是围绕小说的主题思想和艺术手法，尤其是小说主人公圣地亚哥，出现了不同文学流派对小说进行的不同解读，引起了文学论坛上一场热烈而持久的争论，海明威本人也参与其中。

1953年《老人与海》荣获普利策奖，1954海明威获得诺贝尔文学奖。诺贝尔文学奖评奖委员会在授奖词中指出，海明威获此殊荣是由于他精通现代叙事艺术，突出地表现在他的近作《老人与海》中，同时也由于他对当代文风的影响。瑞典皇家文学院秘书安德斯·奥斯特林在颁奖词中说得更直接：这一类杰作，特别是《老人与海》，令人难忘地叙述了一个古巴渔民和一条大西洋巨鲨搏斗的故事。

1954年底，瑞典皇家科学院授奖时，海明威因健康原因未能出席在斯德哥尔摩举行的授奖典礼，他写了一篇简短的受奖演说，请美国驻瑞典大使约翰·卡波特代读。这篇简短的受奖演说让人印象深刻，其中一句话表示，以前不少伟大的作家并没有获得此项奖金，所以他不能够心安理得地领奖而不感到受之有愧。

海明威在接受《纽约时报》记者电话采访时提到至少有三位美国作家应该得奖而没有得到，他们是小说家马克·吐温、亨利·詹姆斯，诗人卡尔·桑德堡。

20世纪50年代，先后有张爱玲（1952年在香港出版的《老人与海》，译者署名范思平，实则为张爱玲）和海观的两个译本问世，后又有余光中、董衡巽、吴钧燮、李文俊、孙致礼、黄源深等翻译家翻译的20多种不同译本。

1999年，上海译文出版社出版了吴劳翻译的《老人与海》，吴劳自谦地指出他的译本不一定是最好的，但这个译本是（当时）大陆唯一受版权法保护的。上海译文出版社出版的《老人与海》4年中印刷了14次，达54万多册！直到有一次，吴劳先生在上海图书馆签名售书时才知道，《老人与海》原来是中学老师向学生推荐的课外励志读本，也为海明威和这本书做了义务广告！

吴劳先生认为，海明威所有作品的主人公身上，或多或少地能看到作者本人的影子。

1961年7月，海明威因不堪疾病折磨，饮弹自尽。

海明威生前，不同意出版他的新闻作品与他的非小说文稿，也不同意将它们汇编出版。这个问题直到1961年海明威去世后才得到解决。海明威的妻子玛丽整理出版了他的两部遗作：《不散的筵席》（1964）和《海流中的岛屿》（1970）。后来陆续问世的有《伊甸园》（1986）、《曙光示真》（1999）和《乞力马扎罗山下》（2005）。这些遗作都引起了学界和读者的兴趣。

海明威的记者生涯长达40多年，他的新闻作品是他艺术风格的一部分。从1967年至今，美国学者陆续将海明威的新闻作品整理出版。

"I could take it," the man said. "Don't you think I could take it, Kid?"

"You bet."

"They all bust their hands on me," the little man said "They couldn't hurt me."

He looked at Nick

"Sit down," he said. "Want to eat?"

"Sure" ~~Yeah~~ Nick said. "I'm hungry."

"Listen," the man said, "Ca...

"Sure."

"Listen," the man little ... quite right."

"What's the matter?"

"I'm crazy."

He put on his cap. Nick

"You're all right," he said

"No I'm not. I'm crazy. Listen, you ever been crazy?"

"No," Nick said. "How does it get you?"

"I don't know," Ad said, "when you got it you don't know about it. You know me don't you?"

"No."

"I'm ad Francis."

"Really?"

《老人与海》插图 〔苏〕弗拉索夫/画

海明威手稿

海明威去世后,《老人与海》的原型富恩特斯在海明威的原住所——哈瓦那东郊的贝希亚庄园建立了海明威博物馆,并且捐出自己保存的一些海明威生前物品,接待来自世界各地凭吊海明威的文学爱好者和游客。

美国渔业协会为表彰富恩特斯促进美国与古巴两国人民的友谊所做的贡献,授予富恩特斯荣誉船长称号。

2012年1月13日,《老人与海》中的主人公原型古巴人富恩特斯辞世,享年104岁。

《老人与海》中"人可以被毁灭,却不可以被打败"的硬汉精神,征服了无数读者。

《老人与海》奠定了海明威在世界文学中的地位。

厄内斯特·勒尔·海明威(1899~1961年)美国作家
主要作品:《太阳照常升起》《永别了,武器》《丧钟为谁而鸣》《老人与海》等。

链接:

● 海明威认为《老人与海》是他"这一辈子所能写得最好的一部作品"。1954年12月10日,海明威在获诺贝尔文学奖致辞中说:没有一个作家,当他知道在他以前不少伟大的作家并没有获得此项奖金的时候,能够心安理得地领奖而不感到受之有愧。这里无须一一列举这些作家的名字。在座的每一个人,都可以根据他的学识和良心提出自己的名单来。……把一个作家心中所有感受说出来那是不可能的。一个人作品中的一些东西可能不会马上被人理解,在这点上,他有时是幸运的;但是这一切终究会十分清晰起来,通过它们以及作家所具有的点石成金的本领之大小,他将青史留名或被人遗忘。

很多时候,写作是一种孤寂的生活。对于一个真正的作家来说,每一本书都应该成为他继续探索那些尚未涉及的领域的一个新起点。他应该永远尝试去做那些从来没有人做过或者他人做过但却已经失败的事。这样他就会有幸获得成功……

● 1929年7月,上海水沫书店出版了黄家潊翻译的美国现代短篇小说选集《别的一个妻子》,其中有海明威的短篇小说《两个杀人者》。这是最早被译介到中国的海明威作品。1933年,黄源在《文学》上发表《美国新进作家海明威》一文专门对其进行介绍。

● 1980年,美国肯尼迪图书馆成立了海明威研究室,对外开放,海明威学会成员有140多人,其中亦有中国学者参加。

《土生子》
——取材于美国轰动一时的谋杀案

■ 施亮/文

1938年，芝加哥黑人罗伯特·尼克松谋杀一个白种女人的真实犯罪案件，是当时轰动一时的大案。美国黑人作家理查·赖特的代表作《土生子》的故事情节就是根据此素材写成的。当然，小说是以此犯罪行为作为戏剧性故事发展的主要线索，将主人公的犯罪行为看成是当时美国畸形发展的必然结果。

《土生子》中别格这个人物是美国黑人文学塑造得很成功的艺术典型之一。作者后来在哈莱姆区的纽约公共图书馆里作《别格是怎样出生的》演讲中，阐述了他写这部小说和创造别格这一艺术形象的过程。作者把现实生活中许多别格型的青年加以提炼，塑造出这个与汤姆叔叔截然相反的性格，如果说过去黑人形象是汤姆叔叔型的老实人和受害者居多，现在受害者反而变成杀人犯，老实人变成了挑衅者。别格被白人称为"坏黑鬼的穷小子"，穷极思变，穷凶极恶，充满了复仇的欲望，敢于向现存的社会秩序挑战，他们给自己找到的唯一出路是铤而走险。他还说，把别格乘以1200万（当时美国黑人的人口），就得出了黑人民族的心理。

在这部小说开始，描写了主人公一家4口人住一间狭窄的小屋，母女俩起床穿衣，得先叫两个男孩回过头去。穷困的生活形成了主人公别格的残忍性格，作者栩栩如生地描绘了别格活生生杀死耗子的情景，刻画了他近乎病态的心理。年轻的别格在白人道尔顿家中当司机和锅炉工，这家白人是开明和善良的，女儿玛丽小姐的男友还是共产党员，但他们同情别格的友好态度，反而激起了别格的多疑和仇恨。一天，别格开车送烂醉如泥的玛丽回家，将她搀扶入卧室，此时瞎眼的道尔顿太太闻声来看女儿，别格生怕自己的行为被人误解，竟下意识用枕头捂住玛丽的嘴，不让她出声，把她闷死了。别格又将玛丽的尸体拖到锅炉房，用斧子砍碎后焚尸灭迹。事后，他又企图嫁祸于人，暗示玛丽是被其男友同一伙共产党员绑架走的。他在恐惧中，又杀死了知道真相的女友黑人姑娘蓓西。最后，真相暴露，别格被捕入狱，终于被判电刑处死。小说的最后部分还以较多篇幅写了别格的辩护律师为他所做的长篇辩护，向别格宣传共产主义，但说教成分明显，比较缺乏艺术感染力。

别格形象的塑造，亦与作者理查·赖特的自身经历有关。作者出生于美国密西西比州纳齐兹附近的一个种植园里，祖父是奴隶，父亲在种植园当过工人，后来弃家出走，母亲是乡村女教师。他进过孤儿院，又辗转寄养于几个亲戚家，受尽虐待与欺凌，还受到街头儿童和学校中同学们的欺负，他为了自卫常常被人打得头破血流。他从小在一个冷酷的环境中成长，有一种很深的受歧视心理，以及"弃儿"与"局外人"的冷漠心态。这样的心理状态，在他的自传《黑孩子》里有生动的描述，而且也体现在小说《土生子》的主人公别格的形象上。

20世纪20年代，以美国最大的黑人聚居区哈莱姆为中心，兴起了哈莱姆文艺复兴运动，也称黑人文艺复兴运动。在哈莱姆文艺复兴运动中，前期的兰斯顿·休士的诗歌和后期的理查·赖特的小说，在艺术上都达到很高水平。著名美国评论家欧文·豪说："在《土生子》出版的那一天，美国文化被永久地改变了。不管这本书以后会受到多少指摘，重复老一套的谎言已不可能了。"《土生子》出版后，不仅震动了美国文坛，也震动了美国社会。这部小说很畅销，被美国著名的"每月一书读书会"选中，后来又被收入很有影响的《现代丛书》。次年，这部小说被改编成戏剧，在百老汇上演，不久还被拍成了电影。西方评论界认为，赖特的《土生子》出版后，标志着黑人文学才在美国文学中取得地位，才在社会中产生较大影响。这是一部有永久价值的社会小说。

在那个时代，弗洛伊德的心理分析学说在文学中有很大影响，作者赖特在创作中也将较多的篇幅放在人物病态心理的分析和描写上。他摒弃弗洛伊德关于压抑出于性欲的那部分学说，突出内心压抑的社会原因，是人压迫人的社会制度使他们精神压抑和心理病态。像别格这样的青年，用弗洛伊德术语讲，就是失去了自我，失去了做人的尊严和自信。他们相信，只有"变得凶恶，使人人畏惧"，通过杀人犯罪才能变成英雄好汉，才能找到自我，这是不合理的社会制度造成的压抑变态心理。作者的理论也是一种结合社会学而自成体系的新型心理分析学。赖特在1932年曾经参加美国共产党，信仰马克思主义，也是美国三四十年代左翼文学中的"抗议小说"运动的创始人之一。他后来不满意美共僵化地把苏联日丹诺夫那一套"社会主义现实主义"搬到文学创作上来，又与美共的观点和政策发生分歧，终于在1944年退出美国共产党，两年后又离开美国到巴黎定居，直至去世。

《土生子》中译本的最早版本，是1983年人民文学出版社出版，由先父施咸荣翻译的。这个版本，后来在1999年6月又由译林出版社重新再版。此时父亲已病逝6年了。《土生子》中译本不像父亲翻译的其他书籍那样畅销，这是他译此书时也有所预感的。记得，他翻译此书时，正是刚调入美国研究所之时，工作非常忙碌,每天晚上回家即趴在桌上译书,甚至感冒发烧在家休息也不中辍。瞧他这样辛苦劳作,我们家人劝他注意身体,他只是笑一笑,说是出版社急着要稿子,只得赶一赶了。他快要把全书翻译完时,我抢先翻阅了译稿。读完后父亲问我有何感想,我坦率地说太压抑了。父亲神情凝重地点一点头,对我说,他估计中国读者不会太喜欢这部书,所以也不会畅销的。但他又说:"我也不能总是译畅销书,《土生子》这本书在美国文学史上是有地位的,翻译它是我从事美国黑人文学研究的一个大项目。"他还多次对我说,没有黑人文化的浸染与影响,可以说就没有美国当代文化的繁荣!这一点,中国学术界是认识不足的。黑人的音乐舞蹈,以及文学艺术,都对美国文化的影响巨大,在美国文化的三个组成部分(即欧洲文化、犹太文化和黑人文化)中,是有极其重要贡献的。他当时还预言,过十余年后,一批美国黑人精英人物将在美国社会各界占有重要地位。

那时,我懵懂地闹不清他为何要注重美国黑人文学研究。父亲病逝后,我应福田公墓之约整理他的小传时,才知道父亲在20世纪50年代就开始翻译美国黑人作家休士的《黑人短篇小说选》,60年代在著名黑人领袖杜波依斯访华时他负责接待工作并翻译其代表作《黑人的灵魂》,即使在"文化大革命"后期的岁月里,仍然利用他编辑内部刊物《外国文学情况》的便利条件,撰写了《美国七十年代黑人戏剧》的论文。从此,他对美国黑人文学的研究一直很注重,《美国文学简史》中关于黑人文学部分就是他执笔撰写的。父亲还一直计划写一部《美国黑人文学史》,可惜这个遗愿未能实现。

理查德·赖特(1908~1960年)美国作家
主要作品:《土生子》《局外人》《野蛮的假日》《长梦》《今日的主》《黑孩子》《美国的饥馑》等。

链接:

● 赖特的代表作《土生子》在1940年出版后,次年就由作者与他人合作改编成了剧本,在百老汇上演,剧场座无虚席,观众相对唏嘘,使得这部小说名声大振。1949年,他在阿根廷又将此书的故事改编成电影,电影剧本也是赖特自己亲自编写的,他还主演故事中的主人公别格,进一步增强了这部书的影响。

● 赖特曾经在旅馆里当过侍者,他后来回忆说,旅馆里的白种女人竟然一丝不挂地在他面前走来走去,仿佛不存在他这个人似的。这使得赖特的种族自尊心深受伤害,他认为当时的美国黑人在白人社会里不被当人看待,不具人格,不具人的尊严。这一思想后来被另一位黑人作家拉尔夫·艾里森所进一步发挥,写成了另一部伟大作品《看不见的人》。

● 1946年赖特离开美国,定居巴黎。曾经与法国存在主义作家萨特等过从甚密,颇受他们的影响。从那时起一直到逝世,他为了支持第三世界的新独立的非洲国家奔走呼吁,经常出席国际会议,到非洲各国旅行,发表支持黑非洲的声明与演说。

《乱世佳人》
——书中细节曝光作者隐私

■ 陈良廷/文

《乱世佳人》是玛格丽特·米切尔在家养伤期间动笔写的小说，故事和人物都带有自传性。斯佳丽这个具有叛逆性格的南方美女——一个男子气概的女强人，就是作者的自我写照。米切尔任性好强，从小爱骑马，爱跳舞，年轻时在一次舞会上对一个年轻上尉一见倾心，这个上尉就是书中斯佳丽难舍难忘的阿希礼——一个女人腔的男人。与阿希礼形成鲜明对照的瑞特·巴特勒——一个真正的男子汉，却是米切尔当初狂热爱过，并且不顾父亲反对而与之结婚的男人。米切尔得到过他的疼爱，也受到过他的虐待，后来终于分手。在塑造巴特勒这一形象时，她大量运用了这个原型的素材，从而使这些隐私曝光。小说出版一周后，她就接到了这个使她又爱又恨的男人的电话，说看了她的书后，觉得她还在爱着他呢，因而他一眼就看出她把他作为原型写进书里了。对此她当然断然否认。但是放下电话后，米切尔便忧心忡忡，生怕他同她打官司，告她诽谤罪。幸亏后来太平无事，不过她一直在注意他的行踪，直到他意外丧命。小说中的第四个主要人物玫兰妮——一个典型的贤良淑女也是实有其人，只不过作者巧妙地将生活中的原型艺术化了。总之，作者通过这4个不同类型的人物和他们的故事，反映了普遍的人性问题，这就是这部小说的生命力所在。

米切尔生于美国亚特兰大的一个律师家庭。她的父亲曾经是亚特兰大市的历史学会主席。三四岁时，米切尔就喜欢听关于亚特兰大历史的故事。她的外祖母时常坐在房前的门廊上，给坐在自己膝上的小米切尔指点着一条一直穿过后院的南部同盟的战壕。

《乱世佳人》前后创作长达十余年。1922年至1926年，米切尔担任专栏作家并从事记者的工作，曾经是美国南方最有影响的《亚特兰大宪法日报》记者。工作中接触的那些历史故事和现实生活，为她创作《乱世佳人》提供了素材和灵感。

1936年2月，《乱世佳人》正式出版。作品一经问世，立即荣登畅销书榜首,创下了一日销售5万册的纪录,并获得了1937年的普利策奖;1939年又获得纽约南方协会金质奖章。

1939年,同名电影问世,赢得了8项奥斯卡电影大奖。此后,狂热的读者和观众渴望知道女主人公在小说结尾之后的故事,可是,米切尔拒绝续写小说,而这部作品也成了作家一生唯一的一部小说。

《乱世佳人》是全球最卖座的影片,也是世界电影史上一致公认的经典影片。记得当时上海尚未沦陷,上映时也是场场满座,我虽刚满10岁,听不懂英语对白,在家人陪同下照样看得津津有味,多年来已先后看过10遍。后来我又千方百计借来傅东华的译本啃读一番。傅东华译本是1940年由龙门联合书局出版的,书名为《飘》。书中人名、地名全部中国化,措辞造句也符合中国通俗小说体裁,适合大众品位。所以厚厚一册,定价不菲,一时也洛阳纸贵,供不应求。20世纪70年代末,国内曾重新刊印数十万册,吸引了不少新一代读者。

1989年上海译文出版社计划推出《乱世佳人》全译本,我们应邀参加了此书的译校工作。

我们这个新译本与傅东华译本的区别有三点:一是傅东华译本删节了5万字,新译本对原文不删不减,照译不误,力求译文忠实畅达,再现原著韵味;二是傅东华译本译名全都中国化,新译本则一律参照现行译名译出以符规定;三是傅东华译本书名简化为《飘》,我们则沿用脍炙人口的影片译名《乱世佳人》。这个译本在1990年初正式问世,不仅受到专家学者的嘉誉,也得到广大读者的认可,市场上供不应求,一版再版,十几年来,已印行上百万册,盗版的更不计其数。

1991年,台湾中华书局同上海译文出版社达成协议,由台湾中华书局根据这个译本出版繁体字直排本,在海外销售,书名仍用《飘》,书中人名、地名也改回傅译本译法,以照顾海外读者的习惯。

玛格丽特·米切尔(1900~1949年)美国作家
主要作品:《乱世佳人》。

链接:

● 《乱世佳人》(1936)之所以被众多读者熟悉,很大程度上得益于那部同名银幕旷世之作。影片放映时间长达4小时,观者如潮,有好莱坞"第一巨片"之称。影片当年耗资400多万美元,历时三年半完成,其间数换导演,扮演男女主人公的演员克拉克·盖博和费雯·丽,更是留在了许多影迷的心中。1939年,《乱世佳人》在第12届奥斯卡奖中一举夺得8项大奖,轰动美国影坛。

● 《乱世佳人》在中国最早的译本由翻译家傅东华译于1940年,书名为《飘》。傅东华认为,书的原名 Gone with the Wind 取义见于本书的第二十四章,原意是说本书主人公的故乡已经"随风飘去"了。傅东华认为"飘"本义为"回风",就是"暴风",原名 Wind 本属广义,这里是指暴风而说的;"飘"有"飘扬""飘逝"之义,又把 Gone 的意味也包含在内了。上海电影制片厂起初译为"随风而去",但有些不像影片名,后来改为"乱世佳人"。

如今,这部名著的书名有译为《飘》,也有译为《乱世佳人》的。
同一本书译本之多、书名不同,也是中国翻译、出版界的一大特色。

《教父》
——取材于黑手党家族的真实史料

■ 陈良廷 / 文

《教父》对黑手党罪行与黑手党家族形象逼真的描写，使许多读者都以为作者普佐对黑手党的内幕一定十分熟悉。其实，普佐是根据黑手党的史料创作的。1972年，普佐在《〈教父〉原稿及其他》一文中自白："我不得不自惭地承认，我写《教父》完全是靠搜集的资料，我一生从未遇到一个真正的黑帮歹徒。不过我对赌场确有些了解。"

奇怪的是，不少读过《教父》的黑帮人士，后来与普佐相遇时都不相信他是圈外人。

马里奥·普佐从小生长在美国纽约曼哈顿西区所谓"地狱厨房"的下层社会。父母都是意大利移民，父亲是纽约铁路护路工，家庭人口众多，生活贫困。街头是他的学校，耳濡目染都是乌烟瘴气的犯罪活动，虽然也学会赌博，但是生性喜爱读书。12岁时父亲弃家出走，一家七口全由母亲拉扯成人。二战时他当了兵，在德国度过战争岁月。20世纪40年代末回国，在哥伦比亚大学学习写作。他一面读书，一面漫游全国，在现实生活中找寻写作题材。1955年出版第一部长篇小说《黑暗的竞技场》。第二部长篇小说《幸运的移民》在10年后的1965年才得以问世，这是一部自传性小说，描写纽约市第一代、第二代意大利移民的生活，书中人物性格鲜明，情节生动，引起了普特南出版公司的注意，于是约他写一部黑手党的故事。为了创作，他在图书馆资料室中搜集、阅读了大批有关黑手党的资料，对产生黑手党的历史因素、社会根源都做了探讨和研究。《教父》用通俗小说的形式，以黑手党头子维多·科里昂为中心人物，通过他的家庭生活和发迹过程，写出了美国黑手党的经营活动及各个帮派间的钩心斗角、争权夺利、互相残杀。书中主要人物虽有原型，但是聪明的作者并未囿于现实社会的真人真事，以免惹来杀身之祸。不过此书问世后，纽约某些黑手党头面人物居然认为他写得不错，无懈可击。

《教父》1969年出版后，立即成为当时美国畅销书的第一名，在《纽约时报》畅销书榜上连登67个星期。《教父》翻译成各国文字后,在英、法、德、意诸国及其他地区也极为畅销,共销售了2100余万册,被公认为美国出版史上的奇迹。

美国当代著名文学评论家霍尔·伯登在《星期六评论报》上对这部小说做了深刻的分析和精辟的评价。他说:"这是一部内容充实的家史,记录的是一个家庭不惜用枪、用斧、用绞刑具、用攻心战来实现自己对整个美国地下势力集团体系的独霸控制的详细过程……这部作品的故事情节波澜起伏。普佐的表现技巧颇见功力:在他的笔下,一个本来令人感到义愤的情节都十分入情入理。一切感情冲动,一切杀戮,一切粗鄙的两性关系,都同他所刻画的人物所处的情境协调一致。但同时他又能把他所塑造的人物的令人不寒而栗的气质烘托得具有人情味,真实可信。"

1972年《教父》改编成电影后,轰动世界,名不见经传的导演科波拉也一举成名。一时书的销量增加了3倍。这部揭露黑社会明争暗斗内幕的影片,荣获第45届奥斯卡最佳影片、最佳男主角、最佳改编剧本奖。在影迷饥渴的要求下,《教父》电影第二部与第三部相继于1974年与1990年问世,电影剧本乃由普佐与导演科波拉合写。《教父》一书与其电影都形成了文艺界史无前例的热销现象。

1979年,我应出版社之约,翻译《教父》。回想当年接受这部约稿时还不免顾虑重重,缩手缩脚,尤其对书中出现的暴力、凶杀、色情等露骨描写和率直粗鲁的用语更视为雷区。尽管出版社希望我们保持原汁原味,我和夫人依然火烛小心,在译校过程中,擅自删去了一些细小情节,冲淡用语,其实这是违背翻译原则和译者良心的。尽管如此,《教父》译本在1982年7月问世后,还是受到普遍欢迎,印数达4.34万册,上市不久即被抢购一空。正当我们夫妇俩为自己翻译的文字变成铅字而高兴时,不料平地风起,《教父》一书被禁止销售。

如今,《教父》在中国已有好几个不同的版本,书和影视作品同样受到了读者的广泛关注。

马里奥·普佐(1921~1999年)美国作家
主要作品:《愚人必死》《西西里人》《第四个K》《最后的大亨》《教父》等。

链接:

● 《教父》的出版使普佐名利双收。他所创作的电影剧本《教父》第一、二部先后获得奥斯卡奖。随后,他创作了包括《教父》第三部、《超人》两部、《棉花俱乐部》在内的8个电影剧本,都取得了意想不到的成功。普佐的一举成名使他得以出版他想发表的一切作品。

● 《教父》电影的导演科波拉是一位小儿麻痹症患者。后来他进入加利福尼亚大学洛杉矶分校专读电影。毕业后,他尝试拍过一些短片,但都不尽如人意。1970年他与人合作写了传记电影《巴顿将军》,获得了第43届奥斯卡金像奖的最佳原创剧本奖。1971年,科波拉因拍片欠账陷入经济危机,不得不接下了拍摄《教父》的工作。不曾想《教父》不仅获得巨额票房收入,还确立了科波拉在好莱坞的导演地位。

《兄弟连》
——人物原型来自美军 101 空降师 506 团 E 连

■ 祁阿红/文

小说《兄弟连》的全名是《兄弟连：从诺曼底到希特勒鹰巢的 101 空降师 506 团 E 连》，而"兄弟连"的人物原型正是来自一个真实的英雄群体：二战时期美军 101 空降部队 506 伞降步兵团 2 营 E 连。E 连从 1942 年组建到 1945 年解散，在短短 4 年时间里，该连官兵在二战中的几次重要战斗中前赴后继，浴血奋战，许多人在火线晋升。但是 E 连的累计伤亡率高达 150%，是所有盟军部队中最高的。解散该连，是对他们英雄业绩的最大褒奖。

《兄弟连》的作者斯蒂芬·安布罗斯是军事史，尤其是二战史方面的专家。有著作 30 多部，包括艾森豪威尔和尼克松两位总统的传记，此外还有两部小说。

1988 年，在新奥尔良一次二战老兵聚会上，安布罗斯以 D 日（即盟军诺曼底登陆日）为主题采访了 E 连的部分老兵。后来，担任过 E

连连长的理查德·温特斯看到了安布罗斯采访的文字稿,发现其中有些问题,要求面见安布罗斯,帮助纠正其中的笔误。不久,他和沃尔特·戈登、福里斯特·古斯、坎伍德·利普顿应邀来到安布罗斯家里,对那段艰苦卓绝的战争岁月进行了详细回顾。当晚吃饭时,话题转向 E 连在 D 日之后的苦战历程。安布罗斯深受触动,决心把他们的英雄事迹写出来。他对温特斯说:"你们战功卓著,你们紧密团结,我一定要把这个写出来……这个材料太好了!"在随后的两年中,安布罗斯先后采访了30多位 E 连老兵,研究了他们当年的书信、日记以及各种史料,用"我们孤胆,我们并肩"为主线,把这支英雄部队的业绩栩栩如生地展示在世人面前。

大多数非小说类著作的重点都是一些大人物,而安布罗斯的重点却是基层官兵。其中令人难忘的是兄弟连的两位连长,一位是在托科阿训练营时的第一任连长索贝尔。他的魔鬼式训练和管理方法使连里的人无不对他恨之入骨。然而 E 连在后来的战斗中能够如此英勇顽强,与他的训练不能说没有关系。另一位就是坚定果敢、处事公平,由排长提拔为连长的理查德·温特斯。在他的领导下,全连表现出极大的凝聚力和战斗力。他后来晋升为少校营长,《兄弟连》出版后,他写了《兄弟连外传:狄克·温特斯少校的战争回忆录》一书,颇受好评。

1993 年,安布罗斯的《兄弟连》出版,旋即成为畅销书。翌年,他的《D 日(1944年 6 月 5 日):二战中的气候之战》再度走俏,他也因此步入畅销书作家的行列。《旧金山纪事报》说:"……斯蒂芬·安布罗斯的详尽透彻的研究和条理清晰的叙事使这个'兄弟连'的英雄事迹有了极强的可读性。"

其实,这本书之所以可读性强,是因为讲述"兄弟连"故事的人是 E 连的老兵们,安布罗斯不过是把他们的故事、回忆、日记以及各种史料文章进行了巧妙的组合。另一位评论家说:"安布罗斯侧重于人物情感的刻画,解释了他们在每次战斗之前、之中及之后的情感变化、驱使他们前进的动力、他们作为个人和集体所表现出来的坚强决心和主动精神。这也是我不忍释卷的原因。"

10年之后,《兄弟连》又轰轰烈烈地火了一把。有道是"火仗风势,风助火威",这一次给它助威的是由大导演斯皮尔伯格与影帝汤姆·汉克斯再度合作的同名电视连续剧。许多人是看了电视剧之后觉得不过瘾,又去买了这本书。如果没有这部电视连续剧,《兄弟连》也许会像安布罗斯的其他历史著作一样,根本不可能拥有这么多读者。1998年,安布罗斯担任了斯皮尔伯格执导、汤姆·汉克斯主演的《拯救大兵瑞安》的历史顾问。

　　《兄弟连》在美国是畅销书,但当时在中国却鲜为人知。2002年,译林出版社购买了该书版权,将它介绍给中国读者。按原计划,这本书的中文译稿应于2003年9月完成,可是当译林出版社得知中央电视台将于当年9月播出同名电视剧《兄弟连》的消息后,要求译者王喜六将交稿时间提前,于是有些措手不及的王喜六就开始找帮手,我因此有幸参加了这本书的部分翻译工作。翻译是一座桥梁,也让我们这些翻译者在甘苦中得到精神上的愉悦。

史蒂芬·安布罗斯(1936~　　)美国作家
主要作品:《兄弟连》《空军战士》等。

链接：

● 2002年12月11日,二战时的一位美国老兵莱斯特·哈什伊悄然辞世——他曾是美国101空降部队506伞降步兵团"英雄连"——E连里最年轻的士兵。直到离开人世的那一刻,莱斯特都不曾忘怀作为盟军在诺曼底登陆中的难忘经历,还有和E连的战友并肩作战用血泪凝结的珍贵回忆。在诺曼底登陆战中,由于飞机受到袭击,几乎所有的伞兵都未能在预定地点着陆。隶属于美军101空降部队506伞降步兵团E连的战士们一边寻找队伍,一边和敌人交锋,展开了艰苦卓绝的战斗,屡建奇功,直到他们攻克了希特勒的最后一座堡垒——位于贝希特斯加登的大本营。在战斗结束时,E连的阵亡人数是该连编制人数的1.5倍。在荷兰,莱斯特第一个把关于E连的一切告诉了一个叫斯蒂芬·安布罗斯的作家,于是便有了《兄弟连》的问世。

《第二十二条军规》
——取材于作者空军生活的经历

■ 王正文　程爱民 / 文

　　《第二十二条军规》是一部结构独特的小说。海勒在创作时摒弃了传统的现实主义手法，在小说中我们找不到首尾相接的情节结构，也看不到细致入微的环境描写和人物塑造。小说共有42章，其中人物众多，事件繁杂，却没有一条完整的情节发展线索，也没有突出的人物形象。但是在事件与人物之间总能看到作者的影子，正如作者在美国宾州州立大学的同事斯坦利、毕比等教授所言：《第二十二条军规》是以作者个人的经历为基础的。据斯坦利、毕比等教授介绍，他们学校的英文系里原来就有一个教师叫梅杰，而小说中的一个重要人物就是梅杰少校。

　　海勒出生于纽约的布鲁克林，从小就想当一名作家。他在第二次世界大战期间参加了美国空军，驻扎意大利，1945年退役。作为美国空军轰炸机投弹手，他一共参与飞行（投弹）60次。这些经历成了其《第二十二条军规》的写作基础。小说中关于第22条军规的荒唐和飞行任务的次数是密切相关的，描写也是非常有趣的。长官把飞行任务一再提高，从20次到25次、35次、40次，一直到60次。而60次似乎是最高的飞行任务了。这与海勒的飞行纪录不无关系。

　　为了写作这部小说，海勒用了6年时间。1961年，《第二十二条军规》在美国出版后反应平平，整整一年只卖出3000多册。但出乎意料，小说在英国却一炮走红，名列畅销书榜首，进而带动美国本地读者重新认识该书。20世纪70年代，该书跻身于美国文学的"经典之作"，备受青年读者的青睐。许多高等文科院校将之列入世界文学必读书目。海勒也成为世界级的作家。

　　《第二十二条军规》原来取名《第十八条军规》，第一章于1955

年在美国的一家文学杂志发表。1961年该书即将出版时，市面上恰有一本名叫《米粒十八号》的小说，为了避免书名的冲突，出版商便请海勒改书名为《第二十二条军规》。今日，"CATCH22"已成为美国人通常会话使用的词汇，用以形容两面为难、进退不能的尴尬处境。

《第二十二条军规》是美国"黑色幽默"文学的代表作。"黑色幽默"是20世纪60年代美国兴起的小说流派，在第二次世界大战以后的西方文坛上占有重要的地位。约瑟夫·海勒是黑色幽默小说的重要代表人物。作为战后"垮掉的一代"的一员，海勒厌恶战争，对官僚机构，尤其是对政府和军队竭尽讽刺、挖苦之能事，这在《第二十二条军规》中有着生动的表现。

"黑色幽默"的小说家突出描写人物周围世界的荒谬和社会对个人的压迫，以一种无可奈何的嘲讽态度表现环境和个人（即"自我"）之间的互不协调，并把这种互不协调的现象加以放大、扭曲，变成畸形，使它们显得更加荒诞不经、滑稽可笑，同时又令人感到沉重和沉闷。在"黑色幽默"流派作家群里，约瑟夫·海勒始终注视着美国的现实社会。他借着"黑色幽默"这一种表现形式，对当时美国社会的阴暗面进行了揭示和嘲讽，对包括统治阶级在内的一切权威进行了抨击。

《第二十二条军规》这本书的要旨，正如作者指出的那样："在《第二十二条军规》里，我并不对战争感兴趣，只是以扭曲的形象和夸张的手法展示了一个混乱、疯狂、荒诞和滑稽的世界。"

1978年6月，上海内部发行的《外国文艺》第一期刊登了《第二十二条军规》，据翻译家戴骢回忆，当时一出版，就被责令停刊。在追究责任时，主编汤永宽揽下了全部责任。

1983年，上海译文出版社出版了《第二十二条军规》。

2001年，我们应出版社之邀，重译《第二十二条军规》。就翻译活动而言，无论是文本的选择、前期的准备，还是下笔翻译和译毕后核对原文，都离不开对原著的阅读。翻译活动的理解始于阅读，而译者就其本质而言，首先是一个读者。从事文学翻译的人都有这样的共识：文学翻译之大忌就是不吃透原著精神，捕捉不到其神韵。如果犯此大忌，就会在翻译中掺入过多的主观因素，进行"随意"的再创作。译者在动手翻译《第二十二条军规》之前首先做了一个认真的读者。

作为译者，我们的感觉与初读者一样，只感到小说的头绪纷纭，杂乱无章。可当我们认真通读小说之后，深深地感受到作者在小说的结构安排上的匠心和苦心。作者这样安排结构的目的是为了营造出一种荒诞的气氛，以衬托现实的荒谬。在动手翻译之前，我们曾仔细地对小说中的人物和事件进行了一番梳理，发现该书的结构犹如一个万花筒。

当我们将万花筒举在眼前观看时，可以看到一个形状复杂的画面，我们每转动一次万花筒就能看到一个不同的画面，但不管万花筒如何转动，它都是围绕着圆心运动。就小说《第二十二条军规》而言，那带动全书浑然一体地旋转的圆心便是"第二十二条军规"。因此，尽管小说的人物纷杂，情节显得颠三倒四、反反复复，但是这个圆心是固定不变的。有了这个不变的圆心,那42个章节就形成了42个光怪陆离的画面。将这些画面所展示的一个个荒诞的人物和事件进行耐心的分类、拼凑以后,一幅荒谬阴暗的美国社会全图便清晰地呈现在我们眼前。在这部小说中,海勒显然以美国军队来比喻他眼中的整个美国社会,通过揭露它内部的肮脏、腐败和堕落,展示现代人荒诞的生存状态,对社会中存在的种种光怪陆离的现象进行"黑色幽默"式的诠释。有了这样的认识和理解,我们在翻译时所遇到的语言、文化和背景方面的障碍就少多了,可以说就没有了影响正确理解的实质性障碍。

除了结构独特之外,小说的第二大特点便是人物的塑造。小说中的所有人物都是漫画式的,都是作者运用反讽的技巧刻画出来的。这是译者在对人物和事件进行了一番梳理后的另一大心得。这对于翻译颇为重要。

同时,《第二十二条军规》的语言也很艰涩。为了人物刻画的需要,小说中还使用了意大利语和法语等,因此翻译这部小说对我们译者来说是一种挑战。我们常为了一个问题多次请教不同的美国专家,因为他们的回答也常不相同。斯坦利教授认为这不完全是语言方面的问题,在很大程度上是与作者本人的写作风格和参战经历相关的,因此在翻译中加入了一些注释。

经过海勒的诠释,《第二十二条军规》展示给读者的是一个处于有组织的混乱、制度化了的疯狂之中的体系,作者对战争的不道德和荒谬、对这个社会的一切只服从类似于"第二十二条军规"这样的荒诞逻辑提出了质疑。这样一种病态的、荒诞的社会只有海勒的想象力才能够包容它,只有"黑色幽默"这样的创作手法才能够较好地表现它。

1970年《第二十二条军规》被拍成电影,让更多的读者了解了海勒。

约瑟夫·海勒(1923~2000年)美国作家
主要作品:《第二十二条军规》《出了事》《佳如真金》《我不再爱你》《现在与过去》。

链接:

● 在美国,"第二十二条军规"成了"无法摆脱的困境,难以逾越的障碍"的代名词,走入了人们的交际语言。这是因为作家在小说中采用了逻辑悖论的手法,有意在大前提错误的情况下,进行正确的推理,最后得出荒谬可笑的结论。"第二十二条军规"就是逻辑悖论的典型。如它规定:疯子必须停飞;又规定:但必须由本人提出申请。一旦某人因精神的原因提出停飞的申请,就说明他的心智正常,所以必须继续飞行。又如它还规定:飞满60次可以停飞,但无论何时都要执行司令官的命令。滴水不漏的"第二十二条军规",是一个"圈套"、一个陷阱,它布下了天罗地网,使人哭告无门、走投无路,它是抽象的任意捉弄人、摧残人的异己力量的象征。

主编注:同时收到两位老师《第二十二条军规》来稿,一并致谢。

《数字城堡》
——取材于作者教书时的一次偶然事件

■ 朱振武/文

《数字城堡》取材来源于丹·布朗在家乡教书时亲身经历的一次偶然事件。一天，布朗任教的学校来了几位国家安全局的工作人员，他们盯上了学校的一名学生，因为该学生在给同学的邮件中宣称自己已无法容忍美国的政治局面，恨不得马上干掉总统。由此，丹·布朗知道了美国政府在利用高科技手段监控美国公民所有的电信交流，包括电子邮件、电话通讯等等。于是，他沿着公民道德与政治、国家安全和机密的思路，以监控与被监控为题旨展开了这部小说。

丹·布朗从事小说创作实属无心插柳。在当作家之前，他最大的梦想是成为一名创作型摇滚歌手。多年来，他一直追逐着自己的歌手梦，在好莱坞被包装成外表忧郁但富有才情的歌手。当布朗回到家乡教书后，他才发现自己并不喜欢在聚光灯下以肢体语言吸引世人，而在学校为孩子们讲故事让他得到了前所未有的满足感，于是他开始了儿时的另一个梦想——写小说。

1994年，他在塔希提岛度假时，偶然看到谢尔顿的《末日追杀》，他花几小时读完之后，认为自己也能写这种小说。于是，两年后，他创作出了第一部惊险悬疑小说《数字城堡》。

2003年，丹·布朗凭借《达·芬奇密码》一鸣惊人。人们对他的三部旧作立刻投以极大的关注。处女作《数字城堡》的中译本很快便由人民文学出版社和99读书人俱乐部隆重推出。这是一本典型的高科技惊险悬疑小说，探讨了公民隐私与国家安全之间的矛盾。国家安全机构原本是为了预防恐怖分子和敌对势力的阴谋，启用类似于"万能解密机"的高科技装置，通过网络监视和破译各国间谍和恐怖分子的加密邮件，从而避免战争和动乱的发生。然而，这一技术却极有可能被用来截获普通公民的私人电子邮件，对人类的隐私形成了极大的威胁。随着这种高科技逐渐进入日常生活,公众对于自己的隐私已越来越没有安全感。《数字城堡》传递的就是这些生活在信息时代的人们对于科技发展和人类命运的深切焦虑和内在恐惧。

作为高科技时代的新型文化悬疑小说,《数字城堡》一反过去单凭情节取胜的流行小说创作法则,打出了知识和文化的王牌。书中涉及种种最新的科技名词和玄妙的文字游戏,一方面给读者带来了极大的阅读快感,另一方面也给译者带来了相当的难度。由于历史、社会与文化语境的差别,原作在英语语境中产生的独特效果往往很难在汉语语境中得以生动再现。为了让广大读者获得相同的审美体验,我在翻译过程中可谓是瞻前顾后,煞费苦心。有时候每个字都看得懂,但译出来就是不地道。例如书中提到远诚友加的死因时所用的那个词,我查了好几本大词典,发现解释都不一样,可译作又不能用解释性的翻译,得用一个准确的医学名词。后来只好打电话给瑞金医院的一位主治医师,才知道这个词在医学上叫"心脏二尖瓣缺损"。这样的情况特别多,要请教各方面的专业人士才能译准专业术语。又如《数字城堡》中有一段写到男女主人公在相识了一段时间之后一起玩文字游戏,要用英文字母表序列中后面一个字母去替换前一个字母来解密游戏。译文保留了文字游戏的答案原文"IM GLAD WE MET"和原文回复"LD SNN",并对主人公玩的这个文字游戏做了注解:"这句话的意思是:有幸与你结缘。下文中的 LD SNN,按照苏珊设定的解密方法,其意思就是 ME TOO,彼此彼此。""有幸与你结缘"与"彼此彼此"能让译文读者通过联想感受到男女主人公对彼此存有的好感,以及双方对相互之间的关系的进一步发展的期待。稍懂英文的人都知道"I am glad we met"和"me too"作为礼貌性地问候语通常翻译成"我很高兴认识你"和"我也是",但如果直接翻译过来,根本表达不了原文的真实内涵与玄妙。此处,译者确实是在对作品的阅读语境经过一番斟酌之后才下笔翻译的。

《数字城堡》对于当今读者的独特魅力正在于作者在作品里注入了一种全新的创作理念。在这里,大量时下人们关注的前沿信息被有机地引入到作品之中,并巧妙地融进高潮迭起的情节里,而且不留任何斧凿痕迹,从而实现了高雅与通俗、现实与虚构的成功合流。作品的语言简洁而精确,但包含的思想却复杂而深刻。作者对信息时代个人隐私所面临的危机的探讨更是入木三分、发人深省。

丹·布朗(1964~)美国作家
主要作品:《达·芬奇密码》《数字城堡》《天使与魔鬼》《骗局》《失落的秘符》《地狱》等。

链接:
● 2004 年 10 月,丹·布朗和家人捐款 220 万美元给菲利普艾斯特学院,设立"查理·布朗科技基金",用于"提供电脑和高科技设备给贫困的学生"。

《侏罗纪公园》
——灵感来自遗传工程学方面的发现

■ 祁阿红 / 文

迈克尔·克莱顿创作《侏罗纪公园》的灵感来自遗传工程学方面的发现。他笔下的科学家从琥珀的化石中发现叮咬过恐龙的蚊子,从蚊子的血液中提取了恐龙的基因,成功地复制出恐龙。约翰·哈蒙德在哥斯达黎加一座云遮雾障的小岛上建起以恐龙为主题的"侏罗纪公园"。由于工业间谍活动,公园发生人为的停电事故,导致恐龙失控伤人,酿成了一场险象环生的大危机。

《侏罗纪公园》这部作品情节并不复杂,但无疑是惊世之作。书中仅有的几个人物形象并不丰满,与其说他的主人公是约翰·哈蒙德,还不如说是恐龙。该书名列当年美国畅销书榜首,并因大导演斯皮尔伯格执导的同名电影推波助澜,使得栩栩如生、神态各异的恐龙形象深入人心,并迅速在全球引发一场"恐龙热"。在很短的时间里,恐龙电影创下电影史上最高的票房价值,恐龙公园、恐龙模型、恐龙玩具风靡一时。

《侏罗纪公园》不仅具有跟其他小说一样的文学构思,而且具有以科学知识为依托的科学构思。它促使我们对科学与伦理进行了沉重思考:人类如果不能理智地运用科技,就可能像弗兰肯斯坦那样,最终毁于自己创造的怪物之手。

《侏罗纪公园》问世几年之后,遗传生物学取得了突破性的进展。1997年2月,英国罗斯林研究所用一只成年羊的乳腺细胞,成功地"克隆"出世界上第一只无性繁殖的羊。这只叫"多利"的羊长得与提供乳腺细胞的羊一模一样。1998年4月13日,多利产下一只羊羔,第二年3月,它一胎产下三只羊羔,而且都很正常,这就证明克隆羊多利是一只功能齐全的羊。羊的克隆成功引起人们严肃的思考:应不应该克隆人?

在译林出版社出版的《侏罗纪公园》的"译序"中，余烁写道："……克隆羊，不能不让人联想到《侏罗纪公园》中的那些恐龙，在基因突变或其他的突发情况下，原本性格温和的小羊们最终会不会变成嗜血成性的'猛兽'呢？高科技带给人们太多的惊喜，但同时却也蕴含着一些无法预料的潜在危险。"在引人入胜的故事中融入深刻的社会内涵，引发读者对生存问题的深刻思考，正是克莱顿作品的特色之一。

2002年第四期《古脊椎动物学报》上，有一篇文章介绍了"步氏克氏龙"（Crichtonsaurus Bohlini）。这是中国科学院给在中国辽宁北票地区发现的恐龙的命名。"步氏"（Bohlini）和"克氏"（Crichton）分别为种名和属名，前者献给为中国古脊椎动物学研究做出重大贡献的瑞典古生物学家步林，后者献给美国著名科幻作家、《侏罗纪公园》的作者迈克尔·克莱顿。克莱顿得知这个消息后兴奋地说："当我还是一个站在博物馆巨大的恐龙骨架下凝望的孩童时，我绝对没有想到有一天有一种恐龙将以我的名字来命名。"

1990年7月，《侏罗纪公园》的英文原著出版，1993年7月，它的中译本由中国台湾星光出版社出版。我是六名译者之一，由于当时的种种原因，参与翻译的人

除黄宝华、纪卫平外，用的都是笔名：章庆云（章祖德）、齐鸿（祁阿红）、叶凡（孙峰）、吴笑梅（吴晓妹）。1994年4月，这本书的中译本被内地一家出版社盗版，译者是所谓"文彬彬"。在北京出差的章祖德在书店里发现了这本书，本想进行一番比较，不想打开一看，竟如此似曾相识（因为前面几章是他译的），除了把台湾使用的繁体字换成了大陆的简体字，把台湾的通行说法换成大陆的说法，其他地方几乎原封未动。

迈克尔·克莱顿

1996年1月，内地另外两家出版社联合出版了一本叫《侏罗纪之谜》的书。译者是"邓兵兵"。这种欲盖弥彰的做法，中国台湾星光出版社是鞭长莫及。2005年1月，译林出版社购买了该书的中文版权，出版了由钟仁翻译的《侏罗纪公园》。"钟仁"是"众人"的谐音，指的就是上面提到的六位译者。

在翻译《侏罗纪公园》的过程中，我们碰到的主要问题之一，就是如何确定将近30种恐龙的名称。在当时我们能查到的英汉字典上，有对应中文翻译的恐龙名并不多。就在我们感到束手无策时，纪卫平的先生阎卫平自告奋勇地把那些英文恐龙名词拿到中科院古生物研究所，去请教那里的专家，最后由专家根据古生物命名法和

构词法逐一确定了译名。

新华社 2000 年 5 月有一则专电中就谈到，19 世纪 80 年代，现代电子技术还没有出现的时候，就有人提出传真机的设想；1928 年，科幻小说里就出现了行星着陆探测器；1945 年，小说家就设计出供宇航员长期生活、从地面由航天飞机定期运送补给的空间站；在 20 世纪 40 年代的一部著名卡通片里，大侦探使用的手表既是可视电话，又是照相机。这些设想已陆续变成了现实。事实证明科幻小说中的部分设想确实具有实用价值。

迈克尔·克莱顿曾把他自己的小说改编成电影。由肖恩·康纳利主演的著名电影《黄金列车大劫案》就出自他手。中国观众所熟知的《昏迷》《陷阱边缘》和《终极奇兵》也是他执导拍的，美国热门电视连续剧《急诊室的故事》也是他的杰作。许多大牌明星都跟他合作过，比如迈克尔·道格拉斯和安东尼奥·班德拉斯。此外，迈克尔·克莱顿还曾在多部电影里出演角色。

终其一生，克莱顿有超过 20 部的作品被改编成电影或电视剧。克莱顿本人就有点像他小说里的角色，他身高 2 米，英俊潇洒。从恐龙到中世纪的宴会大厅再到纳米科技，他像百科全书一样无所不知。不过，对于死亡，克莱顿还有一次特别的经历。2001 年 9 月 11 日早上 8 点，他坐美联航飞机从纽约飞往洛杉矶。等飞机平安降落后回自己的办公室，发现所有人都在哭泣——原来大家以为他已经遭遇不测。然而如今，他依然没有躲过来自身体之内的"恐怖袭击"。2008 年 11 月 4 日，克莱顿因癌症在美国洛杉矶去世，享年 66 岁。克莱顿生前所写的书的销量已经超过了上亿本。

迈克尔·克莱顿（1942~2008 年）美国科幻小说作家
主要作品：《终端人》《大曝光》《升起的太阳》《机身》《神秘之球》《诉求案例》《天外细菌》《侏罗纪公园》等。

链接：

●迈克尔·克莱顿成为世界级的畅销书作家纯属偶然。那年他从哈佛大学毕业后（他是人类学学士、医学博士），想去欧洲游学，盘缠不够，于是便想写小说赚点钱，没想到这部随便写着玩玩，他甚至不好意思用真名出版的书，竟意外地获得了科幻侦探小说奖，从此他"一写不可收拾"，一举成为"高科技惊险小说之父"。他的《终端人》《大曝光》《升起的太阳》《机身》《刚果惊魂》《神秘之球》等小说，都得到普遍好评。《诉求案例》1968 年获得了的埃德加小说奖。《天外细菌》一出版就成了当年的畅销书，并于 1971 年改编成电影。

《平家物语》
——以 11 世纪日本当朝武将平忠盛、平清盛为原型

■ 申非 / 文

《平家物语》成书于 13 世纪初，书中的人物是以 11 世纪日本当朝武将平忠盛、平清盛为原型，反映了平氏、源氏两大武士家族争霸的故事。11 世纪，日本平氏家族族长平清盛以武士身份当上了太政大臣（相国），一族子孙均列公卿，改变了贵族独揽朝政的局面。随后，平氏家族又打败了另一武士集团源氏一族。平氏家族掌权后，很快像贵族一样堕落了，一味追求荣华富贵，大肆杀戮异族异派，引起各方忌恨。源氏家族趁机再起，攻入京师，驱走平氏，最后将平氏全族灭于海上。

公元 1156~1185 年，源氏、平氏争夺权力的兴衰始末，其间家族的悲惨故事、人物的命运变幻，成了许多说书艺人传唱、补充的台本。据传，《平家物语》原称《平曲》，又称《平家琵琶曲》，最早是盲艺人以琵琶伴奏演唱的台本，只有 3 卷，后经一些文人校勘、改造，在 1201~1221 年初步形成了今天我们所看到的 13 卷本。《平家物语》按内容可分为两大部分，前 6 卷描写了平氏家族的荣华鼎盛和骄奢霸道；后 7 卷着重描述了源氏、平氏两大武士集团大战的经过，讲述了平氏家族的悲惨结局。

《平家物语》的作者，有种种传说，均无确证，由于时间久远，至今没有定论。据田兼好著《徒然草》（1321）的记载，称该书是由日本前信浓国国司行长所作。近代日本学者研究认为，此书不是出于一人之手，即使《徒然草》所说属实，那位国司行长也只是最后的整理、编订者。

《平家物语》成书时期相当我国南宋嘉定年间，比《源氏物语》晚出约 200 年，它与中国文学的影响关系，比《源氏物语》更为深厚。全书引用中国文辞典故有 124 处，直接引用原典文句的有 72 处，借用汉文典故的有 52 处。凡所引用有确切出典的为 108 处。这 108 处

平清盛画像

引文所涉及的古籍，自先秦迄于唐代有25种之多。引用最多的为《史记》和《白氏文集》，前者29处，后者23处。引文中涉及的历史人物，有古圣先贤、文臣武将共76人。所有这些引用，大多用于叙事论理，写景状物，以及人物形象的刻画，因而我们读来备感亲切。

不过，虽然《平家物语》的成书时间相当于南宋嘉定年间，但从所引20多部中国典籍来看，远者有《诗》《书》《易》《礼》《春秋》，近者有唐代的《贞观政要》和《白氏文集》，却没有一部宋人的著作。在宋代，中日之间文化交流很频繁，禅僧来宋朝游学的很多，首倡茶道的荣西禅师，就曾于1168和1187年两次来宋朝游学。这一时期的禅学、绘画、建筑艺术等都相继传入日本，并且发生显著影响。

作为历史小说，《平家物语》在描写平家的兴盛方面用墨不多，却以浓重的笔墨聚焦在平家的没落与消亡的紧张过程上，即使描写这一过程，比起写武士的武艺来，更多的是展现武士的精神世界。在这里面交织着作者的爱与恨、喜与悲，解放的昂奋与内省的孤寂，使文学的感动得到最大限度的升华。特别是作者用大量赞美的言辞，描写了东国西国源氏武士在征战中的骁勇行为和忠贞的精神风貌。

作者成功地树立了平清盛这个代表人物的典型形象。

早在20世纪60年代初，丰子恺先生已经在从事《源氏物语》的中文翻译了，丰子恺译的《源氏物语》多用双音词，易于调节声韵节拍。

1981年，我应文洁若同志推荐，接受了人民文学出版社翻译《平家物语》的任务。这本书，出版社已有周作人的前半部译稿，便要我接续完成后半部。此时，周作人已去世。以前我在来访的日本歌俳作者座谈会上，曾听一位日本友人说，此书多用古文词、古语法，日本人读起来也不容易。如今我接受了这个续译的任务，而且是在出版社已有名家译出前半部的情况下，自然感到这个担子不很轻松。但是翻译这部日本古典文学名著是我夙昔所企盼的，于是就不自量力，勉为其难了，当然这就需要不间断地学习。

翻译《平家物语》是一个工作过程，也是一个学习过程。1984年，《平家物语》由人民文学出版社出版，前半部是周作人译的，后半部是我翻译的。当年由于"文革"影响未尽，1984年出版时便将周作人署名改为周启明，取其字。2000年12月，燕山出版社出版了我的全译本《平家物语》。

"物语"的大意是"故事"，《平家物语》可译为《平家故事话本》，它类似我国宋代说话人的话本。但考虑到物语是日本文学中一个特定门类，还是采用了原名。在文学方面，以想象创造为主的是假作物语，以史实为主的是历史物语，以战争为题材的是军记物语。

《平家物语》在日本文学史上属于"军记物语"。《平家物语》是日本文学史上具有深远影响的巨著。700年来，日本多种剧种演绎了书中的内容，作品流行非常广泛，其中主要人物几乎家喻户晓。

《平家物语》的主人公平清盛，虽已削发为僧，仍不减当年的勇武风貌。此塑像收藏于日本六波罗寺。

作者：〔日〕佚名

链接：

● 《平家物语》的问世，将战记物语推向了高峰，具有里程碑式的意义。这部战记物语最大的艺术成就，在于塑造了王朝文学所不曾有过的披坚执锐、跃马横枪的英雄人物。全书贯穿了新兴的武士精神，武士、僧兵取代贵族的地位，而成为英姿勃发的英雄人物。这些形象的出现，标志着日本古典文学开创了新的与王朝文学迥然不同的创作理念，对后世文学有深远的影响。

● 有人把《平家物语》与《源氏物语》并列为日本古典文学双璧，一文一武，象征"菊花与剑"。

《源氏物语》
——源氏的原型使人联想到藤原道长、伊周、赖通等宫廷人物

■ 叶渭渠 / 文

《源氏物语》中的人物原型，学界说法不一。源氏这个人物，虽然不是现实生活中原原本本的人物，而是经过艺术塑造并且理想化了的，但如果将这个人物分解的话，也不完全是虚构的，而是现实存在的人物。作者紫式部曾在日记中谈及源氏的史实，与藤原道长及其长子赖通，以及藤原道隆（藤原道长之兄）之长子伊周等人的性格、容姿、言行、境遇，乃至有关事件都十分相似，由此可见作者创作时起码是将这些人物的史实作为重要的辅助素材来加以运用的。根据日本学者考证，源氏被流放须磨的情节，实际上就是以藤原道隆之长子伊周的左迁作为素材的。所以《源氏物语》主人公源氏的原型，很容易使人联想到藤原道长、伊周、赖通等宫廷人物。

《源氏物语》的作者紫式部本姓藤原，由于当时妇女地位低，一般有姓无名。紫式部的"紫"取自《源氏物语》的女主人紫之上，"式部"来自其父亲和长兄的官职"式部丞"，所以，作者便被人称为紫式部。紫式部的曾祖父、祖父、伯父和兄长都是著名歌人，父亲对中国古典文学颇有研究。紫式部自幼随父学汉诗，熟悉先秦以来的中国古代文献和作品，她对音乐、佛经也有很深的研究。

1006 年，紫式部被召进宫中，做皇后彰子的侍从女官，为彰子讲解《日本书记》和白居易诗作。通过和彰子的接触，使她熟悉了宫中生活，为她创作《源氏物语》提供了丰富的素材。

《源氏物语》问世于 11 世纪初期，是世界上最早的长篇写实小说。紫式部创作的《源氏物语》，就是以源氏为代表的皇室一派和以弘徽殿女御为代表的皇室外戚一派之间的矛盾和斗争作为背景，描写了主人公源氏的爱情生活，但却不是单纯描写爱情，而是通过描写源氏的

爱恋、婚姻,来反映妇女的欢乐、愉悦、哀愁与悲惨的命运,折射当时宫廷的政治倾轧和争斗的现实,以及藤原时代盛极而衰的历史事实。作者作为宫廷女官,在宫中侍候中宫耳闻目睹了藤原道隆派与藤原道长派交替兴衰的史实,以及一夫多妻制下妇女的不幸,并将它艺术地概括了出来。正如紫式部所说的,这些"都是真情实事,并非世外之谈"。

"源氏"是小说前半部男主人公的姓,"物语"意为"讲述",是日本古典文学中的一种体裁,类似于我国唐代的"传奇"。全书54回,近百万字。故事以源氏家族为中心,涉及4代天皇,历时70余年,人物400多位,且多为上层贵族。前半部写了源氏与众妃、侍女的种种爱情生活,后半部以源氏之子为主人公,铺陈了纷繁复杂的男女纠葛事件。

20世纪30年代末,谢六逸在《日本文学史》一书中详尽地介绍了《源氏物语》的故事梗概。1957年,钱稻孙将《源氏物语》第一回《桐壶》全文译出,发表在《译文》杂志当年8月号上。继之,丰子恺于1962~1965年11月将《源氏物语》全书译出,分批交给人民文学出版社。但因当时出版意见不一,耽误了出版有利的时机。1966年"文革"降临,《源氏物语》的丰子恺译本自然无法出版了。

1976年"文革"刚结束,人民文学出版社编辑部领导将丰子恺译本《源氏物源》全部手稿交给我重新审读。我审读后,认为译文优美,传神达意,既保持了原著的古雅风格,又注意运用中国古典小说的传

统笔法，译笔颇具特色。同时指出，丰子恺译本在一些日本古代风俗习惯或审美意识方面的理解和表达上，尚有值得商榷的地方，但总体来说，丰子恺译本瑕不掩瑜，我建议出版。编辑部领导为慎重起见，让我请北京大学教授、国务院学位委员会评议组成员刘振瀛先生协助重审。刘先生在百忙中审读全译稿，并以其中一回为例，举例来说明译文的优劣所在，同意了"丰译本瑕不掩瑜"的意见，并写出书面意见，充分肯定了丰译本的出版必要性。这样，《源氏物语》由丰子恺先生的爱女丰一吟女士整理、我做责任编辑，于1981年出版了。丰子恺译本得以面世，让中国读者第一次享受到这部日本古典文学之美。

丰子恺译本《源氏物语》出版后，一再重版，现已发行数十万册，中国台湾还引进此译本，出版繁体字本，它在中国翻译史上有着不容忽视的历史作用。

多年前，某出版社约请我和唐月梅合作重译，我们不敢贸然动笔，未予应允。我们在撰写《日本文学史》时，不仅读了古典原著，而且读了多种日本人译的现代语本，同时比较深入研究了日本古代审美学和紫式部的审美观，还初步比较研究了《源氏物语》与中国文化的联系，就有关《源氏物语》写了两章。这期间，在住友财团的资助下，在京都立命馆大学任客座研究员，进一步对《源氏物语》与《红楼梦》进行比较研究，并且参观了紫式部创作《源氏物语》的活动舞台和有关历史遗迹，对《源氏物语》的文本有了更多的了解。同时，在我主编的"日本古典名著图读书系"中，我试摘译了几万字，配上《源氏物语绘卷》等数十张精美古雅的图片，出版后颇受读者青睐。

紫式部（生卒年不详），日本平安时代（约794~1192年）日本作家
主要作品：《源氏物语》《紫式部日记》《紫式部集》等。

链接：

● 紫式部文学奖：是以日本著名女作家紫式部的名字命名的日本京都府宇治市教育委员会设立的文学奖，每年的1月1日~12月31日进行筛选，奖金为200万日元。

● 在日本福井县越前市，建有专门的紫式部公园。

● 日本银行发行的2000日元纸币背面小肖像画，来自《源氏物语画卷》。

主编注：同时收到两位老师《源氏物语》来稿，一并致谢。

《细雪》
——女主人公原型是作者的妻子和她的姐妹

■ 文洁若 / 文

《细雪》是谷崎润一郎的一部描写一家4姐妹择婿相亲与结婚的故事,通过叙述姐妹间的生活,穿插了一些观花、赏月、捕萤、舞蹈等活动和风流韵事,人物的心理刻画细腻,文中不时地出现和歌、俳句,为作品添加了感染力。书中四姐妹的原型,是作者谷崎润一郎的妻子松子及其长姊朝子、三妹重子和四妹信子。幸子的独女悦子则是以松子和前夫之间所生女儿惠美子为原型。

谷崎润一郎花了七年时间将《源氏物语》改写成现代日文,文笔明丽酣畅。日本文学评论家伊藤整认为,长篇小说《细雪》是谷崎翻译《源氏物语》的副产品。

《源氏物语》的女主人公紫姬和《细雪》的女主人公雪子,均为作者着力刻画的人物形象。自古以来,日本妇女以忍让温顺为至上美德。紫姬和雪子都是玉洁冰清娴静腼腆的典型日本旧式女子。贯穿于《源氏物语》全书的基调是"物之哀",即由客观事物、大自然而引起的幽深情趣。紫姬是光源氏的妻妾中最受宠幸的。然而丈夫偏偏又娶了13岁的三公主当正夫人。由于出身不配当正夫人,紫姬从此闷闷不乐,12年后去世,年仅43岁。光源氏也于一年后出家。《细雪》的结尾则是发人深省。35岁的雪子决定与比她大10岁的御牧实结婚,乘火车赴东京举行婚礼。作者没有交代她婚后的命运如何,但是她动身前几天,不知怎的,开始腹泻,每天五六次,吃药仍不见效。上了火车后,也没止住。这似乎预示着雪子的前途黯淡。我们不可把它当作闲笔。谷崎恐怕是为了赋予作品以悱恻缠绵的气氛,而安排了这么个凄凉的结局。雪子纯粹是照中产阶级的择婿标准而嫁,谈不上什么真正的爱情。

日本文学评论家伊藤整认为,《细雪》侧重的是从心理上描写人与人的关系。就这一点而言,《细雪》更接近中国的《红楼梦》,是一部杰出的描写家族心理的写实小说。日本评论家折口信夫认为:"《细雪》是大正、昭和时期日本中流社会的缩影,在这部作品里,作者给后世留下了正在崩溃中的没落阶级的

1936年11月~1941年4月,是从实际情况考虑的。1941年12月8日,日军偷袭珍珠港,太平洋战争爆发。作者所著述的、保留在关西的历史悠久的日本文化,其中所蕴含的日本古典美,作品中所描述的中、上层社会都受到干扰。1944年11月,美

绚烂的幻影。"

谷崎自1923年起定居京都,关西的风土人情成为他后半生写作的背景。《细雪》是战争期间为了回避对法西斯的支持而写的。

谷崎8岁时中日甲午战争爆发了。他不理解日本为什么非要出动军队到朝鲜去,和中国军队交战不可。他就去问父亲,父亲解释得太深奥,孩子依然百思不得其解。野村尚武在《谷崎润一郎传记》中引用了谷崎对这次战争的回忆,并写道:"孩子的朴素的疑问意外地触及了事件的核心。"作者把《细雪》的时代背景定为

军开始轰炸东京。亏得梁思成提出的保护古都的建议被接受,拥有京都奈良的关西算是沾了光,没挨炸弹。

《细雪》中的男主人公贞之助多少是以作者本人为原型而塑造的。在这个意义上,《细雪》的写作可以说是对日本军国主义的一种消极抵抗。

1943年3月,作者发表的上卷第十七章借贞之助之口说:"不过,中国和日本关系的恶化,总是令人痛心的。"谷崎在法西斯专政下敢于发出与当局唱反调的声音,令人刮目相看。当时,煽动战争狂热的御用小说风靡文坛,谷崎敢于发出这样的不谐和声音,是难能可贵的。

《细雪》上卷在《中央公论》1943年1月号开始连载，只发表了两期，陆军报道部就把责任编辑烟中繁雄召去，以"战时不宜发表这类有闲文字"为名，禁止继续刊载。作者坚持把上卷写完，1944年自费印刷出版200本，分送亲朋。1947年和1948年出版了中卷和下卷。全部定稿时，谷崎润一郎已经62岁。1949年1月，《细雪》获得朝日文化奖。

《细雪》的英译本出版于1957年。随后相继被译成朝鲜、意、法、德、西、南斯拉夫、俄、捷等十几种语言出版。

周逸之的中译本于1985年1月由湖南人民出版社推出。20世纪80年代初，上海译文出版社曾约我译此作，我尝试了几千字就放弃了。全书的对话用的都是关西方言，富于地方色彩。我人在北京，觉得应该使用苏州方言来翻译书中一些对话才能保留原作的韵味。周先生在长沙，他认为关西京阪神地区原属日本政治经济文化地理中心，相当于中国的北京地区，所以用北京方言来译了对话，效果不错。萧乾说过：翻译是三分外文、七分中文。做一个文学翻译家，需要有好的中文基础以及广泛的学养，我当初认为必须译成苏州话，是钻了牛角法。

1983年，日本著名导演市川昆将《细雪》拍成电影，获1983年《电影旬报》十佳奖第二名，并被评为日本20世纪80年代十佳影片的第九名。

1965年，在谷崎润一郎逝世当年，日本设立了"谷崎润一郎"奖，对每年发表的文学作品及戏曲作品进行评选。至今已举办了40多届。谷崎润一郎奖目前是日本屈指可数的几个最有影响力的文学奖项之一。

谷崎润一郎从事创作有半个多世纪的历史，跨过明治、大正、昭和三个时期。他是20世纪日本闻名遐迩的作家，被誉为"大谷崎"，多次被提名为诺贝尔文学奖候选人。《细雪》堪称他的代表作，至今为日本读者所喜爱。

谷崎润一郎（1886~1965年）日本作家
主要作品：《刺青》《春琴抄》《钥匙》《盲人物语》《疯癫老人日记》《细雪》等。

链接：

● 谷崎润一郎曾两度访问中国，结识了郭沫若、田汉、欧阳倩等文学家和艺术家，回国后写作了《苏州纪行》《西湖之月》《上海交流记》等作品。他曾担任日中文化交流协会顾问。

1965年老舍率领中国作家代表团访问日本，老舍与刘白羽专程到位于热海市汤河原的谷崎润一郎家中拜访。

《蟹工船》
——主人公的原型是当时受残酷剥削的渔工群体

■ 叶渭渠 / 文

《蟹工船》是日本作家小林多喜二的代表作。小林多喜二为了创作这部小说，深入蟹工船现场，广泛接触渔工群众，并进行了周密的调查，还从渔业工会了解到北海道的渔业资本家，利用当时的经济危机，雇佣廉价的劳动力，驱使他们到生产条件极差的蟹工船上去劳作，对渔工进行了极其野蛮、极其原始的剥削。作者获得了大量第一手资料，便选择了蟹工船这个典型环境，以渔工群体作为小说主人公原型，进行艺术的创作。

小林多喜二以精湛的艺术手法，在小说《蟹工船》里淋漓尽致地揭露了渔业资本家的野蛮剥削和勾结反动军队，残酷镇压蟹工船渔工的情况，步步深入地塑造了"结巴""学生"等勇于斗争的英雄形象。他们虽以斗争失败而告终，但觉醒了的他们并没有气馁，总结了失败的教训，重新组织力量，再一次迎接新的战斗。这不是虚构的故事，而是活生生的事实，是对渔工群体的形象记录。正如作者在附记中所说的："这是资本主义侵入殖民地史的一页。"

《蟹工船》问世第二年，即1930年，我国就出版了潘念之的中译本，作者还给中译本写了序文，表示对中国无产阶级的革命友谊。1933年2月20日，小林多喜二由于反对日本帝国主义侵略中国，遭日本当局杀害。鲁迅在唁电中说："日本和中国人民是兄弟，资产阶级用血在我们之间划了界线，而且现在还划着。但是无产阶级的先驱者，却用血来洗去这种界线。小林多喜二的死，就是最好的证据。我们知道，我们不会忘记，我们将坚定踏着小林同志的血路，携手前进！"新中国成立后，楼适夷重译了《蟹工船》，使我国读者更好地了解了日本的这一段历史，了解了小林多喜二未竟的事业。

在"文革"特定的历史时期，老前辈被打入"牛棚"，有关出版社的主管决定他们的译本不得出版。于是，我动笔重译了这部《蟹工船》，推向已经一片荒芜的中国文坛。一个深秋时节，我作为新译者来到了北海道，首先访问了北海渔业基地函馆。昔日蟹工船的面影已经荡然无存，这里的血、这里的泪竟残酷地被抹掉了。可是，过去的历史事实是永远抹不掉的，人们还是记忆犹新的。在函馆图书馆，女馆长让我们翻阅了当年《函馆每日新闻》《函馆新闻》中有关蟹工船惊人的残酷虐待事件的报道，陪同我们走访昔日"蟹工船"事发地，《北海道新闻》矢野记者向我解说，仿佛又把我拉回到小林多喜二创作《蟹工船》的年代，让我回忆起小林多喜二在一封信里谈及《蟹工船》的创作问题时说过的一句话："无产阶级必须反对帝国主义战争。""可是为什么要这么样？在日本能有多少工人了解这个问题？今天一定要弄清这一点，这是当前最紧迫的事。"在今天来说，这句话不是仍然具有现实的意义吗？

那次访问北海道，我来到了小樽山上的小林多喜二文学碑前。这座文学碑的碑面是用赭红色的大理石砌成，上面展开一本赭色大理石雕出的书卷，左书角上铸刻着小林多喜二的头像和"小林多喜二纪念碑"几个金光闪闪的字，右书页中央写着作家狱中日记里的一段话。整座纪念碑巍峨宏伟，傲然屹立在小樽山上。地面是红土层，在漫天纷飞的红叶映衬下，碑身显得通红似火，仿佛是小林多喜二火红的生活和战斗把漫山映红，把整个天空和地面尽染成红彤彤的颜色。我恭敬地默立在这座宏伟的小林多喜二纪念碑前，注意着这本巨大的书卷，仿佛《蟹工船》这部不朽的巨著又浮现在我的眼前。不知为什么，那一瞬间我似乎听到小林多喜二纪念碑的呼啸，似乎接触到了那在血泊中的伟大的小林多喜二的心灵。

近两三年来，日本出现了"新穷人"阶层，问世已经过了80年的《蟹工船》又开始流行起来。日本多家出版社已重新出版这部无产阶级文学的经典作品，仅新潮社出版的《蟹工船》，累计销量就已突破100万册大关，一直稳居日本畅销书排行榜前列，并一度攀至榜首。一家出版社还将《蟹工船》改编为连环漫画本，发行也多达40余万册。同时，根据《蟹工船》改编的同名电影，由拍摄过《疾走》等片的著名导演SABU执导，他表示，故事没有明确的时代设定，因为劳动者斗争的故事在现代也是存在的。《蟹工船》中译本也重新出版，新闻广为报道，对我们也是很有警醒意义的。

小林多喜二（1903~1933年）日本作家
主要作品：《蟹工船》《为党生活的人》《在外地主》《沼尻村》《工厂支部》《单身牢房》等。

链接：

● 早在1930年初，夏衍以"若沁"的笔名在《拓荒者》第一期上发表了《关于〈蟹工船〉》一文，这可能是中国文学界对日本革命作家小林多喜二的最早评介。文章写道："假使有人问：最近日本普罗列塔利亚文学的杰作是什么？那么我们可以毫不踌躇地回答：就是小林多喜二的《蟹工船》。"

1930年春，鲁迅主编的《文艺研究》创刊号（1930年2月15日出版）专门刊出了《蟹工船》的出版预告。

《黯潮》
——取材于日本轰动一时的"下山事件"

■ 唐月梅/文

1947年7月，日本发生了国营铁道总裁下山失踪后被发现轧死在铁轨上的事件。井上靖以这桩轰动全国的事件为背景，写了长篇小说《黯潮》，于1950年7~10月在日本《文艺春秋》上连载，令人信服地说明了下山被害的真相。

井上靖最初是作为新闻记者登上日本文坛的，他富有良知和正义感，我们从《黯潮》的主人公、40出头的新闻记者速水卓夫身上，就可以看到作家本人的影子。

《黯潮》的故事描述的是新闻工作者速水卓夫接受采访"下山事件"的任务后，内心燃起炽烈的热情，执拗地追求事实、正义与真理，在巨大的压力下也丝毫没有妥协与屈服，经过艰难而又周密的调查，终于揭穿警方认定下山是"自杀"的谎言，将下山被害的真相大白于天下。

20世纪50年代初，当时美国占领当局为使日本成为"朝鲜战争"的后勤基地，制造了一系列事件，以嫁祸于日本进步力量，"下山事件"便是其中之一。《黯潮》就是以这一真实历史事件为背景的。日本评论家福田宏年曾指出："井上靖写《黯潮》这样的小说，如果没有充分的思想准备，是不敢动笔的。" 井上靖在创作历史小说时，治学态度严谨，他不仅查阅大量文献，详尽掌握史料，而且总是由史籍记载过的历史事变为线索，以历史人物的行动为主导，加以想象和发挥。即使是虚构部分，他也力求做到历史的真实和艺术的真实的统一，用小说的形式，及时地抓住发生在日本社会上的重大政治或社会事件，把它们生动地表现出来。

"文革"结束后，国内正闹"书荒"，公开出版的第一部日本小说集，便是《井上靖小说选》。在这个集子里，我选译了《比良山的石楠花》《一个冒名画家的生涯》《核桃林》《弃老》四篇小说。它们激起了我翻译创作的更大热情,于是我接着又翻译了井上靖的《黯潮》和《射程》。我在翻译的过程中,深感井上靖在坚持现实主义的传统创作方法的同时,还采用了现代主义的表现手法,惟妙惟肖地将速水这个人物在严峻的事实考验面前,从彷徨、迷惑、畏惧到愤怒、坚定、奋斗的过程,展现于读者面前,并提出了发人深省的问题和睿智的人生哲理。在故事行将结束时,作者以象征的手法,写道"朦胧间,唯有当年那翻腾着黯潮的海面,又掠过他的脑际",给我也给读者对事件、对这个人物留下了更大的想象空间。

井上靖是日本当代著名作家、评论家和诗人,有大量获奖的文学作品。1936年他的长篇小说《流转》获千叶龟雄奖;1950年小说《斗牛》获芥川奖;1957年《天平之甍》获日本艺术选奖和日本文部大臣奖;1958年《楼兰》获日本"每日艺术"大奖;1960年《敦煌》获日本"每日艺术"大奖;1961年《补陀落渡海记》获野间文学奖;

1967年《俄罗莎国醉梦潭》获日本文学大奖。从孩童时代,井上靖就对西域发生了兴趣,对我国敦煌向往之极。从20世纪50年代起,就全力投入到了以丝绸之路和敦煌历史为背景的文学创作中,1977年,他终于如愿以偿,来到憧憬已久的古丝绸之路和重镇敦煌。1978年,当时任敦煌研究所所长常书鸿和井上靖两位老人会面时,都兴奋不已,相见恨晚。从此以后,井上靖访问中国27次。1980年,73岁高龄的井上靖,担任了大型系列电视片《丝绸之路》的艺术顾问,与日本广播协会、中国中央电视台的摄制人员一起,又一次来到丝路古道,在戈壁骄阳的炙烤下,在大漠风沙的吹拂中追寻历史的足迹,实现了自己向世界观众介绍丝绸之路历史变迁的愿望。

井上靖在日本文坛久负盛名,在世界文坛也颇有声誉,曾荣获日本政府颁发的文化勋章,被诺贝尔文学奖多次提名。井上靖对中国的热爱之情以及他的杰出贡献使他得到了中国人民的尊敬与赞誉,作为第一个被北京大学授予名誉博士的日本人,他当之无愧。

井上靖(1907~1991年)日本作家
主要作品:《流转》《斗牛》《天平之甍》《楼兰》《敦煌》《补陀落渡海记》《俄罗莎国醉梦潭》《天平之甍》《孔子》《杨贵妃》《苍狼》《黯潮》等。

链接:
●井上靖在大学期间,就阅读了中国的《史记》《汉书》以及《后汉书》等历史著作。抗日战争期间,井上靖作为士兵来到中国的河北省,四个月后他因病回国,同年退伍。井上靖的文学创作与中国史传文学有着紧密的联系。他不仅在中国史传文学中撷取题材,以表现他对中国历史与中国文化的向往,对人生对历史的独特思考和见解,而且在艺术实践经验等方面,也对中国史传文学有所继承与借鉴。

《浮华世家》
——取材于日本银行资本家和官僚的内幕交易

■ 唐月梅 / 文

　　《浮华世家》是山崎丰子文学的高峰之作,也是当代日本批判现实主义的代表作。山崎丰子创作这部80万字的长篇小说,对金融界禁区的银行进行了无数次的艰难的采访,发现了以往无法了解到的银行同政界、官界千丝万缕的联系,以及夹杂在里面的人间戏剧。但作家声明:"小说里出现的银行、官僚、政治家,绝不是特定的原型。即使与事实之间有些类似,那也只是偶然巧合,它毕竟是虚构的。"(《浮华世家》后记)

　　山崎丰子写这部长篇小说的时候,正是1970~1971年日本金融界重新组合的时期。一般的经济规律是"以大吃小",但山崎丰子深入金融界进行调查,发现小者借助门阀的力量,与政界、官僚相勾结,与大企业联姻,获得重要的经济情报,以高明的手段,巧妙而大胆地实现了"以小吃大",进行银行的合并。山崎正是以日本20世纪70年代初这一社会为背景,通过万俵大介家族经济争斗与生活的腐朽等方方面面,艺术地再现了资本主义经济和金融资本的实态。在访华期间,她曾告诉我,《浮华世家》由于揭露了银行资本家和官僚的种种黑幕,她遇到了种种困难和重重阻力,甚至不时收到恐吓信和威胁电话。她越谈越激愤,最后她掷出一句铿锵有力的话:"我顾不上这些了,只要活着就要写,就要揭露,就要抨击,一部一部地继续写下去,直到死而后已!"在她文静温和的外表里,燃烧着一颗多么坚强的心啊!

　　《浮华世家》中译本于1981~1983年由上海译文出版社出版全三卷,第一次印行22.5万册,并不断重印,成为当时最畅销的图书之一。北京师范大学王尚远教授说:"《浮华世家》的翻译出版,是20世纪80年代初我国的'日本文学热'兴起的一个重要标志。(《二十世纪中国的日本翻译文学史》)"由于该书是在"改革开放"之初出版,

"性文化"仍属禁区,于是编辑将有关由于情节需要而作的性描写,比如妻妾同床的描写等全部删掉。

林林先生在中译本前言中写道:"作为一个女作家,山崎丰子女士能够暴露自己生活在其中的现实生活的丑恶和腐败,如此气魄和胆识实是难能可贵的。"我们将这句话翻译给她听时,她含笑地说:"我知道了。我的弟弟会汉文,我让他读了你们的译本,他认为译文很忠实原文,而且译得非常漂亮,我很满意。可惜有的地方删节了。"作家是多么细心啊。的确,因为我们的社会长期禁锢性文化,又刚刚改革开放,编辑将这部分由于情节需要而作的性描写删掉了,也符合当时的中国国情。现在社会开明了,1994年、2006年和2009年,出版社又把被删除的部分全部补上,出版了全译本。

《浮华世家》改编成电影,按日文原名《华丽一族》译为《华丽家族》,据说在我国放映时也很受欢迎。《华丽家族》这个名字已尽人皆知,读者易于接受。友人曾建议中译本的书名沿用《华丽家族》,编辑则建议不必循此直译。我们也觉得在中文"华丽"一词用于形容家族,确实有些不妥。于是就根据作家写作这部书的意图在于揭示作为银行资本家的主人公从经济到生活都已到了极盛而衰,却又不顾实际,试图要维持表面上的繁华,即华而不实。"浮华"二字就可以概括而又准确地反映小说这一主题思想,于是我们就将书名译作《浮华世家》。

《浮华世家》中译本拥有越来越多的中国读者。有一次,山崎丰子访华归国时,海关从护照中知道她是《浮华世家》的作者,就给予免检通关的待遇。山崎丰子说:"《浮华世家》是我在中国的有效护照。"当山崎欣喜地告诉我们这件事情时,作为译者的我们也分享了作者的喜悦。她还告诉我们,1984年开始创作反映日本侵华战争遗孤问题的《大地之子》时,来中国实地取材遇到许多障碍,正当她决意取消这一写作计划时,胡耀邦总书记接见了她,鼓励并帮助她继续下去。三年间她多次访华,到各地采访战争孤儿及其中国养父母,以及农村家庭,终于完成了这部百万字的三卷本长篇巨作。她多次来华采访,与中国上至领导人下至普通平民百姓结下了亲密的友谊。

山崎丰子(1924~2013年)日本作家
主要作品:《女系家族》《船场迷》《浮华世家》《白色巨塔》《不毛之地》《两个祖国》《大地之子》等。

链接:
●《华丽一族》在中国译为《浮华世家》,是日本作家山崎丰子所著的一部小说,1970年3月~1972年10月间在《周刊新潮》上连载,1973年由新潮社分三册出版。内容以20世纪60年代后期日本金融界的斗争及"山阳特殊制钢破产事件"为背景,牵涉诸多日本财阀及官僚间的内幕。该小说曾二度改编为电视剧,第一次是在1976年,由山村聪主演(饰万表大介),第二次是在2007年,由木村拓哉主演(饰万表铁平)。该小说已于1974年改编为电影。

《伊豆的舞女》
——薰子的原型是舞女千代

■ 叶渭渠 / 文

《伊豆的舞女》是川端康成的成名作。年轻的川端康成带着失恋的心绪，赴伊豆半岛旅行时，同舞女千代相遇，并一路同行，对其平等相待，舞女千代也对他体贴入微，并表示了同情和好意，他便自然激起感情的波澜。于是，彼此建立了真挚的、诚实的情谊。

川端康成以舞女千代作为原型，将这段经历化为艺术，便是展现在读者面前的《伊豆的舞女》了。

川端康成幼失怙恃，独影自怜，少年时，常沉浸在悲哀之中，培育出了一种"孤儿的感情"，祈求一种具体而充实的爱。19岁时，他与少女千代相遇，千代热情款待，让他心头涌上一股暖流，后来发现千代只是出于礼貌，并无他意，也就深为自己的自作多情而愧疚。他陷入极度苦闷，来到伊豆半岛散心，刚摆脱第一个千代的影子，又遇上巡回演出艺人一行中的舞女千代，他们结伴同行，一路上他听到舞女跟同伴说他是个好人，便感激不尽。尤其是当他了解到舞女的身世之后，对她从同情又油然生起了一种纯真的感情。《伊豆的舞女》就是在这种感情冲动中完成的。后来川端康成回忆说："从此以后，这位美丽的舞女，从修善寺到下田港就像一颗彗星的尾巴，一直在我的记忆中不停地闪流。"

川端康成邂逅伊豆的舞女千代后，在内心里深深地眷恋着舞女。他在当时写的《千代》《汤岛的回忆》《丙午姑娘赞》等短篇小说中，都表达了对这位舞女的深切的怀念。乃至在22年后创作的长篇小说《少年》里，仍保留了对这位舞女的回忆。川端康成本人在60岁时写的《落花流水》一文中还谈及："《伊豆的舞女》是有原型的。四十四五年全无音讯，如果她活着，已经是五十五六岁的人了。"

日本读者普遍认为《伊豆的舞女》表现了青年纯真的爱情，这是在日本近代文学中所罕见的。日本文学评论界高度评价《伊豆的舞女》。中村光夫说，它是"昭和时代的青春之歌"。川端康成文学研究家长谷川泉说："《伊豆的舞女》是由自传的片断镶嵌而成的重要作品。"美国的日本文学研究家唐纳德·金说："在川端康成失恋的痛苦中结出的文学成果，最为重要的就是《伊豆的舞女》了。至今人们听到川端康成这个名字，首先联想到的就是这部作品。"

《伊豆的舞女》1926发表后，多次改编拍成电影、电视剧上映和播出，仅电影就先后拍摄了6次，分别由知名演员田中绢代、美空云雀、鳄晴子、内藤洋子、吉永小百合、山口百惠担任女主角。作品还被选入日本的国语教科书里。

在我国，《伊豆的舞女》有多种不同的译本。拙译的版本就达20多种（含收入川端康成集或各类世界名著选集的）。商务印书馆编印的"青春读书课·人文读本系列"《心灵的日出》一书，以及多种中学生读物中，都选入了《伊豆的舞女》（拙译），作为中学生课外阅读课教材。

翻译《伊豆的舞女》的时候，川端康成笔下的主人公"我"与舞女那种如烟似雾的朦胧的爱意，以及作品所产生的那种若明若暗的艺术魅力，把我的感动吸引到"别有幽愁暗恨生，此时无声胜有声"的妙境。我从中体味到作品飘荡着一种动人心弦的感情、意趣和余情余韵，我的秃笔便流畅起来，尽心尽力将这种日本传统的抒情美表达出来，展现在中国读者面前。一位读者认为：他读川端的作品始于大学，现在基本上都读遍了。川端的《伊豆的舞女》是"'世上最美的初恋'，夜里在镇上的旅馆里再次翻阅川端的《伊豆的舞女》，竟又一次落泪了。叶渭渠先生的译文准确而生动，我被一次次地感动了。"

作家余华在《川端康成与卡夫卡》一文说："我最初读到川端康成的作品，是他的《伊豆的舞女》。那次偶尔的阅读，促使我一年之后正式开始了写作，和一直持续到1986年春天的对川端的忠贞不渝。那段时间我阅读了译为汉语的所有川端作品。他的作品我都购买双份，一份保藏起来，另一份放在枕边阅读。后来他的作品集出版时不断重复，但只要一本书中有一个短篇我藏书里没有，购买时我就毫不犹豫。"

川端康成（1899~1972年）日本作家
主要作品：《伊豆的舞女》《雪国》《古都》《千只鹤》《睡美人》《名人》《舞姬》等。

链接：

● 1968年，川端康成以《雪国》《古都》《千只鹤》三部代表作获得诺贝尔文学奖。瑞典皇家文学院常务理事、诺贝尔文学奖评选委员会主席安德斯·奥斯特林致颁奖词，他强调指出："川端先生明显地受到欧洲近代现实主义的影响，但是，川端先生也明确地显示出这种倾向：他忠实地立足于日本的古典文学，维护并继承了纯粹的日本传统的文学模式。在川端先生的叙事技巧里，可以发现一种具有纤细韵味的诗意。"

《雪国》
——驹子原型是艺妓松荣

■ 叶渭渠 / 文

《雪国》是川端康成的经典作品。《雪国》的女主人公驹子的原型是越后汤泽的一位19岁妙龄的艺妓松荣。松荣原名小高菊,出生在新潟县三条地方的一个贫农家中,排行老大,下有弟妹6人。由于家境贫寒,生活无着,9口之家陷入了贫困的深渊里。11岁的小高菊,被迫告别亲人,来到长冈,自己什么也不知道就被转卖到汤泽温泉当了艺妓,备受生活的折磨。川端康成在《独影自命》一文中回顾创作《雪国》经过时曾谈及驹子的原型时说:"从有模特儿这个意义上说,驹子是实有的人物,但小说中的驹子与模特儿又有明显不同,正确地说,也许她不是实际的存在。"

写《雪国》之前,川端康成经常到伊豆半岛旅行,主要以伊豆的风物作为创作的题材。后来他经友人劝说,于1934年第一次乘坐上越线火车,穿过落成不久的清水隧道,到了北国的越后汤泽。他在下榻的高半旅馆结识了小高菊。在与小高菊的接触中,他了解到这个受到伤害的少女的辛酸生活和不幸命运,油然生起了怜悯和同情。特别是这个少女相貌非凡,性情文雅,勤奋好学,给他留下了深刻的印象,在他心中萌发了创作的激情。川端康成写作《雪国》初稿的三年时间里,每年春秋两季都到越后汤泽,同小高菊交往,从详尽了解小高菊的身世,到深入调查雪国的艺妓制度、风土人情,广泛搜集创作素材。可以说,川端康成在越后汤泽的实际生活体验,就是《雪国》小说故事的依据。

《雪国》获得了日本文学评论界广泛的好评。川端康成文学研究家长谷川泉认为:"《雪国》是属于川端文学的顶峰之作""是滋润着浓重的日本式的抒情文学"。(《川端文学的魅力》)美国的日本文学研究家唐纳德·金认为《雪国》是在日本古典文学特有的美学基础上加以完成的"。他将《雪国》开卷的"穿过县界长长的隧道，便是雪国。夜空下一片白茫茫，火车在信号所前停了下来"。这一句，视为"日本现代文学中可称之为巅峰之笔"，作者借助火车穿越长长的隧道，暗示远离尘世并进入了另一个新的世界。《雪国》与《千只鹤》《古都》一起是川端康成获诺贝尔文学奖的代表作品。诺贝尔奖表彰了他以卓越的感受性、小说的技巧，表现了日本人心灵的精髓。

《雪国》开篇所描写的清水隧道口

《雪国》在我国翻译出版，经历了一个认识过程。在"反精神污染运动"中，《雪国》中译本险些胎死腹中。2002年，《雪国》被列入"教育部全国高等学校中文学科教学指导委员会指定书目"，作为大学生必读书目。这是时代的进步，文学的进步。

我在翻译《雪国》时，深深地感到其意境朦胧却细节真实。因此翻译的时候，我意识到把握其虚实浑然的艺术精髓，对于表现其含蓄美是非常重要的。如果译笔表现过于虚或者过于实，都无法表达其朦胧的美。

文艺大师曹禺于1982年赴日访问之前，曾让我介绍有关日本文学戏剧情况和推荐几部日本当代小说名著，我向其推荐的名著中就包括了《雪国》。曹禺读后在给我的书简中说："昨日始读川端康成的《雪国》，虽未尽毕，然已不能释手。日人小说，确有其风格，而其细致、精确、优美、真切，在我读的这几篇中，十分显明。"

作家王小鹰在《从川端康成到托尔斯泰》一文中说："读到川端康成的《伊豆

川端康成与小高菊会面的高半旅馆

267

的舞女》《雪国》和《古都》，顿时像中了邪一般。""特别是川端并不以故事情节取胜，只着重对人物的感情和内心的描写，心理与客观、动与静、景与物、景与人的描写是那样的和谐统一，对我有很大的启发，触动了我的创作灵感。"

川端康成在写书法

川端康成（1899~1972年）日本作家
主要作品：《伊豆的舞女》《雪国》《千只鹤》《古都》《睡美人》《名人》《舞姬》等。

链接：

● 《雪国》是从昭和九年至昭和十二年，花了四年的工夫写就的。川端康成在《独影自命》中写道：这部小说不是一气呵成，而是想起来就续写，断断续续地在杂志上发表。

起初是打算写成40页稿纸的短篇，刊登在《文艺春秋》昭和十年一月号上。本来估计写成短篇就可以把这份素材处理完的，可是到了《文艺春秋》截稿日期还未写完，才又决定在截稿日期稍晚几天的《改造》杂志同月号上发表其续篇，随着处理这份素材的日数的增加，余情尚存，便成了与起初的打算不同的东西了。在我来说，这样写成的作品为数不少。

我到《雪国》中所写的温泉旅馆去了。自然，也与《雪国》中写到的驹子再次见了面。可以说，在写小说开头部分的时候，后边的材料也就渐渐地形成了。还有，在写小说开头部分的时候，末了的情况实际上还没有发生呢。

后来我也去过这温泉旅馆，有的部分就是在那里写就的。

驹子是实在的人物，而叶子则是虚构的。

《春雪》
——女主人公原型是作者访问过的一位尼姑

■ 唐月梅/文

三岛由纪夫在酝酿创作《春雪》的过程中，历访了京都和奈良的尼姑庵。一次采访时，他见到一位年轻的尼姑，她正患感冒，不时用紫色法服衣袖挡住脸，似乎极度虚弱疲惫，言语甚少，但是三岛却被她这种幽艳的情调深深吸引，他觉得小说的人物就像这个美貌的尼姑。于是《春雪》女主人公人物形象的轮廓逐渐明晰起来，美貌的尼姑成为小说中聪子的原型。男主人公则被认为是作家本人青春体验的形象化。

《春雪》的故事讲的是侯爵出身的松枝清显对伯爵家的千金聪子产生爱慕，却又孕育着一种不安的情绪。聪子把握不住他的感情，只得接受皇上敕许与治典亲王订婚。此时，清显公开向聪子求爱，聪子在惶惑中同清显发生了关系，并怀了孕。这一行为冒犯了皇上，可他们毫无后悔之意。最后，聪子削发为尼，清显在忧郁中病故。

川端康成称赞《春雪》是现代版的《源氏物语》，他说："读了《春雪》，我被奇迹冲击似的感动和惊喜。这是融贯古今的名作，无与伦比的杰作。这作品与西方古典的血脉相通，但它是日本过去没有的，然而是切实的日本作品，日本语的美丽多彩也是极致的。在这作品中，三岛的绚丽才华，纯粹升华为危险的激情。"（《〈奔马〉广告文》）美国的日本文学研究家唐纳德·金说："《春雪》是三岛写作技巧达到炉火纯青的至高领域的一部小说，可以说，浪漫式的恋爱得到了炉火纯青的表现。"（《日本文学史》近代·现代篇5）

1985年，文联出版社约我翻译出版三岛由纪夫的作品，我怀着不定的心情推荐了《春雪》。他们请示了中央负责意识形态的高层领导，并得到了这位领导的首肯，我才定下心来开始翻译《春雪》，并再次

三岛与阿波罗像

被作家妙笔生辉地编织出这样一个充满神秘感和哀怨感的浪漫式恋爱故事所感动。尤其是翻译到"乘车赏雪"和"海边幽会"两段,我深深地感到作家笔下的风雅余韵,达到了令人目眩的境地。读它,我也不由得倘徉于忘我之境,进入了一个再创作的最佳意境。

《春雪》的出版,打破了翻译介绍三岛由纪夫文学的禁区,以此为契机我们主编了两套十卷本《三岛由纪夫文集》和多套三卷《三岛由纪夫文集》,受到了为数众多读者的认同。《春雪》中译本出版后,北京师范大学教授王向远说:"唐月梅翻译的《春雪》,为三岛由纪夫在当代中国的公开翻译出版开了一个头。"(《二十世纪中国的日本文学翻译史》)我国作家莫言说:"三岛由纪夫有着超于常人的敏感,超于常人的多情。他是一个病态的多情少年,虽然长相平平,但灵魂高贵而娇嫩,《春雪》中的贵族少年清显既是他理想中的楷模,也是他的青春期心理体验的形象化表现。"(《三岛由纪夫猜想》)台湾作家、评论家刘黎儿说:"《春雪》可以说是三岛集自己青春与恋爱经验的大成","《春雪》是很美的爱情小说,男女主角的初次接吻是在搭乘人力车赏雪时,也是让人无法忘怀的一景。"(唐月梅译《春雪》繁体字本导读)

三岛由纪夫本人总结说:"《丰饶之海》四卷的构成,第一卷《春雪》是王朝式的恋爱小说,即写所谓'柔弱纤细'或'和魂';第二卷《奔马》是激越的行动小说,即写所谓的'威武刚强'或'武魂';第三卷《晓寺》是具有异国情调色彩的心理小说,即写所谓'奇魂';第四卷《天人五衰》是取材于时间流逝某一点上的物象的跟踪小说,导向所谓'幸魂'"。即集所谓"文武两道"。三岛由纪夫在完成最后一部《天人五衰》的当天,到自卫队基地剖腹自杀身亡。之前,三岛曾致函他的美国友人云:"为了当前日益衰落的日本古老的美的传统,为了文武两道的固有道德,我决心自我牺牲,以唤起国民的觉醒。"三岛由纪夫最终以武士道自杀的方式自戕,对于一个素以文学创作闻名的作家而言是一件极为不可思议的事情。三岛由纪夫给人们留下长期的疑惑、议论、指责、批判……也许将成为一个难解的谜团。

对日本人来说,剖腹是显示固有的武士道精神和超人勇气的表现。明治维新后虽然不再提倡这一做法,但在旧武士阶级士族、帝国军人中,剖腹作为武士道精神的精粹依然被人们崇信和实行,日本旧军人常把剖腹自杀视为樱花凋谢之美。

三岛由纪夫(1925~1970年)日本作家
主要作品:《假面自白》《潮骚》《金阁寺》《爱的饥渴》《丰饶之海》《近代能乐集》《春雪》等。

链接:

● 三岛由纪夫本名平冈公威,出生在一个高级官吏的家庭,祖母是在决定德川氏胜利的"关原之战"中立下赫赫战功的永井直胜之女,祖父永井尚志曾任德川幕府的外国奉行、军舰奉行等要职,其叔叔是德川幕府副将军、水户藩主德川齐昭。三岛由纪夫是在祖母的溺爱中长大的,受祖母的影响最深。

● 1965年,三岛由纪夫以自己的小说《忧国》为蓝本自编自演的同名电影预示了他的结局。影片中一位忠于天皇的日本上尉在1936年的政变失败后切腹自杀。1968年,三岛由纪夫组织了自己的小团体"盾会",声称要保存日本传统的武士道精神并且保卫天皇。经过长时间的准备,三岛由纪夫于1970年11月25日将他的计划付诸实施。当天他带领四名盾会成员在日本陆上自卫队东部总监部,以"献宝刀给司令鉴赏"为名将师团长骗至总监办公室内,绑架为人质。随后突然变脸将益田捆绑在椅子上,提出六条要求。三岛由纪夫在总监部阳台向800多名自卫队士官发表演说,但是没有人响应,听众甚至嘲笑三岛由纪夫是疯子。三岛由纪夫随后从阳台退入室内,按照日本传统仪式切腹自杀。

三岛由纪夫切腹自杀后,不少作家赶到现场,只有川端康成获准进入,但没见到尸体。这件事使川端康成很受刺激,他对学生表示:"被砍下脑袋的应该是我。"三岛由纪夫自杀之后17个月,川端康成也选择含煤气管自杀,未留下只字遗书。两人相继自杀留给了后人无数的疑问。

《尤利西斯》
——布卢姆的原型是阿尔弗雷德·亨特，斯蒂芬的原型是乔伊斯本人

■ 文洁若/文

《尤利西斯》是爱尔兰作家乔伊斯的长篇小说。小说中有三个主要人物——斯蒂芬、玛莉恩·布卢姆太太、布卢姆。

斯蒂芬的原型是乔伊斯本人。

玛莉恩·布卢姆太太的原型是乔伊斯的妻子诺拉。

布卢姆的原型是犹太人阿尔弗雷德·亨特。

1904年夏天，喝得半醉半醒的乔伊斯在都柏林的大街沿着斯蒂芬绿地漫步，路遇一位可爱、活泼的少女诺拉，于是不顾满嘴的酒气上前闲聊，不料她的男友气得要跟乔伊斯动武，幸亏热心的亨特替他解围。乔伊斯被诺拉深深吸引，6月16日那天，乔伊斯和诺拉第一次约会，当晚他们就住在了一起。为了纪念这个难忘的日子，乔伊斯把《尤利西斯》中的故事发生时间安排在了这个特殊的纪念日——6月16日。

此外，穆利根的原型是医科学生奥利弗·圣约翰·戈加蒂。乔伊斯被他的离经叛道所吸引。在这本书中，人物有原型者多达数十人，均加注说明。不过，乔伊斯意外邂逅诺拉，听起来的的确确就是个罗曼蒂克的故事。

1918年，经评论家庞德介绍，美国《小评论》杂志开始连载《尤利西斯》。1921年10月，纽约市法院宣布成立特别法庭，这部意识流开山之作被指控为"色情淫秽，有伤风化"，遭到查禁。

毕业于普林斯顿大学的美国人西尔薇亚·毕奇女士在巴黎开了一家莎士比亚书屋。她主动承担了《尤利西斯》的出版事宜。4月10日签订合同，征集1000部的预约。预约者有叶芝、庞德、海明威、纪德等名家。

《尤利西斯》的原稿完成于1921年10月29日。次年2月2日，乔伊斯在40岁生日这一天收到了最开心的礼物——《尤利西斯》出

版前的样本。1927年，《尤利西斯》的德文译本问世。1929年，其法文译本出版。1932年，岩波书店推出了日文译本。1933年12月6日，纽约南区地方法院的法官约翰·乌尔赛宣判《尤利西斯》并非猥亵作品。1998年，在美国兰登书屋"现代丛书"编委会评出的20世纪百本最佳英语小说中，《尤利西斯》名列榜首。英国水石书店约请世界47位著名文学批评家和作家，评选对21世纪最有影响10部文学名著，《尤利西斯》名列前茅。

《尤利西斯》是乔伊斯花7年的时间（1914~1921）写成的。

1904年，乔伊斯第一次离开都柏林，他认为，只有远离祖国，才能更深刻地认识它。1912年以后，乔伊斯再也没回去过。他声言："我死的时候，将会发现都柏林是刻在我心上的。"他还说："如果有朝一日都柏林毁灭了，可以根据我作品的篇页把它重建。"他感兴趣的是生活在这里的老百姓以及他们的七情六欲。

乔伊斯笔下的意识流捕捉的是人物头脑中那些断断续续、变幻无常的思绪。

匈牙利文艺理论家卢卡契（1885~1971）认为文艺复兴后诞生的西方小说，是以探索人类内心世界为主旨的。法国的普鲁斯特、英国的维吉尼亚·伍尔夫和美国的福克纳都在这方面做过尝试。乔伊斯的成就最大，影响深远，《尤利西斯》堪称意识流的开山之作。乔伊斯在创作《尤利西斯》时受到法国作家爱德华·杜夏丹的《月桂树被砍》（1888）这部小说的启迪，但并没有盲目模仿，而是另辟蹊径，写出了生活在都市的现代人的失望和寂寞以及灵魂的空虚和失落。燕卜荪（1906~1984）称誉《尤利西斯》是一部"登峰造极的小说"。

萧乾和我都喜欢《尤利西斯》，这是我们多年来经常谈论的小说。然而，倘非译林出版社约稿，我们不会想到合译此部"天书"。

1990年，萧乾将20世纪50年代初赠送给社科院外文所的奥德赛出版社1935年版的《尤利西斯》（上下卷）借来，开始着手翻译。

为了翻译好这部"天书"，萧乾和我做了数万张卡片，向国内外发出请教信200余封。承蒙英国文化委员会赠送了我们理查德·艾尔曼所写的传记《詹姆斯·乔伊斯》（1983）以及伦敦伯德里·海德出版社所出的1989年版《尤利西斯》（经德国慕尼黑大学教授汉斯·华尔特·加布勒协同沃尔夫哈德·施特普和克劳斯·梅尔希奥修订）。这部书是我所见过的最适宜用来翻译的版本，开本大，全书18章，每章的行数都分别在该章各页的边沿每隔10行标了出来。正在美国攻读博士学位的大儿子还给我寄来了《〈尤利西斯〉注释》。此外又承蒙美国汉学家金介甫先生赠送海德1984年版，新华通讯社的英籍专家卢贝斯赠送海德1947年版，都柏林大学德克兰·凯伯德教授还惠赠由他写了长序并加了详尽注释的英国《企鹅20世纪名著丛书》1922年版，对我们都很有帮助。1990年8月~1994年7月，是我和萧乾共同生活的45载中，最富于成果的岁月。

经过四年的拼搏，1994年10月，《尤利西斯》全译本出版，销量达15万册。1995年译林出版社继1994年的三卷本（平装）之后，又推出两卷本（精装）。同年，三卷本（繁体字）在中国台北由时报出版

乔伊斯与罗伯特·迈克阿尔蒙（1924）

公司出版。1999年，《尤利西斯》（修订本）在中国台北由猫头鹰出版社出版。2002年6月，《尤利西斯》（修订本）在北京由文化艺术出版社出版。2005年1月，《尤利西斯》（修订本）由太白文艺出版社作为《萧乾译作全集》中的三卷出版。2005年6月，《尤利西斯》（最新修订本）由译林出版社出版。

乔伊斯是一位在西方文学史上留下不可磨灭影响的作家。作为小说艺术的革新者，他扩展了西方小说的表现力。20世纪的不少西方小说，直接或间接地、自觉或不自觉地受益于乔伊斯创新的努力。乔伊斯的影响力甚至超出了文学的范畴。在《芬尼根的苏醒》一书中，乔伊斯自创了"夸克"（Quark）一词，这个词后来被物理学家默里·盖尔-曼吸纳，被用来命名一种基本粒子。法国哲学家雅克·德里达曾经专门就《尤利西斯》的语言风格写过一本专著，而美国哲学家唐纳德·戴维森则就《芬尼根的苏醒》写出了哲学著作。

在如今的都柏林，6月16日是一年一度的"布卢姆日"（布卢姆为《尤利西斯》中的主要人物），用以纪念这位伟大的爱尔兰文学家。

乔伊斯（1882~1941年）爱尔兰作家
主要作品：《都柏林人》《青年艺术家的画像》《尤利西斯》《年轻内向的斯特列拉》《芬尼根的苏醒》等。

链接：

● 1922年是英语国家现代主义文学发展的关键一年。这一年文学史上出现了两部里程碑式的作品，一是艾略特的长诗《荒原》，一是乔伊斯的《尤利西斯》。在《尤利西斯》中，乔伊斯大量采用了意识流技巧、揶揄风格以及许多其他新的文学创作技巧来刻画人物。这部小说的全部故事情节都发生在一天之内。全书分为18个章节，每个章节讲述一天中一个小时之内发生的事。全书的故事从早上8点开始，一直到次日凌晨2点结束。每个章节都具有独特的叙事风格，且每一章都和《荷马史诗》之《奥德赛》的一个章节相对应。这种将多种风格熔于一炉，以及在形式上追求极端、追求暗示性的特征是《尤利西斯》对20世纪现代主义文学最主要的贡献。

《圣女贞德》
——法国民族英雄贞德的故事

■ 刘炳善 / 文

《圣女贞德》是萧伯纳的一部历史剧,写的是法国民族女英雄贞德的故事。贞德,又译为冉·达克(1412~1431 年),是法国一个农村牧羊姑娘,生活在中世纪英法百年战争(1337~1453 年)期间。当时法国北部半壁河山(包括巴黎)都被英国军队侵占,濒临亡国的危险。贞德为强烈的爱国热情所激励,自称奉上天圣女之命拯救法国;她冲破种种障碍,面见法国太子,被委以军队指挥大权。战斗中,她身先士卒,鼓舞法军斗志,一战而解奥尔良之围,军心大振。在她的率领下,短短数月,法军连克重镇,大挫英国侵略军的锐气,挽救了法国危亡的局势。接着,贞德扶持法国太子加冕登基,成为法国国王查理七世,从而巩固了法国的民族主权。在此胜利的形势下,本可一鼓作气,攻下被英军占领的巴黎,但法国封建统治者嫉贤妒能,对贞德排斥阻挠。在一次战役中,贞德失利,为内奸所俘,被英军以重金买去,交给了天主教宗教裁判所,诬以犯有"异端、巫术、妖法"之罪,1431 年将她烧死在鲁昂广场。

贞德虽死,但在她的爱国精神鼓舞下,法国军队终将英军打败,百年战争以法国的胜利结束。

1456 年,法国为贞德恢复名誉。罗马天主教会则直到贞德被焚死近 500 年之后,于 1920 年追认她为"圣女"。

三四百年来,贞德的事迹曾被欧美许多作家采用作为创作题材,写成长诗、剧本、小说、文学传记。1841 年,关于贞德受审和恢复名誉的档案原件由学者译为现代法语公布,再一次掀起了描写贞德的热潮。

萧伯纳的《圣女贞德》写于 1923 年。这时萧翁已年近 77 岁,著作等身。创作《圣女贞德》最初缘于他的一个朋友推荐给他一部《贞德传》,认为可以根据这些资料编成戏剧。但萧伯纳开始并未在意。萧伯纳的夫人夏洛特却留下一个心眼,在家中凡是萧伯纳常去的房间

1456年，法国为贞德恢复名誉。罗马天主教会则直到贞德被焚死近500年后，于1920年追认她为"圣女"。

都放一本关于贞德的书。这样，在一段时间内他就自然而然地翻阅起这些材料来。最后，他构思成熟，写出了这部剧本。

《圣女贞德》是一个六场戏加一个尾声的历史剧，1923年在纽约首演，受到热烈欢迎，连演78场；次年在伦敦演出，连演244场；此后在英美还出现了多次演出热潮；在柏林、维也纳、巴黎上演时，也都获得成功。在《圣女贞德》获得成功的影响下，萧伯纳荣获了1925年诺贝尔文学奖。此后，此剧成为在欧美舞台上不断出现的名剧，并且多次拍成电影。

萧伯纳以满腔同情描写这位在祖国遭受侵略、处于危亡之际，崛起于山野之间，献身救国的巾帼英雄。萧伯纳认为，贞德在她短短的一生中（她没有活到20岁），维护法国的民族主权，代表了民族主义；她坚信自己与上帝的直接灵交（她是虔诚的教徒），代表了新教思想。而在欧洲中世纪，这两种新思潮与封建政治制度和天主教会的思想统治都是水火不相容的。因此当时的英国侵略军、法国内奸和宗教裁判所勾结起来，非要把她置于死地不可。

一个为祖国建立了不朽功勋的民族英雄竟被国内外奸人诬陷致死——这自然是历史悲剧。《圣女贞德》也是萧伯纳一生所写的唯一一部悲剧。萧伯纳是一个伟大的喜剧家，但他写的悲剧也有他自己的独特风格：他把悲剧和喜剧结合在一起来写，把他这部戏大而化之地叫作"六场历史剧，附尾声"。

据历史记载，贞德的救国事业，一开始虽然必须冲破重重难关，但经过她不懈的努力，在前一阶段总的说还是从一个胜利走向另一个胜利。萧伯纳在剧本的第一场（贞德争取家乡附近城堡司令的支持、送她见太子）、第二场（贞德面见太子、得到委任指挥权）和第三场（解奥尔良之围），对于贞德在这一阶段的活动，进行了高度概括和完全喜剧化的处理。但从第四场开始，通过英国侵略军统帅和法国天主教会当局的密谋勾结，贞德的悲剧命运已在酝酿之中。第五场，法国国王查理七世加冕后，王位坐定，对贞德态度冷漠，宫廷显贵们对于她更是毫不掩饰地加以排斥，贞德被权势者完全孤立，表明她的悲剧命运的必然性。第六场，贞德牺牲，把悲剧推向高潮。

既然贞德已死，她的故事好像没有什么必要再写下去了。但萧伯纳毕竟是萧伯纳，他不仅要写贞德活在世上短短19年的经历，还要写她从被当作"异端"烧死直到她被平反复誉以至被追认为"圣女"的500年间的"身后哀荣"。为此，萧伯纳写了一场"尾声"。在尾声中，作者让贞德的亡灵出场，一个20世纪20年代的头戴高顶礼帽、身穿大礼服的天主教牧师代表梵蒂冈教廷向她宣读一篇文绉绉的敕令，封她为"圣女贞德"，于是她的神圣雕像便在大教堂前竖立起来，而在她生前迫害过她的那些人都纷纷向她下跪，表示"歉意"，解释"误会"，赞颂她的圣洁。然而，当贞德问了一句："那么，告诉我，我可以死而复活，再回到你们当中吗？"他们一个个都溜走了，只剩下贞德孤零零地留在台上。这位圣女在全剧说的最后一句台词是："唉，创造这个美好世界的上帝呀，它要到什么时候才愿意接受你的圣徒？主啊，还要多久，还要多久啊？"

在"尾声"中，老剧作家似乎站在人类历史的高峰，从贞德的悲剧总结出一条历史教训：仁人志士、圣洁的英雄，就像贞德一样，常常在生前被当作异端受迫害，死后才被平反复誉、甚至追认为"圣者"；然而，奇怪的是，人们一方面郑重地为老的"圣者"平反；另一方面，当代的新的"圣者"仍然还是常常被当作异端遭受迫害。这么观察之后，萧伯纳的结论是：尽管贞德被追认为"圣女"，但她如果复活，还是要被烧死的。因此，萧伯纳在《圣女贞德》的"尾声"中向人类敲了一下警钟，提醒我们要接受历史教训。

1957年，我被错划"右派"，"下放"

《圣女贞德》插图

到资料室，漫长的政治运动使我除了在改造之余唯一的乐趣就是看看书。由于爱好戏剧的积习未除，我借了一部英文版萧伯纳《戏剧九种》来看，对其中的《圣女贞德》特别爱读，还抽空查阅参考工具书，细读了两遍，并做了笔记。1979年3月，被平反后我写了一部京剧，被北京一个京剧团看中，邀我赴京修改。我住在前门外一家小旅馆，每天到文津街北京图书馆改稿子。改定后等待排演，无事可干时，我仍然每天上午到北京图书馆阅览室，借一本英文版《戏剧九种》，慢慢翻译。中午买一个大面包，喝大碗茶，休息后下午继续译。大约半个月后我译出了一个草稿，后来在草稿基础上修改出版。"文革"前，北京曾演过萧伯纳的《巴巴拉少校》（这个戏我也喜欢），译文流畅顺口。我译《圣女贞德》时，借鉴了《巴巴拉少校》的译法，

台词口语化，尽量适合舞台演出——虽然《圣女贞德》在国内到现在也没有哪个剧团演出过。《圣女贞德》在国外演出时，古堡、王宫、教堂等往往采用实景，费用较大。我国万一有剧团演出《圣女贞德》，不妨采用京戏的布景办法，让美工师设计象征式的简易装置，更有中国舞台风格。实际上，当代国外演出莎士比亚戏剧时，也常用象征式的简易布景，丝毫不影响戏剧效果，看起来还很别致。——这有点儿"匪夷所思"了。不过，我觉得《圣女贞德》在中国还是值得一演的。

萧伯纳主张艺术应当反映社会问题，反对"为艺术而艺术"。

1925年，萧伯纳"因为作品具有理想主义和人道主义"而获得了诺贝尔文学奖，他把这笔约合8000英镑的奖金捐给了瑞典贫穷的作家们。

萧伯纳（1856~1950年）爱尔兰作家
主要作品：《圣女贞德》《鳏夫的房产》《卖花女》《魔鬼的门徒》《人与超人》《伤心之家》《华伦夫人的职业》《巴巴拉少校》《苹果车》《医生的两难选择》等。

链接：

●萧伯纳年幼时，受研究音乐的邻居影响，迷恋上了音乐。13岁时，他就能用口哨吹出许多优秀歌剧的片段。由于家里太穷，15岁的萧伯纳不得不辍学。为了维持生活，他先后当学徒，代写卖药广告，写一些音乐和戏剧的评论文章。后来，他对戏剧产生了浓厚的兴趣，潜心研究易卜生的剧本，并写下了《易卜生主义的精华》一书，这部书在欧洲戏剧史上有着重要的地位。

●萧伯纳的作品《卖花女》（我公平的夫人）于1964年改编成电影《窈窕淑女》，当年获奥斯卡最佳影片、最佳导演、最佳改编音乐等8座小金人。遗憾的是萧伯纳生前没能看到这一荣誉。1950年11月2日，萧伯纳在赫特福德郡埃奥特圣劳伦斯寓所因病逝世，终年94岁。萧伯纳个性幽默，他的墓志铭虽只有一句话，但恰巧体现了他的风格："我早就知道无论我活多久，这种事情迟早总会发生的。"

《巨人传》
——取材于法国民间故事《巨人卡冈都亚传奇》

■ 吴岳添 / 文

《巨人传》取材于民间故事《巨人卡冈都亚传奇》，是法国第一部长篇小说。1531年底，拉伯雷到里昂行医，读了这本民间故事后深受启发，于是开始撰写《巨人传》。拉伯雷把古代神话、英雄史诗、骑士故事诗和民间故事等体裁糅合成了欧洲第一部具有粗俗、怪诞和颠覆功能等狂欢化特征的长篇小说。

在欧洲文学史上，长篇小说是在吸收古代神话、东方传说、民间故事和市民文学等多种成分的基础上，由英雄史诗和骑士故事诗演变而成的。无论从内容还是形式来看，《巨人传》都突出地体现了这种演变过程。

巨人的传说在法国古已有之，在中世纪尤为流行。例如庞大固埃是传说中的海鬼，专门把盐撒在熟睡的人的嘴里，使他们醒来时渴得要命，"固埃"一词就有"干渴"之意。小说写他出生时从母亲肚子里带出来68匹驮着海盐的骡子，出生以后，世界上三年无雨。他的父亲卡冈都亚是母亲怀孕11个月才从耳朵里生出来的巨人，胃口极大，出生时就大叫"喝呀"，要喝1.7万多头母牛的奶，这些都来自民间传说。小说里还有大量关于各种动物的故事，例如巴奴日与一个羊商争吵，就买了他的头羊扔进海里，结果整个羊群都跟着下了海。

《巨人传》原名《卡冈都亚和庞大固埃》，分为五部，叙述卡冈都亚和庞大固埃两个巨人国王的故事。第一部是《庞大固埃的父亲：巨人卡冈都亚骇人听闻的传记》，写卡冈都亚出生、接受教育以及在若望修士的协助下打败侵略者的过程。第二部名为《渴人国国王庞大固埃传：还其本来面目并附惊人英勇事迹》，写卡冈都亚的儿子庞大固埃的故事，以及他与巴奴日的友谊。第三部到第五部，是讲巴奴日为了解决要不要结婚的问题，远渡重洋寻访神瓶上的答案的经历。

《巨人传》的出版过程可谓历经坎坷。1532年8月，法国里昂的书摊上突然出现了一本名为《庞大怪传奇》的长篇小说，作者署名用的是拉伯雷姓名的字母重新排列的"亚勒戈弗里巴·奈西埃"。小说很快被抢购一空。过了一年，拉伯雷又以"奈西埃"之名出版了第二部名为《高康大》的小说，写的是巨人庞大怪的父亲高康大的传奇故事。《庞大怪传奇》和《高康大》从出版之日起，便以其传奇般的人物、荒诞不经的故事情节吸引着读者。据说，小说两个月的销量就超过了《圣经》9年的总销量。拉伯雷深受鼓舞，把两部小说合并为一册出版，改书名为《巨人传》。《巨人传》的问世在法国引起轰动，故事不胫而走，成了街谈巷议的热门话题。

但是《巨人传》的出版却一再遭到查禁。小说用荒诞的手法、夸张的语言、幽默而辛辣的笔调，无情地抨击了法国16世纪经院教育的腐败和教会的权威，作者认为宗教迷信妨碍社会进步，对人性的解放发出了呐喊。小说的观点引起了教会的恐慌和仇恨，巴黎大学的神学家和教会把它列为禁书。拉伯雷后来便用化名发表，虽逃脱劫难，但他的好友、小说的出版商艾蒂安·多莱却被教会吊死并焚毁了尸体。

1545年，拉伯雷在国王的特许发行证的保护下，以真实姓名出版了《巨人传》的第三部。但国王不久死去，小说又被列为禁书，拉伯雷被迫外逃。直至1550年才获准回到法国。

1564年，《巨人传》全书出版，署名为拉伯雷，但是该书是否是拉伯雷的原作备受争议。因为1553年，拉伯雷已经逝

《巨人传》插图

世于巴黎。

拉伯雷出身律师家庭，后在修道院里自学成才。他在医学、哲学、神学、考古学、数学、法律、天文、地理、音乐、植物学等各个领域都造诣很深，只用六个星期就获得了医学院的毕业文凭，而且特别具有文学和语言的天赋，很快就学会了拉丁语和希腊语。后来他离开修道院漫游法国，到处行医，由于医术高超，曾作为红衣主教的私人医生两次考察罗马，并得以广泛接触三教九流的人物。

拉伯雷不仅目睹了封建社会的黑暗现实，而且熟悉了各行各业以及他们的行规俚语。他一方面从古代的拉丁语和希腊语里吸取营养，广泛使用行业术语、民间的方言土语以及种种插科打诨的俚语和双关语，形成了罗列拼凑和语音重复等狂欢节语言的风格，从而使小说具有民间源头和口头文学的特色。

在艺术形式上，《巨人传》取代了中世纪的韵文叙事文学，标志着近代长篇小说的诞生。从结构上来说，前两部以巨人的形象为主，特别是首先出版的《庞大固埃》是写给"酒鬼们"和"生大疮的人"看的，洋溢着浓郁的浪漫主义气息；后三部则塑造了巴奴日这个来自现实生活的动人形象，具有批判社会的现实主义精神，而《巨人传》也随之从神怪故事演变成了小说。

1954年，上海平明出版社出版了成钰亭翻译的《高康大》，书名就是巨人父亲的名字，现在改译为"卡冈都亚"。

1956年，人民文学出版社出版了鲍义蔚翻译的《巨人传》第一卷，书名首次译为《巨人传》。

1981年人民文学出版社再版了鲍文蔚翻译的《巨人传》两卷本，后来又有多个出版社翻译了全本《巨人传》。

弗朗索瓦·拉伯雷（约1494~1553年）法国作家
主要作品：《巨人传》。

链接：

● 拉伯雷知识渊博，多才多艺，除写作外，对医学也有很深的造诣。1535年，拉伯雷在巴黎获得医学硕士和博士学位，研究了大脑、神经、肌肉之间的联系，同时是植物雌雄性别的第一个发现者。

● 1532年，《巨人传》第一部出版，1533年遭到查禁。1534年，《巨人传》第二部出版，不久又遭查禁。1545年，《巨人传》第三部出版，遭禁。1552年，《巨人传》第四部出版，遭禁。但是拉伯雷死后，《拉伯雷全集》在18世纪以前竟然印刷了18版，对后来法国和一些英国作家产生了很大的影响。

● 1553年，拉伯雷逝世于巴黎，死因不明。但是他的遗嘱只有一句话，人们至今流传："我没有什么财产，我欠得很多，我所有的东西都留给了穷苦的人们。"

《红与黑》
——取材于1828年的贝尔德杀人案和1829年的拉法格谋杀案

■ 郭宏安 / 文

喜欢考证《红与黑》的人为读者提供了大量材料，证明《红与黑》同两宗刑事案件的联系。一宗是1828年2月宣判的贝尔德杀人案；一宗是1829年宣判的拉法格杀人案。贝尔德的生活经历大体上和于连相似，斯丹达尔大概是拿它来做了小说的框架，但是作者显然不满意贝尔德在法庭上的表现，因为他试图博得法官的同情以求免于一死。于是，斯丹达尔又把拉法格在法庭上的表现移到了于连身上。拉法格是一个细木匠，他残忍地杀死了他的情人，被判处了5年监禁。但他在法庭上的表现是极其镇静的，他极坦然地叙述了犯罪的详细经过。所以斯丹达尔在读过报道之后对拉法格表示极为钦佩，多次在他的书里提到此人。

当然，这种联系毕竟是在写作的过程中发生的。因为早在1827年出版的《阿尔芒斯》这本小说里，斯丹达尔就表达了描述当代风俗的愿望，并且在1829年他就产生了一种以一个年轻人的命运写一本小说的念头，当时他给这本小说起取名为《于连》。所以那两个刑事案件只是为斯丹达尔提供了故事的框架，而书中灌注的血肉，诸如历史氛围、社会真实、风土人情、人物塑造等等，完全是出于他的艺术创造。应该补充的是，斯丹达尔本人从来没有提到过《红与黑》同这两宗刑事案件的联系。就思想的高度和哲学的深度来说，这两宗案件和小说完全不可同日而语。

斯丹达尔1829年10月时便动了写作《于连》的念头，大约1830年春天才动笔，同5月将小说定名为《红与黑》，7月下旬匆匆完稿，11月，《红与黑》便在法国巴黎问世了。

出乎作者意料的是，《红与黑》的出版遭到了不折不扣的冷遇。批评家讥讽作家笔下的人物尽是些"机器人"；报纸评论几乎同声谴责小说主人公于连的"道德的残忍";公众对这部小说也十分淡漠,初版只印了750册,后来依据合同又勉强加印了几百册,之后便被束之高阁。

但是这部小说在毗邻的德国却引起文学巨匠歌德的注意,歌德认为它是斯丹达尔的"最好作品",并称赞作者的"周密的观察和对心理方面的深刻见解"。斯丹达尔的这部小说在俄罗斯也有知音,托尔斯泰"对他的勇气产生了好感,有一种近亲之感"。高尔基曾这样说:"斯丹达尔的才能与力量在于,他把一件十分平凡的刑事案件提到对19世纪资产阶级社会制度进行历史的、哲学的研究的境界。"

斯丹达尔并不指望得到当代读者的理解,他说:"我将在1880年为人理解。"他又说:"我看重的仅仅是在1900年被重新印刷。"他对这本书将流传下去具有充分的信心,他希望做一个"在1935年为人阅读的作家"。后来,他的预言实现了,19世纪80年代,以泰纳为首的一批批评家确立了斯丹达尔在法国文学史上的地位。

《红与黑》真实地再现了法国波旁王朝复辟以后的历史氛围,使《红与黑》具有一种历史的真实感。研究者利用斯丹达尔本人的文字和当时报刊的材料,揭示出《红与黑》的副题"1830年纪事"并非虚言,确为七月革命前夕"山雨欲来风满楼"的政治形势的真实写照。书中谈到派于连送信的秘密记录,共有四章,研究者认为是作者以真实时间为蓝本写出来的,说的就是1817年保王党密谋求得外国保护的事。但是,更近一些的研究者认为根本不需要1817年的蓝本,他们指出斯丹达尔本人在1829年和1830年给朋友的信中都站在资产阶级共和派的立场上来谈论这一次内战危机,几乎用的就是小说中的语言。

研究者无一例外地怀着极大的兴趣关注于连·索莱尔的悲剧命运,因为他是小说的主人公,全部《红与黑》就是他浮沉升降的兴衰荣辱的过程。于连究竟是一个个人主义野心家,还是一个反抗封建制度的资产阶级英雄,成了人们争论不休的问题。研究者也怀着同样强烈的兴趣关注于连的爱情,因为于连的成功以同两个女人的恋情为标志,他也是在这两个女人的爱情中走向死亡的。

《红与黑》之所以能不断引起读者尤其是青年读者的共鸣,主要在于它塑造了一个充满激情,处心积虑地为自己的人生筹划,渴望在险恶的社会环境里获得成功的青年形象。在这个意义上,小说主人公于连的艺术形象已经超越了时代,具有了普遍性。

于连一生的遭遇,他的希望、追求、奋斗、失败,似乎让每一个读者都能感同身受。由于出身卑微,他必须一步一步地去砌就成功的每一级台阶。然而,在扼杀一切生机的王朝复辟时代,他扮演了"一

《红与黑》封面(1831)

个叛逆的平民的悲惨角色",成了"一个跟整个社会作战的不幸的人"。当他意识到环境过于强大时,他便策略性地妥协了。通过这种妥协,他得到了实惠,爬上了社会的上层。但他终究不是一个庸人,他丢不掉他的激情和尊严,他总还梦想着光荣,而不仅仅是一官半职所带来的生活享受。正是这一点使于连最终拒绝了他的社会,并成为深深打动我们的人物。

书里的其他大部分人物,研究者都为他们找到了原型。比方说,德·莱纳市长的原型是卡里克斯特·德·皮纳侯爵,斯丹达尔中学时的一个同学;年轻的阿格德主教的原型是红衣主教德·罗安公爵;总理德·奈瓦尔的原型是波利涅克亲王;德·拉莫尔侯爵的原型是爱德华·德·菲茨·雅姆公爵;等等。这一切都让《红与黑》具有了历史的真实感。

《红与黑》的书名到底是什么意思呢?象征着什么?自小说问世以来,这一直是人们探究的谜。研究者和读者始终没有一致的看法。比较普遍的一种看法认为,"红"指红色的军装,代表军队,"黑"指教士的黑袍,代表教会;或者认为"红"是对法国大革命和拿破仑战争的英雄时代的向往,"黑"是对卑鄙可耻的复辟时代的蔑视;或者认为"红"是以特殊方式象征于连反抗的力量,"黑"象征身陷囹圄的于连幻想的破灭等等。

有人曾问斯丹达尔本人:"你的小说题目是什么意思?"他解释说:"'红',意味着于连如果出生得早,他就会是一个士兵。但是他生不逢时,只好披上了道袍,这就是'黑'。"

无论人们的看法有多大的分歧,总有一个共同的基点,就是把"红"与"黑"看作是对立的、矛盾的、水火不相容的。

我国第一个翻译《红与黑》的是赵瑞蕻先生。1932年,他第一次听他的英文老师说起《红与黑》,就在"心中留下了最初新鲜的印象"。1944年,赵瑞蕻先生在"一个幽静而寂寞的山村,写一篇2000多字的斯丹达尔《红与黑》的译者序"。1947年,赵瑞蕻翻译的《红与黑》在上海作家书屋出版。1954年,罗玉君先生的第一个全译本《红与黑》出版。迄今为止,已经有罗新璋、黎烈文、郝运、闻家驷、许渊冲等翻译的二三十余个译本相继问世。

记得我第一次读《红与黑》时还是个中学生,读的是罗玉君的译本,大学二年级的寒假里有些迫不及待,跟头把式地读了原文的《红与黑》,那是莫斯科版的,至今还记得封面上似乎有一袭黑袍和一柄红色的剑。1993年年初,我应一家出版社的之约,开笔翻译《红与黑》。按说,在已有多个译本并且多有改善的情况下,再去增加一个,乃是一桩近乎发疯的举动。然而,事实上,对于一个喜欢《红与黑》并且可能已经在心里翻译过不止一遍的人来说,有人请他向读者贡献一部他心目中的《红与黑》,的确有"机不可失,失不再来"的感觉,其诱惑力是难以抗拒的。至于后来复译成了一股"热",倒是当初没有料到的,否则,我若知道会有如许的译家一展身手,我肯定会退避三舍,因为我实在不认为已经存在的译本必须被更新。唯一令我欣慰的是,我从旧译中卸掉了5万个汉字。

斯丹达尔（司汤达）(1783~1842年)法国作家
主要作品：《红与黑》《吕西安·娄万》《巴马修道院》《亨利·勃吕拉传》等。

链接：

● 与《红与黑》创作相关的两宗刑事案件：
一宗是1828年2月宣判的贝尔德杀人案。

安东尼·贝尔德，生于1801年，是多菲那省布朗格镇的一个马掌匠的儿子。他身体羸弱，但是聪明、有野心。村里的神父有心让他从事神职，把他送到了格勒诺布尔的小神学院。他在神学院里待了四年，于1822年在布朗格镇的一个公证人米舒先生家里当了家庭教师，但是一年之后，他离开了米舒先生家，因为他与米舒太太发生了暧昧的关系。他又到贝莱神学院里开始学习，两年后被父母领回。1825年8月，他重回布朗格，试图重新进入米舒先生的家里，但是为时已晚，新来的教师占据了他的位置。于是，他开始给米舒太太写信，指责她的不忠，抱怨她把他赶出了家门，并且使他不能在神学院里安身，断了他的前程。不过，米舒先生还是把他送进了格勒诺布尔的大神学院。不久，他又被遣回，旋即在距布朗格10公里的德·科尔东先生家里觅得一份家庭教师的工作。一年之后，他被解雇了，原因不明，据说是他与主人的女儿有不正当的关系。这起不明不白的事件之后，他又想进神学院，但是失败了。他满腔的怒火爆发了，他认为都是米舒太太搞的鬼，于是他接连写信给她，信中充满了威胁。米舒夫妇害怕了，不得已又把他介绍给公证人特洛伊埃先生，但是这份新的工作并未平复他的怨恨之心，他不止一次地宣称要杀死米舒太太，然后自杀。一个礼拜日，在布朗格教堂里，他朝米舒太太开枪，然后又朝自己开了枪。两个人都没死，但法官判定贝尔德蓄意杀人，判处他死刑。在宣布判决之后，贝尔德说他当时昏了头，他想承认他对米舒太太的威胁都是假的，他想取得法官们的同情，使他的家庭免遭耻辱，但是这一切都已无法挽回。

1828年2月23日，贝尔德伏法。

另一宗是1829年宣判的拉法格杀人案。

拉法格杀人案是一桩在当地引起市民关注的案件，斯丹达尔根据当时法院的公告，在《罗马漫步》一书中详细记载了事件的始末：拉法格25岁，相貌出众，家庭颇受尊重，但他本人是一个木匠。因为想换住所，就沿着邮局大街找房子，不幸就从这时开始了。他找到一间住房，房主是一对母女，女儿叫泰莱兹。泰莱兹对他关怀备至，主动亲近，没有多久他们就相爱了。一次，他发现泰莱兹对他冷冰冰的，原来她从前的情人来了。就这样，她时而热情，时而冷淡，反反复复，最后对他闭门不见，对他的种种威胁也置若罔闻。他妒火中烧，找了把手枪，装好子弹，决心杀了她。当天晚上，他来到泰莱兹的房间，乞求迎回她的爱情，但泰莱兹斩钉截铁地拒绝了。于是他开了枪，一枪不中，又开了一枪，这时，他发现她两眼圆睁，并没有流血，于是他又抽出了刀，割断了她的脖子。法庭后来判了拉法格5年监禁，10年监视，并支付全部诉讼费用。

《钮沁根银行》
——钮沁根的原型是巴黎罗特席尔德银行行长罗特席尔德

■ 胡其鼎 / 文

读者也许没有读过这本书，但在巴尔扎克的其他小说里肯定遇到过这位男爵。他是巴尔扎克塑造的一个可憎可厌的文学形象，他的原型是巴黎罗特席尔德银行行长雅姆·德·罗特席尔德男爵。

梅耶尔·安塞尔姆·罗特席尔德是德国法兰克福犹太隔离区内的一个钱币兑换商，当过黑森宫廷财务代理人，开办了罗特席尔德银行。他有五个儿子，长子坐镇本行，其余四子分别在维也纳、伦敦、那不勒斯和巴黎开设分行。1822年，奥地利皇帝封罗氏五兄弟为男爵，这个国际性犹太家族成为欧洲首席金融贵族。从1829~1850年，几乎所有欧洲国家的政府信贷都直接或间接地由罗氏银行操办。罗氏家族赞助过包括毕加索（犹太人）在内的一批艺术家，促成了现代主义艺术的盛行。罗氏的影响力是现今的索罗斯望尘莫及的。

1830年巴黎爆发七月革命，结束了王政复辟。路易·菲力浦即位，史称"市民国王"。当时政府的财政支柱就是雅姆·德·罗特席尔德男爵和他的银行。

德国诗人海涅（犹太人）1831年移居巴黎，为德国一家报纸写通讯，成为知名记者。看看海涅笔下的雅姆吧：

雅姆是最佳政治温度计，他会一个喷嚏打出欧洲的和平来。罗氏的生意大部分是跟奥地利皇帝做的，其他的君主也要向罗氏借贷。神的子民以及所有其他的民众都尊重这位男爵。神是多么伟大啊！金钱是我们时代的神，罗氏就是先知。

拉斐特路雅姆的镀金宫殿是巴黎的社交中心。雅姆是交易所皇帝，金融尼罗，跟罗马皇帝尼罗一样，他是强有力的封建制度的破坏者和新的民主制度的奠基人。他所发明的国家纸币体系，为欧洲的社会进步随处开创先决条件。

比较一下巴尔扎克和海涅对同一人物的态度是很有趣的。

巴尔扎克在《纽沁根银行》中以其非凡的洞察力，揭示出刚刚出现的银行、股份公司、证券交易对社会生活的影响，讲述了以纽沁根男爵为代表的金融大鳄，如何以假破产、假清理的手段，杀人不见血地掠夺千家万户的财产；指出了在社会进步、财富增值的过程中，优胜劣汰、弱肉强食的残酷现实；同时也提出了自己对如何优化社会风俗、制约私欲膨胀的见解。

1841年，巴尔扎克制订了一个宏伟的创作计划，决定写137部小说，分风俗研究、哲理研究、分析研究三大部分，总名字叫《人间喜剧》，全面反映19世纪法国的社会生活，写出一部法国的社会风俗史。到巴尔扎克逝世时，《人间喜剧》已完成了91部小说。这些小说中最有名的就是《欧也妮·葛朗台》(1833)和《高老头》(1835)。巴尔扎克的中、短篇小说中，有两篇给人的印象十分深刻，一篇是《纽沁根银行》，一篇是《高利贷者》。

小说中，纽沁根男爵对婚姻毫无爱情可言，他利用夫人的婚外恋从中牟利。即便有了私生子，也不在意，他在意的是夫人卖掉首饰以支付情人的钱。巴尔扎克对这种当时在巴黎颇为流行的婚姻基础、社会与家庭本质的分裂进行了真实的揭露。

巴尔扎克雕像（罗丹）

《纽沁根银行》插图

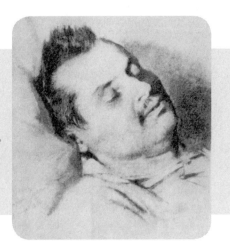

巴尔扎克遗容。1850年8月18日，巴尔扎克去世，终年51岁。巴尔扎克属于真正的不朽者，他的寿命和人类社会一样长。巴尔扎克创作了《人间喜剧》这套90余部作品的巨著，还有6部戏剧，数以百计的杂文、特写、书评、专论……

奥诺雷·德·巴尔扎克（1799~1850年）法国作家
主要作品：《人间喜剧》《朱安党人》《驴皮记》等。

链接：

● 1850年巴尔扎克逝世时，雨果在葬礼的仪式上，面对成千上万哀悼者慷慨激昂地献上了悼词："……他的一生是短暂的，但却非常充实，他的作品比数不清的日子还要丰富。悲哉！这位力量惊人、从不疲倦的工作者，这位哲学家，这位思想家，这位作家，这位天才，在我们中间经历了所有伟人都不能避免的那种充满风暴和斗争的生活。今天，他在平和宁静之中安息了。现在，他超脱了一切争吵和仇视。在同一天，他进入了坟墓，但也进入了荣誉境界，他将继续在飘浮于我们头顶的云层上面，在我们祖国的众星中间闪耀光芒……"

● 1883年，法国文学家协会为纪念巴尔扎克对法国文学所做出的丰功伟绩，也为感谢他为保护文学创作者的权利和为促成建立文学家协会所做出的积极努力，决定出资为他雕刻一尊纪念像。第一位雕刻家未能完成任务于1891年谢世。后来罗丹被选定继承这一重任。在长达七年的工作中，罗丹多次改变自己的构思，最后决定了一种他认为最能表现巴尔扎克特点的神态：翘首天空，发丝散乱，身体被宽大的睡袍裹住略向后倾。

《包法利夫人》
——取材于福楼拜身边的人和事

■ 程薇 / 文

《包法利夫人》是法国作家福楼拜的第一部长篇小说。当有人问福楼拜谁是包法利夫人的原型时，福楼拜总是这样回答："我就是包法利夫人。"

福楼拜用了八年的时间完成这部小说，但他从来没有承认小说的主人公在现实生活中有原型的这一说法。福楼拜坚持说："《包法利夫人》中讲述的故事都不是真实的。"事实究竟如何呢？

研究人员在福楼拜的往来信函中发现了蛛丝马迹。

1851年7月23日，福楼拜的朋友马克西姆·杜冈在给福楼拜的信中说："你正在写什么呢？德拉马尔夫人的事怎么样……"

德拉马尔夫人是谁？杜冈为什么问这样的问题？

原来两年前，马克西姆·杜冈和福楼拜的另一位朋友路易·布耶曾批评过福楼拜的一部描写古代基督教隐修院创始人圣·安东尼的小说《圣安东尼的诱惑》，并劝告福楼拜应像巴尔扎克写《贝姨》或《邦斯舅舅》那样，写点平民生活题材的作品，所以建议他写写德拉马尔夫人的题材。

德拉马尔是鲁昂市立医院任职的一位外科医生。德拉马尔丧妻后，娶了附近一位年轻漂亮的农家女德尔菲娜当继室。德尔菲娜相貌出众，但挥霍成性，花费在珠宝和服饰上的费用高得惊人，婚后债台高筑无法解脱，于1848年3月（27岁）服毒自尽。次年，她的丈夫德拉马尔也郁闷自杀，留下女儿孤苦一人。

德尔菲娜·德拉马尔的事情经报刊报道后，家喻户晓成为一桩无人不知的轰动新闻，同样也引起了福楼拜的深思。

福楼拜是否接受了杜冈的建议，开始以德尔菲娜·德拉马尔为原型进行创作，我们只是在史料中寻找端倪。还有一种说法，认为福楼拜的《包法利夫人》原型同时也掺进了巴黎著名雕塑家雅姆·普拉迪

的妻子，即被称为"美艳佳人"的漂亮而轻浮的路易丝·普拉迪的生活，以及作家自己和沙龙主人路易丝·高莱的爱情。

为了写好这部书，福楼拜隐居乡间，勤读每一份他能找到的相关资料，记下了大量笔记，还把一些他想表达的内容拟下来，按大纲详细阐述，前后用了近五年的时间，将身边的这些人物和故事，以高超的艺术手法巧妙结合，写成了他最著名的小说《包法利夫人》。

书中人物刻画的真实生动，使我们心悦诚服地相信他们就是我们熟悉的生活中活生生存在的人物。英国作家毛姆认为："把他们当作跟水管工、杂货商、医生一样理所当然的，从来没想过他们只是小说里的角色……我实在无法相信爱玛·包法利是一个普通农夫的女儿，她身上具有每个女人和每个男人都有的某种特质。"

1856~1857年间，《包法利夫人》在《巴黎杂志》上连载，小说讲述了法国北部乡村医生包法利夫人爱玛的故事。爱玛对贫乏的生活渐渐产生了反感，她自我毁灭的欺骗和奸情最终将自己逼上了绝路。小说一经刊出便轰动文坛，在社会上引起轩然大波。当时，司法当局对作者提起公诉，指控小说"伤风败俗、亵渎宗教"，并要求删除一些"色情"片段，福楼拜坚持不删改一字。幸得律师塞赖的声望和辩护，塞赖辩称，这些段落都是必要的，包法利夫人因为行为不检点而自食其果，所以这本小说的道德寓意更值得称道。公诉最终被驳回，当局不得不以"宣判（福楼拜）无罪"收场。

就在福楼拜埋怨《包法利夫人》的诉讼给他制造了麻烦、丑闻时，他也因这部小说获得了意想不到的成功。《包法利夫人》受到读者和评论界的普遍推崇，最终为福楼拜赢得了声誉。

《包法利夫人》原稿并未分章，直到付印前夕，为了便于阅读，作者才做了分章安排。小说的副题是"外省风俗"，暗示出作品广泛的社会意义。

小说出版后，有人认为，小说中那个饱受折磨的女人的名字是福楼拜在一次埃及旅行时突然想到的，当时，他下榻在一个由一位名叫包法利的人经营的饭店里。还有人认为，作者对书中女主人公不加评判的态度，是鼓励和宽恕通奸的罪行。不过在福楼拜眼里，是社会使包法利夫人堕落到了这个地步，这社会使他感到厌倦，以至他在写到爱玛服毒自杀的时候，感觉自己的喉咙里都仿佛有砒霜的气味。所以不难理解，福楼拜刚一写完《包法利夫人》，就不愿再陷入这种使他厌倦的环境中，而宣称要换一个新的题材创作。

在中国，李健吾算是福楼拜的知音了。1931年，李健吾先生赴法国留学。到法国后，李健吾选择法国作家福楼拜作为研究对象，日夜研读福楼拜和他的作品，很快写出了《福楼拜评传》的草稿。1933年8月底，李健吾回到北平。1934年1月，在郑振铎、靳以主编的《文学季刊》创刊号上，李健吾发表了论文《包法利夫人》。这篇论文为李健吾带来了巨大的声誉，同时也对他的生活产生了积极的影响。从未谋面的林徽因女士看后，给李健吾写来一封长信，约李健吾到梁家见面。此后，李健吾便成为"京派"文人圈子中的一员。1935年8月，李健吾赴上海暨南大学任教，是

包法利夫人

年12月，《福楼拜评传》由上海商务印书馆出版。后来李健吾译了《包法利夫人》和《情感教育》，在巴金主编的文化生活出版社出版，一举奠定了李健吾法国文学研究专家的地位。

1996年初，上海译文出版社约周克希先生重译福楼拜的作品《包法利夫人》。在周克希的眼里，福楼拜视文字、文学为生命，每一部作品，每一章，每一节，每一句，都是呕心沥血的结果。周克希认为，有机会翻译这样的作家的作品，是译者的荣幸。如今《包法利夫人》问世已经一个多世纪，在我国也有众多译家不同的译本，小说蕴含的丰富内涵，至今仍具有独特的魅力。

1991年，法国电影公司将《包法利夫人》拍成了电影。

《包法利夫人》
插图（Alfred Richemont）

居斯塔夫·福楼拜（1821~1880年）法国作家
主要作品：《包法利夫人》《萨朗波》《情感教育》《圣安东尼的诱惑》《三故事》《布瓦尔和佩库歇》。

链接：

● "梅塘集团"是19世纪法国文坛在福楼拜的影响下形成的由6位作家组成的文学创作团体，它是以巴黎郊外左拉的梅塘别墅作为主要活动场所而得名。"梅塘集团"的主要作家是保尔·阿莱克西（1847~1901）、昂利·塞阿（1851~1924）、莱昂·埃尼克（1851~1935）、于斯曼（1848~1907）和莫泊桑（1850~1893）。他们气质相近，情趣相投，既有共同的爱国之心，又有相同的哲学倾向。"梅塘集团"的成员以"客观写作"自居，他们汇集而成的《梅塘之夜》，被看作是这个集团发起的自然主义运动的宣言。莫泊桑正是凭借在"梅塘之夜"发表的《羊脂球》而一举成名，走上文坛。

● 1852年9月1日，福楼拜在创作《包法利夫人》时给高莱的信中写道："作家在作品中应该像上帝在宇宙中一样，到处存在，又无处可见。"

"我这本书如写得好，会轻轻搔着女性的诸多疮疤。她们看书时，不止一人会认出自己，莞尔一笑。我将识破你们的苦恼，你们这些难以理解的可怜的灵魂，你们把哀怨藏在心头，像后院长满青苔的墙壁。"

《苔依丝》
——故事来源于古代埃及传说

■ 吴岳添/文

《苔依丝》是法国作家法朗士根据古代埃及的一则传说改写的。贵族子弟巴福尼斯在牧师的感召下皈依了基督教，来到尼罗河畔的沙漠里苦修了10年。但是他忘不了美貌放荡的女演员苔依丝，决心把她从罪恶的深渊中拯救出来，最后终于把她送进了修道院。可是巴福尼斯回到沙漠之后却坐卧不宁，终于不得不承认自己爱上了苔依丝。

《苔依丝》原名为《圣女苔依丝的传说》，是法朗士早年发表的诗歌。1889年，法朗士把这首诗改写成小说《苔依丝》。这个本来是基督教关于一个妓女修道后成为圣女的传说，在法朗士笔下却成了一个讽刺修道士和嘲弄禁欲主义的故事。

法朗士原名阿纳托尔-弗朗索瓦·蒂波，出生于巴黎一个普通的书商家庭，从小就养成了爱读书的癖好。他的父亲经营的书店里有许多与法国大革命有关的书刊和资料，吸引了不少共和主义者，对法朗士后来形成厌恶暴力的人道主义思想影响很大。中学毕业后，他靠着自学积累了丰富的知识，并参加过主张唯美主义诗歌的帕尔纳斯派。他的诗作《金色诗篇》（1873）表达了对弱小动物的怜悯和对幸福的渴望，三幕诗剧《科林斯人的婚礼》（1876）被认为是帕尔纳斯派的杰作。他因此被推荐到参议院图书馆去担任职员。

法朗士的短篇小说大多取材于传说，写于1909年的《蓝胡子和他的七个妻子》就是取材于法国作家夏尔·佩罗（1628~1703）的童话《蓝胡子》。

《苔依丝》身受福楼拜的《圣安东尼的诱惑》的影响，是法朗士创作的第一部历史小说。《苔依丝》充分体现了法朗士的写作特色，他以渊博的历史和宗教知识，栩栩如生地再现了古代埃及五光十色的风貌。苔依丝放荡一生升入了天国，巴福尼斯苦修一世却堕入了地狱，使世俗生活的欢乐与修道士们的苦行形成了鲜明的对照。法朗士以犀利的文笔，把动人的故事传说和对现实的无情嘲讽巧妙地融为一体，使这部小说一百多年来始终受到各国读者的欢迎。

法朗士是法国文学史上继拉伯雷、伏尔泰之后最杰出的讽刺作家，他在改写传说的时候，像伏尔泰对待《圣经》那样反其意而用之，从而赋予这些传说新的意义。而且采用风趣自然的讽刺笔法，任何时候都不失其高雅的风度。20世纪40年代，李青崖、金满城、赵少侯等就开始介绍翻译法朗士的作品。最早翻译时译名为《黛丝》，译者是杜衡。

1981年，我在中国社会科学院研究生院读书的时候，硕士论文的题目就是《人道主义者法朗士》。我一向认为对于研究外国文学的人来说，翻译是研究的基础，必须亲自翻译一些作品，才能体会和理解作家的创作。法朗士是公认的语言大师，但只有读他的原作，才能欣赏他明晰流畅的语言和生动传神的文笔。他继承和发展了中世纪市民小说的传统，采用风趣自然的讽刺笔法，任何时候都不失其高雅的风度。他善于把动人的故事和对现实的猛烈抨击巧妙地融为一体，以丰富美妙的想象来表现寓意深刻的哲理。

1980年，我应云南人民出版社梁友璋先生的约请，翻译了《苔依丝》，但因梁友璋先生不久去了日本而未能出版。漓江出版社的刘硕良先生为了出版《获诺贝尔文学奖作家丛书》，把我翻译的法朗士的三部小说合成《苔依丝》一书，以极快的

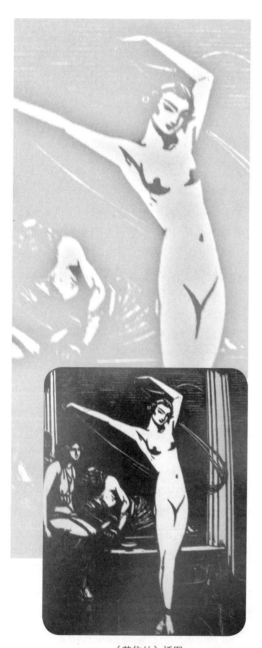

《苔依丝》插图

速度抢在1992年出版。过了几年，这个译本又被收入了山东文艺出版社的《法朗士精选集》（1997）。

法朗士是公认的语言大师，他的小说读起来总是明白生动、自然流畅，显示出古典主义语言明晰的特色。我翻译他的小说，就是喜欢作者的幽默。幽默是一种可贵的品质，它能使人在困境中化解忧愁，乐观地面对人生，发出令人回味的笑声，在使自己快乐的同时也使别人快乐。

1921年，法朗士获得了诺贝尔文学奖。

诺贝尔文学奖颁奖词中指出："今天，我们古老的日耳曼国家将这个授予诗人的世界文学奖颁发给这位法国大师，这位真与美最忠实的仆人，这位拉伯雷、蒙田、伏尔泰和勒南的人道主义的继承者。"

"由于他的文学创作的辉煌成就，它的特色在于高贵的风格、宽厚的人类同情、迷人的魅力以及一个真正的高卢人的气质。"

法朗士于1924年逝世，法国政府为法朗士举行了隆重的国葬。

阿纳托尔·法朗士（1844~1924年）法国作家
主要作品：《波纳尔之罪》《苔依丝》《鹅掌女王烤肉店》《在白石上》《企鹅岛》《天使的反叛》等。

链接：

● "法朗士"是他父亲弗朗索瓦的缩写，又因作者热爱祖国法兰西，便以祖国的名字作为自己的笔名。早在1905年，法朗士就担任"俄国人民之友协会"主席，声援入狱的高尔基和俄国人民的革命斗争，谴责殖民主义和种族主义的罪行。在列强瓜分中国的时代，法朗士为中国人民仗义执言。苏联十月革命之后，他全力支持新生的苏维埃政权，带头签名抗议帝国主义国家对苏联的封锁。1921年，法朗士以77岁的高龄加入了刚刚成立的法国共产党。

● 普鲁斯特曾问法朗士为什么如此博学？法朗士告诉普鲁斯特："这很简单，我在您这个年龄，没有您这样漂亮，不讨人喜欢，也不去社交界，就待在家里看书，不停地看书……"

● 1896年，法朗士当选为法兰西学士院院士。当时，犹太人德雷福斯上尉被诬陷为向德国出卖军事机密的叛徒，被军事法庭判处终身监禁。法朗士闻讯后挺身而出，始终和左拉并肩战斗，甚至不惜与昔日的朋友决裂，从此不再进入法兰西学士院，并且在社会主义者饶勒斯的影响下开始信仰社会主义。左拉去世后他继续斗争，直至1906年德雷福斯被彻底平反。

《悲惨世界》
——冉阿让的原型是苦役犯彼埃尔·莫

■ 李玉民/文

雨果创作《悲惨世界》的动机来自于一件真实的事情：1801年，一个名叫彼埃尔·莫的穷苦农民因饥饿偷了一块面包，被判了5年苦役，刑满释放后，因持黄色身份证找工作四处碰壁。这件事对雨果触动很深，引起了他的高度关注。

1828年，雨果开始搜集有关米奥利斯主教及其家庭的资料，在掌握了小说创作的原始素材后，雨果酝酿写一个释放的苦役犯受一位圣徒式主教的感化而弃恶从善的故事。在1829~1830年间，雨果还有意识地大量搜集有关黑玻璃制造业的材料，这便是冉阿让到海滨蒙特伊，化名马德兰先生办工厂发迹的由来。到了1832年初，雨果已经对这部小说的构思相当明确，但直到5月31日，雨果才将这部小说卖给出版商戈斯兰和朗杜埃尔。

雨果继续搜集素材，参观了布雷斯特和土伦的苦役犯监狱，在街头目睹了类似芳汀受辱的场面：1841年1月9日，雨果当选法兰西学士院院士刚两天，就在街上看到一个无赖把一大团雪塞进一个衣着单薄的姑娘的背心里，争吵之下，警察反而把姑娘抓了起来。见此情景，雨果不顾自身安危，毅然挺身而出，作证签字，使这个素不相识的姑娘获得了自由。雨果虽然不知道她的名字，但后来却把她的形象作为了《悲惨世界》中的女工芳汀的原型。

这时《悲惨世界》虽然一行还未写，但是已有三个主人公的形象在雨果头脑中活灵活现了。

1845年11月17日，雨果终于开始创作酝酿20年之久的小说，同时还继续扩大材料，丰富内容。写作进行得很顺利，第一部写出后，定名为《苦难》。到1847年12月30日，雨果又与出版商戈斯兰和朗杜埃尔重订出书合同。出版商审阅了书稿，同作者商定删掉其中的一大章:《主教手稿》。在书稿写出将近五分之四时,不料雨果卷入政治旋涡,于1848年2月21日不得不停止创作,先后去当巴黎八区区长和巴黎议员。这一搁置又是12年。直到他在盖纳西岛流亡期间,1860年四五月间,重新审阅了《苦难》手稿,做了17点重大评注,又花了七个半月的时间深入思考整部作品,接着又用半年多时间修改原稿,增添新内容,续写完第四部最后一卷和第五部,并定为现行的书名《悲惨世界》。

为了描写滑铁卢战场,雨果4次前往考察。1861年5月,雨果和朱丽叶·德鲁埃到滑铁卢,在圣约翰山圆柱旅馆住了两个月,实地考察地形地貌、激战的场所,从而保证了《滑铁卢战役》一卷的生动细节。

篇幅浩大、卷帙繁多的《悲惨世界》从1828年起构思,到1845年开始创作,直至1861年完稿并出版,历时30余年。小说最初的提纲《苦难》,包括《一位圣人的故事》《一个男人的故事》《一个女人的故事》和《一个小姑娘的故事》。

雨果还将许多自己生活的感受写进了《悲惨世界》,马吕斯便是青年雨果的代言人,马吕斯追求珂赛特,就有雨果追求阿黛尔的影子。

雨果把世间一切不幸,统称为苦难。因饥饿偷面包而成为苦役犯的冉阿让、因穷困堕落为娼妓的芳汀、童年受苦的珂赛特、老年生活无计的马伯夫、巴黎流浪儿伽弗洛什、甘为司法鹰犬而最终投河的沙威、沿着邪恶的道路走向毁灭的德纳第。这些全都是极具代表性的人物。他们所经受的苦难,无论是物质的贫困还是精神的堕落,全是社会的原因造成的。雨果作为人类生存状况和命运的思考者,全方位地考察这些因果关系,以未来的名义去批判社会的历史和现状,以人类生存的名义去批判一切异己力量,从而表现了人类历史发展中的永恒性矛盾。正是在这个意义上,《悲惨世界》可以称作人类苦难的"百科全书"。

《悲惨世界》的巨大影响,使雨果的名字几乎成了人道主义的同义词。正如他在序言中指出的那样:"只要本世纪的三大问题——男人因穷困而道德败坏,女人因饥饿而生活堕落,儿童因黑暗而身体羸弱——还不能全部解决,只要在这个世界上还有愚昧和穷困,那么这一类书籍就不是虚设无用的。"

1861年10月4日,雨果同比利时年轻出版商拉克鲁瓦签订出版合同。1862年,这部巨著终于问世,全书分三个阶段出版:

《悲惨世界》封面

4月份出第一部,5月份出第二部和第三部,6月份出第四部和第五部。书一问世,便大获成功。出版商出资30万法郎买下书稿,出版获利50多万法郎。

雨果生前,《悲惨世界》的主要版本除了布鲁塞尔拉克鲁瓦1862年版之外,还有巴黎帕涅尔1862年版(分10册),巴黎埃柴尔—康丹1881年版"定本"。此外,1951年巴黎伽利玛出版社出版了《悲惨世界》经典本。

《悲惨世界》最早由苏曼殊翻译介绍到中国,当时书名是《惨世界》。

"文革"后期,我赋闲在家,厚厚的两大本《悲惨世界》原著,就成为我消磨时间的读物。在那没有娱乐的年代,我夫人每天下班就让我讲述所读的内容。于是我不紧不慢,每天看50页,现读现讲,叙述给她听。我这不大会讲故事的人,却把她吸引住了。1700多页的《悲惨世界》,我接连讲了一个多月。《悲惨世界》伴随我们度过了一段困难时期,成为我们夫妇的一段美好回忆。

十多年后,我为柳鸣九先生主编的《雨果文集》译完《巴黎圣母院》不久,他又把《悲惨世界》的翻译任务交给我。平心而论,我愿意翻译《悲惨世界》,原因之一就是有一段美好的回忆。

维克多·雨果(1802~1885年)法国作家
主要作品:《巴黎圣母院》《一个死囚的末日》《悲惨世界》《海上劳工》《笑面人》《九三年》等。

链接:

● 小说《悲惨世界》多次改编成电影、电视剧和同名音乐剧,其中以音乐剧最为人熟知。《悲惨世界》音乐剧由法国作曲家克劳德·米歇尔·勋伯格(Claude-Michel Schönberg)和剧作家Alain Boublil共同创作,1980年在巴黎体育馆首演时一炮而红,很快便引起了金牌制作人卡梅隆·麦金托什(《猫》《歌剧魅影》的制作人)的注意。5年后,音乐剧《悲惨世界》被制成英文版,在伦敦西区演出。1987年又越洋过海到美国的百老汇上演,从此一发不可收,成了世界音乐剧殿堂里的不朽力作,不断地刷新演出场次的纪录。

1995年10月8日,在伦敦皇家埃尔伯特音乐厅举行了《悲惨世界》音乐剧10周年纪念演出,17位来自不同国家的"冉阿让"演员最终出场,用各自的语言演唱剧中的精彩片段。2010年10月3日,《悲惨世界》音乐剧上演25周年纪念音乐会,在伦敦千年穹顶剧场完美谢幕,超过300名演员和音乐家欢聚此次盛典。

2012年,《悲惨世界》搬上银幕,很多当年音乐剧的演员都出现在了该片之中。第85届奥斯卡颁奖典礼上该片获奥斯卡8项提名,最终捧回三座小金人。

● 雨果最为法国人津津乐道的浪漫事迹是:他于30岁时邂逅了26岁的女演员朱丽叶·德鲁埃,并坠入爱河,以后不管他们在一起或分开,朱丽叶·德鲁埃几乎每天都要给雨果写一封情书,直到朱丽叶·德鲁埃75岁去世,将近50年来从未间断,写了将近2万封信。

《巴黎圣母院》
——卡西莫多是法国流传已久的传奇人物

■ 管震湖 / 文

《巴黎圣母院》中的敲钟人卡西莫多是法国传之已久的传奇人物。他的行迹至今还在法国口头流传。据说，圣母院南钟楼顶层的那座大钟，就是卡西莫多攀附于上来回以身摇摆驱动而鸣响的那座大钟"玛丽"。在我看来，尽管卡西莫多可说是力大无穷，但以他身躯的重量和力量予以驱动而鸣响，那是不可能的，我实地观察，必须由四条壮汉在来回反向上下摆动的木板上尽全身力量予以驱动，才能带动大钟鸣响。卡西莫多这个人物无非是作家笔下创作的畸形人物，以其灵魂及躯壳依托着伟岸建筑物，作为主角之一，演出了这一悲壮的戏剧，至今仍震撼人心！

《巴黎圣母院》出版于1831年。作者假托在参观这座主教堂时，在某个阴暗的角落里发现了中世纪刻下的一个希腊词语：命运。好奇心受到触发，从而开始创作这部小说。雨果所说的这段趣闻本身就含有强烈的故事性，真实与否已无关紧要。但是，1844年巴黎出版的《巴黎圣母院》卷首插图，则形象地交代了小说发生的环境和主要人物。高大石柱上，刻着六个希腊字母组成的单词：命运。

1828年11月15日，雨果同出版商戈斯兰签订一部小说的出版合同，最迟要在1829年4月15日交付书稿。要出版的小说正是《巴黎圣母院》。然而，雨果的写作计划一再推迟，直到1830年7月25日才决意动笔。不料第三天巴黎爆发革命，雨果不得不暂停写作，拖到当年9月才完全投入这部小说的创作。

新中国成立后，我曾三次旅居巴黎，三次都久久徘徊于心仪已久的罗浮宫和巴黎圣母院。每次去，都有络绎不绝的游客，数量之多，远远超过在钟楼周围翱翔和在四周草坪上蹒跚而行的鸽子。《巴黎圣母院》小说中的人物正如雨果所说："无论是克洛德，还是卡西莫多，他们归根到底是社会的人，他们内心的分裂、冲突，反映的是他们那个时代神权与人权、愚昧与无知之间，庞大沉重的黑暗制度与挣扎着的脆弱个人之间的分裂、冲突。"

雨果正是以这种"内心的声音"迎接了他的"而年"之作。巍峨的巴黎圣母院，以其不朽的智慧，在雨果的小说中，仿佛有了生命的气息。只是我们现在见到的巴黎圣母院并不是雨果笔下的巴黎圣母院。正如书中一再提到的列王塑像，已经荡然无存。雨果的巴黎圣母院是以历史实况为蓝本，纵其活跃的想象而创造出来的。至少，我们可以指出，这部小说中的主教堂，无论内部的曲折幽深、广阔宏大，还是它投影的开阔延伸，都是远远超出实际存在的这座建筑物的。

雨果的作品很早就介绍到了中国。

1861年，当雨果得知英法侵略者纵火焚烧了圆明园后满腔义愤，他义正词严地写道："法兰西帝国从这次胜利中获得了一半赃物，现在它又天真得仿佛自己就是真正的物主似的，将圆明园辉煌的掠夺物拿出来展览。我渴望有朝一日法国能摆脱重负，清洗罪责，把这些财富还给被劫掠的中国。"

1948年，上海骆驼书店出版了陈敬容翻译的《巴黎圣母院》。2001年，上海译文出版社出版了我翻译的《巴黎圣母院》。《巴黎圣母院》在中国有很多版本。

《巴黎圣母院》的第一块基石奠定于1163年春，雨果在书中第三卷说，是查理大帝奠定第一块基石的。大约200年之后，建筑工程才告完成。

雨果在当年出版的《巴黎圣母院》定刊本的序言里，大力呼吁保护古老的纪念性建筑物，并且宣布这是他写作这部小说的主要目标之一。

《巴黎圣母院》插图

雨果为《巴黎圣母院》所画的插图

巴黎圣母院又称巴黎圣母大堂，它以结构匀称和美观著称于世，是欧洲早期哥特式建筑和雕刻艺术的代表。在《巴黎圣母院》这部小说里，它像一个保护爱斯梅拉达的巨人，见证了民族的苦难和历史的风云。通过这部脍炙人口的小说，以及无数次根据它改编的影片和电视片，巴黎圣母院已经随着爱斯梅拉达和卡西莫多等人的形象传遍世界，成为法兰西民族的骄傲和象征。

维克多·雨果（1802~1885年）法国作家
主要作品：《巴黎圣母院》《悲惨世界》《海上劳工》《笑面人》《九三年》等。

链接：

● 雨果少年时在广场上见过一个少妇被处以烙刑，后来又见过被押到断头台上去的犯人，这些恐怖的情景使他很早就形成了反对专制和暴力的人道主义思想，他的小说《一个死囚的末日》（1829）就是旨在呼吁废除死刑。

在推翻古典主义之后，雨果觉得除了写作诗歌和戏剧之外，还有必要用小说来体现他的人道主义思想和浪漫主义的创作原则，这或许就是长篇历史小说《巴黎圣母院》（1831）的由来。

● 巴黎公社成立时，雨果正在国外，当他得知此消息后，公开赞扬巴黎公社，他说："公社的信条——巴黎的信条，迟早一定会胜利。"虽然当时雨果对公社并不理解，也提出过批评，但巴黎公社失败时，他愤怒指责屠杀巴黎公社的刽子手。

● 1885年雨果病逝，法兰西举国志哀，巴黎举行了规模宏大的葬礼。他的遗体安葬在巴黎的先贤祠中。

● 1952年，在雨果诞辰150周年之际，世界和平理事会宣布他为该年度全世界纪念的四大名人之一。1985年，联合国教科文组织又定该年为"雨果年"。雨果的声誉几乎遍及了世界的每一个角落。

主编注：同时收到两位老师关于《巴黎圣母院》的来稿，一并致谢。

《基督山伯爵》
——取材于《巴黎警察局档案回忆录》

■ 李玉民 / 文

《基督山伯爵》取材于《巴黎警察局档案回忆录》（1837~1838）。在警察局的档案中，大仲马被一则离奇的案件吸引，无意中发现了埃德蒙·唐代斯的原型——F.皮寇（F·Picaud）的故事：皮寇被人错误举报，作为英国间谍秘密关押了7年。1814年出狱后，他获得了一个叫法里亚神甫馈赠的一大笔财富，于是开始报仇，杀死了3个举报人。然而他本人最后也被向他透露告密者姓名的那个人杀害，此人临终做了忏悔。

此前，大仲马在一次地中海旅行中，在囚禁过拿破仑的厄尔巴岛附近海面上，发现了一座叫基督山的岩岛，他很喜欢这个名称，便记在心中。1843年，出版商约大仲马创作一部以情节见长的黑色小说。于是，大仲马想到了皮寇的故事和基督山，他开始搜集素材，只为编织好看的故事，只求生动而不求深刻，他不刻意让自己的作品担负什么历史使命，也不特意反映某一社会问题，结果却创造出了一个非常生动的大世界。他所创造出的世界，景非常景，事非常事，人非常人，一切都那么非同寻常，就好像神话，从而也就有了童话和神话一般的生命力。

1844年，《基督山伯爵》在《辩论报》上连载，当即就成为抢眼的读物，人们争相传阅，继而又在连载完《三剑客》的《世纪报》上刊出。大仲马的人气达到了顶峰。

故事原型本就复杂，到了大仲马的笔下，更是复杂了百倍。这部鸿篇巨制组合了犯罪小说和探索小说的全部长处，采用了所有传统手法：阴谋、卑劣的政治、凶杀、情节的突变、化装易容、地牢匪窟、重重神秘与层层揭示等等。

然而，所有手法全用上，如无新的非常招数，那么《基督山伯爵》再怎么引人入胜，也不过是一部精彩的罪案小说，而不复为世代流传的一部世界名著了。大仲马的非常招数，就是把小说中的人、景、事，都变得异乎寻常，异常神秘了。

《基督山伯爵》中的人物，主人公唐代斯突遭诬陷，在婚宴上被捕，离开心爱的梅色苔丝，没想到会被押送到伊夫狱堡，一关就是14年，如果不是替换死去的狱友法里亚的尸体被抛进海中，那他一辈子也休想离开地牢。然而，唐代斯在绝望中，意外地碰见意大利学者法里亚神甫，奇迹发生了。神奇的法里亚无所不知，无所不晓，帮他分析受陷害的原因，教会他各种语言、各种知识，并告诉他基督山藏宝的秘密。接着，唐代斯又奇迹般地逃离伊夫狱堡，去基督山岛找到财宝，摇身一变而成为基督山伯爵，同时还具有分身术似的，忽而是英国的鲁思文，忽而是意大利的布佐尼神甫，忽而又是江湖好汉水手辛伯达：他变成了神人，不但牢牢掌握了自己的命运，还紧紧抓住了仇家的命运……

这部小说的主人公唐代斯——基督山伯爵，同原型F.皮寇相去甚远，倒是同大仲马很贴近了。大仲马并不满足创造出基督山这样的神人，还要以基督山自居，因而不惜重金，在前朝国王弗朗索瓦一世行宫的圣日耳曼昂莱，建了座基督山城堡，当上了名副其实的堡主。城堡门厅安放着他的半身雕像，配上一条座右铭"我爱爱我的人"，而明显对仗的另半句"我恨恨我的人"，就贯穿在《基督山伯爵》之中。

在我国，《基督山伯爵》全译本最早是蒋学模从英文翻译介绍过来的。

我在翻译《基督山伯爵》的过程中，最感兴趣的有两点：思想上容易同中国传统的恩怨情仇的演义小说相链接；形式上对话

《基督山伯爵》封面

多，一场一场戏容易同当下的电视连续剧相媲美。这正合我的口味，翻译起来格外轻松。我也力求生动鲜活，让人物跃然纸上，给读者以欣赏电视连续剧的感觉。

法国19世纪的许多文学作品，都配有大量精美插图，这是当时法国图书的一大卖点。《基督山伯爵》全书约有300幅铜版画插图。在20世纪90年代初，出版社约我与人合译《基督山伯爵》，正巧我作为访问学者在巴黎逗留了一年，要为这部从法文翻译的首译本找插图。我求法国友人、巴黎大学旁边的圣日内维耶图书馆副馆长若斯女士帮忙，特许借出藏书，在馆内选出200余幅复印。可惜国内当时用纸和印刷质量太差，插图并没有为这部首译本增色。后来，我托法国友人买到了19世纪的插图本，这次提供给漓江出版社的新版《基督山伯爵》，插图全部用上，效果相当好，也属国内首次。

《基督山伯爵》扉页插图

亚历山大·大仲马（1802~1870年）法国作家
主要作品：《基督山伯爵》《玛戈王后》《三个火枪手》《二十年后》《布拉日罗纳子爵》等。

链接：

● 150多年来，作为畅销书的《基督山伯爵》被译成多少种文字，发行了多少亿万册书，恐怕很难统计。如果进行一次民意调查，询问古今中外的通俗小说中哪一部在世界上拥有最多的读者，而且出版至今始终畅销不衰，那么回答《基督山伯爵》的人想必不在少数。《基督山伯爵》主要是一部以情节取胜的小说，作者的全部注意力在于写一个情节复杂的复仇故事，而不在于让自己的作品担负什么历史使命，也不特意反映某一社会问题，在小说中，一切都服从于如何使故事的情节曲折有趣、吸引读者，结果创造出了一部引人入胜的、有生命力的小说。

● 2002年，法国政府给大仲马补办国葬，把他的遗骨从家乡小镇维莱科特雷迁到了巴黎的先贤祠。

《高龙芭》
——来自科西嘉族间仇杀惊闻录

■ 李玉民 / 文

1830年间,法国出现一股热潮,人们对科西嘉岛的山野丛林的景色、岛民剽悍的生活习惯,产生了极大的好奇和浓厚的兴趣,尤其是科西嘉族间仇杀的传闻,引起了一些文人的无限遐想。出手神速的巴尔扎克,他于1832年就发表了一部题为《族间仇杀》的中篇小说,但是这部作品完全是想象的产物。在同一主题下,梅里美的创作却走了一条完全相反的路,不失考古学家的一贯作风。他动手写《高龙芭》之前,先去实地考察了已存的事实,即事件本身与见闻录。

1839年,梅里美获得了一次去科西嘉考古视察的机会,从8月16日~10月7日,历时近两个月。他在9月30日的通信中写道:"我尤其喜爱那种纯自然……我指的是人的纯自然。我也不厌其烦地让人讲述家族之间仇杀的故事。我在古城萨尔泰纳一位名流家中逗留数日。主人杰罗姆·R先生在同一天两枪撂倒两个仇敌,后来又打死第三个,陪审团始终一致认定他无罪。我还见到一位巾帼英雄,高龙芭夫人。她能熟练地铸造子弹,甚至还能准确地射向不幸令她讨厌的人。这位杰出的女人当时65岁,我赢得了她的好感,分手时我们还按科西嘉人的方式吻别,即嘴对嘴接吻,她女儿也同样给了我这一口福。那姑娘年方20,也是个巾帼英雄,貌如天仙,长发垂到地面,口含32颗珍珠,嘴唇如上帝的雷霆,苗条的身材有五尺三寸;须知她13岁时,就极为漂亮地干掉了对立面的一名工人。别人都管她叫仙女摩根,而她的确是仙女,因为,我已经中了她的魔法,这情况半个月之前就发生了。"

梅里美积累了大量素材之后,直到1840年1月才写完《高龙芭》。1840年7月1日,《高龙芭》在《两世界杂志》上刊出,很快受到普遍的赞扬。文学批评家圣勃夫给予极高的评价，称《高龙芭》是当年最佳小说。不过，如潮的好评中，也有不同的声音，皮埃尔·特拉哈尔就说，梅里美小说中的女主人公"不是一种性格，而是一种固定的理念"。

其实，梅里美笔下，像高龙芭这样一些人物，根本不肩负任何使命，与世人所诠释的命运无涉。他们处于人世的边缘，游离于社会之外。他们处于现实和神话的边缘，现代文明和原始野蛮的边缘，犹如荒原的野草、丛林的杂木，随生随灭。他们生也好，死也好，无所谓悲剧不悲剧，无所谓意义不意义，不能以常人常理去判断。他们有的只是生命的冲腾与勃发，以及生命所不断呈现的炫目的光彩，在常人看来无异于神话。每个人物都是唯一的，并没有社会代表性。

在高龙芭看来，社会、法律、文明、道德，既然不能为她报仇，就全都毫无意义。她一生只干一件事，干一件大事，杀父之仇一报，今后是死是生就无所谓了。

梅里美在小说的序言里，以及第八章的"读者与作者的对话"里，都表示自己

不是在写法国史，而是在讲故事，所以书名里才用了"轶事"这个词，它在法语里有编年史、历史故事和传闻等多种含义，中文译成"轶事"非常贴切。其实梅里美只是把这段历史作为框架，来制造一种适于讲故事的气氛，以便叙述纵酒作乐的宴会、国王的狩猎以及化装约会和决斗等场面，塑造狂热的教徒和风雅的青年等形象。

尽管如此，梅里美却并未像大仲马那样任意改写历史，而是尽量用真实的细节来再现昔日的时代气氛，同时塑造出真实可信的人物。也就是说，他是在利用史实虚构人物，以便讲述他们的风流奇遇或关于神学的争论，而其中包含的爱与恨、博爱和宽容等等，都是人类永恒的感情，因而使当代的读者感到亲切。总体来说，这部小说的现实主义成分包含在浪漫主义的色彩之中，出版后受到了读者的欢迎。

《高龙芭》插图

读几篇梅里美的小说不难发现，他本人虽然生活在主流社会中，却让他的小说人物远离巴黎等大都市，远离人群密集的场所。他这些故事的背景，虽不能说与世隔绝，但大多也是化外之地、梦想之乡，是社会力量几乎辐射不到的边缘地区。例

如《查理十一世的幻视》的怪诞故事，发生在17世纪的瑞典，时空都很遥远。《勇夺棱堡》的战役则远在俄罗斯，其余的故事也都是在西班牙、意大利，甚至是在浩瀚的大海上展开的。至于马铁奥大义杀子，高龙芭设计复仇，全是科西嘉人的所作所为。须知在当时，科西嘉岛刚从意大利并入法国版图不久，全岛自成一统，有自己的语言、文化和习俗。总之，有一种独特的科西嘉精神，是法兰西文明的化外之地，就连法国本土人，在岛上也被归入四等公民的外国人之列。岛上大部分荒野丛林、高山峻岭，还受着原始强力的控制。原始的强力，这正是梅里美所偏爱发掘并描绘的，能不叫人叹为观止？

1953年平明出版社出版了傅雷翻译的《高龙芭》，后多次再版。

我翻译《高龙芭》，从本质上认识了科西嘉岛的风土人情。科西嘉远离法国本土，是法国的另类，也是法国社会的边缘，法外的天地。这个神秘的国度，历史上出了个拿破仑，文学上出了个《高龙芭》。拿破仑通过武力占领巴黎，登基做皇帝，家人都成了皇族，离开了野蛮之地，享尽人间欢乐，却丧失了本色。相比之下，高龙芭才是科西嘉的标志性人物。在翻译过程中，科西嘉山野丛林的景色曾引起我无限遐想；少女高龙芭为父报仇的巾帼英姿，也曾激发我无比艳羡。说来惭愧，我对科西嘉的了解，就止步于《高龙芭》文中的描述。

至于是用《高龙芭》还是《科隆芭》，《马铁奥·法尔科恩》还是《马特奥·法尔戈内》《马铁奥·法尔哥尼》，都近似音译，则并不以词言义。至于《阴错阳差》，又译《错中错》《双重误会》，也都取义相近。这里简略交代一下本书的篇名与别名，以免译者和读者发生双重误会。

普罗斯佩·梅里美（1803~1870年）法国作家
主要作品：《高龙芭》《嘉尔曼》《马铁奥·法尔哥尼》《卡门》等。

链接：

● 梅里美的父亲是位颇有才能的画家，他的母亲也擅长绘画。在家庭的熏陶下，梅里美从小喜爱涂鸦并培养了绘画兴趣。他中学毕业后想学绘画，但是屈从父亲的意志学了法律。当然这并未阻止他对绘画的热情。读者在他为自己的作品所做的几幅插图中，可以领略到这位小说家的绘画修养和才能。

● 梅里美在西班牙旅行期间，在马德里与蒙蒂若伯爵成为知交。在20年之后的第二帝国时期，蒙蒂若伯爵的小女儿欧仁妮成了法国的王后，梅里美因此备受恩宠，得以进入了参议院，过着轻松悠闲的生活，然而他的创作灵感也随之衰竭了。1870年第二帝国灭亡，梅里美也于同年去世。

《卡门》
——卡门的原型是一个茨冈女郎

■ 李玉民/文

许多人倾向于通过比才的歌剧《卡门》来理解梅里美的小说《卡门》。其实《卡门》的原创主旨，首先是对吉卜赛这一流浪民族的一项研究。作者在小说里，自始至终都以人种学家和语文学家的身份出现，通过小说人物卡门、唐何塞等，探讨波希米亚种族的习俗、生活方式、行为道德和语言的变异。

巴尔扎克的小说中的人物是作者想象的产物，而梅里美的小说人物大多来源于实录与传说。

唐何塞与卡门的原型，源自1830年发生的一件命案，一个巴斯克青年——唐·彼德罗杀死了他的情妇，一个茨冈女郎。

从1830年，梅里美就游览西班牙，希望遇到唐·何塞那样的江洋大盗。他还仔细考察了卡门活动的主要地点科尔多瓦，以及唐·彼德的家乡塞维利亚，走遍了那些古老的街道和摩尔人旧区。

梅里美没有碰见强盗，却在《西班牙来信》第三封信中，讲了一个侠盗何塞·马利亚的故事。从许多方面看，《卡门》就是《西班牙来信》所发展演进成的小说。

《卡门》于1845年10月1日在《两世界杂志》上刊出，1847年又出单行本，反响并不大。《卡门》后来不断再版，慢慢地才受到关注，在世界成为长销书的经典。

1854年9月，法国《两世界杂志》刊发了当时的文学批评家居斯塔夫·普朗什评论《卡门》的文章，评论中说："这个姑娘无法无天，在任何罪恶面前都不会却步；她的双手虽然不沾鲜血，但是能引导选定的受害者迎着子弹和匕首走去。因此，她身上根本没有一点值得同情；然而，这个野性十足、桀骜不驯的女子，却引起极大的关注，我们的眼睛一刻也离不开她。她是可以判处上20次绞刑架的人，结果却死得那么高尚而隐忍。这个残忍而毫无信义的波希米亚女人，还有一颗慷慨豪爽的心，能干大事，能做出英勇的牺牲，只可惜因穷困和坏榜样的传染，才堕入无耻的深渊。"

我翻译《卡门》最大的感受就是觉得梅里美的小说非常好看。也正因如此，一个半世纪流行至今，它们才能始终受到广大读者的青睐。它们吸引读者的一个突出特点就是，借用流行的字眼，富有"刺激性"。

《嘉尔曼》这个名字是从法文音译过来，但是恐怕许多读者不知道它就是《卡门》。"卡门"之名来自歌剧，称呼一个美丽的吉卜赛女郎。

梅里美和雨果、巴尔扎克都是同时代人，当时在文坛上也是齐名的。从作品的数量和深度来看，如果把雨果、巴尔扎克的著作比作"大型超市"的话，那么，梅里美的小说就是"精品小屋"了。梅里美仅以其《卡门》《高龙芭》《伊勒的维纳斯》等10余种中短篇小说，就跻身大家的行列，必然有他的独到之处。仅就《卡门》而言，1847年一发表，便成为经典之作。而歌剧《卡门》，又成为西方歌剧经典中的经典，久演不衰，与小说并举双赢。

《卡门》

普罗斯佩·梅里美（1803~1870年）法国作家
主要作品：《高龙芭》《马铁奥·法尔哥尼》《卡门》等。

链接：

● 1830年对梅里美至关重要。他对七月革命表示欢迎，七月王朝对他也委以重任。他先后在海军部、商业部和内政部任职，1834年5月被任命为历史文物总监。他从此有机会周游法国和到国外旅行，为发掘和保护法国的古代文物不遗余力，并先后出版了《法国南部旅行记》（1835）、《法国西部旅行记》（1836）、《奥弗涅旅行记》（1838）和《科西嘉岛旅行记》（1840），记录他在各地的考察结果，以及发现的古迹和典籍。梅里美因而成为一个杰出的考古学家和历史学家，并且在1844年当选为法兰西学士院院士。

《三个火枪手》
——取材于《达达尼安先生回忆录》

■ 李玉民 / 文

《三个火枪手》，又译《三剑客》《侠隐记》，是大仲马的一部历史小说，主要素材来自《达达尼安先生回忆录》。关于这一点，作者在小说开篇就有所交代："约莫一年前（1843年），为了编纂一部路易十四的历史，我在王家图书馆研究材料，无意中看到一本《达达尼安先生回忆录》。这本书同那时大部分作品一样，是在阿姆斯特丹红石书局印发……这本书书名就吸引了我，我便借阅回家，一睹为快……"

达达尼安算是实有其人了，那么他的三个伙伴，或者三个火枪手，是不是也有原型呢？请看大仲马怎么讲的："达达尼安叙述他初次拜见国王火枪卫队队长德·特雷维尔先生时，在候客厅遇到三个年轻人，名叫阿多斯、波尔托斯和阿拉密斯，他们正想参加显赫的卫队去为国王效力。这些特别的姓名引起我极大的好奇心。从此我们便不得消停，总想在当代著作中找到一些蛛丝马迹。"

历史上确实存在《达达尼安先生回忆录》这部书，出版于1700年，有1800页，冗长而繁杂，难以卒读。作者库尔蒂勒·德·桑德拉（1644~1712），提供了他那时代真实的编年史。

《三个火枪手》不仅取材于《达达尼安先生回忆录》，至少还借用了书中人物的名字、一些历史典故，尤其那种历史氛围。大仲马就是从这样纷乱庞杂的材料中取材，写成了一部近乎完美的历史小说。

1843年3月~1844年7月《三个火枪手》在巴黎《世纪报》上连载，法国文学批评家阿尔梅拉在《亚历山大·大仲马和〈三个火枪手〉》一书中指出："三位才华大相径庭的作家共同写出这部小说：库尔蒂茨制订了梗概和情节；马凯拟了初稿；仲马赋予它生动的叙述、对话、风格与生命。"

仅仅数周，《世纪报》的订阅量就猛翻几番。达达尼安等4个勇敢的年轻人，奋不顾身保卫安娜王后的名誉的侠义之举，在全法国赢得了朋友。

在尘封的历史中长眠的人物，如法王路易十三、红衣主教黎塞留、英国首相白金汉、法国王后奥地利安娜、国王卫队长特雷维尔等等，他们一旦被大仲马写进小说，就重获新生，载荷了特异的性格与命运，扮演了超越忠实的角色。

大仲马一语道出他写作的旨意和秘密："历史是什么，是我用来挂小说的钉子。"换言之，历史不过是大仲马讲故事的场子。

大仲马写作的激情，就是醒着做梦，记录历史的幻景。《三个火枪手》中英国支持法国的新教徒，要发兵解救被围困的拉罗舍尔，虽然有历史的影子，但是在大仲马的笔下，从历史的影子里也走出了小说人物：达达尼安的雄心与恋情、阿多斯的神秘身份、米莱狄的秘密使命、白金汉公爵同安娜王后的私情，等等情节都在这历史的大背景下展开，似乎与历史的进程息息相关了。

为大仲马写传的亨利·特罗亚曾写道："作者的活力，在所谓的历史背景中游刃有余。可以想见他讲述时的开心程度不亚于别人阅读时的那种欢悦。他将自身欢喜的震颤、愤怒或恐惧，传感给对他的话信以为真的人。他邀请他们共享和他同样天真的那种快感。等到他们面对他讲述的荒诞不经的故事瞠目结舌，再也不会辨别真假了；等到他们完全丧失批评精神了，他们也就不知不觉变成了把他们迷住的作品的同谋了。其实，大仲马的欣赏者只应感谢他，因为

《三个火枪手》插图

他通过这些神奇故事,让他们重温了童年的惊奇和赞叹。"

大仲马一生充满贪欲和豪情,他性格中的那种放荡、夸饰、豪放、张扬等,全投射到《三剑客》的人物身上。在这部小说里同在他的生活中一样,他认为无不可能,什么也不重要。无怪乎 A·Péreiss 称《三剑客》是"青春的史诗",也无怪乎亨利·特罗亚给他的新作《大仲马传》加了个副标题《第五个剑客》(或《第五个火枪手》)。大仲马才是《三剑客》众多人物的真正原型。

1907 年,伍光建用白话文将《三个火枪手》翻译介绍到中国,书名为《侠隐记》,茅盾校注,当时影响很大。后来,李青崖从法文翻译出全书,取名《三个火枪手》。

我把《三个火枪手》当作一部武侠小说来翻译,从这个意义上讲,我更喜欢用《三剑客》这个书名。我有武侠情结,曾对友人戏言:"我的启蒙读物是武侠小说。"戏言非虚言。记得小时候时常去蹭听评书,偶尔弄到一两本不入流的演义小说看看,武侠的概念就在我的心里生了根。翻译《三剑客》,对我来说首先是过了一把武侠瘾,书中人物体现的侠义精神,什么都无所谓的潇洒劲头,让我倍感亲切。越有感触,译得就越有味儿,甚至越精彩。在我翻译的诸多作品中,《三剑客》是我感到最轻松愉悦的一部小说。

《三个火枪手》插图

亚历山大·大仲马(1802~1870 年)法国作家
主要作品:《基督山伯爵》《玛戈王后》《三个火枪手》《二十年后》《布拉日罗纳子爵》等。

链接:

● 戏说历史,正是小说家的本分和本领。大仲马的高明,就是把这些苍白的"幽灵",塑造成有血有肉、情感饱满的形象。因此,有人说《三个火枪手》小说人物的真正原型,并不存在于历史,而是孕育在大仲马的胸中。

● 1923 年,茅盾在商务印书馆编译所工作时,根据大仲马的《回忆录》、丹麦布兰克斯的《十九世纪文学主潮》、法国著名文学家法格的《法国文学史》,创作了《大仲马评传》。

●《三个火枪手》还曾五次被翻拍成电影作品。

《茶花女》
——取材于作者和玛丽·杜普莱西的真实故事

■ 李玉民 / 文

说来也怪，《茶花女》是世界上流传最广的名著之一，但在法国却称不上经典杰作，进不了学校的课堂。在课堂之外，《茶花女》在舞台上却成为久演不衰的保留剧目，还由威尔第作曲改编成歌剧，入选世界十佳歌剧；至于搬上银幕的版本就更多了，世界著名影星嘉宝等都演过茶花女。可见，从名气上讲，《茶花女》不亚于任何经典名著。

《茶花女》中主人公的原型是一个名妓，名叫玛丽·杜普莱西。书中主人公茶花女玛格丽特和贵族青年阿尔芒，就是生活中的名妓玛丽·杜普莱西和作者小仲马。

1844 年，小仲马 20 岁时，得到了比他大半岁的玛丽的青睐，很快成为她的心上人。当时她身患肺结核，小仲马对她的健康倍加关切，使她深受感动，他们很快就成为情侣。但是小仲马对她爱情有余而财力不足，只能到处借钱，以致债台高筑。他对那些供养她的男人非常嫉妒，不准她和别的男人来往，而她显然无法满足他的要求，两人争吵后分手，小仲马还给玛丽写了《绝交书》。

1846 年，玛丽病情加重，小仲马却和父亲一起去了西班牙。等他在第二年 2 月回到巴黎的时候，玛丽刚刚去世，人们正在拍卖她的遗物。

玛丽留下的遗嘱是拍卖财物来还清债务，余下的钱赠送给乡下的外甥女，条件是她永远不能来巴黎。这份遗嘱包含着她对命运的控诉和对巴黎奢华生活的谴责，使小仲马深受震动。

小仲马想跻身文坛，试笔不成，便想到了自己和玛丽的故事，开始搜集写作素材。1848 年，小说《茶花女》一发表，就成为热门的畅销书。小仲马春风得意，成为文坛的宠儿。他又将《茶花女》改编成剧本，成功首演，这也被称为 19 世纪法国最重大的戏剧盛事。

《茶花女与小仲马之谜》一书中披露了《茶花女》神话的底细。

书中第 5 页有这样一句话特别引人注意："她将在祭坛上为资产者的体面而献身。"小仲马为此还特意为自己虚构的"纯真爱情"辩白，对父亲说："我希望一举两得，即同时拯救爱情与伦理。既然也赎了罪，洗涤了自身的污秽，那么任何权威都不可能指责我选择了一个妓女当小说的女主人公。有朝一日，倘若我申请进法兰西文学院，他们也无法说我颂扬过淫荡。"

到了1870年大仲马去世的时候，小仲马的荣耀已经完全盖过了父亲的名声。他拥有广大的读者和观众，在许多人眼里他是那个时代最伟大的作家。1875年，小仲马进入法兰西文学院，可谓功德圆满，成为40位"不朽者"之一。

抛却功利的动机不说，小仲马的《茶花女》毕竟是写自身的一段感情经历，尤其还是同一个红极一时的名妓不可能长久的恋情，这本身就极具新闻看点，即使原本原样写出来，也可以成为畅销读物了，更何况还经过美化（艺术加工）了呢？

小仲马自然不会简单地叙述他同妓女的爱情故事，否则他就真的创作了一部"玫瑰露"小说了。他深感"同时拯救爱情和伦理"的必要，以免落个颂扬淫荡的恶名。因此，他一方面把这段放荡行为美化成"纯真爱情"，另一方面又准备为了伦理而牺牲掉爱情。小仲马的高明处，就是通过忏悔的口吻来完成这种美化。他采用的这种手法，在一定程度上，模仿了普莱伏神甫的《玛侬·列斯戈》，也受了缪塞的《世纪儿的忏悔》的启发。但是，一般意义的忏悔，总是悔痛自己的所作所为，而小仲马痛悔的却是他在现实中莫须有的、仅仅

《茶花女》插图

在作品中才有的思想和行为,这是最大的区别,也是他成功的创新。

在小仲马的笔下,一段放荡行为转化为"纯真爱情",阿尔芒用一片真心追求茶花女,却也总误解玛格丽特的真情。故事自始至终,二人都在表述这种心迹。更令人叫绝的是,阿尔芒和茶花女要争取社会和家庭的认同,把他们不为伦理所容的关系纳入伦理的规范,获得合法的名分。为此他们不惜一切代价,只可惜碰到不可逾越的障碍,从而酿成悲剧。

正是这种真挚、深厚的感情,给了作品以感人的力量和长久的生命力。

最早把《茶花女》介绍到中国的是林纾(林琴南),他于1899年翻译了小仲马的《茶花女》,取名为《巴黎茶花女遗事》,开创了清末翻译西洋小说的风气。

我翻译《茶花女》的最大感触就是,有些作者缺乏"自知之明",他们特别偏爱的作品往往遭到时间的淘汰,而他们小觑的甚至鄙弃的作品却会获得后世的青睐。小仲马借助小说《茶花女》和公演改编的剧作,成为法国文坛的新宠。但他不满足于文学上的成就,而是觊觎社会声名上的成功。于是,他要另辟蹊径,打出道德的大旗开创所谓"命题戏剧",把他的青春之作《茶花女》当作原罪不断地忏悔、否定并批判。他果然成功了,社会名望不断攀升,成了当时最伟大艺术家。他忘乎所以,把社会的成功当成艺术的成功,以为自己将以"命题戏剧"的开创者而青史留名。然而,他花费40年建造起来的"命题戏剧"的圣殿,等他一死便轰然倒塌了。人们记得的就只剩下了他的《茶花女》。

亚历山大·小仲马(1824~1895年)法国作家
主要作品:《茶花女》《金钱问题》《私生子》《放荡的父亲》《欧勃雷夫人的见解》《阿尔米斯先生》《福朗西雍》等。

链接:

● 小仲马是法国著名作家大仲马的私生子。小仲马的母亲是个缝纫女工,是大仲马发迹之前的第一个情妇。大仲马把他们母子安排到乡下居住,直到1831年才认领了7岁的小仲马,但是小仲马对他的母亲却拒不承认。由于母亲贫穷,自己又是私生子,所以小仲马在寄宿学校里备受歧视,甚至因不堪侮辱而与人打架,但是父子关系倒还融洽。大仲马成名之后花天酒地,小仲马久而久之也适应了父亲一掷千金的豪华生活。

● 1895年,小仲马亡妻之后,娶了比他年少40岁的亨利埃特·雷尼埃。新婚半年之后,小仲马便去世了。应小仲马临终的要求,家人没有把他葬到在故乡维莱科特雷的墓地,而是葬在巴黎的蒙马特尔公墓,离茶花女玛丽·杜普莱西的香冢仅数百米。

这也许是小仲马的最后忏悔。

● 中国人最早将《茶花女》搬上舞台的是辛亥革命前一批赴日留学生组织的春柳剧社,春柳剧社是我国第一个话剧团体,创始人是后来成为弘一法师的李叔同。

《面对旗帜》
——托马斯·罗克的原型是化学家欧仁·图尔班

■ 吴岳添 / 文

1896年6月，法国《教育杂志》连载了凡尔纳的小说《面对旗帜》，作品中刻画了一个名叫托马斯·罗克的学者：法国政府由于不理解他的工作而把他驱逐出境，他就把自己试验的尖端武器交给了敌对国家，最后在看到一艘打着法国国旗的巡洋舰时才幡然悔悟。

小说出版后，一些心怀叵测的人把它推荐给化学家欧仁·图尔班，因为他与罗克的经历类似，同样受到过法国军队的极不公正的对待。他发明的麦宁炸药被人窃取，也曾被敌人利用。更巧的是这位现实生活里的化学家与小说里虚构的人物罗克都是45岁，他们发明的武器的名称都是"自动推进器"，所以图尔班看了小说后一怒之下起诉凡尔纳犯有诽谤罪，要求得到高额的赔偿。

原来，凡尔纳在小说出版之前曾对亲友们实话实说，他是按照图尔班这个现实中的模特儿来塑造小说里的人物罗克的。

由于在小说里涉及了真人真事，凡尔纳不得不出庭为自己辩护。

凡尔纳向出版商和他的律师普安卡雷解释，说自己写了80卷纯属想象的小说，到了这把年纪，怎么会让年轻的读者们感到失望，去写什么真人真事，而不写一部真正的科幻小说呢？

报刊和读者当然都站在声望卓著的凡尔纳一边，没有人支持欧仁·图尔班。再加上律师普安卡雷滔滔不绝的雄辩，法庭在当年12月9日驳回了原告图尔班的起诉，还让他承担了诉讼费。

判决的理由写得很有意思："无须列举所有的不同之处，有一点完全能够说明问题的是，从小说的头几页直到结尾，托马斯·罗克都是一个疯子……而图尔班的精神官能都是健全的，而且这一点从未受到怀疑。"

不过更为重要的是法庭对创作自由原则的解释：

不能禁止一位小说家从人所共知的事实里受到启发，利用名人来虚构作品，把某些公开的事实搬移到幻想的领域中去……如果不允许小说家和剧作家从现实生活里塑造人物，从一种高尚的行为或可耻的罪行里受到启发，以唤醒人们心灵里的赞美或谴责之情，那就只能禁止小说和关闭剧院了。

图尔班不服，提出上诉。
1897年3月，法庭重申了这一判决。
由于凡尔纳打赢了这场官司，《面对旗帜》的印数比凡尔纳以前出版的小说印数增加了一倍。

小说是作家讲述的故事，其中既有对现实的描绘，也有虚构和想象，小说家的技巧就在于把二者巧妙地融为一体，于是读者就以为故事都是小说家编出来的。生活是创作的源泉，小说家笔下的人和事往往直接来自现实生活。

那么，作家是否有权利从社会新闻中得到启发？小说可以写到什么程度呢？小说家是否可以什么都说，什么都写呢？小说是否能够描写邻居们的言谈举止呢？

《面对旗帜》的官司，法庭对创作自由的原则，做了最好的解释。

儒勒·凡尔纳出生在大西洋边海港城市南特的一个律师家庭里，辽阔的海洋、扬起的风帆和汽笛的鸣响，从小就孕育了他对大自然的奇妙幻想。他在中学里顽皮成性却成绩优异，毕业后遵从父命去巴黎攻读法学。他虽然在1849年获得了法学学士学位，但是他对法律不感兴趣，倒成了浪漫主义作家大仲马家里的常客，还写作了一些并不成功的诗歌和剧本。

不久，凡尔纳幸运地结识了旅行家雅克·阿拉戈，得以与在他家里出入的天文学家、物理学家和地理学家等科学家交往，

《面对旗帜》插图

《面对旗帜》的官司，法庭对创作自由的原则，做了最好的解释：不能禁止一位小说家从人所共知的事实里受到启发，利用名人来虚构作品，把某些公开的事实搬移到幻想的领域中去……如果不允许小说家和剧作家从现实生活里塑造人物，从一种高尚的行为或可耻的罪行里受到启发，以唤醒人们心灵里的赞美或谴责之情，那就只能禁止小说和关闭剧院了。

在他们的影响下凡尔纳刻苦钻研数学、物理、化学和地理等学科,同时阅读当时流行的爱伦·坡的侦探小说,从而积累了丰富的知识,提高了写作的技巧,开始在杂志上发表带有科幻性质的作品。

1862年秋季,凡尔纳通过大仲马的介绍,去拜访著名的出版商赫泽尔,拿去一份为孩子们写的手稿《气球上的五星期》,赫泽尔读后大为赞赏,当即与他签订了出版科幻小说的长期合同。在以后的40余年里,凡尔纳每年都要发表一两部新作,共出版了66部长篇小说和中短篇小说集,总名为《在已知和未知的世界中奇异的漫游》,从而成为法国科幻小说的奠基人。

凡尔纳的《格兰特船长的儿女》《气球上的五星期》等作品,都是家喻户晓的名著。1905年,他在去世的时候,留下了五部打字的小说稿。他的儿子米歇尔与一家出版社达成协议,不明就里对书稿进行修改,增加了一些粗俗的描写,去掉了幽默轻快的特色,以便更加迎合读者的趣味,指望出版后发一笔大财,谁知出版后无人问津。后来,儒勒·凡尔纳协会出版了这些小说的原稿,结果受到了读者欢迎。可见,名著就是名著,不是随便什么人都能写出来的,即使是大作家的儿女也不行。

1998年,我与人合作为青海人民出版社主编了《凡尔纳作品全集》。2006年,我在译林出版社翻译出版了凡尔纳的《环游黑海历险记》。

《面对旗帜》在我国至今尚无单独的译本,但是当年这场凡尔纳主张创作自由的笔墨官司,却给各国作家和出版界带来了深远的影响。

儒勒·凡尔纳(1828~1905年)法国科幻小说家
主要作品:《气球上的五星期》《从地球到月球》《哈特拉斯船长历险记》《海底两万里》《漂浮的城市》《发现地球》《环绕月球》《牛博士的奇想》《飘逝的半岛》《子午线和历法》《神秘岛》等。

链接:

● 儒勒·凡尔纳奖,是在联合国教科文组织支持下,由法国国立科研中心主办的一年一度的国际奖项,颁发给对科技宣传做出贡献的电视台、电视频道或机构。

● 1927年,法国著名的赫切特图书公司设立儒勒·凡尔纳奖,专门奖励优秀的科幻作品,奖金5000法郎,到1933年暂停颁奖。1958年赫切特公司又联合加利马德尔公司再次颁发该奖,直到1963年。

● 近年来常有小说家被人以诽谤罪告上法庭的报道,引起了人们关于创作自由与保护隐私权的争论。其实这种争论早在一个世纪之前就开始了。法国在1881年就颁布了新闻自由法。

● 1998年,法国作家蒂埃里·荣凯由于其小说内容涉及一桩真正的罪案而被人告上法庭,幸亏他的律师头脑灵活,援引凡尔纳的案例来进行辩护,终于使得荣凯被免于起诉,这也许是凡尔纳怎么也想不到的。

《格兰特船长的儿女》
——源于作者当见习水手的经历

■ 王晓峰 / 文

《格兰特船长的儿女》叙述了格兰特船长的一儿一女跟随探险家格莱纳旺爵士,沿着南纬37度线绕地球一周,寻找在海上落难的格兰特船长的故事。

小说中格兰特船长的儿子罗伯特·格兰特的人物形象尤其引人关注。他年纪虽小,却有着非凡的勇气、责任心和献身精神。当探险队在草原上被狼群围困时,罗伯特·格兰特策马冲出重围,把狼引开,拯救了大家的性命。有研究者认为,格兰特船长儿子的故事就是作者凡尔纳自己的经历。

凡尔纳生于法国南特城一个律师家庭,自幼在这个海滨城市读书,从小对航海充满了浓厚的兴趣。11岁时,他就在一艘轮船上当见习水手,虽然这次经历没有给他留下多少愉快的回忆,却激发了他探索异域的热情。凡尔纳19岁到巴黎,遵从父命学习法律,也开始了他的创作生涯,他以剧本写作开笔,竟成绩斐然。也就是在这个时期,他潜心研究地理、物理和数学,又在图书馆阅读了探险家们留下的大量文献资料,开始积累科技方面的素材,为日后科学幻想小说的创作打下了坚实的知识基础。

1865年,凡尔纳购买了一艘8~10吨的捕鱼船,实地考察了布列塔尼和诺曼底海岸线的情况。1868年,他将这艘渔船装修一新,取名"圣米歇尔"号,再次进行海上考察。在此期间,他完成了《海底两万里》的第一卷。

海洋给了凡尔纳无限的遐想和创作动力。1893年,凡尔纳在接受采访时说:"我喜欢乘游艇,我的每部小说都能从我的出游中获益。譬如在《绿光》中便可觅得我个人在苏格兰的艾奥纳岛和斯塔法岛游览中的经历和视角;《黑印度》则与我在英格兰的旅行和对苏格兰湖泊的拜访有着某种联系。《漂浮的城市》一书，取材于我在1867年搭乘大东方号对美国的访问。《桑道夫伯爵》来源于自丹吉尔至马耳他的游艇航行……"

不过《儒勒·凡尔纳传》的作者、美国人赫伯特·洛特曼却认为，凡尔纳一生平淡无奇，他11岁当见习水手的经历是些毫无根据的传说，但是浪漫的法国人更愿意相信传言中凡尔纳不同凡响的冒险经历。

《格兰特船长的儿女》于1865年12月20日~1867年12月5日连载于法国《教育与娱乐杂志》，立即引起了读者极大的兴趣。人们在一条双髻鲨鱼的肚子里发现了一个瓶子，瓶中有一封字迹模糊的信件，说的是格兰特船长在南纬37°11′的某地遇难，吁请救援。于是，读者跟着作者从北半球的苏格兰出发，沿着大西洋一直向南，穿过赤道，绕过南美洲南端的麦哲伦海峡，进入太平洋……走进了跌宕起伏、险象环生的神秘故事中。

1900年，福建女诗人薛绍徽在她的丈夫、旅法学人陈寿彭的帮助下，最先将凡尔纳的科幻小说《80天环游地球》译成中文，1900年由经世文社出版。出版后，受到读者欢迎，译本一版再版数次。在此影响下，凡尔纳的科幻小说陆续被译成中文。1902年，卢藉东、红溪生翻译了凡尔纳的《海底旅行》。同年，梁启超又译了凡尔纳的《月界旅行》《地底旅行》《空中旅行记》。

辛亥革命前，鲁迅又根据当时在日本已被译成日语的译作，翻译了凡尔纳的两部作品：《月界旅行》（1903年10月，进化社出版）和《地底旅行》（1906年3月，启新书局出版）。

新中国成立后，凡尔纳的科幻小说又开始为翻译界所关注。从1957~1962年，中国青年出版社陆续出版了凡尔纳的科幻小说，有范希衡译的《格兰特船长的儿女》，

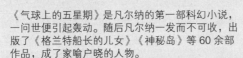

《气球上的五星期》是凡尔纳的第一部科幻小说，一问世便引起轰动。随后凡尔纳一发而不可收，出版了《格兰特船长的儿女》《神秘岛》等60余部作品，成了家喻户晓的人物。

曾觉之译的《海底两万里》，周熙良译的《天边灯塔》，联星译的《地心游记》和《蓓根的五亿法郎》，沙地译的《80日环游记》，王汶译的《气球上的五星期》，杨宪益、闻时清译的《地心游记》等等。

改革开放后，中国青年出版社、青海人民出版社、中国少年儿童出版社、译林出版社、外国文学出版社、安徽文艺出版社、安徽教育出版社、黄山书社、广西师范大学出版社等都出版了凡尔纳的科幻小说。1998年，我在太白文艺出版社翻译出版了《格兰特船长的儿女》。

凡尔纳一生写了60余部作品，其中《格兰特船长的儿女》《海底两万里》和《神秘岛》被合称为凡尔纳海洋三部曲。小说中鲜明的人物形象、奇幻的故事情节，赢得了全球不同肤色人们的喜爱，凡尔纳的小说被译成各种文字出版，还被改编成电影、电视、连环画等，启迪了一代又一代读者。托尔斯泰为他的小说所倾倒，亲自为《80天环游地球》绘制了13幅插图，配有这些插图的小说出版以后在世界文坛上传为佳话。据联合国教科文组织的资料显示，凡尔纳是世界上作品被翻译最多的第二大名家，仅次于阿加莎·克里斯蒂，位于莎士比亚之上。在全世界范围内，凡尔纳作品的译本已累计达4702种，他也是2011年世界上作品被翻译次数最多的法语作家。

儒勒·凡尔纳（1828~1905年）法国科幻小说家
主要作品：《海底两万里》《漂浮的城市》《发现地球》《环绕月球》《飘逝的半岛》《80天环游地球》《太阳系历险记》等。

链接：

● 法国的科幻小说在世界上享有盛誉，主要是由于儒勒·凡尔纳作品的巨大影响。从某种程度上说，凡尔纳预言了20世纪宇航科技的诸多成就，只不过他的这些预言是以科幻小说来表达的。凡尔纳在自己的小说中大胆并科学地预测了许多后来完全实现了的东西，比如潜水艇、探照灯、人类进入太空等等。

一些科学家坦言，自己是受了凡尔纳的启迪，才走上科学探索之路的。潜水艇的发明者西蒙·莱克在他的自传中的第一句话是"儒勒·凡尔纳是我一生事业的总指导"；气球及深海探险家皮卡德、无线电的发明者马克尼和其他一些人，都认为凡尔纳是启发他们发明的人；俄国宇航之父齐奥尔斯基说"凡尔纳的小说启发了我的思想，使我按一定方向去幻想"；乔治·佩雷克的一生都在对文字进行种种复杂的实验，他专门为凡尔纳的小说《海底两万里》开列过多达2000种的鱼类清单。

● 2011年2月8日，搜索引擎Google将其首页的商标改为潜水艇的舷窗，旁边有操纵杆可让使用者操作潜水艇，以凡尔纳最著名的作品《海底两万里》来纪念儒勒·凡尔纳183岁冥诞。

主编注：同时收到两位老师《格兰特船长的儿女》来稿，一并致谢。

《约翰·克利斯朵夫》
——以音乐家贝多芬为蓝本

■ 胡其鼎 / 文

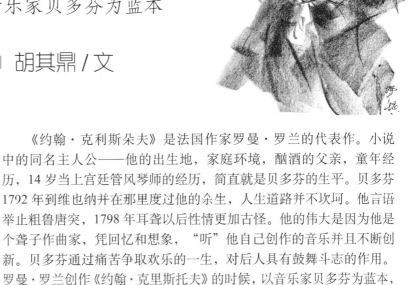

《约翰·克利斯朵夫》是法国作家罗曼·罗兰的代表作。小说中的同名主人公——他的出生地，家庭环境，酗酒的父亲，童年经历，14岁当上宫廷管风琴师的经历，简直就是贝多芬的生平。贝多芬1792年到维也纳并在那里度过他的余生，人生道路并不坎坷。他言语举止粗鲁唐突，1798年耳聋以后性情更加古怪。他的伟大是因为他是个聋子作曲家，凭回忆和想象，"听"他自己创作的音乐并且不断创新。贝多芬通过痛苦争取欢乐的一生，对后人具有鼓舞斗志的作用。罗曼·罗兰创作《约翰·克里斯托夫》的时候，以音乐家贝多芬为蓝本，塑造了克利斯朵夫这一人物形象。克利斯朵夫意为：背负基督的人，亦指为信仰或理想受苦和奋斗的人。

青年克利斯朵夫像古日耳曼传说中的英雄西格弗里德那样天真、专横与倔强。在他身上，我们也看到了德国作曲家理查德·瓦格纳（1813~1883年）的身影。瓦格纳为振兴德国民族歌剧，为改革剧院而历经磨难，奋斗终生。他的歌剧《黎恩齐》在德里斯顿首演成功后，他被聘为萨克森王家剧院乐长。1849年，瓦格纳卷入武装起义被通缉，逃亡瑞士。他在巴黎上演其创作的剧本《唐豪瑟》时被纨绔子弟闹场。他的身边有一群欣赏、爱慕、支持他的"女友们"。瑞士商人韦森唐克在新建的别墅旁盖了一座小楼供无家可归的瓦格纳夫妇居住。由于商人之妻玛蒂尔德与瓦格纳有秘密书信往来，瓦格纳的妻子明娜发现后，与丈夫闹得不可开交。凡此种种都成为罗兰创作《约翰·克利斯朵夫》的素材，经过创造性发挥后被写进小说。

罗兰在1908年的一篇音乐评论中称瓦格纳为"戏剧大师"（瓦格纳是自己写歌剧脚本的），说他的歌剧《特里斯坦和伊索尔德》是"令人心醉神迷的一剂饮料"，是贝多芬以后的艺术顶峰。

为了写好《约翰·克利斯朵夫》这部作品，罗曼·罗兰在德国女作家梅森堡的介绍、指引下了解了瓦格纳，又参观了贝多芬的住宅，欣赏了贝多芬的作品，一个艺术家的形象便渐渐清晰了起来。

1903年，罗曼·罗兰出版了《贝多芬传》，而《约翰·克利斯朵夫》成书于1904年至1912年。罗曼·罗兰从1890年开始酝酿、构思《约翰·克利斯朵夫》，到1912年完成最后一卷，创作这部小说前后花费了20多年时间。小说问世后，受到了极大的欢迎，很快被翻译成十几种文字出版，并风靡全球。

《约翰·克利斯朵夫》奠定了罗曼·罗兰在文学史上的地位。1915年，罗曼·罗兰因"他的文学作品中的高尚理想，和他在描绘各种不同类型人物时所具有的同情和对真理的热爱"，而获得诺贝尔文学奖。

罗曼·罗兰在得知自己获奖后，感言说："这个荣誉不是我个人的，它是属于整个法兰西人民的。如果这个荣誉有助于传播使法国在全世界受到热爱的各种思想，我感到幸福。"

领奖后，罗曼·罗兰把奖金全部赠给了国际红十字会等组织。

20世纪30年代，傅雷先生即着手译介《约翰·克里斯朵夫》，商务印书馆出版了第1卷；1941年出版了第2~4卷。1946年出版了骆驼版全译本。1952年平明出版社出版了重译本。半个多世纪以来，该书累计印数超过百万。

在20世纪的世界文学名著中，最能引起一代人共鸣的，可能就是罗曼·罗兰的《约翰·克利斯朵夫》了。

20世纪50年代，《约翰·克里斯朵夫》是北京大学图书馆出借率最高的一本书。

《约翰·克利斯朵夫》插图

傅雷生前谈及自己翻译《约翰·克里斯朵夫》的经验时，曾说过："选择原作好比交朋友：有的人始终与我格格不入，那就不必勉强；有的人一见如故，甚至相见恨晚。"罗曼·罗兰和他的《约翰·克利斯朵夫》对傅雷来说，可谓"一见如故"。

1980年，人民文学出版社重新出版了傅雷翻译的《约翰·克利斯朵夫》，我有幸担任该书的责任编辑。罗兰所著的《贝多芬传》也是傅雷翻译的。许多音乐爱好者心目中的贝多芬就是在这部传记的影响下形成的，但国际音乐学界认为，这部传记所依据的资料并不十分可靠，而且过分地把贝多芬理想化、英雄化了。

罗曼·罗兰一生先后创作了《贝多芬传》《米开朗基罗传》《托尔斯泰传》等十几本人物传记，但是真正为罗曼·罗兰赢得声誉的还是这部长篇小说《约翰·克里斯朵夫》。《约翰·克利斯朵夫》是罗曼·罗兰的代表作，被誉为20世纪最伟大的小说之一。

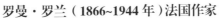

罗曼·罗兰（1866~1944年）法国作家
主要作品：《贝多芬传》《米开朗琪罗传》《托尔斯泰传》《约翰·克利斯朵夫》《哥拉·布勒尼翁》《格莱昂波》《皮埃尔和吕丝》《欣悦的灵魂》等。

链接：

● 罗曼·罗兰出生于法国中部的一个公证人之家。母亲笃信宗教，酷爱音乐。15岁时，罗曼·罗兰随父母迁居巴黎。1899年，罗曼·罗兰毕业于法国巴黎高等师范学校，通过会考取得了中学教师终身职位的资格，其后进入罗马法国考古学校做研究生。归国后，他在巴黎高等师范学校和巴黎大学讲授艺术史，并从事文艺创作。他曾给托尔斯泰写了一封信，向他寻求生活的答案。托尔斯泰回了一封二三十页的长信，托尔斯泰的回复给罗曼·罗兰的思想和后来的创作带来了不可磨灭的影响。

● 《约翰·克利斯朵夫》的中译本新中国成立后第一次出版是在1953年，傅雷翻译。傅雷翻译的《约翰·克利斯朵夫》影响了一代人。

该书于1937年初版时，傅雷先生曾写过一篇《译者献辞》，1952年重译本问世时，他又写过一篇介绍文字。此两文都是对罗曼·罗兰原著的评价与赞赏，字里行间也能看到傅雷先生的才情与睿智。

傅雷先生1937年《译者献辞》：

真正的光明绝不是永没有黑暗的时间，只是永不被黑暗所掩蔽罢了。真正的英雄绝不是永没有卑下的情操，只是永不被卑下的情操所屈服罢了。

所以在你要战胜外来的敌人之前，先得战胜你内在的敌人。你不必害怕沉沦堕落，只消你能不断的自拔与更新。

《约翰·克利斯朵夫》不是一部小说——应当说不只是一部小说；而是人类一部伟大的史诗。它所描绘歌咏的不是人类在物质方面而是在精神方面所经历的艰险，不是征服外界而是征服内界的战绩。它是千万生灵的一面镜子，是古今中外英雄圣哲的一部历险记，是贝多芬式的一阕大交响乐。愿读者以虔敬的心情来打开这部宝典罢！

《鼠疫》
——借欧洲历史上的鼠疫，影射法西斯暴行

■ 吴岳添 / 文

加缪写《鼠疫》这部寓言式的哲理小说，前后费时10年之久。他从1938年开始构思，阅读了许多关于瘟疫的资料，在记事本上写下一些片断，后来用于小说之中，但他真正动手创作这部作品，则是从1941年4月开始的。1942年8月，他撰写了小说的初稿，于1943年9月完成，后反复修改，直到1947年才出版，他的哲理在这部作品里有了进一步的发展。

人类历史上曾有过数次毁灭性的鼠疫大流行。

公元6世纪，疫情持续了五六十年，流行高峰期每天死亡达万人，死亡总数近亿人。

公元14世纪，鼠疫导致欧洲2500万人死亡，占当时欧洲人口的四分之一；意大利和英国死者达其人口的半数。据记载，当时伦敦的人行道上到处是腐烂发臭的死猫死狗，因为人们把猫狗当作传播瘟疫的祸首打死了。然而，没有了猫，鼠疫的真正传染源——老鼠就越发横行无忌。1860年，鼠疫波及60多个国家，死亡者达千万人以上。

加缪写《鼠疫》就是受到反法西斯战争的启示，采用欧洲人熟悉的鼠疫来隐射法西斯的暴行。在日记中，加缪把占领法国的德军比作老鼠，"鼠疫"本身具有暗指法西斯主义的寓意，是法西斯的侵略给人们造成了深重的灾难。加缪是在用这部作品来表现人类处境的荒诞性。

小说以加缪参加抵抗运动的奥兰市为背景，讲述了20世纪40年代，阿尔及利亚的奥兰市里流行鼠疫，人们恐惧焦虑、逃避挣扎，过着与外界隔绝的生活。在这个危难的时刻，医生里厄挺身而出，带领志愿防疫队日夜抢救病人，坚持战斗了七个多月，结果妻子病逝，有些志愿队员死去了，但是他们最终获得了胜利。小说最后的结论是："鼠

疫杆菌永远不会死绝，也不会消失，它们能在家具、衣被中存活几十年；在房间、地窖、旅行箱、手帕和废纸里耐心等待。也许有一天，或是再来上一次教训，鼠疫会再度唤醒它的鼠群，让它们葬身于某座幸福的城市，使人们再罹祸患，重新吸取教训。"

对于加缪来说，鼠疫的确只是一个象征。在最广泛的意义上，鼠疫象征的是任何一种大规模的祸害，其受害者是所及地区、民族、国家的所有人乃至全人类，瘟疫、灾荒、战争、专制主义、恐怖主义等等都可算在内。问题是当这类祸害降临的时候，我们怎么办？加缪通过他笔下主人公们的行为向我们表明，当灾难来临，唯一的选择是站在受害者一边与灾难做斗争，没有人可以做一个旁观者。

奥兰市象征着被法西斯占领时期的法国，也可以说是人类社会的缩影。医生里厄是加缪笔下第一个富于人道主义精神的人物，充分体现了加缪反抗荒诞的哲理观念；他的命运不再是个人的命运，而是集体的命运，他对病人的抢救也不再是西西弗式的个人的反抗、纯意识的反抗，而是集体的反抗、行动的反抗。尽管这个胜利是暂时的，但是人类毕竟战胜了鼠疫，表明加缪对反法西斯斗争的胜利充满了信心。

加缪曾在一张纸上列出他心爱的词：世界、痛苦、大地、母亲、人类、沙漠、荣誉、苦难、夏日、大海。这些正是他作品的关键词。尽管世界充满了苦难，但人类有大地和母亲，有夏日和大海，因而就有希望。归根结底，加缪认为人生的荒诞性虽然是永恒的和无法改变的，但是人的本性给人生带来了一线光明。人渴望美好

《鼠疫》封面

The Plague
By Albert Camus

的生活，追求自由和爱情，这就是人生的全部意义。从坚持推巨石上山的西西弗，到为了大众奋不顾身的里厄医生，都充分显示了加缪对人类的美好未来的向往。

《鼠疫》中没有任何悲欢离合的情节或动人的轶闻趣事，出版后却受到热烈的欢迎，获得了当年的批评家奖，出版后三个月印刷了4次，印数达10万册。两年之内重印8次，成为法国经久不衰的畅销书，而且被译成了28种文字，在全世界的销量高达1200万册。究其原因，是它既有重大的历史意义和现实意义，又具深刻隽永的哲理，故而成为20世纪世界文学史上的经典名著。

在我国，《鼠疫》的译本，最早出自顾梅圣（署名顾方济）、徐志仁的手笔，由林秀清（署名林友梅）校阅，1980年由上海译文出版社出版。

2002年加缪诞辰90周年的时候，河北教育出版社出版了四卷本《加缪全集》，终于将一个完整的加缪呈现在我国读者的面前。

加缪出身贫寒，1岁时父亲阵亡，他靠奖学金和打工挣钱读书，所以从小就对穷人怀有深切的同情，1935年在阿尔及尔大学读书时就曾加入法国共产党。1938年，他应邀担任进步的《阿尔及尔共和报》的记者，亲自到阿尔及利亚北部山区卡比利进行调查。当地美丽的风光和极端的贫困，使他的思想得到了升华："对我来说，贫困从来不是一种不幸；光明在那里散播着瑰宝。"

第二次世界大战期间，加缪在阿尔及利亚的奥兰市参加了抵抗运动组织《北方解放运动》，主持地下的《战斗报》的出版工作。1943年他来到法国，一度与萨特亲密合作，但是由于政见不同而在战后分道扬镳，因此受到左翼集团的猛烈抨击。加缪的一生充满了矛盾和悲剧，由此形成了认为世界荒诞的思想。他虽然不承认自己是存在主义作家，他的作品却流露出存在主义的哲学观念，所以后人才把他与萨特同样视为存在主义哲学家和作家。

加缪凭其出色的创作、深刻严肃的思想以及对社会和人类生存现状真诚的忧患意识与人文关怀，对本国乃至世界无数读者的精神起到了难以估量的巨大影响力，被尊为"欧洲知识分子的良心"。加缪的

法国历史上最年轻的诺贝尔奖获得者：
阿尔贝·加缪

作品与萨特不同：萨特笔下的世界阴郁灰暗，人物大多是精神病人、同性恋者或叛徒恶棍；而加缪的作品里映照着地中海的明媚阳光，即使是推巨石上山的西西弗，内心深处也是幸福的。与萨特的《恶心》中无精打采的罗冈丹不同，加缪的《局外人》中的莫尔索看起来麻木不仁，其实身上充满了生命的活力。

1957年瑞典学院授予加缪诺贝尔文学奖。诺贝尔文学奖颁奖词中指出："即使在法国之外，加缪也以他积极活跃和高度的创造力成为世界文学的中心人物之一。被一种真诚的道德伦理而激动，他将整个身心都投入到人生最基本问题的探讨之中，而这种追求无疑与诺贝尔奖设立的理想目标是相吻合的。"

阿尔贝·加缪（1913~1960年）法国作家
主要作品：《误会》《戒严》《正义》《卡利古拉》《局外人》《西西弗斯的神话》《鼠疫》等。

链接：

● 加缪曾说："在我看来，没有什么比死在路上更蠢的了。"命运之神却和他开了个玩笑，偏偏让他死于车祸。1960年1月4日，他坐在朋友米歇尔·伽里马的汽车上，由于下雨路滑，汽车撞在了路边的树上，加缪被抛向后窗，当场死亡，年仅47岁。

● 2013年11月7日，加缪100周年诞辰，人民文学出版社、上海译文出版社、浙江文艺出版社、译林出版社、江苏文艺出版社、湖南文艺出版社等相继重新出版了加缪的各类作品。

● 加缪是法兰西历史上最年轻的诺贝尔奖获得者，他的作品呈现出荒谬与反抗两大类。加缪把《西西弗斯的神话》《局外人》《卡利古拉》列入"荒诞"系列，《鼠疫》《反抗者》《卡利阿也夫》归为"反抗"一类。最初把《错误》列入"反抗"系列，后来又把它列入"荒诞"系列。加缪对荒谬与反抗的思考与认识不仅是这些作品的主题，同时也几乎贯穿了他所有的创作和行动，在加缪身上，体现出"一个人、一个行动和一部作品的奇妙结合"（萨特语）。

《广岛之恋》
——电影导演的应约之作

■ 谭立德 / 文

1959年的5月，电影导演阿伦·雷奈携他的新片《广岛之恋》参加法国第十二届戛纳电影节，影片如一枚重磅炸弹，立即轰动了影坛。《广岛之恋》以其现代意义的题材、暧昧多义的主题、令人震惊的表现手法，与新小说派紧密关联，在多重意义上启发和开创了现代电影。

《广岛之恋》改编自法国著名女作家玛格丽特·杜拉斯的同名小说，讲述了一位法国女演员与日本建筑师之间的爱情故事。

1954和1958年间，阿伦·雷奈在电影《夜与雾》取得巨大成功之后，就有了与一位女性作家合作的想法。他希望能拍摄一部关于广岛的电影。最初他考虑的合作伙伴是女性作家萨冈伏娃，但是很快便打消了这一念头，随后便把目光投向了杜拉斯。其间，杜拉斯写作的许多作品只有《街心花园》（1955）得以发表。生活和创作的双重需要，使杜拉斯产生了强烈的创作欲望，当阿兰·雷奈找到她，要求她写一部关于广岛的电影剧本时，她欣然答应。仅仅用了15天时间，杜拉斯就拿出了《广岛之恋》的初稿，这种不经意的约稿方式给两个人带来了巨大声誉。

电影的所有细节均是按照杜拉斯的剧本完成的。杜拉斯出色的文字才能加上阿兰·雷奈的导演天才，使这部电影一经公映就引起了观众的阵阵喝彩和评论界的如潮好评。然而，让杜拉斯难以接受、无法忍受的是，无论电影界、评论界的专家，还是普通观众，一提起《广岛之恋》就会说：阿兰·雷奈的《广岛之恋》如何引人注目，如何感人，却没有人提起甚至也没有人想到杜拉斯。这时，她才有了被人欺骗的感觉，十几年后她在一次接受记者采访时，终于说出了压在自己心头的愤怒："那是我第一次涉足电影，我当然不知道还有按比例提成的条款,因为在此之前,我从来没有签署过这样的合同。那时我没有钱,全部工作都是由我一个人完成的,无论是剧本,还是其中的对话,可是仅仅得到了一百万,一百万旧法郎……这简直可以说就是个谜。"

1960年,伽利马出版社出版了电影剧本《广岛之恋》。杜拉斯在前言中说:"我认为保留一部分在影片中摒弃不用的东西是有必要的,它们能有效地阐明最初的设想。"的确,阅读文字能给人以比影片更深的感受。

我翻译《广岛之恋》,仍源自影片给予我的感动。

30多年前,在巴黎研修时,我业余生活中最大的乐事就是看电影。《广岛之恋》就是我在那个时候观看并深受感动的一部影片。影片中弥漫的那种痛苦而凄美的氛围动人心魄,而那些令人震惊的画面则常常浮现于脑际,久久挥之不去。后来,一位法国朋友送给我玛格丽特·杜拉斯刚获得龚古尔奖的《情人》,连同她的《广岛之恋》。阅读之余,不由得就萌生了翻译这部文学剧本的念头。1985年回国后,柳鸣九先生正在主编"法国二十世纪文学丛书",邀我翻译这部作品,我欣然从命。

我国读者大多是通过《情人》认识杜拉斯的。

杜拉斯原名玛格丽特·多纳迪厄,1943年她参加莫尔朗(即弗朗索瓦·密特朗)领导的抵抗运动,便把自己的姓改成了父亲故乡的一条小河的名字——Duras(杜拉斯)。杜拉斯生于越南嘉定,父母是小学教师。4岁时丧父,童年的苦难和

杜拉斯与兄长

杜拉斯

母亲的悲惨命运影响了她的一生。其早期小说《抵挡太平洋的堤坝》（1950）充分反映了她童年时代的贫困生活。由于杜拉斯的作品充满了镜头般的画面和口语式的对话，因此不少都被改编成影片。

2006年4月，法国《费加罗报》对杜拉斯作品在法国的发行做过一个统计：自《平静的生活》（1944）出版以来，杜拉斯的作品单单在伽利马出版社一家就已经卖掉了400多万册，每年Folio丛书售出杜拉斯作品的口袋本就有10万册。《广岛之恋》自1972年以来已经卖出了60万册口袋本，《抵挡太平洋的堤坝》自1978年以来已卖出62万册（2005年卖出1.2万册），《来自中国北方的情人》自1991年以来已经卖出16万册。在午夜出版社，《琴声如诉》从1958年出版以来已卖了96.7万册，现在每年还保持着1.1万册的销量，《情人》自1984年以来在书店已卖出了140万册，在读书俱乐部卖出了240万册，现在还保持着每年1.8万册的销量。

杜拉斯签名手书

玛格丽特·杜拉斯（1914~1996年）法国作家
主要作品：《抵挡太平洋的堤坝》《如歌的行板》《情人》《广岛之恋》《痛苦》等。

链接：

● 20世纪50年代，文坛上的"新小说派"和影坛上的"左岸派"令人瞩目，影响深远。"新小说派"作家为电影创作剧本，给"左岸派"电影注入了文学元素，使影片呈现出强烈的文学风格。这两大派联袂创作了"作家电影"。《广岛之恋》是"左岸派"电影的代表作，当时的"新小说派"主将玛格丽特·杜拉斯撰写剧本；法国"左岸派"电影集团的代表阿兰·雷奈导演。

● 杜拉斯在戏剧和电影方面同她的小说一样成就卓著，她分别在1965、1968和1984年出版了3部戏剧集，1983年获得了法兰西学院的戏剧大奖。作为法国重要的电影流派"左岸派"的成员，她不仅写出了《广岛之恋》（1960）、《长别离》（1961）这样出色的电影剧本，而且从1965年起亲自担任导演，从影片《印度之歌》（1974）开始，每年都有一两部影片问世。

● 《广岛之恋》获1959年第十二届戛纳电影节国际评委会大奖、法国梅里爱奖、1960年的纽约影片奖、英国电影学院奖联合国家奖（UN Award）、法国影评联盟最佳影片、纽约影评协会最佳外语片。

《小王子》
——小王子来自作家心中理想的人物

■ 马振骋 / 文

　　《小王子》的作者圣埃克苏佩里认为，世上有两种人最纯洁：修士与儿童。

　　圣埃克苏佩里生前曾几次说要进修道院，还特别提到索莱姆修道院，因为那里的弥撒曲更好听。以致他执行飞行任务失踪后，如石沉大海般没有了消息，有人便附会说他可能躲进哪座修道院修行去了。

　　然而，俗念太多，圣埃克苏佩里当修士的心愿只是说说罢了，但他对童心的向往却是随着年龄的增长有增无减。

　　1942~1943年间，法国被德国纳粹占领，圣埃克苏佩里流亡纽约。有人经常看见他坐在咖啡馆，在纸桌布或菜单上涂涂画画，排遣苦闷——花枝、云朵、蝴蝶，画得最多的是个小人儿。他的美国出版商朋友建议他以笔下的那个"什么也不以为然"的小人儿为题材写个故事，于是，他写出了《小王子》。

　　1943年，《小王子》在美国同时出版发行了法语版和英语版，此时二战也正进入最后白刃战阶段。这么一篇充满奇逸隐喻的童话，引起读者的困惑多于理解。只有几位评论家做出了清晰的反应。美国女作家安娜·林白（单身驾机横渡大西洋的飞行员林白的妻子），凭女性的敏感体味出书中的悲情，她说："他写这本书的时候痛苦、体弱多病、孤独……他在走向牺牲、战争、死亡，深信在那里会找到答案，但是答案并不在那里。"童话作家P.L.特拉弗斯赞扬《小王子》堪比格林兄弟的杰作，还语出惊人地说："一切童话都是预言。"

　　《小王子》出人意外地引起了奥逊·威尔斯的注意，这位1940年拍出《公民凯恩》的导演，在好莱坞如日中天，他曾把圣埃克苏佩里的两部作品《夜航》和《人的土地》进行改编，作为战时宣传节目在电台上播放。当《小王子》出版后一个月，威尔斯发现了这部作品，于是，他在清晨4点钟召集作者来听这部作品的朗读会，然后准备用两个月时间把书改编成真人与动画合拍的影片。

可惜迪士尼公司老板沃尔特·迪士尼太像第四颗星球上的人物，他依靠顽皮的米老鼠发家，却欣赏不了忧伤的小王子。尽管奥逊·威尔斯的计划非常周密，他却无动于衷。以至那位大师写成的脚本，至今还留在印第安纳大学的图书馆里。不然，好莱坞电影史可能又会多一部《绿野仙踪》式的杰作。

安东尼·圣埃克苏佩里和他的小王子

安东尼·圣埃克苏佩里于1900年6月29日出生于里昂一个贵族家庭。小安东尼长得虎头虎脑，金发碧眼，十分惹人喜爱，大人们都叫他"迷人的东尼奥（安东尼的爱称）"。安东尼4岁时，父亲便去世了。安东尼是家里男孩中的老大，他常常带领弟妹们在父亲留下的"领地"——一座始建于路易十六时代的面积达6公顷的城堡里游戏、学习。作为兄长，他既要关心保护弟妹，又要帮助母亲，这使安东尼成熟得比一般孩子早。但安东尼似乎天生就集稳健、聪明、仁爱和果敢于一身；尤其重要的是，从小在父亲留下的古堡里嬉戏、"探秘"，使得安东尼的聪颖天分得以充分调动和发展，特别是他非凡的想象力得到了很大提高，为他后来神奇而典雅的文学创作打下了坚实的基础。

1926年，安东尼·圣埃克苏佩里在著名诗人佩沃斯特的举荐下，发表了第一部作品《飞行员》。1929年，他被派往南美洲，开辟新的航线，在布宜诺斯艾利斯，他被任命为"阿根廷航空站"的负责人。在这里，他的工作更加复杂，但是依然笔耕不辍，写出了著名小说《夜航》；1930年，法国国家元首授予他"荣誉军团骑士"勋章，以表彰他为法国的荣誉、为人类的航空事业做出的十分突出的业绩。

随着阅历的增长、飞行经验的丰富，安东尼·圣埃克苏佩里萌发了创造一项新的远程飞行记录的大胆设想：从巴黎直飞越南的西贡。这在当时来说是非常大胆和危险的。1936年1月1日，他的飞机在飞往西贡途中因故障跌落在利比亚的大沙漠里。安东尼·圣埃克苏佩里幸运地被一名阿拉伯人发现，免于渴死在大沙漠中。

如今，中国读者都知道了《小王子》诞生于纽约。这个一头金发、娇小玲珑的形象在圣埃克苏佩里心中已经存在了十几年。当他真的下笔把它写出来时，他已历经世事沧桑，怀着亡国之痛，正处于非常苦闷彷徨的时刻。故事整个情节像是一个梦，梦里的人物一个是童年的他，一个是成年的他；小王子与飞行员的谈话，也可以说是他个人内心独自游移不定的对白，或者是两个自己若即若离的独白。

作者的语言简单明白，却触及人类最重大的问题。小王子经过的六个星球，代表了人性的特点与生存状态：贪婪、虚荣、权势，在陋习中不能自拔，对无用之物的占有欲，日益迅速的生活节奏，人生不会看到终结……到了第七个星球——地球，智慧的狐狸教导小王子明白交流与交换的意义"本质的东西眼睛是看不见的"，那句话在作者心中酝酿了五年，到这里才让狐狸说了出来，而成了一句至理名言。"你为你的玫瑰花花费了时间，才使你的玫瑰花变得那么重要"，这句话中玫瑰不仅是爱情，也指你为之付出心血的一切：家园、民族、地球、文明。这样的话谁都能懂，又谁都不能完全懂，似乎后面总还有什么东西可以挖掘，也使《小王子》成了儿童与大人都爱读的一部经典。

如今，不论古今中外有多少大大小小的王子，普天之下大大小小的读者，不论国籍、区域、肤色，说到小王子都知道这是指圣埃克苏佩里笔下那个一头金发、手插裤袋、脖子上围长围巾的小人儿。——这么一个形象只能是小王子。

圣埃克苏佩里是飞行员，他穷究事物的原理写文章，是为了告诉大家什么词呢？要了解这个问题，就必须细心读一读献词中的这句话："我就把这本书献给曾经做过孩子的大人。每个大人都是从做孩子开始的。（然而记得这事的又有几个呢？）"原来他要我们怀着曾经有过的童年心情，去找回我们已经记不得多少的那些事。

圣埃克苏佩里写《小王子》时，自己还为小说画了插图。插画拙朴稚气，梦境迷幻。法语版《小王子》1943年在美国出版。评论界和读者对这本书都感到很意外，一直写飞机的圣·埃克苏佩里这次写了一篇童话！童话往往是大人讲给孩子听的故事，而《小王子》是把故事讲给大人听。

当你打开这本书的时候，请了解，《小王子》并不是一本只写给孩子看的童话书，而是写给我们每个人的书，书中写的是关于我们每个生命的寓言。

20世纪80年代初，人民文学出版社编辑、老同学徐德炎向我提起翻译圣埃克苏佩里作品的选题，我毫不犹豫向她推荐了《人的土地》。她认为这部作品篇幅不长，建议不妨把圣埃克苏佩里的其他作品也一起翻译，合成一个集子。于是最终出版了圣埃克苏佩里生前发表的六篇著作中的四篇：《夜航》《人的土地》《空军飞行员》和《小王子》，集子书名先是《空军飞行员》后改为《人的大地》。

这是我译的第一部书。译者犹如演员，一是没有权利决定自己的选题；二是没有权利决定自己的角色。能够遇上自己喜欢的选题和角色，这是他们的幸运。

在翻译上，要说出《小王子》一书的内容与意义是容易的。但是要让人读着能感到沙漠的空旷，人的孤独，小王子稚气娇嗔，怀念玫瑰又舍不得离别，飞行员落落寡合、有气无力，但对小王子充满好奇与怜爱，做到"无意于工而无不工"，这又是很不容易的。

演绎一字一句包含的意义，这像是演员的表演；营造作品的背景氛围、人物的神韵与互动，这是导演的艺术。译者必须进行调动，用语言的排列、节奏、音色、韵味来达到心目中完美的目的。翻译《小王子》如此，我想，翻译其他作品也是如此。

翻译不存在原汁原味，一切艺术的复现都不存在原汁原味。原汁原味只存在于原作之中，况且原作的原汁原味在各人的感觉里也是不尽相同的。

《小王子》的价值在20世纪后半叶日益被大众赏识。7颗星球上的经历，让我们看到若干应该珍惜或者正在失去的东西。到了1990年这部书已被译成80种语言。2005年译成了据说有200种语言，包括许多国家内的少数民族语言。它成为了最畅销的书，被搬上舞台，拍成电影，做成DVD、CD、动漫，还出现在邮票上、钞票上。

1999年1月，《今日巴黎人》读者投票评选该书为"20世纪之书"。小王子的秀逸形象还被用作纪念品、日用品上的图案。

安东尼·圣埃克苏佩里（1900~1944 年）法国作家、飞行员
主要作品：《小王子》《南方来信》《夜航》《人的大地》等。

链接：

● 安东尼·圣埃克苏佩里的文学创作和他的飞行业绩一样获得了应有的荣誉。他的《夜航》于 1931 年 11 月获得法国著名的"费米纳"文学奖。1934 年，他进入法国航空公司工作，被任命为公司的航空研究和演讲员，在越南及地中海沿岸国家飞行游历讲学。1936~1937 年，他被《巴黎晚报》和《鹰派》报分别派往莫斯科、巴塞罗那、威斯巴登等地，进行各种学术和政治活动。在此期间，他写作出版了小说《人的大地》（在美国被译为《风、沙和星星》）。这部小说不但叙述了他因飞机失事，横穿大沙漠的种种历险故事，以及在苏联、德国、西班牙等地的各类见闻，而且还叙述了他参加国际纵队，与法西斯初次交手的经历。这部小说出版后，受到欧美各界人士的一致好评，当年就获得法兰西学院小说大奖。

● 1944 年 7 月 31 日，安东尼·圣埃克苏佩里奉命驾机前往内地的格勒诺布尔、香贝利和里昂等地上空侦察敌情，在地中海上空神秘失踪。当时，地面上没有收到他发出的信号，而在战后德国人的档案中也找不到他的飞机被击落的记录。

● 2000 年 6 月，安东尼·德·圣埃克苏佩里 100 周年诞辰纪念时，他的家乡里昂市有关当局宣布找到一块"P—38 闪电"战机的碎片。另有消息说：1999 年 9 月，一位渔民在该海区（指地中海的卡西斯）打捞到一条银表链，上面刻 Saint—Exupéry 的字样。但专家尚未对这件珍宝的真伪做出结论。为避免飞机残骸和其他遗物被盗取，安东尼·德·圣埃克苏佩里家族请求海军部队将这架飞机的残骸全部打捞，存于可靠之处供专家鉴定。

后　记

■ 郑鲁南 / 文

　　这本书断断续续做了十年，是我当初未曾料到的。

　　2005年，我先后发了近百封约稿信。当时的想法其实很简单，就是做一本《翻开的书》（原书名），翻开哪页看哪页，随便翻开哪一页，读者都有兴趣阅读。我把写好的样章《钢铁是怎样炼成的》简略标记了七个不同内容的话题段落，要求作者在不长的篇幅里，至少不少于写五个与小说有关的内容，而必不可少的开篇要求，便是介绍小说作品里的人物原型，也就是说，小说里的人物原型从哪来的，或作家创作的灵感、动机、作品的取材源自哪里。

　　约稿信发出不久，便收到了文洁若、钱春绮、程文、冯春、张玉书等翻译大家的来稿支持。当然，也有老师对样章段落式的写法提出了质疑："无法容忍把一篇文章分割成这样规定的格式。"

　　文章如何写，因人而异。我把我的想法在信中向这位老师做了解释："之所以想做这样一本书，是考虑信息社会，人们的生活节奏很快，做一本有趣、有故事、有品位、信息量大的书，这样，读者易记、易翻阅，关键是读起来不累……"很快收到了这位老师的回复，他没有按我的要求分段写，而是直接把一篇五六千字的完整稿件交给了我，让我编辑取舍。我当时光顾着高兴，完全忽视了这位大学教授教了一辈子中文的感受，我只天真地按自己的想法做书，实际上给每一位老师都出了一道难题。记得胡其鼎老师最初给我的4篇稿子每篇都不足千字，读来意犹未尽，我便请胡老师把读者感兴趣的话题再做些补充。胡老师热情地邀请我上他家，翻书查资料，喜欢的书还可以拿走。可是我硬要胡老师建邮箱，从网上发邮件。后来好长一段时间没有收到胡老师的邮件，直到有一天，我打通了胡老师家里的电话，他女儿委婉告知："胡其鼎走了。"事后我才知道，胡老师眼睛不好，晚年写字看书，稿纸几乎贴在脸上，如果不是对《浮士德》《约翰·克利斯朵夫》《铁皮鼓》《钮沁根银行》的热爱，他不会费劲帮我写这几篇小稿。如今重读胡老师的文章，依然能感受他作品之外的艰辛、泪水和欢笑。

2014年春,《翻开的书》改名《书里书外》准备发稿,从头到尾捋一遍的时候,总觉得书的内容少了什么,决定暂缓出版,拾遗补缺、调整篇幅。中国法国文学研究会原会长吴岳添老师得知《书里书外》要补充修改,就把他的论著《法国小说发展史》电子版发给我,供我参考采用。程文老师在病中收到《书里书外》的授权,他告诉孩子:"相信鲁南。"这么多年,书中的许多作者和程文老师一样,从来没有问过我这本书什么时候出版、能出来吗?也从来没有问过稿费多少……正是他们这样毫无缘由的信任,才使我磕磕碰碰坚持到了今天。

2019年4月,《书里书外》准备交华中科技大学出版社出版,我给李毓榛老师打了电话,听到我名字的时候他有些迟疑,当我一说到人物的原型从哪儿来的,他突然爽朗大笑。我以为这么多年了,《静静的顿河》中葛利高里的原型他早已淡忘,没想到,他笔下的人物依旧鲜活、充满了生命。然而,田大畏、吕同六、徐成时、钱春绮、陈良廷、申非、叶渭渠、杨静远等老师的电话,我再也打不通了,我唯一能感受到的是他们的精神力量,就像是来自星空和超越死亡的力量。

这篇后记,写了几次都欲罢不能,记忆中的人和事总是被绵绵不绝的情绪漫过,十年间,那些健在的,或未曾见面离去的老师,一次又一次在我眼前生动站立,他们对作家创作的解读,对人物原型的分析,对作品翻译介绍到中国来的前后经过,对看似简单却不易写的一篇小文的认真……直到这时,我才明白,做文就是做人。

《书里书外》介绍了普希金、托尔斯泰、歌德、雨果、巴尔扎克、福楼拜、海明威、狄更斯、茨威格、马尔克斯等80多位外国著名作家的104篇文学作品,撰写者大多是对作家素有研究的学者或翻译家,其中许多作者就是这篇外国小说的翻译者。在他们笔下,哈谢克的好兵帅克、塞万提斯的堂吉诃德、果戈理的乞乞科夫、托尔斯泰的安娜·卡列尼娜、屠格涅夫的巴扎罗夫、陀思妥耶夫斯基的卡拉马佐夫兄弟、狄更斯的大卫·科坡菲、哈代的苔丝、雨果的冉·阿让、罗曼·罗兰的约翰·克利斯朵夫、大仲马的基督山伯爵、小仲马的茶花女、川端康成的伊豆的舞女……这些鲜明独特的经典文学人物,仿佛就在我们身边。

小说里的人物有原型吗?这些人物的原型,是作家的孕育还是来自作家熟悉的生活?翻开《书里书外》,阅读小说里的人物,阅读作家创意的灵感,阅读书里书外生动、有趣的故事,不仅有助于读者了解作家,也有助于了解世界文学大师的作品。

相信每一次阅读,读者都会有新的发现。

特别提示:感谢李蕾、邓广埙、赵安琪为本书插图。从文稿到成书版面的视觉设想、插图形式的变化、图片位置的大小、文章留白处的构思,一点一面颇费周折。书中插图,大多作者提供,部分插图因时间和渠道的缘故,未能与原作者取得联系,敬请相关著作权人与我联系,以便奉寄微薄稿酬。郑鲁南电子邮箱:zhln118@126.com